El viaje
de la
reina

Ángeles de Irisarri

El viaje
de la
reina

EMECÉ EDITORES
Barcelona

Copyright © 1991 by Ángeles de Irisarri.
Copyright © Emecé Editores, 1996

Emecé Editores España, S.A
Mallorca, 237 - 08008 Barcelona - Tel. 215 11 99

Reservados todos los derechos. Queda rigurosamente prohibida, sin la autorización escrita de los titulares del "Copyright", bajo las sanciones establecidas en las leyes, la reproducción parcial o total de esta obra por cualquier medio o procedimiento, incluidos la reprografía y el tratamiento informático, así como la distribución de ejemplares mediante alquiler o préstamo públicos.

ISBN: 84-7888-341-X

Depósito legal: B-27.008-1997

2ª edición

Printed in Spain

Impresión: Romanyà-Valls, Pl. Verdaguer 1
08786 Capellades, Barcelona

*In memóriam de Silveria de Irisarri,
lo que más quería...*

Índice

Pamplona, 23 de junio de 958	13
Camino de Córdoba	25
El río Arga	46
Lizarra	52
Monasterio de San Esteban de Deyo	63
El Ebro	73
Nájera	89
Camino de Soria	109
El paso del río Iregua	115
Altos de Cameros	122
Castillo de Soria	132
Al-Ándalus	137
Guadalajara	144
El puente Largo del Jarama	149
Toledo	158
El castillo de Castro Julia	161
La plana de Córdoba	179
Córdoba	192
Camino de Pamplona	328
Epílogo	329
Verdades y mentiras de *El viaje de la reina*	347

- Lugo
- Oviedo
- Compostela

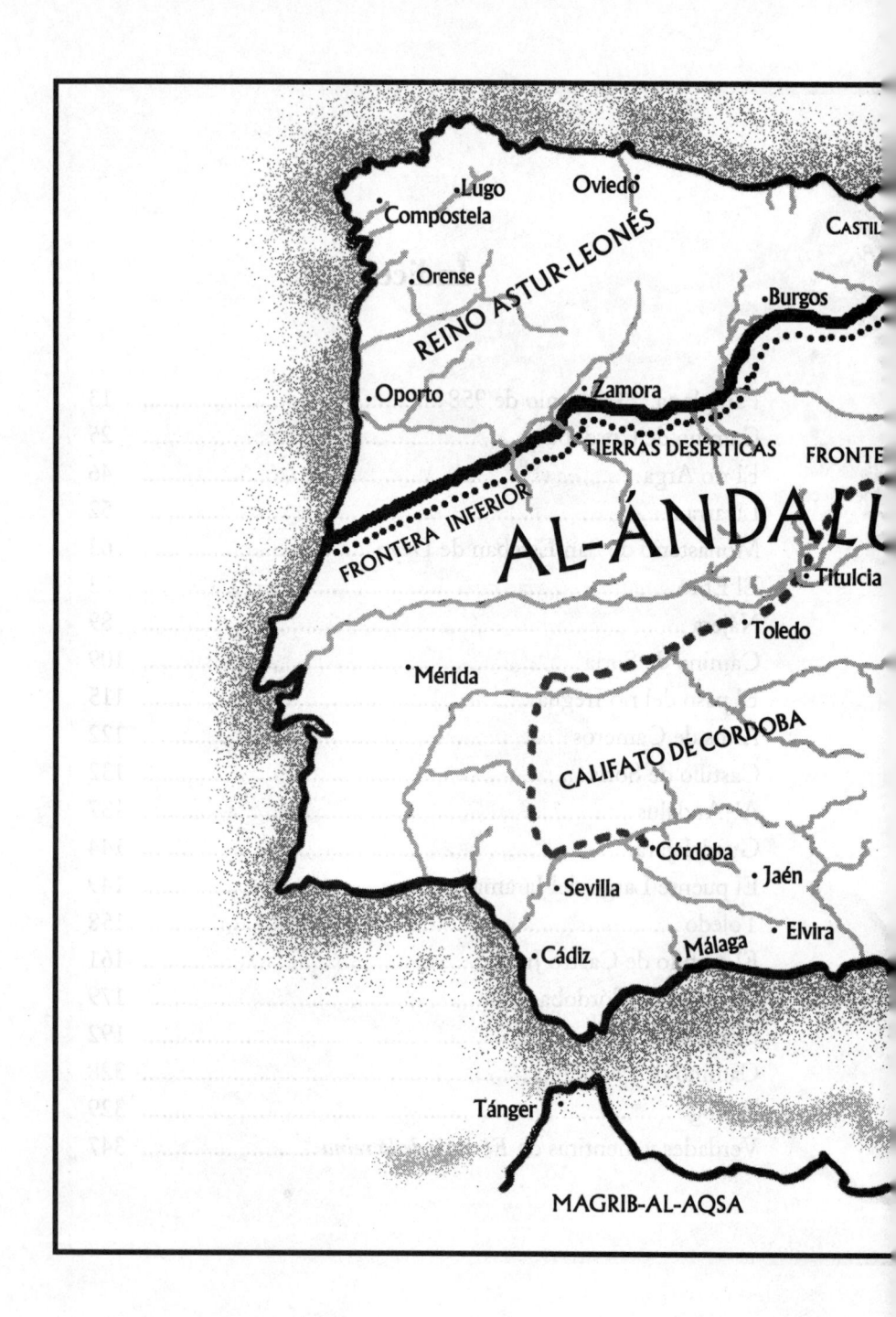

REINO ASTUR-LEONÉS

CASTIL·

- Orense
- Burgos
- Oporto
- Zamora

TIERRAS DESÉRTICAS

FRONTE

FRONTERA INFERIOR

AL-ÁNDALU

- Titulcia
- Toledo
- Mérida

CALIFATO DE CÓRDOBA

- Córdoba
- Jaén
- Sevilla
- Elvira
- Cádiz
- Málaga

- Tánger

MAGRIB-AL-AQSA

REINO DE PAMPLONA | ARAGÓN | SOBRARBE | RIBAGORZA | PALLARS

MARCA HISPÁNICA

FRONTERA SUPERIOR

Zaragoza

...EDIA
Medinaceli

Barcelona

Dertosa

Valencia

Islas Baleares

Murcia

España a finales del siglo X

■ ■ ■ ■ VIAJE DE LA REINA TODA

50   0   100   200 km.

Pamplona, 23 de junio de 958
(año de la era de 996)

Apenas habían cantado los gallos, Toda Aznar, la anciana reina de Navarra, se levantó apresurada de la cama, se santiguó ante el retablillo de su habitación, acercóse a la puerta y, todavía en camisa de dormir, gritó:

—¡Boneta, hoy desayunaré vino caliente!

—Ya te he traído la leche con un poco de sal como a ti te gusta, señora...

—No, Boneta, no; tomaré vino..., tengo un día muy agitado... Y no te duela en apretarme el jubón que luego se me pierden las carnes... Tensa, Boneta, hija...

—No sé cómo puedes ir tan prieta, señora...

—¡Déjame a mí que no atinas con esto del jubón!

Doña Boneta de Jimeno Grande, la camarera mayor de la reina, salió del aposento moviendo la cabeza. Toda Aznar terminó de vestirse y no dejó de rezongar: ¡Qué torpe esta Boneta..., todo lo tengo que hacer yo!

Y, en efecto, doña Teresa, la esposa de su hijo, el rey, no se ocupaba de las cosas de palacio... Era Toda quien disponía en la corte, en Pamplona y en Navarra; en las guerras y en las paces y, ahora, debía supervisar los últimos detalles de la expedición a Córdoba, adonde se dirigiría una diputación de navarros para ver al califa y tratar con él.

Doña Toda era una mujer bregada en pactos, en hechos gloriosos y hasta en deshechos pero ahora estaba muy anciana y la perspectiva de semejante recorrido le alteraba los nervios.

Aparte de que el viaje tenía sus detractores, Boneta incluida, y de que a la reina le sobraban carnes. Y, precisamente, porque conocía y padecía la tal sobranza, realizaba un viaje a Córdoba para ver a don Abd-ar-Rahmán, el califa, pactar con él y, sobre todo, para que el sabio judío Hasday curase a su nieto don Sancho de su inmensa gordura, y éste fuera repuesto en el trono de León, donde ni señores ni vasallos querían a un rey tan gordo.

Por eso, por su nieto don Sancho, el hijo de su querida hija Urraca, doña Toda se disponía a tamaño viaje. La reina viuda partiría de Pamplona... ¿Cómo no había de ayudar a su nieto Sancho, llamado el Craso o el Gordo, cuando ella debía ajustarse muy bien el jubón para no perder las carnes y siendo que el desgraciado varón no podía montar a caballo ni sostener la espada y era mofa y escarnio del reino todo?

Don Sancho, el Gordo, había sido depuesto por Ordoño, el cuarto rey de tal nombre de la monarquía leonesa, llamado el Malo, y se había refugiado en la corte de Pamplona bajo la tutela de García Sánchez, su tío, y de doña Toda, su abuela. Doña Toda, sabedora del problema de su nieto lo consideró suyo y envió embajada al califa de Córdoba, el poderoso Abd-ar-Rahmán Al Nasir (el Victorioso) para que le enviara un sabio que curase la gordura del depuesto rey de León, dejándolo presentable, y así García Sánchez, Sancho y Toda pudieran entrar en la capital leonesa y devolver el reino al pobre Sancho, con la ayuda del califa.

La respuesta del mayor señor del Islam no se hizo esperar. Hasday ben Shaprut se presentó en el castillo de Pamplona y prometió adelgazar al rey gordo, mediante hierbas medicinales y la práctica de una severa dieta y de ejercicio diario, contra la entrega de diez castillos de la frontera leonesa y la presencia de los reyes, García, Sancho y Toda en la ciudad de Córdoba para prestar homenaje a su señor.

Pero, lo dicho, de todo se tiene que ocupar ella... De revisar los caballos, las acémilas, los carros y las carretas; de los hombres de armas y de servicio; de las vituallas e impedimenta, de todo lo necesario para tan largo viaje... Y Boneta se tarda con el vino y ella tiene que entrevistarse con el catador de agüeros, porque mañana al albor será el día de partida...

Toda Aznar se acerca a la tronera de su habitación, seguida de sus dos enormes perros, Urco y Carón, y contempla cómo, en el patio de armas, discuten Ebla de Lizarra, la cocinera, y Munio Fernández, el despensero. Disputan por un carro. La reina grita desde arriba: ¡ese carro es para llevar el fogón!... No la oyen... Sale apresurada... Habla consigo misma: soy ya muy vieja; he llevado una existencia sin sosiego... Desde que muriera el rey Sancho Garcés I, mi esposo, he manejado la corte, Pamplona y Navarra toda. Hice gran alianza con Jimeno Garcés, el corregente; con Ordoño III, el rey de León; con Galindo II, Fortún Núñez, Fernán González y otros muchos condes; con Abd-ar-Rahmán III, el califa, y he dado grandes batallas contra moros, como la de Alhándega..., y repoblé el reino con gentes francas y mantuve la frontera contra los gobernadores musulmanes de Zaragoza y Guadalajara... y parí y crié cinco hijos... pero, ahora, me siento vieja (cumplí los ochenta y dos en enero)... y cada día me prestan menos atención los habitadores deste castillo..., ¿acaso no dispuse ayer la carga de las carretas?

Grandes voces daba doña Toda en el castillo de Pamplona. Llamaba a Ebla, a Munio, a sus damas, a Garcí García el agorador. En el patio la esperaban los señores de estado: don Gómez Assuero, el obispo don Arias, don Lope Díaz, don Nuño Fernández y otros hombres de pro. Precisamente, los detractores del viaje. Don Gómez le solicitaba instrucciones para la relación que, en ausencia de los reyes, había de mantener doña Teresa —la reina que quedaba en Pamplona— con Sancho —el príncipe heredero— y con doña Andregoto —la primera mujer de don García—, repudiada hacía años; e insistía sobre qué hacer si se presentaba un arbitraje entre las dos reinas y el muchacho. El obispo don Arias hablaba por lo bajo y detractaba a los infieles y murmuraba maldades y mil desgracias para todos del pacto que pretendía la reina Toda. Don Lope, el alférez real, le mostraba un mapa, obstinándose en hacer el viaje por Zaragoza y porfiaba que eran mejores los caminos desta parte del Ebro que los de la otra, donde había que atravesar desiertos. Don Nuño Fernández, el abanderado, le enseñaba la albenda del rey y no cesaba de decir que estaba muy vieja y gastada, puesto que ya se había utilizado en los tiempos gloriosos de la batalla de Alhándega, y quería llevar otra nueva, asegurando que la vieja enseña había tenido ya bastante gloria en batallas contra moros.

Doña Toda no atendía a ninguno pues andaba enojada con el agorero que no aparecía. A Garcí García se lo había tragado la tierra. Mala señal. Así empezaba el denostado viaje... Y, para colmo, las damas de la reina no encontraban la joya mágica de doña Amaya, la primera reina de Pamplona, un grueso brillante con virtudes contra venenos sujeto a un rico cinturón... ¿Es que se había perdido todo en el palacio? ¿Es que se había perdido el reino?, gritaba la anciana dama. Ni por oro ni por plata saldrían con malos agüeros. ¡Santa María! ¡Al menos aparecía la reliquia de santa Emebunda!...

¿Le servían todos de mala gana? ¿Se habían confabulado las gentes para que los tres reyes no partieran camino de Córdoba? ¿Don Lope, don Nuño, don Arias y doña Boneta ya no eran de fiar...? En otros tiempos no había sido tan difícil aparejar a trescientos hombres para luchar contra el sarraceno...

En el patio del castillo se oían rumores y grandes voces de las gentes de armas. Los hombres estaban asentados para el yantar y los criados y esclavos corrían escanciando vino. Estaban contentos y excitados a causa de la expedición. La reina impartía órdenes por doquier para acomodar a los animales vivos, a los muertos; las tiendas, las camas de campaña; los fogones; los sacos de harina; las salazones; las caballerías... Don Arias, el obispo, la esperaba para recibirla en confesión. Don Gómez Assuero la seguía a todas partes, y don Lope insistía con el mapa. Pero la reina no podía atender a todos. Además, estaba fastidiada: si no acudía a su llamada el agorador, lo haría azotar sin piedad por mucho que se ocultara. Mandaría recorrer el reino en su busca y cuando regresaran lo haría azotar hasta la muerte. Porque el viaje lo haría con o sin agüeros... Todo fuera por don Sancho y por el reino de León...

El pobre Sancho, el único hijo varón de su querida hija Urraca, la que fuera emperatriz, había acudido a conjuros y encantamientos en vano. Hora era de que doña Toda le hallara remedio para su gordura. Hora era de que volviera a su reino, ahora deshecho por las malas artes de Ordoño el Malo. Por supuesto que hubiera sido mejor para los cristianos que el médico-embajador practicara sus remedios en Pamplona para evitar un camino tan largo, Toda Aznar se lo hubiera agradecido igualmente, pero aquél no había querido. Abu Yusuf Hasday ben Shaprut no había cedido porque sus cuidados iban parejos al tratado con el soldán, y el asentamiento de Sancho en el trono de León a la entrega de diez castillos de la frontera. El emir no daba nada por nada y había exigido que se presentaran en la ciudad del Guadalquivir los tres reyes para rendirle homenaje y rubricar allí el tratado. En Pamplona hubieran firmado contentos tanto García Sánchez como don Sancho, pues tiempo habría de ver de no entregar las diez fortalezas. Pero, lo que se decía Toda, que no había tiempo que perder para recobrar León y que con un rey de tal gordura nunca se recuperaría...

Dios mediante, irían los tres reyes... García Sánchez a tratar con el califa, Sancho a recuperar su figura y doña Toda a acompañarlos y a suplirlos en lo que no alcanzaran... Claro que sin conocer los augurios quizá no debieran partir...

¿Dó es el agorador?, gritaba Toda Aznar en el castillo de Pamplona. Doña Boneta, doña Adosinda, ¿dó es Garcí García? ¡Qué enojo! ¿Se escondía el agorero en las vísperas del gran viaje? ¿Eran malos los agüeros? ¿Dó es el nigromante que mató la langosta que dañaba el pan? ¿Dó es el que adivinaba en cabeza de hombre muerto, o en palma de mujer virgen o de niño, en espada, o en estornudos, o el que cataba en agua?

● ● ●

Doña Toda mandó un recado a don Arias, el obispo, que oficiaba la misa mayor en la iglesia de Santa María de Pamplona. Tiempo es de partir, decía la reina. Y tiempo era, pues el obispo, contrario al viaje de los tres reyes, se demoraba en exceso. Que ya sabía ella de las artes y añagazas de don Arias. Que ya sabía ella que el clérigo se oponía a cualquier trato con el infiel, pues anteponía las cosas de la religión a las del Estado, pero era hora de dejar los cantos, las pláticas y las recomendaciones, porque otro negocio apremiaba. Era tiempo de partir con la reliquia de santa Emebunda, patrona de la fortaleza de Amaya, donde naciera el reino..., y de echarse al camino sin más dilaciones. De echarse al camino enhorabuena porque Garcí García aseguraba que los augurios eran propicios en la mañana de San Juan...

Pese a que Toda envió a un monaguillo con el recado, don Arias no se apresuró. El obispo se explayaba en un sermón apocalíptico, plagado de terrores, desgracias naturales y sobrenaturales por venir. Alhambra y Nunila, las damas jóvenes de la reina, sufrían escalofríos. La reina le hacía señas. Cuando el clérigo impartió la bendición a la asamblea de fieles, Toda Aznar se alzó. ¡Ay!, le dolían todos los huesos, pero no renunciaría a sus propósitos. ¡Presto, don Sancho!, urgió a su nieto y abandonó su sitial dirigiéndose con decisión al crucero de la iglesia donde cedió el paso a su hijo, el rey, y a su nuera, doña Teresa. Cedió el paso a los reyes con ceremonia porque sabía estar en su sitio; si hacía lo que hacía, si disponía más de lo que una reina viuda y anciana debiera disponer, era porque los demás no disponían, porque nadie hacía, y alguien debía hacer, en puridad, en el reino de Navarra...

En el atrio de la iglesia, abierto a la plaza de Santa María, se escuchaban grandes voces y aclamaciones: ¡Gran ventura a Toda Aznar, nieta de Fortún Garcés! ¡Loor a los tres reyes...! Era el pueblo de Pamplona. Las buenas gentes, los menestrales: tahoneros, tejedores, tafureros, herreros, carpinteros o albañiles; los siervos, los esclavos, las mujeres; los servidores de palacio, las milicias armadas; los labriegos de la cuenca del

Arga, los leñadores de los Alpes Pirineos... Todos acudían a despedir a los reyes. Don Arias y los clérigos impartían bendiciones.

En la plaza de Santa María estaba desplegado el gran cortejo. A un lado, las caballerías y los carros. A otro, doña Teresa con sus damas. ¡Presto, presto, a las carretas!, instaba don Lope Díaz, el alférez real. Don García se despedía una y mil veces de doña Teresa que, a la sazón, se quedaba en Pamplona. La reina no había querido acompañar al rey, su marido, en tan largo camino, aduciendo que había de quedarse alguien allí para sostener el reino. Que ya iban tres reyes y eran muchos. Que fueran ellos tres enhorabuena, que era como decir trescientos..., y que trajeran un gran tratado del califa y oro y plata y joyas y ricas vestiduras y regalos... Que, mientras, ella haría gran corte en Pamplona como las que se decían allende los Pirineos... Y daba las mejillas a su marido, a don Sancho y a doña Toda. ¡Vayan enhorabuena los mis señores!...

Apenas han comenzado a instalarse en las carretas se presenta el primer problema. Don Sancho, el Craso, no cabe por la puertecilla. Para su vergüenza y la de su abuela, el leonés no cabe. Ni puede montar a caballo ni puede ir a pie. ¡Vaya! ¡Una cosa que no previó doña Toda! Y mientras, don Arias continúa con las bendiciones y los moros, Hasday, el médico, y Galid, el capitán, comentan con don Lope Díaz que no van a poder salir en la mañana de San Juan, que acaso al día siguiente. Don García arroja besos con la mano a la esposa que deja en Pamplona y, ¡ay!, una congoja se adueña de su corazón. Las lágrimas acuden a los ojos de don Sancho y ruega que partan ellos a tratar con el califa, que él tiene perdido el reino...

Don Arias saca el palio y cubre con él al rey gordo, mientras varios soldados empujan el imponente trasero. Es inútil, no cabe. Los menestrales de Pamplona ríen de lo jocoso del lance y gritan: ¡Pártase norabuena la reina Toda! Están en éstas, cuando, perdido el resuello, viene de palacio Martín Francés, el dinerero, trayendo una preciosa arqueta repleta de oro. ¡Se habían dejado los dinares!

Don García vuelto al lado de su esposa le tenía la mano. Hasday ben Shaprut indicaba que la única manera que tenía el joven Sancho de entrar en el carro era por arriba, desmontando el techo, y pedía una escala. Don Lope Díaz le respondía que un hombre de esa gordura no podía subir por una escala y que se quebraría todo. Varios hijos de vecino se aplicaban a desmontar el techo y luego, dejar libre un lateral. Don Sancho se refugia en la iglesia para no escuchar las burlas de la multitud.

No era querido en Pamplona, en efecto, pero despojado de su reino por Ordoño el Malo y azuzado por los partidarios de Bermudillo, el bastardo de su antecesor, no tenía a donde ir. En consecuencia, pobre, y con sólo dos caballeros, tomó camino de Pamplona y se cobijó bajo el halda de su abuela, la viuda del mejor rey de Navarra... Pese al favor de Toda y de los reyes que lo ensalzaban en público, no era amado por su gordura y su abuela lo sabía; por eso envió embajada al califa de Córdoba y éste le remitió al sabio judío que no dudaba de su curación.

La abuela había organizado la embajada, el viaje y la postración ante don Abd-ar-Rahmán. Y creía en la posible curación porque algo tenía que ver doña Toda en su gordura, más que su buen padre, el rey Ramiro, que era asaz menguado de carnes. La obesidad le venía de Toda Aznar que había engordado tanto que no cabía en su jubón. Y él, Sancho, había heredado de parte de padre un reino y por parte de madre la obesidad que, en verdad, resultaba más permanente que el reino, porque el reino ya se lo habían quitado y la obesidad todavía se la tenían que quitar... Lo dicho, todo lo malo que le sucedía le venía por parte de madre y de abuela, dos mujeronas de las montañas navarras. Si él hubiera nacido en Pamplona, donde los hombres eran más altos y más gruesos que en León, no hubiera desentonado tanto. No hubiera sido mofa y escarnio de señores y vasallos. Hubiera sido un buen rey... ¿Acaso no había sido príncipe-conde de Castilla? ¿Acaso no había luchado contra los moros y demostrado sobrado valor? Él era el heredero de su hermano Ordoño III, pero a instancias de Fernán González, conde de Castilla, los magnates de León eligieron rey a

Ordoño el Malo, llamado también el jorobado, que no tenía más virtudes; es más, tenía menos, puesto que era giboso, mientras que él era bello de rostro. Lo que más le dolía era que, entre dos deformes, los magnates hubieran preferido al corcovado y que la monarquía fuera electiva, pues el reino había sido de su padre y luego de su hermano, y en consecuencia, a él le correspondía como heredero... Todo, por Fernán González que buscaba un rey a quien pudiera manejar...

Sancho era objeto de burla en su reino y fuera de su reino. Y, ahora, para mayores males, no cabía en la carreta. La abuela se enojaría porque tenía previsto partir en la mañana de San Juan y ya era mediodía. De seguro que en la plaza de Santa María los pamploneses correrían apuestas sobre si saldría o no el cortejo. ¡Seguro! Y se reirían de él, de Sancho el Craso, el rey sin reino... Además, ¡qué empeño el de la abuela! Si él vivía bien en Pamplona con su tío don García..., si tenía perdido el reino de su padre y de su hermano... y, suponiendo que el médico judío no errara, ¿cómo había de presentarse en León tras entregar diez castillos y rendir pleitesía al califa de Córdoba, el mayor enemigo de todos los reinos de España? ¿Qué hacer tenía doña Toda en Córdoba? Ella, precisamente, había vencido a su sobrino Al Nasir y tenía su Alcorán junto a la cabecera de su cama. El Alcorán que perdiera Al Nasir en la segunda batalla de Simancas... Nunca entendería a la abuela...

Toda, más que una reina viuda y anciana, más que una abuela, parecía una emperatriz, con tanto mando y disposición. No había hecho como otras viudas que se retiraban a la vida monjil, no. Ella había dispuesto por todos y, pese a sus años, era la única persona que daba voces en la corte de Navarra... Siempre andaba rodeada de hombres de estado y de sus perros, los dos alanos, que también hacían el viaje a Córdoba...

El rey del reino perdido lloraba en lo oscuro de la iglesia...

La reina viuda azuzaba a unos y otros. A mediodía tuvo que desprenderse del ceñidor mágico de la legendaria reina Amaya pues le apretaba demasiado.

Doña Teresa, la reina, sufrió un desmayo de tanto estar de pie y (lo que confesó a sus camareras) de tanto echar besos a su esposo don García. Esos besos que se le llevaban tanto aliento. ¡Ay, que empezaba mal el viaje y que no la iban a dejar ser reina en Pamplona!

De repente, hubo una desbandada general. Los vecinos se retiraban a sus casas porque era la hora de comer. Lope Díaz y Hasday discutían junto al carro de don Sancho y daban órdenes y contraórdenes. Seis vecinos que habían intervenido en el desmantelamiento del carro, dejándolo en superficie, calcularon el peso del rey sin reino, se instalaron en la plataforma y ésta se quebró.

En aquel barullo, Toda Aznar volvió a proponer al embajador del califa que realizara la cura en Pamplona y luego, más aligerados emprenderían el viaje, asegurándole por la memoria de Sancho Garcés que lo harían mismamente, pero, una vez más, Hasday se negó. La reina entró con sus damas a rezar ante la pequeña imagen de santa María y se postró de hinojos... ¡Santa María, ayuda a ésta, tu sierva, en su postrer trabajo!, oró y, luego, le recordó que ella la había salvado, guardado y cobijado cuando entró el moro en Pamplona. Que en el abandono de la ciudad y en la huida había llevado en una mano la imagen de la Reina del Cielo, y en la otra los restos de santa Emebunda, hasta que pudo devolverlas a sus altares. La de santa María después que hubieran levantado otra iglesia y que de todo se había ocupado Toda, la suplicante. Que le rogaba hiciera algo para poder partir... Se levantó rauda, salió de la iglesia; y ordenó que se diera de comer a la gente del cortejo y a los vecinos de Pamplona. De las fresqueras, que llevaban preparadas, se sacaron gallinas asadas, pan de higos, galleta de centeno y vino de la tierra.

En esto, alzó la mirada al cielo y sus ojos se encontraron con el almajaneque. Una antigua máquina de guerra que se había utilizado en la conquista de Nájera, y ella misma dispuso que quedara instalada en la plaza de Santa María para entrenamiento y diversión de la chiquillería de Pamplona. La anciana reina mandó a don Lope Díaz que la acercara al atrio de la iglesia.

El alférez tuvo que desalojar la torre de asalto, rebosante de mozos y párvulos. Y no habían terminado el yantar, cuando el capitán venía con el almajaneque, entre el alboroto y el alborozo de los vecinos; todos empujando el armatoste, entre grandes voces y risas.

El ingenio, que tan buen papel hiciera en tantas guerras, había sido una catapulta pero, desde que la reina Toda ordenara su colocación en la plaza de Santa María, los carpinteros de la ciudad habían retirado la lanzadera, para evitar peligro a los chavales, convirtiendo el almajaneque en una torre de tres alturas, con escalas fijas para subir y bajar, cegando los exteriores con tablones cruzados de madera y coronando el último piso con un tejado a dos vertientes y con un saledizo a manera de alero, de tal modo que el tercer piso quedaba como una balconada de considerable altura.

La reina, auxiliada por Hasday y por don Lope, examinó la estabilidad de la torre. Ascendió a los pisos superiores, golpeó con el pie toda la superficie para asegurarse de su fiabilidad y ya en suelo firme, con el rostro color de arrebol y fatiga en el corazón, dictaminó que el almajaneque sería la carreta de don Sancho y dispuso que se buscara a su nieto y se preparase la compañía que era hora de partir.

Sus damas, ante la súbita decisión de su señora, no tuvieron tiempo de intervenir. Doña Boneta la miraba severa. Las camareras, los nobles, los clérigos, las gentes de la expedición y los habitadores de Pamplona, contuvieron el aliento ante la intrepidez de aquella mujer, mayor de ochenta años, y los soldados se aprestaron a uncir las mulas a la atalaya móvil.

Toda Aznar sonreía, por fin iniciarían el viaje, si no en la mañana, sí en la tarde del día de San Juan. Don Sancho se había acomodado en el piso inferior de la torre de asalto con don Alonso y don Nuño, los dos caballeros que trajera de León. Don García, el rey, había subido al piso superior para decirle adiós a doña Teresa y poder contemplarla durante más tiempo.

Don Arias impartió la bendición y el extraño y pesado cortejo inició lentamente la andadura.

La reina alzaba la mano, en señal de despedida, cuando fue interrumpida por don Lope que insistía en hacer el camino por la vía de Zaragoza para saludar al gobernador de los reinos vecinos, no fuera que, en la ausencia de los tres reyes de la cristiandad, perpetrara alguna tropelía o traición con la aquiescencia del soldán; y por hacer un alto en tan luengo camino. Doña Toda le volvió a repetir que era su deseo alcanzar la vía de Soria pasando por el lugar de Lizarra y por la ciudad de Nájera; que había de visitar la sepultura de su esposo en el monasterio de San Esteban y a su sobrina nieta, doña Andregoto de don Galancián, y le conminó con una mirada severa a que no insistiera más.

Entre los vítores de los pamploneses, dejaron atrás la plaza de Santa María y atravesaron los carrillos del Obispo y San Saturnino Viejo y, tomando la puerta de la Ribera, partió el cortejo camino del Ebro. Una extraña comitiva que más parecía de gente de guerra.

En primer lugar, Nuño Fernández, el abanderado, con el estandarte del reino. Después Lope Díaz con los caballeros; los carruajes reales desocupados; el de doña Toda y sus damas; el almajaneque con los reyes: abajo Sancho con sus leales, arriba García con el tesorero, el preste y los dineros; para terminar, el carromato de los cautivos cargados de hierros (los ocho musulmanes que el rey de Navarra devolvería a don Abd-ar-Rahmán); y ya la gente de tropa, lavanderas, cocineros, tahoneros y sirvientes de palacio.

Un poco retrasada, la embajada musulmana. Al frente la enseña del califa y Galid, el capitán, con los hombres, entre ellos Hasday ben Shaprut.

Un extraño cortejo...

Camino de Córdoba

Doña Toda se santiguó y se encomendó a las santas Alodia y Nunila, al señor Santiago y a santa María de Pamplona. Pasadas las oraciones comentó con sus damas: vamos bastante prietas, hijas. Boneta, Adosinda, Alhambra y Nunila, las damas de la reina, asintieron. ¡Cinco señoras y los dos perros...!, exclamó Nunila. Lambra alabó la utilidad de la torre de asalto donde don Sancho se encontraba holgado y acomodado entre almohadones. Adosinda sacó unas tortitas de su faltriquera y las repartió con las damas. La reina se apercibió enseguida de que doña Boneta miraba el almajaneque con cierta prevención y se apresuró a explicar que no había aceptado otras soluciones, pensando que la torre sería buena enseña para el viaje, que apartaría de la expedición a ladrones y a gentes incontroladas de la frontera. Que los capitanes le habían propuesto el uso de poleas, de parihuelas o de una silla de manos, pero que no había aceptado porque Córdoba quedaba muy lejos y no estaba dispuesta a reventar a los hombres sino a que todos llegaran sanos y salvos a la ciudad del Guadalquivir para curar a don Sancho y volver...

Las camareras prepararon en el centro de la carreta el altarcillo para la reliquia de santa Emebunda y allí depositaron una arquilla de plata sobre un paño rojo de fino cendal.

Andaban por el camino viejo de peña de Echauri hablando de las verduras de los bosques y de lo mucho que había llovido en el invierno anterior, cuando Alhambra suplicó a la reina que les contara una vez más la historia verdadera de doña

Andregoto y su singular forma de venir al mundo. Toda se arrellanó en el duro asiento y se dispuso a narrar el nacimiento de su sobrina nieta, la castellana de Nájera, pero antes pidió excusas y se soltó el ceñidor de doña Amaya, su lejana antecesora en el trono de Pamplona, porque el cinturón, pese a la magia, le venía estrecho y le cortaba la respiración cuando estaba sentada. Luego, tratarían de ensancharlo.

Toda Aznar, ya más desahogada, inició el relato. Mucho amé a mi prima doña Mayor, mujer de mucho valer, y a don Galancián Velasco, gran heridor de espada..., y mucho amo a doña Andregoto, a quien he de encontrarle marido. Repitió lo que escuchara de labios de su prima doña Mayor, la madre putativa de la najerense, y lo que ocurrió en el castillo. Una fría noche, el doce de las calendas de enero, lo recuerda muy bien, el viento llamó tres veces, tres veces, a la puerta del castillo de Nájera: pon, pon, pon... Doña Mayor dejó de tañer el arpa... Pon, pon, pon, llamaba el viento. Mi prima sintió miedo, pues Galancián andaba en tierra de moros, y comunicó sus pesares a doña Muñoz, su aya... Juntas y sigilosas, las dos mujeres bajaron a la poterna, oyeron el llanto desesperado de un niño y, como no podían abrir la puerta ellas solas, salieron por un portillo en lo oscuro de la noche. Corrieron amedrentadas y encontraron a una preciosa niña de pelo bermejo en una capacha de paja... ¡Ah, qué niña tan hermosa!, exclamaron y la entraron de tapado... Y mi prima, que no tenía hijos, se la quiso quedar para sí. La subieron a los aposentos, la lavaron, le dieron leche a beber y, acallada la niña, analizaron la situación. En primer lugar y como buenas cristianas, pensaron que había que encontrarle un nombre y bautizarla. La llamaron Andregoto en honor de la reina de Navarra, mi anterior nuera, la aragonesa, la primera esposa de mi hijo don García. Y ya elegido el nombre, la cristianaron y sopesaron la conveniencia de quedársela o devolverla al viento y dejarla donde estaba. Pero acordaron lo primero. Se la quedaban porque doña Mayor no tenía hijos y quería uno, al menos uno, y porque la niña bermeja, ricamente vestida, había venido entre prodigios. A través del viento; un viento capaz de llamar a la poterna, pon, pon, pon, como podían corroborar las dos mujeres. La niña era hija del viento y, desde ese momento, también de don Galancián y de mi prima, aunque su esposo no lo supiera ni lo quisiera...

Y decía mi buena prima que su marido no tenía necesidad de enterarse; simplemente, cuando volviera de la guerra, ella le diría: aquí tienes a tu hija, y él la tomaría en sus brazos, como hacían todos los hombres, que no hacían otra cosa que preñar a la mujer y de los hijos luego no se ocupaban nada. Como don Galán llevaba suficiente tiempo en la guerra no había necesidad de ponerle al corriente sobre el advenimiento de la niña, ni de contarle que la había traído un viento y no el natural parto de doña Mayor. No había ninguna necesidad. Ni que la esposa había oído lamentos, dejado de tañer el arpa, precipitado a la puerta del castillo y hallado una niña. Ni menos de explicarle que la niña venía entre prodigios y en una capacha de paja, mismamente como Moisés llegado a los brazos de la hija del Faraón, porque Galancián no lo entendería. No lo entendería ni hablado ni escrito, pues era muy sordo (fue herido de hierros malamente en un tablado) y no sabía leer.

Al falso padre de la niña bermeja le dirían: aquí está tu hija y amén y a las gentes del castillo y del burgo que la criatura había nacido en el mayor secreto por deseo expreso del señor, que quería ser enterado el primero; y a las camareras y gentes próximas, sencillamente la verdad, que la había traído el viento y cada cual que hiciera su componenda; que lo creyera o no.

Tales cosas convinieron las damas. Como Galancián no volvía, le enviaron recado del nacimiento de su hija. Pasados varios años regresó (me había prestado servicio en las tierras de Calahorra, Borja y Tarazona) con mucha honra pero muy mal herido. Llegó en parihuelas, con los ojos cerrados, y plugo a Dios que no los abriera más...

Pero hay cosas que no se pueden acallar. Las dueñas no hablaron del viento que trajo a la niña bermeja, pero se conoció. Se supo lo del viento y se inventó otro tanto más, porque la niña, ahora mujer, es una gran guerrera... No ha mucho en Pamplona, lo recordarán sus mercedes, escuchamos a un juglar que relataba las tres versiones de la venida al mundo de doña Andregoto y de una ciudad que se llevó el viento en las lejanas tierras de Germania. El juglar hablaba de un fuerte viento que la había depositado a la puerta del castillo, lo que es cierto, porque yo lo he conocido, pero, luego, añadía que la había traído un hada buena que conversó largamente con doña Mayor y que incluso le ayudó a cambiarle los pañales... y, otra tercera interpretación: que a la niña bermeja la había traído una gran ave de presa y que mi prima no tuvo embarazo... Andregoto es portentosa, me sirve con celo en la frontera, y no ignoráis que por doquiera que va montada a caballo levanta un viento en derredor... Ahora, quiero buscarle marido... y es por eso que haremos un alto en Nájera...

Terminada la historia, Toda Aznar pidió aguja e hilo y mandó a sus damas que agrandaran el ceñidor de doña Amaya. Mucho discutieron las camareras sobre si con el ensanchamiento la prenda perdería los poderes mágicos contra venenos, pero la reina insistió: ¡El cíngulo le quebraba la cintura! Boneta y Adosinda se pusieron a ello. No atinaban a enhebrar la aguja con el traqueteo. Doña Nunila preguntó si la señora Andregoto seguía teniendo el cabello bermejo. Doña Boneta se apresuró a contestarle que sí, que si no la había visto alguna vez en Pamplona cuando se juntaban los del Consejo del rey. No, Nunila no la recordaba. No la habrás visto, niña, a la señora castellana de Nájera se la conoce de lejos, intervino Adosinda, viste de hombre armado y lleva coraza plateada y della se diz que no se la quita ni para dormir. Doña Boneta añadió que la najerense llevaba colgada al cinto la espada de don Galán. Lambra interrumpió para decir que Andregoto andaba en las canciones que cantaba el pueblo y que en la Historia había habido otras mujeres guerreras como Hipólita, la reina de las Amazonas, o muy bravas, como Calpurnia, la madre de los Gracos; que Andregoto no era un caso único, aunque lo fuera en las tierras cristianas deste tiempo, y que había oído una canción en la que se asemejaba a la reina Toda con aquellas Hipólita y Calpurnia.

—Cuando oí asonar esa canción por primera vez, desconocía quiénes eran estas dos bravas féminas, aunque las supuse mujeres de pro, puesto que eran cantadas como Carlomagno, Roldán o Bernardo del Carpio, y pedí información a don Dulcinio, el abad de Leyre (mi tío, como todas sabéis), más que nada para aclarar a la reina el parangón que le hacían en la trova. Dulcinio me dijo que Hipólita era la reina de las Amazonas, un ejemplo a no seguir por las mujeres, y que de Calpurnia no sabía nada, que ya lo consultaría; y no lo hizo, aunque luego lo leí yo en un libro de Isidoro de Sevilla. Tuve que insistir mucho para que mi tío me hablara de aquella Hipólita, de aquel ejemplo a no seguir por las mujeres, y lo que me descubrió se lo dije a la reina Toda que se holgó con ello, pues ella es semejante a Hipólita...

La reina, que había entornado los ojos, pensaba para sí que ella había sido reina con mayores dificultades que la amazona puesto que había gobernado en un reino de hombres, donde las mujeres eran poco o nada, salvo ella que había sido regente, árbitro y capitana. Y no era lo mismo mandar en un reino de hombres en estado permanente de guerra que en una isla de Oriente donde sólo había mujeres. Toda sabía manejar a las mujeres. Había dispuesto por sus cuatro hijas y por sus damas y a todas las había casado bien o descasado cuando el bien se tornaba en mal... Los hombres habían sido otra cosa, pues muchos hubieran querido usurpar su puesto o ser tutores del pequeño García para hacer y deshacer en el reino de Navarra. Y no, porque ella valía tanto como ellos; y no, porque el trono era de su hijo García. Cualquier otro regente hubiera mirado más por sus propios hijos que por el de Sancho Garcés y hubiera tratado de convertir en regia su sangre en detrimento de la única sangre real de Pamplona. Para evitar esos males, ella, Toda, había compartido la regencia con Jimeno Garcés, su cuñado, durante cinco largos años y había tragado sapos y culebras hasta la muerte del susodicho.

Entonces, sola ya —continuaba la reina—, luchó contra el moro, contra Pamplona, contra los señores principales de Navarra, contra los abades de Leyre, aquel Dulcinio que acababa de nombrar Alhambra, aquel mal nacido, o el de San Pedro de Usún que no le iba a la zaga..., en fin, contra todos; y apoyada por unos pocos leales... conservó el reino para su hijo.

Hipólita tendría menos problemas que ella seguramente. Ella era mujer, por muy hija que fuera de Aznar Sánchez y única descendiente del rey Enneco, y era poco en un reino de hombres muy bragados. Era poco en un reino amenazado de continuo por dentro y por fuera... Cierto que no había sido vencida por un hombre, ni por un héroe, ni por un dios como lo fuera Hipólita... pero se había postrado ante el emir y ante el emperador de León por razones de estado, que no por otra cosa, ni menos por gusto. Sin duda Hipólita lo había tenido mejor.

Toda Aznar abrió los ojos sobresaltada. ¿Qué era?... Hora de montar el campamento y de encender las antorchas para pasar la noche. Dejando atrás la cuenca de Pamplona, dispusieron el real a la vista de los montes del Perdón. Habían recorrido dos leguas.

La reina miró por doquiera, observó a su hijo y a su nieto en la atalaya y sonrió...

La reina pasó mala noche, acostumbrada como estaba a un lecho fijo y blando en el castillo de Pamplona. Estoy vieja en verdad, se decía. Se levantó varias veces a vomitar. Había cenado sopa de gallina con pimientos y dulce de membrillo, pero le repetían los pimientos. Y eso que había puesto cuidado; que desde que viera a don Sancho en toda su gordura, frenaba su buena gana e incluso, a veces, quedaba a medio saciar su apetito. Mala cosa el hambre, tanto para quien no podía satisfacerla como para quien podía y no debía, como ella y Sancho, Sancho y ella... Por el contrario, don García apenas había probado bocado. En cuanto se separaba de doña Teresa, el rey enfermaba de melancolía. Hacía rato que estaba en la atalaya móvil del cortejo mirando hacia Pamplona que había quedado muy atrás.

Su hijo iba a ser una carga, ya se lo temía Toda, pero había insistido tanto el sabio Hasday para que fueran los tres reyes... ¡Boneta, manda recoger todo muy bien que lo que dejemos, aquí se quedará...! ¡Que entren los hombres a cargar los bultos y suban sus mercedes al carro...!, ordenaba la reina.

Se hicieron al camino. Los labriegos, ocupados en las tareas de la tierra, alzaban la cabeza al paso de la comitiva y corrían, unas veces despavoridos por creer que era el moro, y otras risueños, a contemplar el cortejo. ¡Paso al rey!, gritaba Lope Díaz y las gentes sólo veían a Toda saludando, pues el rey de Navarra permanecía en el almajaneque mirando a Pamplona o jugando a los naipes y el de León dormitaba en el piso bajo entre almohadones.

En dos jornadas entrarían en la aldea de Lizarra y dormirían bajo techo. Habían de parar a menudo para cambiar la recua de mulas que tiraba de la pesada torre, pesada por sí y pesada por don Sancho... Toda visitaría el monasterio de San Esteban de Deyo y rezaría ante la tumba de su esposo. Todo lo que veía con los ojos era Navarra y toda esa Navarra fue conquistada por Sancho Garcés. Ya no era tierra de frontera... Había venido gente del Norte a repoblar la región y ahora recogía el fruto de sus trabajos, lejos ya de los moros. Este año habría gran cosecha y, en consecuencia, prosperidad para el reino. Además no vendrían las aceifas musulmanas a quemar y asolar los predios, pues todos los reyes cristianos, presentes en esta expedición, estaban muy a bien con Abd-ar-Rahmán Al Nasir, y admitían su autoridad moral, que otra cosa no aceptaban, pues cada rey gobernaba en su reino y a su manera. Su hijo García en Navarra y su nieto Ordoño IV en León, que otros reyes no había...

En el reino de Pamplona, ya de antiguo y cuando era conveniente, se reconocía la autoridad moral del emir o del califa de Córdoba o del emperador de León y se rendía vasallaje. Un vasallaje simbólico para asegurar las tierras de Rioja y porque los reyes de León eran más antiguos (aunque no ahora). Ahora sólo se prestaría homenaje a Al Nasir, por las razones dichas y por los intereses a defender y por la gordura de Sancho; que una inclinación bien valía un reino...

Por supuesto que el reino de Navarra nunca juraría a Ordoño el Malo... Para Ordoño el destierro y para Sancho el reino... Que no era de razón saltarse los lazos de la sangre... El reino de León había sido de don Ramiro, el emperador, y de Ordoño III, padre y hermano de don Sancho respectivamente, luego le correspondía a él... Cierto que tan nietos de doña Toda eran el uno como el otro y que ella estaba en contra de uno y del otro a favor, a fuer de ser sincera. Cierto también que Ordoño era jorobado y Sancho no, pues aunque fuera gordo, se podía curar, al parecer. Lo de Ordoño no se curaba y era, además, un baldón para la familia Arista, ¡un baldón! Por otra parte, Sancho era hijo de Urraca, su hija más querida, aunque también amara a Oneca, también. Si actuaba en contra del uno y a favor del otro no podía encontrar la razón, salvo que lo hiciera por esas cosas que, a su pesar, llevan las madres en el corazón, por cosas de madre, que diferencian sin querer entre sus hijos. De lo que sí estaba segura es de que no lo hacía por cosas de sangre, puesto que la sangre de Urraca y Oneca eran iguales.

¡Ay, sus hijas, hoy todas muertas y enterradas en lejanos reinos...! Oneca, desposada con el rey Alfonso IV de León, la más bella de todas..., murió tan joven por el disgusto de parir un giboso... Un giboso de mi sangre, continuaba la reina, me disgusté mucho. ¡Un giboso de mi sangre, la sangre de los hacedores de Navarra...! Porque todos los hombres y mujeres de la familia Arista eran altos y erguidos. Naturalmente que la joroba sería herencia leonesa, pero maldita suerte que Oneca, una Arista, lo hubiera llevado en su vientre y lo hubiera parido. Maldita la gracia que tenía, porque en León le cargaron la culpa a Oneca Sánchez y no...

Toda se enojó mucho y aconsejó a su hija que abandonara al jorobadito en una familia de siervos de cuanto más lejos mejor o en un convento y que se hiciera cuentas de que había abortado, pero Oneca no se atrevió o no quiso y murió de pena por haber alumbrado a un monstruo. Un ejército le hubiera enviado Toda, pero corrían malos tiempos en Pamplona, eran los tiempos de la gran aceifa de Al Nasir y de la muerte del corregente... Mala suerte, pobre Oneca...

Ordoño el Malo o el Jorobado, un monstruo de cuerpo y alma... Hasta con la abuela, la reina Toda, se había portado mal... ¿Cuántas veces le había suplicado que le enviara una pequeña reliquia del cuerpo del señor Santiago para honrar en Navarra lo mismo que en Galicia, Asturias y León, para que los reinos cristianos fueran uno, en la veneración...? Y Ordoño, ciego y sordo a sus cartas... Muchas veces le pidió Toda que hiciera merced a su abuela... Si tenía un cuerpo entero que le regalara un trocito...

¿Va bien la mi señora?, preguntó doña Boneta. Sí, sí, voy bien, metida en mis cosas..., contestó la reina. ¡No se meta la reina en sus recuerdos y cuéntelos a sus damas!, rogó doña Lambra. Toda suspiró: ¡Ay, mis hijas...! Oneca, Urraca, Sancha y Velasquita... Las cuatro flores de Navarra... Urraca se parecía mucho a mí, era la más ardiente y activa... La que yo más quería, porque Urraca, a diferencia de mis otras hijas, no pasó la juventud bordando un manto para su padre, sino asistiendo a los enfermos y peregrinos y organizando un hospital en Pamplona para remediar a los heridos de la salvaje razzia que don Abd-ar-Rahmán llevó a cabo poco antes de que muriera el rey don Sancho. Una mujer de mucha valía que se encaró conmigo contra los vecinos para que rehicieran las casas y la iglesia de Santa María. Era mi brazo derecho... Imaginaos, hijas mías, a Urraca y Toda, a la par, ordenando y animando a los vecinos para volver a hacer Pamplona.

La casé muy bien con Ramiro, el emperador, pero con mucho pesar. Marido te doy y pena me quedo, le dije al desposarla, y Urraca se fue contenta a ser reina y emperatriz... Muchas cartas cruzamos. En ellas Urraca me hacía confidencias sobre el despectivo recibimiento que le hicieran las orgullosas damas leonesas, el duro desfloramiento a que la sometiera don Ramiro, la preñez del primer hijo, don Sancho, que nació bello y menudo para contento de mi hija; las muchas fundaciones y obras pías que hiciera; los varios abortos y, por fin, el nacimiento de Elvira... De Elvira llegan noticias a Pamplona que es muy bella y sesuda. Me he carteado con ella, pero no la conozco... Yo la quise casar pero, a despecho mío, la niña entró en religión y es abadesa de un gran monasterio en León... ¡Ay, hijas, qué malas las calzadas que hicieron los romanos...! Tanto hablar los clérigos doctos de romanos y godos y lo que nos han dejado... Cuando regresemos a Pamplona, si se mantiene la paz en la frontera de Nájera, hablaré con don García para trazar un largo camino que enlace con un puente que lleve hasta la Mauritania... Me pondré de acuerdo con mi sobrino Al Nasir, pues pienso que ese camino será bueno para todos los reinos al sur de los Alpes Pirineos...

¡Sí, vaya traqueteo...! Tanto que don García corría peligro de caer de la atalaya, con lo cual podría perderse el rey, pero no el reino, pues allí estaba Toda Aznar en su carreta, lo más cerca posible del suelo, con la reliquia de santa Emebunda y los dos alanos que la guardaban. Si el rey salía despedido en un vaivén, allá él, Toda ya le había suplicado que bajara; allá él, sería ella quien volviera a cuidar el reino, y esta vez para el joven Sancho, hijo de don García y de doña Andregoto, la primera mujer de García, la de Aragonia.

Venía gente armada. ¿Quién osa? ¿Quién osa importunar a la reina Toda?

—Parecen gente de guerra y luchan abajo en el prado —informó doña Adosinda.

—¡Presto! —gritó doña Toda—, ¡acudan en socorro de esos caballeros cristianos, aunque sean enemigos, sólo sea por no pasar la vergüenza de verlos morir a manos de moros, ya los mataremos después, si es menester...!

—No, no la mi señora, parece que hay mercaderes... —aclaró doña Alhambra.

—Serán ladrones... —sentenció doña Boneta.

—¡Presto, don Lope, yo envío a mis alanos! —insistía la reina—. ¿Cómo osa algún nacido blandir espada sin permiso del rey? ¿Qué hace gente cristiana luchando en el reino de Navarra? ¡Que los traigan presos!...

—No son moros —aseguró Nunila.

Lope Díaz y sus caballeros pusieron fin a la liza y trajeron maniatados a los que se atrevían a luchar sin defender al rey y sin permiso del mismo. Un hombre atado con hierros daba grandes voces. ¡Yo soy Bermudo Galíndez y pido justicia al rey...!

—¡Que baje don García a hacer justicia, Bermudo Galíndez es un hombre agraviado...! —gritaba la reina—. ¡Bajen la silla del rey y la mía...! —La anciana reina se apeó del carro y contempló con interés a don Bermudo y a sus hombres, y a los mercaderes, que parecían judíos; uno de ellos arrojaba sangre por la boca—. ¡Vivo, García, vivo!...

En esto bajó de la atalaya don Abaniano, el preste de la expedición, quien habló al oído de la reina asegurando que don García, después de tanto mirar a Pamplona, dormía un sueño agitado y que no se atrevía a despertarle, no fuera que le rondara algún demonio y que con el sobresalto del rey se asustara el Diablo y se le metiera en el cuerpo y lo ocupara, lo cual sería peor para el rey y para el reino; que la señora no ignoraba que no era de razón despertar a un durmiente intranquilo, máxime siendo un rey. Doña Toda asintió con la cabeza... Bien, haría ella la justicia como otras muchas veces... ¡Hable don Bermudo y escuchen todos...!, ordenó la reina y después abrió la sesión: *In Dei nomine et regis Navarrae...*

Bermudo Galíndez se arrodilló y dijo que era burgalés, vasallo del conde de Castilla Fernán González, que andaba con licencia y bendición de su señor en busca de doña Dulce, su mujer, que se la habían robado el pasado verano mientras él asistía al conde en la repoblación de Sepúlveda. Que recorría morería y cristiandad buscando a su dama con cuatro soldados que le había cedido su señor. Que preguntaba en las almunias y heredades, a los viajeros y por doquiera sin encontrar señal de doña Dulce. Que registraba los equipajes de los mercaderes y de todos con los que se cruzaba en el camino. Que iba a recorrer todos los reinos cristianos y moros, «pues non se vio mujer tan bella en Castilla toda...».

Al instante, Toda Aznar mandó hablar al mercader herido. Éste dijo llamarse Isaac, ser judío, vasallo del rey de Navarra y proceder de la villa de Tafalla. Que se dirigía a León para vender unos paños alemanes de gran valía cuando su expedición viose asaltada por unos caballeros, cuyo capitán, don Bermudo, echaba fuego por los ojos, y que con violencia le sacaron las piezas de tela de los carros como si le fueran a robar y aun a matar, pues llevaban las espadas en alto; que los judíos se defendieron como pudieron, tanto ellos como a la mercancía, y que el caballero le había herido en la boca y, de un gran golpe, arrancado cuatro piezas molares... y que juraba por su Dios, Yavé, que non tenía a doña Dulce ni sabía nada de ella...

Doña Toda deliberó con don Lope y el preste. Sí, en efecto, don Bermudo era un caballero recio y bien plantado que tenía su razón, más cuanto que ignoraba el tenor de los raptores, pero Isaac, el judío de la aljama de Tafalla, era súbdito del rey de Navarra y la corte de Pamplona había recibido dineros en calidad de préstamo de la citada aljama. La reina mandó consultar con Martín Francés, el dinerero de palacio que ahora velaba los malos sueños de don García, el cuánto de la deuda. El monto de los préstamos ascendía a cuarenta mil dinares de oro... ¡Santo Dios, cuarenta mil dinares...!, además Martín Francés recordó otros doscientos mil más que habían sido perdonados por la aljama de Tafalla a la corte de Pamplona. ¡Santa María, doscientos cuarenta mil dinares...! ¡Imposible, despojar al judío! Llegaría a oídos de las aljamas y no les prestarían ni un cuarto... Después, consideraron la posibilidad de actuar como otras veces, la posibilidad de pasar a cuchillo a la partida hebrea y quedarse con todo, respetando, eso sí, al mozuelo que llevaban para que volviera a hacer y aun acreciera las riquezas que portaban. Pero la reina dijo que era desatinado, porque ahora habían conseguido en Navarra una paz duradera y todo funcionaba mejor, amén de que don García había aceptado el homenaje de los judíos de su reino y muy buenos regalos.

Por otra parte, la reina consideraba que don Bermudo era una mala bestia, tan grande él, tan fornido y con aquel vozarrón que causaba espanto, que andaba avasallando a los comerciantes sin distinguir entre navarros y castellanos. Además, que doña Dulce, como era lo más bello que alumbraba el sol en la tierra de Castilla y como no había dejado rastro, tal vez anduviera en brazos de algún otro pretendiente, pues sola, dama de tan singular belleza, en Burgos y con un marido tan bruto y en la guerra se podía sospechar cualquier cosa... ¡Ay, Dios, que tenía el asunto mala catadura!

Fallaron que el caballero que hacía de su capa un sayo en las tierras de Navarra indemnizara... Doña Toda habló y condenó a don Bermudo a abonar a Isaac de Tafalla mil dinares de oro por las cuatro piezas molares y a que sus soldados recogieran y cargaran las piezas de tela en las carretas. Después ordenó que le dieran carta de franquicia para buscar a doña Dulce en el reino y en los condados vasallos, pero sin violentar a las gentes. Y se alzó de la silla para proseguir el viaje.

Enseguida se presentó un problema, el castellano no tenía mil dinares, ni doscientos, ni ciento. No tenía nada salvo su espada y su caballo.

Don Lope preguntó quién salía fiador y no salió nadie. ¡Malhaya, qué caballeros tan pobres hay en el condado de Castilla!, se dijo doña Toda. ¿Qué había de hacer? ¿Quitarle el caballo y la espada a don Bermudo, deshonrándole a la vista de todos? ¡Ah, no!, porque la caballería era lo que era y quitarle el caballo a un caballero o la espada era como quitarle la honra y hasta ahí podíamos llegar... Toda la aljama de Tafalla no merecía la deshonra de un caballero cristiano...

La reina y su consejo volvieron a deliberar y acordaron que don Bermudo se obligaría bajo juramento a devolver a Isaac de Tafalla la cantidad de dos mil dinares de oro, el día de San Juan Bautista del año próximo veniente en la plaza de Santa María de Pamplona, siendo testigos don Lope Díaz y don

Abaniano. Después aceptaron bajo su protección al judío tafallés. El castellano juró sobre la cruz de su espada, tanto el pago de la multa como la presentación de los raptores en Pamplona si los encontraba en el reino de Navarra para someterlos a la justicia del rey.

Pasado el trance, las damas de doña Toda revisaron las telas de los mercaderes. ¡Qué paños! La mi señora, no hemos visto en Pamplona tal... Isaac de Tafalla acudió presuroso y con voz sibilante informó a la reina y a sus damas que traía sedas orientales, procedentes de Bizancio, dignas de señoras tan principales, y enseñó las ricas telas bordadas de oro y plata. A la reina se le iban los ojos... Haría un buen papel vestida de oro y plata en la corte del soldán, se decía, y aún hizo más, preguntó a Martín Francés cuántos dinares podía gastarse para comprar la tela de oro, asegurándole que era cambiar oro por oro, y lo trató con mucha lisonja, pues aunque no parecía un hombre importante lo era, ahora que el dinero empezaba a valer. A ruegos de doña Toda el dinerero ajustó el precio con el judío.

Los judíos partieron antes. Toda y sus damas estaban muy alegres por los afeites que les había regalado Isaac de Tafalla. Unas unturas que blanqueaban la cara... Mucha corte quería hacer doña Teresa en Pamplona, pero no tenía ni untura de albayalde ni brial de plata y oro, se decía la anciana reina.

Lo que sí tenía doña Teresa era un marido enamorado, sí. Nada menos que un rey, hijo de reyes, que suspiraba por ella desde su altura sin dejar de mirar hacia Pamplona.

Don García había hecho su casa en la atalaya y ya no bajaba ni a comer, ni a dormir, ni a hacer aguas mayores o menores. Don Martín, el dinerero, o don Abaniano, el preste, cambiaban de menester y bajaban las aguas reales en una bacinilla de plata, y las volvían a la tierra. Decían que don García quería estar más cerca del cielo...

Por eso la responsable de la expedición era doña Toda, no porque quisiera sino porque, una vez más, tenía que hacerlo.

No es que a la reina le gustara, es que se había acostumbrado y mandaba porque otros de mayor rango la dejaban o no lo hacían y Toda siempre tenía en derredor a alguien a quien mandar y dispuesto a obedecer. Porque a ella, en la vida, le había tocado ser reina.

Claro que ahora, como era anciana, le prestaban menos atención y se veía obligada a usar su mal genio o a gritar, sobre todo a don Lope Díaz, el alférez, quien, como se sabe, hubiera querido efectuar el viaje por otro camino y se quejaba en alta voz ante cualquier contrariedad. Ya le había explicado la reina con claras y buenas palabras cuáles eran sus intenciones: visitar la tumba del rey Sancho y a su sobrina doña Andregoto, a quien se proponía encontrar esposo. Por lo cual debían repetir el mismo recorrido que hiciera don Fortuño el Tuerto que siguió el mapa de Beato; es decir de Pamplona a Lizarra por los montes del Perdón hasta volver a alcanzar el Arga, cruzarlo y continuar hasta el Ebro para adentrarse en Soria a través de las montañas y arribar a la ciudad mora de Medinaceli. Que tal era el camino del rey Fortún, el bisabuelo de la reina, que permaneció veinte años cautivo en Córdoba, tiempo más que suficiente para cuidar de regresar por la mejor ruta o por la más corta.

Luego, hacía ver a don Lope que no hacían un viaje de holgorio a las grandes ciudades musulmanas sino que iban a sanar a un enfermo y, pronto, a dos, pues don García andaba mal encaminado... En consecuencia, le rogaba que siguiera sin protestar el itinerario señalado, y terminaba para sí misma: no sé qué se le dará a este hombre, bregado en lides, un mal camino, no sé, acaso quiera ver mundo...

Siguiendo el mapa de Beato, recorrerían tierras más despobladas, pero, aun así, habían de parar a cada momento, retrasándose en el camino. Pero ya no se demorarían más. Los agravios de las gentes los solventarían una vez instalado el campamento y allí recibirían a las visitaciones de las aldeas y lugares, porque decía más de unos reyes un pabellón y un campamento bien montado que un carro a mitad del camino.

Otras cosas retrasaban a la expedición. La misa de don Abaniano, por ejemplo, que antes de cantar los gallos recitaba algún fragmento del Apocalipsis de San Juan y lo glosaba largamente, y no abreviaba pese a las señales de doña Toda. Y, lo que se decía la reina, que no podían gastar una hora de camino para que don Abaniano se complaciera en amenazas, desolaciones y desgracias futuras mientras las mujeres temblaban con tanta muerte y destrucción cuando tenían tantas leguas por delante para paliar otra desgracia presente y más importante por ser la que les ocupaba.

Se avistaba el río Arga. Establecerían el campamento y a la mañana atravesarían el puente de tablas con toda la comitiva, incluida la atalaya, eso sí, libre de reyes. Doña Toda envió recado a sus reales parientes para que bajaran a cenar y a tomar un baño, como iba a hacer ella para quitarse el olor y el dolor. Mientras estuviera encerrada en su tienda no vería ni al obeso ni al enamorado y el agua caliente le aliviaría el entumecimiento de los huesos.

Ya compuesta y reanimada, comoquiera que sólo había bajado Sancho a cenar, la reina manifestó su propósito de subir a la torre para hablar con su hijo. Las damas y los caballeros de realce, así como la gente de tropa y palacio, tacharon la acción como impropia de señora tan mayor y abundosa en carnes. Le rogaron, le dijeron, le vaticinaron que se caería y se aplastaría contra el suelo y adiós viaje y adiós reino. Doña Toda recordóles que lo había hecho en Pamplona en dos fechas anteriores. Boneta, su camarera mayor, apuntó que era tentar dos veces la misma suerte...

La reina subió y bajó sin sufrir daño ni hacerlo sufrir. ¡Válgame Sancho Garcés!, exclamó y ascendió la escalerilla sin mirar abajo. Llegó con el corazón que le salía del pecho y con el rostro enrojecido. Boneta que la acompañaba, roja por el esfuerzo, se daba aire con el mandil. Toda tomó agua y asiento y sin demorarse instó a don García a que bajara a bañarse y a dormir en lecho blando, puesto que a la mañana la real comitiva pasaría el puente del Arga con la torre libre de reyes por razones de seguridad. Y ante la desgana que observara en el rey, insistió: que un rey, por muy amargado que tuviera el corazón, tenía el deber de guardarse para la gente del reino, y para su mujer y sus hijos, nada más fuera por la memoria de Sancho Garcés, que nunca tentó peligros innecesarios, puesto que la vida se ocupaba de llevarlos al camino. Que cuando regresaran a Pamplona buscarían dineros suficientes para construir un puente de piedra, grande y seguro, para que en otro posible viaje pasara el rey en la atalaya y los muchos peregrinos que hacían el camino a Compostela y los mercaderes con sus carros. Un gran puente; si él no tenía dineros, lo haría ella para que el lugar se llamara Puente de la Reina y la recordaran en la posteridad..., ya vería de dónde sacaría las rentas, ya vería... Sería Toda quien salvara al rey y los romeros de las aguas del Arga en la confluencia de caminos y nunca consentiría que don García atravesara el río en la atalaya móvil, nunca... Allí se quedarían todos hasta que el rey entrara en razón y se decidiera a bajar..., la noche entera y los días venideros si fuera menester... A más, que don García tenía abajo un lecho blando y una bañera de agua caliente que le quitaría el olor y le menguaría el dolor de la separación de doña Teresa, la mujer más hermosa y dulce de Navarra entera... De estar doña Teresa en esta disputa, de seguro que nunca le dejaría atravesar las aguas del río sobre la altura, pues podría volcarse y dar al traste con el rey y con el reino.

Don García se conmovió al escuchar el nombre de su amada, se levantó y se dispuso a abandonar la atalaya pues, bien mirado, a más del corazón tenía los huesos rotos de dormir sobre una alfombra, pero, sobre todo, por no escuchar a su madre. Hizo ver a la reina que bajaría porque se lo pedía ella, el pueblo y su esposa desde Pamplona, pero le suplicó que no le dirigiera palabra, ni nadie, para no tener que contestar, pues era hablar lo que más le costaba, más incluso que moverse, ya que desde que saliera de la capital llevaba una gran congoja en su corazón de esposo...

Bajó el rey, bajó la reina y apenas puso un pie en el suelo, doña Toda ya tenía otro trabajo. Unos peregrinos franceses querían postrarse a sus pies y, entre ellos, había gente principal, ni más ni menos que Odilón, segundo hijo del conde de Tolosa. La señora dudó entre recibirlos o no, entre dejarlo o no para mañana, pues era ya muy tarde y había llevado mucho trajín en aquella jornada. La ascensión a la atalaya no había resultado muy grata para sus arrobas y estaba cansada. Claro que tratándose del hijo de un conde de allende los Pirineos... ¿Quién es el conde?, preguntó a sus damas y doña Adosinda se apresuró a contestar: el más galán... Claro, el más apuesto y aguerrido, se dijo Toda y, enseguida, pensó en doña Andregoto, su sobrina nieta, y echó sus cuentas. Ese buen mozo le convendría, seguro.

La reina se sentó en su silla bajo el toldillo de su pabellón e hizo traer antorchas. Después, alzó la voz y dijo: ¡pase el hijo de Guillermo, conde de Tolosa! El mozo se arrodilló, le besó las manos y se expresó así: Nos, Odilón de Tolosa, nos inclinamos ante la reina Toda, la portentosa mujer del rey don Sancho, que haya descanso eterno... Me dirijo a Compostela para cumplir un voto, pues sufriendo grandes fiebres en la capital de mi padre, me encomendé al señor Santiago y curóme...

Se expresa bien el muchacho, es gallardo y cortés, pensó la reina e hizo traer vino del bueno para agasajar al mozo y bebieron juntos. Toda se aplicó al vino que la recuperaba por dentro, mientras escuchaba la plática del tolosano. Odilón le traía parabienes de su padre, el conde Guillermo, y le dijo cosas muy bellas. Le habló de un príncipe alemán, llegado a Tolosa para desposarse con la señora Afrodina, hermana de Odilón, que preguntó a don Guillermo por una reina bizarra y animosa que había vencido en fiera liz al soldán de Córdoba, de la que se contaba también que anduvo en la rota de Roncesvalles...

Toda Aznar le interrumpió. No, no había estado en la batalla de Roncesvalles, pues, aunque vieja, no lo era tanto, ahora bien, en aquella gran victoria estuvieron los Arista y Belasco, sus antepasados... Mucho se holgó doña Toda de andar en boca de príncipes y señores y en las canciones de lejanos pueblos, y continuó: yo estuve presente en la batalla de Alhándega, con mi hijo don García, el rey, que aunque mozo no desmereció como hombre..., y en aquella batalla se dice que se apareció a los cristianos el señor Santiago, aunque yo no lo vi. García y ella hicieron huir al califa, entonces emir, don Abd-ar-Rahmán Al Nasir que corrió tanto que dejó su Alcorán y su armadura de oro en el campo sarraceno. El Alcorán lo tengo yo junto a mi lecho y la armadura mi hijo, que la luce en ocasiones. El rey no podrá recibirte, señor Odilón...

Después, convino con el muchacho que, efectuada la peregrinación a Compostela y cumplido el voto, a la vuelta parase unos días en Pamplona para tratar un asunto de interés común y lo despidió porque era tarde.

Toda Aznar no podía conciliar el sueño. ¡Qué día de fatigas y tú también, Boneta! ¡No debiste subir a la torre! ¡Adonde tú vas, yo voy, señora! No es eso tan al pie de la letra, hija, yo soy la reina y he de afrontar peligros de tanto en tanto... Tú debes obedecerme y si te digo que no subas... ¡Señora Toda, que me llevas treinta años! ¡Bueno, dejémoslo...! Es un buen mozo este Odilón para mi sobrina doña Andregoto... Si emparentamos con el conde, comoquiera que su padre es señor de la marca Tolosana, y tanto Tolosa como Pamplona tienen muchas cosas en común y han estado juntas en otros tiempos, la influencia y el mandato de García podrían extenderse allende las altas montañas, máxime ahora, que los reyes francos pierden su autoridad de antaño y quién sabe si el reino de Pamplona podría prolongarse a la otra vertiente que es mucho más rica y más fértil... Y García y yo, con las rentas que tuviéramos, haríamos una guerra tal a los moros que los arrojaríamos a la Mauritania y el reino de mi hijo se extendería de mar a mar... No me mires así, Boneta, estoy con mis sueños imperiales sí, pero atiende esto que te digo, con don Sancho (curado de su gordura) en León, no voy a tener problemas; Sancho hará lo que yo le diga, como siempre. Luego, por Occidente no me amenaza nadie. Por Oriente tampoco. Don Galindo de Ribagorza es mi yerno, viudo de Velasquita, y no se ha vuelto a casar. Por el sur, sí que anda el moro en Zaragoza y Guadalajara, con el agravante de que los gobernadores ya no son los Banu Casi, mis parientes, sino otros, pero formando un gran ejército con los condados vasallos del Norte, unido a las tropas de don Sancho y, quizá, a las del conde de Pallars, mi consuegro, a quien se juntarían tal vez los condes de Osona y Urgell (también unidos a la casa de Pamplona por mis nietas, como bien sabes) y, tal vez, Fernán González y el conde Vela y la casa de Herramélliz... Haremos una gran alianza de toda la cristiandad del Norte y del Sur...

¡No me haces caso, Boneta! ¡Sí, señora..., haremos una gran alianza...! Sí, escucha..., en una primera sorpresa rebasaremos el río Tajo, máxime ahora que Al Nasir se hace viejo..., y aseguraremos la tierra asentando gente y concediendo cartas pueblas y fueros... Deste modo, don García y después su hijo el infante Sancho serán los emperadores de las Españas... y yo el báculo sostenedor de ellos... y tú el mío... Para eso, señora, tendremos que vivir mil años, contestó la camarera.

¡Ah, si pudiera dormir y dejar de pensar sobre futuros y remedios!, dices bien, tendríamos que vivir mil años... ¡Mil años en estado de desasosiego!, como esta noche, para hacer tantas cosas y deshacer otras tantas...

—¡Duerme, señora, duerme!...

—No puedo... Duerme tú... Ya me callo...

Ya clareaba el albor. Probaría otra vez; al insomnio de la noche se juntaba el estreñimiento que sufría desde que saliera de Pamplona. No había hecho de vientre y estaba preocupada. Ahora, dejaba de hacer imperios y reinos y se ocupaba de ella, a quien las tisanas de tomillo y angélica no le hacían favor... Acaso doña Boneta no le seguía bien la receta... El hecho es que no iba a evacuar... Que, además del sufrimiento del reino, doña Toda padecía de estreñimiento cada vez más acusado conforme avanzaba en edad. Poco mal, en efecto, pero molesto, porque empezaba a pensar y a pensar ante la ineficacia de los remedios y se veía gorda, como su nieto don Sancho, con el agravante de que don Sancho hacía regularmente y ella no. Con el agravante de que ella reventaría a causa de las aguas sucias, mientras que de hacerlo su nieto sería por el buen vino y mejores viandas. Y lo que comentaba a menudo con su camarera, que no era lo mismo reventar por las partes bajas que a mitad de cuerpo, que era más propio de una persona real reventar de cintura para arriba, aunque no se pudiera elegir y todo resultara malo... Y, claro, si no iba a descargar lo comido desde que dejara Pamplona, se abriría por abajo manchando las sábanas, el aposento y a sus damas... Y lo reputaba como una muerte humillante.

Informó a doña Boneta que no asistiría a misa y permanecería sentada en la trona para ver si descargaba, rogándole que ofreciera misa y comunión por el buen funcionamiento de sus entrañas. La dama le suplicó que no hiciera esfuerzos y le recordó las almorranas de otras ocasiones, asegurándole que esta vez serían peores por el largo viaje, e insistió en que consultara al sabio judío. A lo que se negó Toda: La reina de Navarra no podía hablar de sus intestinos con un hombre, máxime siendo judío. Es un médico, la mi señora, y ya le has consultado para don Sancho... Don Sancho es un hombre, Boneta, y no me ha quedado otra solución, mi caso es diferente mientras me pueda remediar con las tisanas...

¡Ay...! Se ponía muy nerviosa, demasiado nerviosa... Bueno, bueno, había evacuado un poco... Doblaría la cantidad de angélica y comería menos...

45

El río Arga

Cuando Toda salió de su tienda, ya cruzaban el puente las carretas y los hombres con algunos fardos, y don Sancho, pasito a pasito, moviendo su inmensa mole. Los soldados hacían grandes esfuerzos para que entrase la atalaya en el puente, pero a causa del desnivel, el ingenio se inclinaba peligrosamente, ora a diestra, ora a siniestra, y parecía que había de dar en el río. Toda Aznar pidió refuerzo a la gente de las cocinas, a los moros y a los peregrinos francos, pues los soldados solos no podían. ¿Cómo que no podían con el torreón?, ¿acaso no hacía su segundo viaje?, si el primero pasó, podría volver a hacerlo... ¿Qué es esto don Lope?

El caso es que había al menos trescientos hombres alrededor del almajaneque y que no se ponían de acuerdo. Que unos decían de tumbar la máquina de guerra sobre la tierra y pasarla a hombros, y otros de inclinarla hacia la orilla, sujetarla con cuerdas, y dejarla caer lentamente sobre el puente de tablas. Y en eso estaban, pero se inclinaba a un lado y a otro y los hombres no podían con el peso.

Munio Fernández, el despensero, que había tomado parte en la conquista de Nájera siendo muy chico, decía que el río se había hundido, que, cuando la conquista, el puente estaba a ras de la ribera, pero no más bajo. La reina rebatía aquella posibilidad, asegurando que de ser cierta el agua se hubiera llevado el puente que, sin embargo, parecía todavía bien cimentado y capaz de aguantar el avance de la tropa.

Don Lope gritaba a todos y maldecía el mal camino y cuando Hasday habló de desmontar la torre y Galid, el capitán de los moros, de armar un plano inclinado, el alférez bramó y se encaró con el judío, espetándole a la cara que no pensaba más que en desmontar las cosas y que se metiera en sus asuntos y, ya con mejor voz, le dijo al capitán que su propuesta les llevaría mucho tiempo. Que si había pasado así, volvería a pasar...

Hasday ben Shaprut se quejó al rey de la mala lengua del alférez. García le dio una palmada amistosa en la espalda y, sin entrar a considerar sus palabras, le preguntó si sabía de algún remedio contra el amor de doña Teresa que no lo dejaba sosegar... El judío señaló a una mocetona sonrosada y de buen aire, pero el rey no quiso mirarla...

A la otra orilla estaban las damas, el rey de León, las mujeres del servicio, los carros y las carretas de carga. Desde allí, se apreciaba perfectamente el problema: al intentar que la torre bajara el pequeño desnivel existente entre la tierra y el puente de tablas se inclinaba con peligro della misma y de los hombres. Los soldados habían dispuesto unos troncos para salvar el terraplén, pero el peso del almajaneque los desbarataba.

Las mujeres comenzaron a rezar. La reina, no contenta con ello, en uno de esos prontos que la asaltaban, se dirigió a su carreta, tomó en sus brazos la preciosa arquilla con la reliquia de santa Emebunda y, sin pensarlo dos veces, seguida de sus fieles alanos, se adentró en el puente, se hizo paso entre los hombres, alcanzó la torre y se instaló en el piso de don Sancho, después se sujetó al entablado y gritó ante el estupor de los presentes: ¡adelante, por Navarra...! Los hombres, haciendo un esfuerzo supremo, dejaron caer el artilugio con suavidad. Atravesar el río y alcanzar la otra orilla no tuvo dificultades.

La reina escuchó vítores y aplausos, dirigidos a santa Emebunda y a ella misma. Oyó hablar de un milagro y de la bendita habilidad de la anciana señora para encontrar remedio en las situaciones difíciles. Pero, lo que explicó a sus damas, que ni ella ni el hecho tenían nada de más, sino que los hombres, cuando se encontraban parados o metidos en disputa, necesitaban un estímulo que les abriera los ojos o les llevara fuerza a los brazos..., un estímulo cuanto más aparatoso mejor... Que todo lo habían hecho ellos...

Hasday, a instancias de la reina, lavó y vendó las heridas de los hombres que se habían destrozado las manos, y asistió a Nuño Fernández, el abanderado, que se le había salido el hombro por los esfuerzos.

Ya dispuestos a marchar, la reina contempló con pesar a su hijo García que se aposentaba en la atalaya.

Durante la parada a comer, don Nuño Fernández pidió licencia a doña Toda para frotarse el hombro dolorido con la arquilla de santa Emebunda. La reina no sólo le concedió lo que pedía sino que quiso sentarlo a su lado, frente por frente a la santa, pero el caballero no aceptó abandonar la albenda real en manos de otro por un simple dolor. Mucho agradeció Nuño Fernández las palabras y el gesto de la reina a quien se atrevió a llamar madre. Toda Aznar no es sólo una gran señora y reina, es también madre, gritó para que se enteraran todos.

—Menos mal que no ha montado, vamos ya muy prietas —comentó doña Adosinda.

—Los dos alanos son muy grandes y las damas están bastante gruesas —interfirió Alhambra.

—¡Ya veremos a su merced cuando tenga mayor edad... —sentenció doña Boneta.

—Si quieren, las damas pueden pasarse a los carros de los reyes que van solos... —dijo Toda.

—¡Oh, no, siempre hemos ido juntas a todas partes!

—Se nos hará el camino más largo...

¿Qué alboroto es ése...? Les adelantaban los peregrinos franceses con grandes muestras de alborozo que eran respondidas por la comitiva pamplonesa. ¡Buen camino!, gritó la reina y saludó al de Tolosa con un gesto... Hasta la ciudad de Nájera encontrarían peregrinos y algún que otro mercader; luego nada y después, sólo moros campando a sus anchas en una tierra que fue de cristianos. ¡Vive Dios!, que unidos los reinos cristianos podían hacer mayor guerra y despojar de la tierra a los infieles o, al menos, quebrar el poder del califa tratando de fomentar las rebeliones en Al-Ándalus y conseguir su descomposición en reinos más chicos para ir ganándolos con menor esfuerzo. Claro que una alianza de cristianos en estos tiempos era impensable. Con Ordoño el Malo reinando en León y con los condes de la marca Catalana llevando una vida placentera en un país donde no apretaba el moro, poco se podía hacer. Luego sí, ya harían. Don Sancho estaría agradecido a don García y los hijos de Sancho, si eran bien nacidos, a los de don García hasta que se perdiera la memoria. Aunque para Toda Aznar los reyes de España siempre se habían podido juntar, otra cosa es que no hubieran querido o que no se creyera conveniente, porque los reyes, estaba demostrado, no eran rencorosos. Se juntaban, se enemistaban, se volvían a unir o a separar, se abrazaban o se hacían la guerra entre ellos mil veces...

—¿Qué pasa?

Doña Lambra, encaramándose en el carro, informó que se había encabritado el caballo de don Lope Díaz, pero que había mucho barullo y no se veía nada... Doña Nunila abrió la puertecilla para bajarse de la carreta y en ese mismo instante una gran ave de presa le rozó el cabello con las alas; la dama se tambaleó, perdió el equilibrio por el susto y cayó de bruces contra el duro suelo. La recogieron sus compañeras. Se había lastimado la mejilla. Mientras, en la vanguardia, el alboroto continuaba.

Galid, el capitán sarraceno, pasó junto al carro de la reina y se unió a los cristianos. Los hombres habían descabalgado y parecían discutir. Las damas asistían a doña Nunila que tenía desollada la mejilla y la palma de las manos. Le quedaría marca en un rostro tan bello...

—¡Lope, Lope! ¿Qué sucede?

Lope Díaz venía alterado, farfullando contó a las damas que a la vista de la Fuentefría su caballo se encabritó por la presencia de un ser sobrenatural que estaba peinando sus largos cabellos en el agua remansada de la fuente. Acaso un ángel del Señor o un hada o una ninfa... Que a la llegada de la comitiva pamplonesa había salido corriendo para cobijarse entre unos árboles frondosos, para surgir dellos, luego, una enorme ave que desplegó las alas y emprendió vuelo hasta remontar el cielo...

Lope Díaz jadeaba. El portento sólo lo había visto él. Nuño Fernández, pese a abrir la diputación, como miraba hacia otro lado, no había observado nada y los hombres iban sobre los caballos sondormidos... Pero, imagínense las señoras... Un ser angélico o una bellísima muchacha se estaba peinando en la fuente; de repente, inicia veloz carrera, se adentra en la umbría y sale disparada convertida en una señera rapaz que levanta el vuelo hasta perderse en el cielo... El caballo, ante semejante portento, se encabritó y él salió despedido por las orejas de la bestia dando de pechos en unas ramas, magullándose el cuello y quedando dolorido. Y sorprendido, muy sorprendido..., tembloroso por la inusitada visión... Por supuesto que había oído contar de seres extraordinarios, pero nunca se esperara encontrar a ninguno en el camino, ni menos en el descenso de los montes del Perdón, en la vía de mayor tránsito de Navarra...

—¡Serénese el caballero...! —rogó doña Boneta.

—No, doña Boneta, el caballero non puede serenarse después de ver lo que ha visto.

—Deje el caballero que le demos un trago de vino y tome su puesto al frente de la expedición que los navarros non se han de parar por una doncella o un hada... Ahora bien, si el hada quiere hacernos favor, que nos lo haga... —dijo la reina.

Don Lope Díaz apuró un vaso de buen vino y partióse recompuesto. A Toda Aznar le hubiera gustado comentar con su hijo y con su nieto el asunto del hada o de la rapaz, porque sí existió un enorme pajarraco de gran envergadura y alas negras que topó con doña Nunila, lastimándola, pero los reyes permanecieron ajenos al suceso que había de ser la comidilla de la expedición pamplonesa.

Doña Adosinda hablaba de un hada malvada, ¿cómo, si no, se había convertido en un pájaro dañino que se alimentaba de animales domésticos, quitándole el sustento al labriego? Alhambra tomó la palabra: no..., era difícil creer en las hadas buenas o malas, aunque el pueblo y los juglares hablaran dellas... Quizá, todo fuera producto de la imaginación de don Lope que era amante de trovas y cantares.

Para Lambra que no había habido hada ni doncella sino una rapaz que asustada emprendió veloz vuelo y, luego, añadió que en Navarra no había hadas malas. También descartó la posibilidad de que el extraño ser fuera un ángel del Señor y adujo que, de enviar Dios a una de sus criaturas superiores para saludar y desear buen viaje a la señora Toda, de seguro que, como a la Virgen María, le hubiera remitido al arcángel Gabriel, que nunca hubiera huido.

Se holgó la reina con las palabras de Lambra. La muchacha derrochaba gracejo. Boneta y Adosinda le insistían para que se pusiera el ceñidor de doña Amaya, para paliar los posibles efectos perniciosos del pajarraco. Toda se lo abrochó.

Ella llevaba el cinturón mágico de la antigua reina Amaya en los actos oficiales, y aun en otros, por el grueso brillante que reverberaba a la luz del sol y de las teas, resultando magnífico, y por sus indubitables poderes contra venenos y maleficios.

Es de todos conocido que un rey musulmán pretendió apoderarse de las tierras donde vivían los vascos que se hicieron fuertes en el castillo de Amaya, guiados por una reina del mismo nombre. Una reina que ya no tenía reino, salvo una fortaleza en un monte alto, que no tenía ya espada ni otra cosa que un ceñidor, aderezado con un grueso brillante. A punto de morir, lo encomendó a un esforzado caballero para que, descolgándose por la muralla, lo entregara al conde de Álava.

Cómo le vinieron los poderes al cinturón o si ya los tenía, era un hecho ignorado por Toda Aznar, pero poderes tenía, como podían atestiguar las reinas anteriores y ella misma, como cuando Nunilona Gómez, vendida a los moros en el último sitio de Pamplona, le dio a comer una manzana envenenada y Toda no la comió porque algo se lo dijo, posiblemente el ceñidor que llevaba puesto, y se la dio a comer al perro, a su querido perro Aragonto, que murió en el acto. En fin, llevaría el ceñidor, ahora que no le venía prieto...

Lizarra

A la hora de comer, doña Boneta desplegó la silla de la reina. Menos mal que habían traído las sillas de campaña, menos mal. Porque ni la reina, ni ella estaban ya para andar por los suelos como en los tiempos de Alhándega... ¡Condenado viaje para sanar a un obeso y postrarse ante el emir! ¡Mil leguas para que el hijo y la mujer de Sancho Garcés se inclinaran ante un infiel! ¿Dó quedaban las palabras de doña Toda: pactar entre iguales, que nunca servir...? ¿Dó quedaban? ¿Tanto viaje por un gordo monstruoso que además era vano y orgulloso? ¿Tanto le podía tirar la sangre a la señora? ¿Dó va Toda Aznar enloquecida? Enloquecida, sí. ¿Qué hace una reina octogenaria subiendo a una máquina de guerra con peligro de su vida? ¿Qué hace un rey de Navarra, mirando hacia Pamplona, enfermo de amor? ¿Qué hace un rey de León tendido entre almohadones? ¿Qué fue del valor de los Arista y los Jimeno?

La reina no está bien de salud, Boneta lo sabe. Aparte del estreñimiento, a ratos le funciona mal la cabeza. Confunde las cosas. Algunas cosas. Algo no le bulle bien en el cerebro y es ciega para su familia, mejor dicho para Sancho y para García, porque de los demás no se acuerda o confunde a unos con otros. Está ciega con Sancho que es un incapaz, pues se dejó arrebatar un reino, y con García que sigue siendo un niño grande, pese a que no es ningún mozo. Se confunde... Hoy se empeña en llamar a doña Teresa, la reina que se quedó contenta en la corte, la pallaresa, cuando no es de Pallars, sino de

León, cosa que no había hecho nunca, pues siempre sabía quién era quién..., y más cosas que equivoca... Ay...

¿Qué tienes, Boneta, amiga? Nada, no es nada, la mi señora. ¿Penas del cuerpo o del alma? De cuerpo y alma, señora. ¡Ah, la mi amiga, no me traigas penas más! ¡Tente, no llores...!

¡Tente, hija mía, e di a tu madre qué te aqueja! La camarera prorrumpió en un amargo llanto. Recuerda que yo soy para ti una madre, pues te recogí solitaria en un camino, cuando la casa de tus padres fue destruida, y te tuve ya siempre conmigo. Te enseñé a leer, a coser y a bordar junto a mis hijas, porque nunca quisiste luchar, y te hice mi camarera. Después te di arras y te casé con Jimeno Grande, de grato recuerdo, y ya te he sido siempre tu amiga...

Señora Toda, yo te he servido fielmente y seguido por doquiera, pero este viaje que hacemos no es para ninguna de nosotras. No es de razón que una reina de tu edad se suba a las atalayas con peligro de su vida, ni cruce ríos salvajes, ni duerma en lecho duro. Mi corazón se duele y no halla explicación para que una señora de tu esplendor se incline ante un emir, pues ni Sancho Garcés ni Jimeno Grande lo hubieran querido...

¡Ah, Boneta, amiga, tú no entiendes de gobiernos...! Ya no es como en vida de nuestros maridos, ahora debemos recuperar León para asegurar nuestra frontera de Nájera, volver a conquistar Viguero y Calahorra, asentarnos en la ribera del Ebro, traspasarlo y continuar hacia el sur... Hago este viaje tan largo para curar a Sancho, sí, pero también para ver lo que hay en Córdoba y en el camino y volver con un gran ejército... y, entonces, ya no me humillaré ante el califa, sino que será él quien se arrodille ante mi hijo, el rey destos reinos y de otros nuevos que haremos... Pero, mira, necesito recuperar León, donde no quieren un rey tan gordo y llevan razón porque no es presentable. Non se puede recibir a una embajada, ni ofrecer en un monasterio, ni presidir un ágape, ni menos hacer un trato o una guerra con esa facha... Yo debo ayudar a Sancho y sacarlo de carnes. Lo que, por otra parte, ni a ti ni a mí nos vendría mal, bromeó la reina, porque las navarras engordamos al casar y ya no lo soltamos. Las mujeres navarras cogemos más carnes que las de otros reinos, porque somos más altas. Tú y yo deberíamos aplicarnos a los remedios del judío, para regresar con más holganza... ¡Ah, Boneta, si hubieras parido hijos me entenderías!...

Yo no entiendo de gobernaciones, en efecto, pero sí de la vida y de la muerte y ninguna de las dos tenemos edad de hacer este viaje, ni menos como tú lo haces, desafiando peligros. Las dos terminaremos la vida en este largo camino, en tierra infiel, lejos de Pamplona... ¡Ah, no!, yo no moriré en esta ruta... Pero dejemos este negocio y vayamos a comer... y alegra la cara y no te enojes...

Boneta es una buena y fiel servidora, pensaba la reina, pero no sabe de gobiernos. Qué sabe ella de cuando es preciso ensalzarse o humillarse, de juntarse o separarse... ¿Sabe, acaso, que no hay reino que no se pueda agrandar...? No obstante, tiene razones para decir lo que dice, no debería subir a la torre pero si el que había de bajar no bajaba qué otra cosa podía hacer... Ignora que un reino pesa mucho más que cualquier cuerpo por muy cargado que esté... ¿Llega ese yantar, Boneta? En cuanto veo o huelo la comida me viene una agüilla a la boca desde que recuerdo, acaso desde que nací... Nunca dejo satisfecha el hambre, quiero decir que me privo y no como todo lo que me gustaría, para no llegar a ser como Sancho. Enseguida supe de la gordura de Sancho, que se inició al hacerse hombre, por mi hija Urraca, y quedéme aterrada, pues mi nieto venía de mí. Por eso me privo, pues por la misma razón por la cual Sancho es gordo, por comer en exceso, yo podía tornarme obesa si me excedía en el yantar, y me controlo el ansia, a fe mía, pues a mis años entorpecería todo mi quehacer. No obstante, me sobran carnes. ¿Es que no viene ese yantar? Aquí está, la mi señora: nabos con avutarda, dulce de melocha y vino de Nájera, regalo de vuestra sobrina. ¡Buen apetito, la mi reina!...

¡Nabos, nabos! ¡Yo no gusto de los nabos, a Munio lo mandaré azotar...! Boneta, ¿cómo lo has aprobado? Señora, llevamos un día loco, todo anda suelto... La cena será mejor. El paso del río nos ha retrasado. Por otra parte, hay que hacer comida económica, pues se dice que en Lizarra no nos han de vender y el camino es largo..., hasta las mulas que uncen los carros están inquietas. ¡Téngase la reina, que todos vamos a enloquecer!...

¡Bien sea dicho, comeremos nabos...! ¿Da el preste la bendición? La reina comió con afán y después dispuso que se quedaran retrasadas las carretas de carga y la atalaya que ella se adelantaba a Lizarra.

¡Dios, qué polvareda! Es una polvareda que va y otra que viene; viene gente de a caballo, informó Boneta. ¿Es que no nos van a dejar llegar a Lizarra? Ya se adelanta Lope Díaz, será la bienvenida, señora. Nos, los recibiremos en la cena, Boneta, tenlo claro, que no está bien que mis vasallos me vean así, tan despeinada y sucia, ocúpate de ello... y, en cuanto lleguemos, me preparas un baño y una cama blanda pues descansaré un poco antes de cenar...

Lope Díaz, acompañado de un caballero, se presentó ante la carroza de doña Toda. Doña Boneta les indicó que la reina dormía y que guardaran silencio, que la recepción oficial sería a la cena y después ordenó a don Lope que acordara con Munio Fernández, el despensero, lo que había que comprar y que lo ajustasen con el merino de la villa. Apenas se marcharon, la reina demandó a su camarera el nombre del caballero. Es don Gutierre, el nieto de Alfonsa Jimeno, prima de tu marido. ¡Es muy hermoso...! Lástima que no sirva para Andregoto... Mi sobrina es mayor para él, ¿verdad, Boneta? Y tanto, señora, Andregoto es como Velasca, tu hija, que en gloria esté, ambas nacieron en el año de la primera enfermedad de Sancho Garcés y el muchacho es imberbe... No, nos sirve, hija mía, por muchas razones. Fíjate si juntáramos las dos villas, Nájera y Lizarra, con lo brava que es mi sobrina, podrían hacer un reino y separarlo de Navarra... Andregoto es mi mejor castellana de la frontera, a mí me va bien que sólo piense en la guerra, pero prometí a su madre que me ocuparía de ella y debo maridarla para que tenga un brazo fuerte a su lado e hijos que sean consuelo de su vejez. Es muy rara Andregoto, ¿verdad, Boneta? A mí no me parece extraño que tu sobrina no se case, oyendo lo que habrá oído de su padre... ¡Ah, sí, Boneta, don Galancián era una bestia! Yo, por hacerle favor a mi prima, lo mantuve guerreando en la frontera casi toda su vida... Pues claro, mi reina, ¿cómo sabiendo eso doña Andregoto había de maridar? Que una cosa no va con otra, Boneta, los hijos pueden ver u oír a los padres pero no siguen el escarmiento... Si mi sobrina no se ha casado será por otra causa... Aquel caserío es Lizarra... Trata con el merino si me han preparado casa y entérate si el de la atalaya va a bajar... Llama a las damas que me rodeen para que no se me junten las gentes, que voy muy acalorada, luego de cenar las recibiré gustosa... Y, desde luego, mi sobrina no tiene la edad que dices... Mi hijo don García era mozo cuando la apadrinó... Te confundes, Boneta...

—¡Señora Toda!
—¡Déjame un poco, Boneta!
—Es la hora de cenar y una monja trae carta de vuestra nieta Elvira, la abadesa de León.
—¿Qué dices?

A Toda le dio un vuelco el corazón. ¡Dios, carta de mi nieta Elvira! ¿Qué buenas nuevas traerá? ¡Carta de Elvira, ah Dios, que no estaba para malas noticias, que venía ya con los nervios aflorados y en un arranque era capaz de mandar matar al mensajero...! No aprietes tanto el jubón, que me haces daño... Señora, luego me dices que se te sale todo... No me hagas caso y tensa. ¿Dices que es una monja? Son muchas monjas, señora. Di que entren, Boneta. ¡Señora, tu velo! ¡Deja el velo, dame mi espada! Señora, no irás a matar al mensajero... No, pero la espada apacigua al clero, máxime cuando hay tanto ayuntado, di que pasen... ¿Qué es esto, Boneta? ¿Es un convento entero? ¿Alguna de sus mercedes es priora? ¿Dónde está el mandado?

—Yo soy la mandada a la reina Toda, traigo carta de Elvira Ramírez, abadesa del monasterio de San Salvador de León, a su egregia abuela...

—Nos, somos contenta de recibir manda de nuestra nieta Elvira. ¡Dámela, Boneta! ¡Léela quedo, que sólo la oiga yo!

—«A la muy noble señora Toda Aznar, reina de Navarra...»

—¡Presto, Boneta, presto!

—Hay mala luz, señora...

—¡Presto, Adosinda, una antorcha!

—«Carísima abuela: mi corazón se huelga de poder hablarte y de que tengas esta carta en tus manos, sepas que con ella va mi cariño y respeto, a ti misma y a la memoria de mi madre, tu buena hija Urraca que dejó grato recuerdo en este reino de mi hermano, hoy de otro...»

—¡Pasa los preludios, Boneta!

—¡Ay, señora, no me confundas!

—«Sepas que enterada de tu viaje a Córdoba, comoquiera que en esa ciudad se encuentran las santas reliquias del niño Pelayo, mártir, te ruego te sirvas demandarlas al califa y que éste me las envíe para tener cosas santas en mi abadía y hacerla crecer y dejar buen nombre de la primera abadesa, que soy yo, como bien sabes. Como don Abd-ar-Rahmán es sobrino tuyo y te querrá honrar le puedes solicitar los restos del santo niño para el que yo hallaré acomodo en mi monasterio. ¿Quieres entrar en este negocio, abuela?

»Yo mandaré escribir un libro donde se diga que tenemos al niño Pelayo por el oficio de la reina Toda de Navarra, abuela de la abadesa y gran señora y muy pía y muy buena madre y esposa y muy cristiana... Y si gustas de extender tu viaje hasta León, no lo dudes, vente, pues te serviré con agrado. Me atrevo a poner en tus manos el asunto del califa, porque a él un santo poco le importa y a mí mucho, por lo dicho y porque Compostela está alcanzando fama y brillo y a ella van muchos peregrinos y si en León hubiera algo de prosapia a que adorar no pasarían tan de paso, con lo cual las rentas de mi abadía se incrementarían con limosnas y donaciones y yo la haría más grande. Además, que es de razón que un santo more entre cristianos.

»Mucho te agradecería, abuela, que me hicieras esta merced. Beso las manos y las mejillas de vuestra grandeza y plego a Dios que os allane el camino; que la diputación de navarros llegue sana y salva a Córdoba. Beso las manos a don García, el rey, y a don Sancho, mi hermano. Te tendré, señora, en mis oraciones para que Dios, nuestro más alto Señor, te conceda ventura y larga vida. Dada en *Legione* el año de la era DCCCC^a, LXL^a, VI, a siete días saliente el mes de junio. Vale. Elvira Ramírez, abadesa de San Salvador.»

—Mi nieta acopia reliquias, Boneta ¿te das cuenta? y como buena monja me pide que entre en este trabajo... ¡Siéntense las sorores! —ordenó la reina y después se dirigió a la priora—: ¿Quién sois, hermana?...

La religiosa portadora de la carta se presentó como doña Nuña de Xinzo, hija del conde gallego Amudio y priora del monasterio de San Salvador y dijo: que se tenía por muy honrada de conocer a la señora Toda, a la que serviría lo mismo que a doña Elvira. Que Elvira le besaba las mejillas y le cogía las manos de reina, de señora y de abuela. Que quisiera conocerla, pues de doña Toda se contaba mucho y bueno...

La reina la interrumpió y dirigiéndose a las monjas, rogó:

—¡Háblenme de mi nieta las sorores!...

—¡Es una amante esposa de Cristo!...

—¡Es pía!...

—¡Es docta!...

—¡Es sabia!...

—¡Es templada!...

—¡Es bella!...

—¡Digna hija de la reina Urraca!...

—¡Digna nieta de la reina Toda!...

—¡No hablen todas a la vez, hermanas, no confundan a la reina! —gritó doña Nuña.

—¡Qué barullo, Boneta, estas monjas... todas hablando a la vez!...

En éstas, llegó Lope Díaz y habló al oído de la reina: don García no quería bajar de la atalaya y a don Sancho no podían levantarlo de la cama ni entre cuatro hombres fornidos, tal vez hubiera engordado más, y preguntaba qué hacía, que ya estaban las mesas puestas y las viandas aparejadas, y que el merino esperaba...

—¡Déjalos, amigo Lope, déjalos! Cenaremos tú a mi lado y al otro la mandada de León. ¡Déjalos! Que nadie sepa que vienen los reyes, y al merino desta villa ponle buen sitio, ponle al lado de Alhambra que es doncella...

Quedóse la reina pensativa. ¡Vaya, el gordo no se puede levantar y el amador tañe la vihuela en una torre!

—¡Continúen las sorores! ¿Aquella hermana no habla ni bien ni mal de su abadesa? ¡Ven aquí! ¿Quién eres...? Una belleza inusitada, Boneta, observa... ¿Quién eres, mujer...? ¡Qué porte, Boneta, repara qué dama tan principal! ¡Di! ¿Quién eres, doncella?

—Elvira Ramírez, yo soy, hija de Ramiro el Grande y de Urraca de Pamplona...

—¿Oyes lo que yo, Boneta? Dice que es mi nieta Elvira.

—Eso dice, la mi señora, y dama es y porte tiene, aunque venga de tapado.

—¡Doña Nuña de San Salvador!, ¿es ésta tu abadesa?

—¡Sí, lo es!

—¡Que se vayan todas, Boneta! ¡Ven a mis pechos, Elvira!

—¡Mi señora, reina...!

Las dos mujeres se abrazaron largamente.

¡Quítate la toca, Elvira, para que te pueda ver...! ¡Mira, Boneta, qué bella..., es como si estuviera viendo a Urraca...! ¡Qué donosura, niña...! Dime, hija, ¿acaso te obligó tu padre a entrar en religión? No, abuela, fue por mi gusto. ¡Qué extraño, mi niña, hubieras podido ser reina!

No, abuela, estoy contenta en mi abadía lejos del mundo y de lo vano... No es vano el mundo, Elvira, no es vano, al contrario, es complicado y ser reina lo es más. Yo hago mucho servicio o trato de hacerlo pues no siempre se puede, hija mía.

Cuando acucia el moro en la frontera yo salgo a la lucha para preservar o rescatar las tierras de los campesinos y que haya pan todo el año y que las gentes no pasen hambre y recojan los frutos que tan costosamente se sacan de la tierra. Y esto no es vano, Elvira, y es más penoso que arrodillarse y rezar... Pero, ahora, vayamos a cenar... ¡Mi ceñidor, Boneta...! Me sentaré al lado de Elvira...

La reina fue saludada por don Gutierre, el baile de Lizarra, y por una diputación de vecinos. Se llegaron todos a la mesa y fueron servidos con ricos manjares.

—Non me pongas más, Boneta, pásale a Elvira que está flaca... ¿Non habéis buenas cocineras, señora nieta, en San Salvador y, decidme, por qué viniste de excusado?

—Así lo acordamos mis monjas y yo, señora, pues se dice que a veces se os lleva la cólera y os airáis y yo non quería levantar iras ni suscitar enojos.

—Es clara la niña, Boneta, contéstale por mí...

—Non debe la abadesa decir tales cosas a la reina, que no levanta iras ni grita sin motivo, sino que debe hacerlo para remediar entuertos y poner orden; y me consta que la señora se hubiera holgado en toda hora de recibir a su nieta, como le ha manifestado siempre en las cartas que han cruzado sus mercedes, sólo fuera por la memoria de doña Urraca, su buena hija y mi buena amiga.

—Non se deben incomodar sus señorías pues no hay maldad en mis palabras sino ecos de lo que se oye, además que no lo reputo por malo, sino natural en la dirección de un reino, donde sé que hay que tener mano dura, mesmamente como en la dirección de un convento. Y no quise sobresaltar a la abuela, es más, quise saber cómo entendía mi venida y mi negocio del niño santo y, lo cierto, señora Boneta, que no me ha respondido sobre el asunto, demándeselo vuestra merced...

—¡Tente, hija, que no es el momento!

—¿Qué dice Elvira, Boneta?

—Nada, señora, nada, se presentó de tapado para que tu ánimo no se impresionara...

—Dile que mi ánimo recogió el Alcorán y la armadura del califa en el campo de batalla...

—No, no se lo diré, señora, ¡téngase la reina y téngase la nieta!, y escuchen a los músicos..., tiempo habrá de parlamentos sobre el negocio de Elvira...

En esto, alzó la voz doña Adosinda, pidiendo permiso a la reina para cantar y bailar. Doña Toda lo concedió y se retiró a la par que su nieta y su convento.

Ya en el aposento, le preguntó a su camarera mayor su opinión sobre Elvira y la encomienda que traía. Boneta le respondió que la niña era clara y brava como doña Urraca, pero que, para que los huesos del niño Pelayo se quedaran en León, mejor estarían en Pamplona, donde andaban cortos de reliquias. Que los restos mortales del niño santo estarían muy bien en la capital del reino, junto a santa Emebunda y la imagen de santa María.

—Estoy contigo, Boneta, estoy contigo.

—Buenas noches, señora.

—Adiós, hija...

—¿Qué ocurre, señora, que te revuelves tanto en la cama...?

—¡Ay, Boneta, no me puedo dormir! Mi nieta me ha alterado.

—Cierra los ojos, señora...

—Me ha alterado la niña al presentarse de súbito con el negocio de que solicite al califa las reliquias de san Pelayo, para ansí agradar a sus monjas y agrandar su cenobio, cuando con el mismo trabajo nosotras podemos agrandar Pamplona, que es como decir el reino, y darle mayor solera... Pues, no, no lo haré..., no haré nada más por los hijos de Urraca, pues ya hago en demasía... Llevas razón, Boneta, los restos del niño quedarán muy bien en Pamplona en procesión, junto a santa Emebunda y santa María, tras correr los toros durante las fiestas mayores... Además, nosotras debemos mirar para nuestro reino y no para otros estados.

—Dices bien, señora, no pienses en ello... Nos han tratado bien en esta villa.

—Sí, pero podía haber sido una cena muy lucida con tres reyes, una abadesa, un sabio judío y un capitán musulmán, pero hasta los moros se han excusado y no han venido... Ay, no sé, tengo una congoja... Mañana me arrodillaré ante el sepulcro de mi marido... Pero non sé, tengo algo en el corazón... Le mandaré rezar mil misas...

—Harás bien, señora.

Monasterio de San Esteban de Deyo

Yo te digo, Boneta, que serán capaces de no bajar de la torre y de no orar ante la tumba de su padre y de su abuelo... Mal vamos, amiga, con dos reyes indolentes subidos en una torre, y en este carro con una santa, una priora en el pescante, una abadesa, las damas y los alanos, muy prietas vamos. Elvira ha decidido visitar la tumba de Sancho Garcés, está bien, pero podía ir en su carroza, pues no encuentro acomodo con ella, me resulta muy orgullosa.

Orgullosa no, señora Toda, es joven y está acostumbrada a ordenar en San Salvador y hasta en León, donde tiene mucha prédica, pues la consideran muy santa.

Pues no sé, Boneta, pero no me pareció que ayer en la cena me tratara con mucha deferencia; en verdad, que no me resulta humilde pero, en fin, si yo fuera santa no sé lo que haría por conseguir los restos mortales de un santo y por agrandar mi convento, puesto que he hecho muchas cosas para extender mi reino...

¡Ay!, Boneta, no sé qué me dirá Sancho Garcés. No sé qué le parecerá este viaje ni el homenaje al emir. Tal vez me amoneste como solía hacer en vida: «Deténte, Toda», y no decía otra cosa... Porque yo me pierdo... A mí me viene un impulso al corazón y, a menudo, hago lo que no debo o me torno iracunda... y todos tiemblan ante mí... Sancho me reprendía cuando mandaba azotar en palacio a un sirviente o a un capitán en la guerra. Es la sangre de los Arista que llevo y me rebosa... «Te morirás en un pronto, mujer», me decía mi marido y, ya ves, ochenta y dos años, mientras a mi pobre Sancho se lo llevaron los escalofríos, ¿recuerdas? La primera enfermedad de Sancho, un año antes de su muerte, cuando estaba tendido en la cama con terribles dolores de espalda y del cuerpo todo, que terminó milagrosamente, con gran regocijo de señores y menudos, cuando vinimos a ofrecer a este cenobio de San Esteban de Deyo y, luego, a San Salvador de Leyre. Aquí, en San Esteban precisamente, curó don Sancho, por las oraciones y oficios del abad, don Álvaro, un santo, ¿recuerdas, Boneta...? Y quiso ser enterrado aquí, pero, a poco, se acabó el contento y mi marido murió de escalofríos, piadosamente, en efecto, tal y como dijeron las crónicas... Y yo, quedéme sola, con cuatro hijas, dos todavía doncellas, y un rey menor, y un cuñado corregente. Tu marido, Jimeno Grande, me ayudó mucho y tú misma, querida, que llegaste a mis hijas donde yo no podía llegar... Luego, con la muerte del regente y con mi política de casamientos y mis victorias en el campo de batalla me asenté mejor en el trono y ya nadie osó levantar el brazo o la voz contra García o contra mí..., pero pené muchas veces por Sancho Garcés, el mejor rey de Pamplona... Pené, sin hombre en la cama, sin brazo en que apoyarme...

¡Ahora, manda a don Lope que suba a la torre y baje con esos dos botarates! ¡Que no podemos hacer un feo así a Sancho Garcés! ¡Que hay cosas que no se pueden silenciar y qué han de decir los pamploneses cuando conozcan que su rey no ha presentado oración ante la tumba de su padre, precisamente el hacedor del reino...! ¡Por Dios, haz lo que sea, Boneta, echa mano del preste, de Elvira o de las monjas; díselo al nuevo abad, pero haz que bajen y cumplan con su deber!...

Allá venía el abad, portando en una mano la albenda de Sancho Garcés y en otra una cruz de plata labrada. La reina Toda, en representación de los reyes de la expedición, descendió del carro con gestos pausados y se inclinó ante el fraile, diciendo:

—Beso las manos de vuestra reverencia, Atilio, abad de San Esteban de Deyo y custodio perpetuo de la tumba de mi esposo, Sancho Garcés, que fue rey de Navarra y cofundador de este monasterio conmigo...

—¡Dios guarde a vuestra majestad, la reina Toda, esposa y madre de reyes!...

Doña Toda se sentó en una de las tres sillas que tenían preparadas, bajo un entoldado, a la puerta del monasterio, y se sometió al ritual del lavado de pies. En las dos sillas sobrantes mandó sentar a Elvira y a Boneta y ella misma les lavó los pies. Después, se excusó de su proceder ante un abad atónito y le explicó que los reyes estaban enfermos y que no podían bajar, que por eso había mandado que su nieta y su camarera mayor ocuparan los sitios vacíos. Luego se dirigió presurosa hacia el pórtico conventual y se hincó en un reclinatorio ante la tumba de su esposo, seguida de todos, y oró desta guisa:

¡Sancho, Sancho!, hazme merced desde el Cielo; da salud a García y a Sancho; dame buen trato con el soldán y paz en el reino, y haz que ningún enemigo prevalezca contra mí...

Doña Toda creyó oír una voz grave aunque muy lejana, muy lejana, y aguzó el oído: ¿Dó va Toda Aznar, mujer que fue de Sancho Garcés? ¡Era Sancho! ¡Era la voz de Sancho, su marido! Toda se apresuró a contestar: Voy a Córdoba, señor, por un negocio familiar, para sanar a nuestro nieto Sancho y hacerlo rey de León... Me acompaña nuestro hijo García, que te encomienda desde la atalaya, y una madre abadesa que tenemos nieta, que es esta niña de mi diestra, y mucha gente de Pamplona, entre ellos Boneta... ¿Qué haces, Sancho, dónde estás? ¡Muéstrate que te vea...! ¡No abandones a esta vieja dolorida, presta a reunirse contigo después del viaje! ¡Te echo en falta, Sancho, amigo! ¡Háblame, esposo...!

—¿De dónde has procurado los dineros para este viaje, mujer?

—Ay, Sancho, ya sabes que soy mala administradora... He hipotecado las rentas de los monasterios que patrocino durante dos años y reducido las congruas y las raciones de todos ellos e, ítem más, he constituido censales sobre varios predios, pero cuando Sancho sea otra vez rey de León, me resarcirá con creces. ¿Non gustas dello, marido?

—¡No, no gusto dello...!

¡Tente, Toda, que no es posible que un muerto te hable! Que no es de fe un parlamento entre vivo y muerto... Que estás oyendo lo que no hay e imaginando el resto... La visita a la tumba de tu esposo te ha emocionado y sacado de razón; te ha alborotado el corazón y perturbado el entendimiento... ¡Tente, Toda!...

Ya más serena, la reina miró en derredor. Todos estaban ocupados en unos latines; a la diestra de la reina, Elvira; a la siniestra, el abad; un poco alejada, Boneta. Rezaban un responso por el alma de Sancho Garcés.

Y allí, naturalmente, no había pasado nada. Sancho Garcés no había hablado, ni menos reprendido a su esposa. La plática había sido cosa de la reina. Ella misma se había hablado, reprendido y contestado. Porque, lo dicho, no era de razón que un muerto y un vivo platicaran aunque hubieran estado maridados. Me he portado como una niña locuela, diciéndome lo que hubiera querido oír de mi esposo. Me ha conturbado la visita a este cenobio y este viaje... Tal vez Boneta esté en lo cierto y no sea para una mujer de mi edad, aunque se encuentre bien... Claro que si muestro alguna debilidad con los reyes y la gente en contra de este empeño, adiós viaje y adiós reino de León, y no. Para eso no he armado esta compaña ni hipotecado mis rentas por dos años... ¡Ánimo, Toda, no flaquees! Mira, Sancho, una cosa he de decirte, es posible que termine tan cansada desta expedición que fallezca al volver a Pamplona y descanse por fin... Es posible, amado, que, entonces, ya no quiera viajar ni de muerta; si es tal, dispondré que me hagan entierro en la iglesia de Santa María, y no vendré a reunirme contigo; no obstante, ve a esperarme a las puertas del Cielo... ¡Adiós, Sancho, tenme contigo como yo te llevo en mi corazón...!

¡Ea, ea, en marcha la compañía!, gritó la reina y después entregó al abad dinero para mil misas y, tras las reverencias y salutaciones de rigor, la real comitiva volvió al camino.

—*In vero dico vobis, domina Boneta*, que hubiera bajado a los dos reyes de la altura a latigazos y los hubiera arrojado a los perros... ¡Qué situación, querida amiga, yo lavándote los pies y tú dejándotelos lavar y entre medio dos abades...! ¡A gusto hubiera dejado a dos reinos sin rey, pues ninguno de ambos merece tal nombre!

—Alíviese la reina en mi pecho y cálmese e non diga cosa alguna que los reyes son ellos y Toda, aunque fue reina, no deja de ser una pobre mujer anciana.

—Mira, Boneta, no sé si, alguna vez, Sancho volverá a ser rey de León, pero me temo que, cuando yo muera, cualquiera pueda quitarle el reino a García, por ello he de vivir muchos años. Ya me está cargando Elvira con tantos latines y oraciones que no dejan respiro ni asueto. Que yo soy de misas, como tú sabes, pero no tanto y ahora mesmo, cuando te hablo quedo, Elvira me mira de mala cara. Tal como si fuera una novicia revoltosa de su convento. Elvira debe de ser muy santa, en efecto, porque alaba sin descanso y eleva muchas preces, pero a mí este fondo de latines sacros me incomoda por su monotonía y porque no sé bien lo que dicen, y aunque lo supiera me resultaría tedioso. Que, vamos, estábamos mejor las navarras solas, como antes de llegar a Lizarra. Además, que la niña santa no deja respiro ni tiempo para entrar en otras disquisiciones. Que me parece que mi nieta ha tomado el mando deste carro sin mi permiso, y tú sabes, Boneta, que yo ordeno en todas partes donde estoy y no lo voy a consentir... Quizá, fuera ya hora, Boneta, de que dispusieras la hechura de mi brial, pues pienso presentarme con él al señor califa. Entiendo que sería bueno que comenzaras ya la dirección del mismo y que extendieras las telas por ver si las prioras se marchan a su carro con las oraciones y a nosotras nos dejan hablar de cosas mundanales, que también es conveniente.

—Ya he pensado en el brial, señora, mas debes recordar que doña Berta, que cortaba tus vestiduras, ha quedado en

Pamplona y que nosotras, las tus damas, valemos para coser trapillo, pero no para cortar oro y plata; no obstante, me han hablado de una dueña, salida de lega, que sabe tratar el paño y que viene en la expedición, pero he de ajustarme con ella y confirmar su valía. En cuanto a tu nieta, te ruego que seas paciente...

—Ya me vienen los dolores de barriga, me los está poniendo Elvira, pues nuestros genios entrechocan... Me entra dolor de tripas, amiga. Es la niña con tanto «benedicimus», porque, mira, a mí mucho de cualquier cosa siempre me ha cansado; yo creo que un poco de todo es suficiente. ¿Te ha gustado el túmulo de Sancho, Boneta? El escultor franco ha cumplido muy bien, pero me ha costado mis dineros, muchos dineros... Ya sabes que siempre ando mal de numerario pero ya le terminé de pagar todo... Ha quedado muy bien en ese mármol tan blanco... Fue un acierto contratar a Maese Arnaldo... Mira, Adosinda, Nunila y Lambra están dormidas... Si te digo la verdad me gustaría tomar el camino de Burgos, ahora que estamos relativamente cerca, y presentarme en la iglesia de Salas para santiguarme ante las cabezas de los Siete Infantes de Lara, que ovieron tan mala muerte, pues su historia me resulta emocionante... Eso del padre preso en Córdoba, los niños muertos por el malvado Rodrigo, y Mudarra, el vengador... Una historia de buenos y malos en la casa de Lara, mesmamente como en cualquier familia, como en la mía cuando se juntaron los Arista con los Jimeno; como cuando Sancho Garcés se hizo rey... Allí, se decantaron los buenos y los malos, los que estaban en pro y en contra. Cuando, en realidad, Sancho se limitó a poner su reino de Sangüesa que le correspondía por herencia sólo a él, y mi parte de Pamplona que me correspondía sólo a mí como biznieta de don Fortún, quien, como sabes, se había retirado a Leyre tras su regreso del cautiverio y no reinaba... Y Sancho lo juntó todo e hizo un solo reino... porque mejor que haya sólo uno de mando..., por eso creció nuestro reino. Pero allí, todos quisieron ganar, unos con maldades y otros con bondades... ¡Ay! Boneta, estoy hablando mucho... Es que me altera esta nieta mía con tanta plegaria, con este soniquete de misa... Y, lo que te decía, que me gustaría inclinarme ante las cabezas de los Infantes, tan injustamente muertos por el odio de una mujer... Es curioso, los hombres hacen muchas cosas por las mujeres bellas... Mira a García, por ejemplo. Una pena de hombre, que si no fuera rey, no sería nada, nada. Seguro que está tañendo el laúd, aunque no lo oigamos porque no nos dejan las monjas, seguro... Y, mientras, nosotras llevando el peso de la diputación. Menos mal que todos colaboran y que don Lope es un gran capitán. ¡Dame el manto, aqueste viento no ha de hacerme bien! Envía recado a Lope Díaz para que paremos en el primer arroyo que encontremos, pues ya no puedo más, que me duele el vientre y los oídos, y, mañana, que se simule enferma una dama y haya de estar tendida, para que se vayan las monjas enhorabuena, que yo no aguanto esto, Boneta.

—¡Señora, no hables tan alto que te han de oír!...

—¡Si este viento sigue así, mis damas, se nos va a llevar las tiendas!

—Es el viento del Ebro, señora, pues nos acercamos al río.

—Flaco favor que hace este viento por aquí. ¿Tú crees, Nunila, que correrán peligro los de la atalaya?

—Non se cuide dellos la reina, pues son hombres maduros y sabrán guardarse.

—¡Pónganse sus mantos las damas que vamos a recorrer el campamento!

—Es un viento muy fuerte, no es aconsejable —terció Boneta.

—¡Guárdense las damas sus consejas y apresúrense a seguirme, que así non hicimos Navarra!

Era una gran tempestad de aire y arenas gordas. Las damas flacas, Nunila y Alhambra, eran zarandeadas por el airón, mientras las gruesas resistían mejor. Las seguían los dos alanos.

—Non se separen, vuestras mercedes, e caminemos de la mano y en fila de a una; yo iré la primera —ordenó la reina.

El campamento estaba desierto. Los hombres se guarecían en las tiendas que amenazaban volar. Las damas hallaron a

Lope Díaz en la puerta de su pabellón mirando hacia la atalaya y moviendo la cabeza. La reina y él se cruzaron una mirada, mas no cambiaron palabra y doña Toda continuó. Las antorchas temblaban con peligro de abrasar los rostros de las damas. Nuño Fernández, el portaestandarte, se afanaba con unos hombres en avivar un fuego. Doña Nunila creyó escuchar el aullido de un lobo y, a poco, doña Adosinda oyó el llanto de un niño. ¡Dios, qué oídos tan agudos tienen vuesas mercedes!, se quejó la reina.

En el límite del campamento, la reina desbarató una partida de dados de unos guardianes, que reían y alborotaban. La reina acabó con las risas y mandó a los soldados a vigilar y a los curiosos a la cama o al duro suelo, que le daba igual, no sin antes amenazarlos con azotes. Hubiera llamado a Lope Díaz, pero ella se bastaba para enderezar aquello. Y, puesto todo en orden, Toda se decidió a emprender el camino de vuelta, cuando oyeron el aullido del lobo con nitidez y otro sonido que, a la sazón, bien podía ser el llanto de un niño; a más, los perros alzaron las orejas y querían lanzarse hacia la oscuridad.

Toda pidió su espada a doña Boneta de Jimeno Grande que siempre iba con la espada a cuestas y ahora no la llevaba. La reina la hubiera asesinado con la mirada (de otra forma no, pues era su amiga). Inerme, la reina soltó a los perros que se lanzaron hacia la oscuridad con gran espanto de las damas que esperaban que surgiera un lobo o una fiera carnicera o un monstruo de leyenda, pero no. Al cabo, regresaron los alanos trayendo un hato en la boca y lo depositaron a los pies de la reina.

—¡Gran Dios!
—¡Válgame el Creador!
—*Deum de Deo!*
—*Ora pro nobis...!*

¡Los canes depositaron en el suelo a una niña de cabellos de oro de corta edad...! ¡Una niña! Por eso la traían con tanto cuidado... ¡Una niña dormida en plenos campos de Dios! Doña Toda se agachó, tomó la criatura en sus brazos y la entregó a Boneta, diciendo con gravedad: vamos, señoras, a nuestra tienda.

¡Dios, qué cosas! ¡Cosas del viaje malhadado! Una niña traída por los perros o por el viento. Una niña de cabellos de oro tal vez robada o abandonada por sus padres, que llegaba repentinamente a los pies de la reina... Y es que ella, Toda, iba de sobresalto en sobresalto desde que dejara Pamplona, y está encontrándose con tanta gente que, Dios la perdone, pero en cualquier recodo del camino se le aparecerá el Espíritu Santo, y esto, más que un viaje, es un contratiempo detrás de otro... Ahora, un episodio con niña abandonada...

Bien parecía que algún malvado le estaba poniendo obstáculos en el camino... ¡Ah, no! Mala labor llevaba el de la mala querencia, porque ella haría lo que había venido a hacer y si se encontraba niños en el camino, *laus Deo*, continuaría el camino con o sin el niño. ¡A ver!, ¿de quién es este niño! ¿Es que no tiene madre?

No era un hecho extraordinario que aparecieran en los caminos criaturas desasistidas, sobre todo en tiempos de guerra o de hambre. A menudo, los padres las abandonaban a su albur para no verlas morir, siempre en esa extraña creencia de que algún caminante con posibles o, incluso, algún príncipe las recogería e, inclusive, las encumbraría, como Boneta, sin ir más lejos, que había sido desamparada y recogida por la reina en el camino de Viguero; dama de la misma y, luego, camarera mayor y amiga suya... Pero no había tantos príncipes en los caminos ni buenas gentes como para que una madre o un padre natural abandonara al fruto de sus entrañas, no. Cierto que en la expedición a Córdoba había nada menos que dos príncipes que, dicho sea de paso, nunca la hubieran visto ni oído.

Ya las damas demostraban su contento con la niña desconocida y le hacían fiestas y arrumacos mientras la lavaban. Boneta decía que había sido traída por el viento como doña Andregoto de don Galancián y que en ella se repetían las historias de la sobrina y della mesma. Doña Adosinda aseguraba que habría de llegar muy alto, puesto que venía entre tantos portentos. Doña Nunila comentaba que debía de tratarse de una niña con grandes dones porque había estado en las fauces de dos fieros alanos, que no sólo no le habían hecho daño, sino que la habían salvado de la oscuridad y, acaso, de la muerte certera. Doña Lambra entonaba una dulce melodía y tanto follón había en la tienda de la reina que las gentes comenzaron a acercarse. Ni el viento demoniaco que corría los detenía y todos decían lindezas a la niña y todos alzaban los ojos al cielo en acción de gracias.

Se extendió la noticia por el campamento y aunque era ya de noche muy oscura, se presentaron doña Elvira y su convento; el preste; el dinerero y mil gentes.

La abadesa manifestó su disposición para quedarse con la pequeña y hacerla religiosa, pero las damas pamplonesas, reina incluida, se negaron, aduciendo que la harían camarera, mesmamente como ellas. Toda, que dudaba, no por la niña, no por llevar una boca más en la expedición, sino por el hecho de cómo unos padres desalmados se la habían puesto en el camino, ratificó los deseos de sus dueñas.

Algo más tarde, don Abaniano, el preste, la bautizó con el nombre de Sancha tras mucho discutir, y fueron padrinos doña Boneta y don Lope Díaz. Hubo gran fiesta en el campamento navarro, pese al viento creciente que daba pavor.

El Ebro

Ya iban más prietas en la carroza las mismas mujeres de ayer y una nueva, la tal Sanchica, que sacaron de la oscuridad los dos alanos.

Las damas instalaron a la niña, que apenas sabía caminar, en una capaza de paja, y se aprestaron a hacerle vestidos, y andaban como locas con ella y le hablaban y le hacían carantoñas y arrumacos. Sólo doña Elvira y la priora permanecían graves en aquel carromato y, de fuera, se personaban las gentes para ver a la chiquilla y acariciarle la mejilla o la cerviz, y había que destaparla y enseñarla, lo que no era bueno por el fuerte viento.

Toda Aznar decía que la niña podría sufrir un resfriado y ya había padecido bastante, se suponía, flaca de carnes como estaba, expuesta al sol y a la oscuridad y a las fieras carniceras. Y suplicaba a todos por las santas Alodia y Nunila y por santa María de Pamplona que la dejaran quieta, pues la criatura habría de acatarrarse. Pero no; la novedad de la párvula era más grande que las palabras de la reina.

En el carro de la señora, se supuso que la noticia de hallazgo tan singular llegó a la torre de asalto, pero si comentaron algo arriba, no llegó abajo ni el rumor.

La reina rogó a Boneta que guardara a la niña en sus brazos, pues si ese viento del río no paraba, sería hacedero que se llevara lo que había traído y aun a las damas flacas y a la madre abadesa. Doña Toda tomó en sus manos la arquilla con los restos de santa Emebunda y a la caída de la noche avistaron el río Ebro y el lugar llamado de Varia, donde, entre grandes muestras de afecto y respeto, los campesinos acogieron en sus hogares a las damas principales y a la chiquilla.

El viento ululaba fiero. No, no, explicaba el alcaide de Varia, este viento empezó ayer; no es común tal temporal por estos predios; aguas abajo del río, sí. ¡Ay, qué Dios!, suspiró doña Toda. Porque mañana a la mañana habrían de pasar el río por un puente de barcas con la dichosa atalaya móvil y la mucha gente y los carros, y con ese viento, que Dios les amparase.

Durmieron mal y al levantarse, todas las señoras se ataron a los tobillos las sayas con cintas y telas para que no les entrara el viento bajo las amplias vestes, las alzara y hasta se perdieran en el cielo, quizá.

Ya habían atravesado el río, que bajaba lleno, todos, hasta la torre real sin mayores contratiempos, cuando don Nuño Fernández, el abanderado, dio el grito de alarma de que una inmensa polvareda que llegaba hasta el cielo se acercaba por el camino a toda prisa en dirección a ellos. La voz corrió y cundió el pánico. Nunca se había visto otro tal; debió de errar el agorador al dejarlos salir de Pamplona, se dijo la reina, y sujetó fuertemente la arqueta de la santa.

¡Ya, ya llegaba el torbellino...! Estaban todos, pamploneses y leoneses, aterrados, pues esperaban ser arrebatados, alzados y zarandeados por el viento loco, cuando, de repente, cesó el fenómeno y se escuchó una fuerte voz:

—¿Dó es Toda Aznar, la reina de Navarra...?

Y del polvo surgió un jinete montado en un magnífico caballo blanco. Los expedicionarios se quedaron espantados, unos creyeron ver la estampa de la Muerte, otros, uno de los Jinetes del Apocalipsis y los demás, nada bueno.

La reina, aunque ofuscada, al oír su nombre se alzó del asiento y gritó:

—¡Yo soy la reina Toda! ¿Quién me llama...?

El misterioso jinete desmontó del caballo, anduvo con gráciles pasos hasta el carro, se hincó de hinojos en el suelo y dijo:

—Yo soy Andregoto de don Galancián, tu sobrina, y vengo a servirte...

¡Dios, qué aparición, Andregoto, ay, Dios...! ¡Que entre unos y otros la habían de matar...! ¡Que parecía que todo el mundo se había vuelto loco...! Y dígame la mi sobrina, ¿traía vuesa merced la ventolera? Sí, señora, me dicen la Hija del Viento y cuando cabalgo, lo llevo conmigo y lo arrojo en derredor a mayor velocidad cuanta más prisa llevo, por eso cabalgo sola; dejé atrás a mi gente, pues yo había prisa por postrarme ante mi señora y servirla... Mas si molesta el viento, la mi reina, me apeo del caballo, lo entrego a los caballerizos y me subo a un carro.

¡Deja el caballo, ven a mi lado! ¡Júntense las señoras que viene mi sobrina...! ¡Un beso, Andregoto...! ¡Has cambiado mucho, niña...! ¡Llevamos años sin verte...! Miren mis dueñas y mi nieta Elvira, es Andregoto, la hija de mi difunta prima doña Mayor, es la castellana de la frontera de Nájera y quien traía el viento.

Las damas hicieron una graciosa inclinación a aquella extraña mujer que vestía armadura plateada y tenía los cabellos rojos. Elvira le dio la mano a besar. La najerense saludó con calor a Boneta y a Adosinda, pues las conocía de antiguo. Se sentaron todas las mujeres y la diputación de navarros emprendió nueva marcha.

Las gentes del cortejo e incluso las camareras de la reina miraban con curiosidad a lá Hija del Viento. Todas la habían contemplado con pavor cuando se apaciguó la ventolera y de entre el polvo surgió un jinete que más parecía un demonio dentro de una armadura de plata. Que fue como una aparición fantasmal. Que ya sólo faltaban las trompetas del Juicio Final. Que ya estaban los expedicionarios agazapados en el suelo, resignados a volver a la tierra, cuando apareció el misterioso caballero, que no era caballero, sino que se presentó como mujer, terminando con el misterio y con el temporal de viento. Para después apearse del caballo de un salto, librarse del yelmo con un certero ademán y mostrarse como era, una mujer de cabello largo y bermejo, que se arrodilló sumisa, como cualquiera de ellos, ante la señora Toda.

Y, naturalmente, era Andregoto de don Galancián, la mujer más brava de Navarra. Claro, quién había de ser, se decían los buenos pamploneses, sino la brava de Nájera que los defendía de los moros en las estribaciones del reino. ¡Cómo no lo habían pensado antes y se hubieran evitado el susto y el miedo! ¡Qué necios!

Era bella la castellana de cabellos bermejos, con esa boca de rosa y esa mirada de halcón; era bella, pese a su nariz afilada y un poco luenga. Por supuesto que fue la reina quien salvó a los navarros del espanto y quien respondió a la aparición fantasmal. Porque con los reyes no se podía contar, pues cada uno tenía su enfermedad. La de Sancho podía resultar comprensible, a fin de cuentas procedía del resultado de mucho comer y no dejaba de ser una suerte; pero la de García no. ¿Dónde se había visto que un rey penara por una mujer y no tomara otra para ahogar esa pena? Porque a personaje tan principal ninguna mujer se atrevería a decirle que no... Porque era un rey y más alto Dios...

Tales cosas decían los viajeros y se acercaban a ver a la sobrina de la reina y ahijada del rey. Y, mientras, en la carroza, Toda daba la mano a la recién llegada que, enseguida, se reveló como mujer muy habladora.

Contó Andregoto que el día anterior salió de su castillo con una tropa (todas las señoras convinieron, oh, que justamente cuando se inició la gran ventolera) y que para no ahogar a su gente se había adelantado, a sabiendas de que ella impelía el viento por doquiera y que en su cabalgar molestaría a la diputación pamplonesa.

Pero que lo había hecho llevada por la impaciencia para servir a Toda Aznar, su mentora en la castellanía, a quien no veía hacía varios años porque don García, el rey, no convocaba a los nobles a consejo... De sobra sabía ella que la reina había sufrido presiones de señores muy principales que ambicionaban la plaza fuerte de Nájera y la gloria personal que se alcanzaba en la lucha contra moros... Estaba conocedora también de que la reina no los había escuchado y, por eso y por otras cosas anteriores, se presentaba a servir a la su señora tía y, ¡vaya!, se dolía de que los reyes estuvieran enfermos, pues también los hubiera servido...

Sí, sí, ella llevaba el viento a mayor velocidad cuanto más hacía correr a su caballo. Lo cual era un arte que tenía, acaso por bien, acaso por mal. Lo cierto es que a veces resultaba buena, como cuando había que hacer huir al enemigo, y otras mala, como en esta ocasión, en la que había puesto perdidas de polvo a damas tan principales... Pero esa virtud o maldad la tenía de siempre.

Se decía, lo decían las gentes de Nájera y los viejos lo recordaban, que a ella de niña chica la había traído el viento a la puerta del castillo y que no nació de mujer, sino que provenía de una ciudad de la lejana Austrasia que había sido arrancada de su lugar por un viento intempestivo con todos los habitadores dentro y, aún decían más, que ella en ese peregrinar de la Ciudad del Viento, tal título le daban, se había caído de los brazos de su madre y, gracias a Dios, dado con otra madre, con doña Mayor...

Todo rápidamente contado claro, porque había mucho de que hablar y cada día añadían una cosa más a su historia, a cual más disparatada. Andregoto continuaba diciendo que había mujeres santas, prodigiosas y muy grandes, pero que ella portentosa no era, puesto que no podía hablar con Dios, ni hacer milagros ni milagrerías, ni tenía poderes taumatúrgicos, y no podía terminar para siempre con los enemigos de Dios ni del reino... Por todo ello, no era prodigiosa, ni consideraba extraordinario el fenómeno del torbellino que la precedía, aunque natural tampoco. No era natural desde el momento en que no era común a otras personas, pero tampoco prodigioso pues no dimanaba bondades ni beneficios más que en ocasiones muy contadas... Mejor hubiera sido que Andregoto de don Galán hubiera podido traer la lluvia para los pueblos cristianos y la sequía para los sarracenos, por ejemplo.

Las damas la contemplaban atónitas. Doña Andregoto siguió hablando: y, lo que digo a sus señorías, que mi atributo o cualidad no reporta beneficio, por eso no lo tengo por prodigio, aunque tal me afirmen los señores principales o la gente menuda; no es virtud, es más, a veces lo tengo por desventura... Porque, señoras, soy una mujer menguada y flaca pero me temen los que no me conocen... ¡Ando por los caminos causando espanto...! E no crean la reina y las otras damas que prodigo mi andar por las veredas, que no es ansí, que estoy encerrada en mi castillo y no salgo de él, salvo cuando alguna aldea está amenazada o cuando me llama el servicio del rey y, en esta ocasión naturalmente, para unirme a la compaña de Pamplona y poner mi espada y mi atributo junto a la real enseña, pues son muchos los azares que acechan en el camino...

Y a esta desventura, señoras, se añade mi pelo rojo... Me llaman la mujer bermeja y no me gusta... ¡Ah! y esto que sucede a mí y no a otros, que yo sepa, me ocurre sólo cuando monto a caballo, ya sea en un alazán o rocín, pero no cuando voy andando o en mula o en asno, entonces no pasa nada, ni levanto polvo ni me temen los hombres de Dios... Dirán vuesas mercedes que non debiera andar a caballo más que cuando fuera menester, mas piensen que con mi empleo lo es menester muchas veces... Que acecha el musulmán en la Ribera y sube hasta Nájera queriendo conquistar lo que fue suyo y yo he de salir en su contra pues soy tenente del rey y, en consecuencia, mujer de armas y, por otra parte, no se concibe a un caballero sin caballo... Sepa mi señora tía y la compañía lo que me sucede...

Non se os haga amarga esta experiencia que decís, se expresó doña Toda, pues con el tiempo andaréis en las romanzas, que yo non hago cosas tan ansí particulares y ando en ellas.

Lo malo, señora tía, es que la población de la Extremadura de Navarra me mira como a demonio y me tolera por necesidad, porque la saco de aprietos, pero non gusta de mí y me huye, e dice muchas cosas de mí, como que non nací de mujer sino de diablesa...

Non diga cosas tales doña Andregoto, que hasta Dios nació de mujer y asimismo los santos de la Corte Celestial, los papas romanos, los reyes, los abades y los señores de Estado...

¡No, abuela, no, Dios no nació de mujer sino que siendo Dios se encarnó en mujer y fue Dios y Hombre, pero sólo en cuanto Hombre nació de fémina, pues la Primera Persona se creó Ella sola, la Segunda procede de Él y el Espíritu Santo del Padre y del Hijo...

Yo me entiendo y todos los que quieren entender entienden, Elvira. Lo que quiero explicarle a Andregoto es que ella nació de mujer desconocida, pero de hombre y mujer, mesmamente como todo el género humano, y que no procede de diablesa, pues soy vieja y no he oído que los demonios se ayunten ni paran ni se extiendan... y no quiero entrar en la disquisición de Dios Hijo a quien todos adoramos...

Está claro lo desta sobrina tuya, abuela, la abandonaron sus padres a mejor suerte como es frecuente en las guerras..., musitó la abadesa al oído de la reina.

Claro, lo que se dice claro no hay nada, Elvira. Yo a veces dudo si soy Toda Aznar, la esposa de Sancho Garcés..., si soy la antigua reina... Toda hizo un gesto con la mano como para apartar sus pensamientos y rogó a sus damas: Ahora, callen un rato vuesas mercedes y rece o descanse cada una...

—¡Boneta, Boneta! ¿Dó estás? ¡Ya he hecho de vientre y puedes retirar la bacinilla...! Después le preparas un baño a Andregoto que echa mala olor y le ordenas de mi parte que se vista de mujer, pues esa armadura que lleva, al ir tan juntas en el carro, se me clavaba en el brazo y me ha dejado un dolor... Yo también me bañaré y las damas que hagan otro tanto, pues mi sobrina nos ha llenado de polvo... Ha sido un día trajinado, ¿verdad?, y emocionante... Andregoto ha contado cosas muy hermosas, aunque alguna le resulte triste... Decías, Boneta, que mi sobrina tiene la misma edad que tendría mi hija Velasquita y no es ansí... La edad de las mujeres se ve en las arrugas del cuello y Andregoto no tiene..., está muy galana toda ella... Y diría que su edad es la de mi nieta Elvira o algo más.

—De ninguna manera, señora, tu sobrina nació mucho antes del año de las grandes nieves, que fue cuando murió don Galancián, ¿recuerdas?, cuando pretendiste volver a conquistar Calahorra... el año en que no se podía abrir el portón del castillo de Pamplona de tanta nieve..., cuando padecimos tanto de sabañones..., ¿recuerdas?..., aunque pueda suceder que tu sobrina no envejezca...

—¿Qué dices? Andregoto creció como cualquier hombre o mujer; por ende, deberá envejecer... Tal vez la vea yo mejor con mis ojos de lo que realmente es... porque la quiero y la miro bien... Y desto que me comentas, guarda silencio, que non quiero que se extienda por el campamento... ¡Anda, Boneta, qué no darías tú por tener la habilidad de mi sobrina y estar ya de regreso en Pamplona...! Creo que ese don o atributo le es útil pues hace los recorridos a mucha velocidad... y cuando no quiera ser vista ni ver a nadie o cuando quiera espantar a los enemigos monta a caballo e inicia el torbellino y llega presto y sin problemas, pues no da tiempo a que se presenten los susodichos... Lo que yo non sé, si el caballo vuela o pisa la tierra y de ser ansí me pregunto cómo el bicho puede ver los quiebros del camino y no caer o partirse el testuz y arrojar lejos a su jinete...

—Non sé, señora, non sé... pero causa terror... Ya puedes entrar en el baño...

—A fe mía, que los caminos de Navarra son malos. No hemos hecho caminos en Navarra, otras cosas sí... Yo no puedo llegar a todo... Mis rentas son menguadas y las de García también. Los dos hemos de atender la guerra y las cosas de palacio, que son muchas. Además, mis vasallos no me pagan con moneda, que es lo que vale, Boneta..., me traen vacas, corderos, bueyes, modios de trigo, madera de los montes pero de todo poco, pues junto al cordero me vienen con un montón de excusas... Que si la guerra; que si ya acudieron a la llamada del rey con pan para tres días; que si la mala cosecha; que si el ganado murió de una peste... Y eso los grandes, que los menudos demasiado hacen con pagarme con un capón o con una jarra de leche o con la mejor manta que tengan... El caso es que no traen dinero que es lo que vale. Porque, mira, tanto cuesta un modio de trigo y tanto una vara de cordobán, y todos ganan, pero no el trueque, que es más difícil de ajustar y se presta a favorecer a una de las partes contratantes... Échame un poco de esencia en el agua, hija... Se diz que en Córdoba, donde se maneja moneda, hay mercado todos los días y allí puedes encontrar las mejores cosas del Oriente... Cuando regresemos a Pamplona yo estableceré un mercado del rey a lo menos un día a la semana, para que vengan mercaderes de los cuatro vientos y nos dejen dinares en abundancia... e con ellos, levantaremos hermosas iglesias y grandes casas en Pamplona y haremos los caminos de Navarra... Ya conoces que gran parte de las rentas que me dejó mi marido y muchas de las que yo me gané, las empleé en la reconstrucción del castillo y de nuestra ciudad, pues no habrás olvidado que andaba Sancho en su primera enfermedad, cuando don Abd-ar-Rahmán asoló Pamplona y no dejó piedra sobre piedra... Y, como ya te comenté, esta expedición la pago yo, porque García me dijo que bastante hacía con venir y Sancho no tiene nada... Boneta, hija, no me contestas, me dejas hablar a mí sola...

—Señora, no me encuentro bien, se me clavaba en el costado la armadura de doña Andregoto y me ha quedado un dolor, que me temo que con estas apreturas y con este viaje tan largo se me haya de quedar fijo, acaso...

—Si has mucho dolor, Boneta, tiéndete en mi cama y descansa, que Adosinda se ocupará de todo. ¡Espera, que ya salgo del baño...! ¡Tiéndete en la cama que tienes mala la color...! ¡Obedece, no me hagas airar...! E espera que te voy a poner la camisa larga de dormir y después te serviré una tisana y, luego, la cena... Tú te quedarás en mi cama que es mejor, y yo en la tuya...

—Mi cama no es digna de una reina, señora...

—¡Olvídate de que soy la reina, Boneta, lo primero soy tu amiga! Y ahora, busca la mejor postura y duerme...

La reina salió a la puerta de su pabellón, informó a sus damas de la indisposición de doña Boneta y ordenó que le prepararan un cocimiento de valeriana para que pudiera dormir. A poco, entró doña Adosinda con un jarrillo y se lo dio a beber a la enferma. La camarera aseguró que su compañera no tenía fiebre, aunque sí dolor, porque le apretaba la armadura de doña Andregoto y rezongó algunas palabras en voz baja.

—Adosinda —preguntó la reina—, ¿crees que todo le viene a Boneta por la armadura de mi sobrina?

—¡Ah sí!, la mi señora..., esa armadura ha de ser mágica como la dueña misma, de la que non diré como otras gentes del campamento que es diablesa, pero sí nada bueno... y ¡guárdese doña Toda de la sobrina...! Porque si doña Andregoto fuera del real linaje de doña Mayor, la su madre putativa, no habría dudas. Andregoto sería una Arista, descendiente del rey Enneco, mismamente como doña Toda, sería, pues, una mujer portentosa que nos enviaba Dios para luchar contra los caldeos y afianzar el reino en la parte baja de la Rioja, mas no es ansí. No es ansí, aunque queramos, pues Andregoto no es de padres conocidos. Ninguna alma viviente da razón de su pasado, que puede ser turbio, incluso malo... E, señora, puede ser atinado también que non naciera de mujer, sino de yegua, puesto que entra en mucho movimiento cuando su cuerpo se junta con el del caballo, y mujer y bestia van repartiendo miedos, lo que no es de razón. Porque, señora, por ahí se cuentan cosas extrañas de caballeros y reyes famosos y no les damos creencia pues son cosas lejanas y de tiempos pasados e non hacen daño... Pero aquesto de doña Andregoto que lo hemos visto y catado... es peor... ¡Guárdese doña Toda de su sobrina y vuélvala a Nájera con viento fresco!

La reina se quedó pensativa. Adosinda era muy sesuda y decía bien: lo que está lejano o pasado, por mucho de maravilloso que diga, se acepta o no, y amén... pero lo de Andregoto era verdadero y no reportaba beneficios en el viaje, aunque pudiera hacerlos o los hubiera hecho... Le prohibiría que montara a caballo y que vistiera armadura..., ansí acallaría las voces del campamento y a los hombres y mujeres de la expedición que no veían con buenos ojos que la señora Toda llevara a su lado un jinete con una armadura y un caballo maléfico... ¡Ay!, debía poner cuidado en la situación pues por menos se perdieron reinos enteros...

En eso, llegó doña Alhambra muy acalorada, diciendo: ¡El rey grita desde su atalaya y arroja todas las cosas que tiene en la mano! Don Abaniano y Martín Francés han sido despedidos pues, al parecer, don García no los quiere arriba. El rey está con tu nieta y tu sobrina que han subido a presentarle sus respetos.

¡Ay, Dios, las dos niñas con el rey, y el rey con esa enfermedad...! Además, que a García hay que saber tratarlo...

Toda Aznar salió disparada y aún llegó a tiempo para ver cómo su hijo arrojaba desde la altura un tablero de ajedrez con todas sus piezas. ¿Qué pasa allá arriba?, preguntó pero no le respondió nadie. De arriba sólo llegaban grandes voces del rey, pero no se entendía nada.

Al ver a la reina, don Abaniano y Martín Francés acudieron prestos y, quitándose uno a otro la palabra de la boca, explicaron que las Niñas de la Reina, como las llamaron, habían subido a lo alto de la torre a presentar sus respetos al rey, y lo habían hecho e habían platicado. La una de cosas sagradas y la otra de espadas, caballos y tempestades. Cosas asaz dispares, en efecto, pero las princesas habían complacido a don García que, por primera vez en este viaje, sonreía. E sostuvieron los tres una animada charla. El rey habló de doña Teresa, naturalmente. E después para holgarse pasaron a jugar a tablas, e ambas damas jugaron dos partidas cada una con el rey, nuestro señor; de tal suerte o con tal habilidad, que don García que se tiene por un maestro del ajedrez perdió las cuatro veces y se lo llevaron los demonios...

A nosotros nos despachó de malos modos y empezó a echar venablos por la boca contra las mujeres sabias. Y, lo peor de todo, que las princesas no se callaron como es menester ante un rey enojado, sino que le respondieron desta guisa: No es de cordura ni de rey que os enfuriéis deste modo por jugar y perder, puesto que el jugador por el hecho de participar se arriesga a perder o a ganar, se expresó doña Elvira con dulce voz. Y doña Andregoto añadió que un hombre que sabe ganar y perder batallas, debería saber perder al ajedrez. A nosotros nos parecieron las damas muy cuerdas, pero ya no oímos más, pues el rey nos mandó bajar de la torre... E allí siguen los tres y don García va arrojando las cosas que le quedan y da voces...

Toda hacía un gesto de desagrado. Don García se tenía por el mejor jugador de tablas de Navarra y esas dos insensatas le ganan, limpia y prontamente, cuatro partidas seguidas, cuando todo el reino se deja ganar al ajedrez por don García... Y, claro, ante ese hecho inusual, su hijo ha montado en cólera... Ay, había que saber tratar al rey, y esas dos necias no le habían consultado a ella, a la reina Toda, que era quien conocía los interiores de su hijo, de palacio y del reino todo.

—¿Qué pasa allá arriba? Yo soy Toda, la madre, la abuela y la tía de vuesas mercedes... ¡Bajen todos aquí y parlamentemos sobre el negocio que les ocupa!

—¡No pasa nada, abuela!

—¿Que no pasa nada y están arrojando el ajuar del rey por el alero? ¡Bajen aquí aquesas mujeres!

Dijo dos mujeres pero bien pudo decir dos demonios, pues soliviantaban a un rey cuya ira afloraba pocas veces. Además, todo el campamento viendo y oyendo y, lo que es peor, juzgando y tomando partido en esa pelea familiar; porque nada se podía esconder en este viaje, lo mismo que en el castillo de Pamplona... Y menos mal que obedecen y bajan las reales niñas..., las amonestará severamente... Haría un aparte con ellas y les diría todo lo que tenía que decirles.

Y bien que les dijo. Las niñas la escucharon con los ojos bajos, como dos muertas, mientras se despachaba a gusto. Les dijo que ni en Pamplona ni en Navarra, y tiempos hubo que en ningún reino de España, se hacía cosa alguna sin su consentimiento. Que le debían haber manifestado su propósito y ella las hubiera instruido en lo del ajedrez y otros negocios, con lo cual no hubieran provocado la cólera real puesto que se hubieran dejado ganar a las tablas como buenas vasallas. Que, en una corte, no había nada tan malo como la ignorancia. Que se habían comportado con necedad y pasado por delante de todo protocolo, que siempre debía observarse, aunque en la expedición se obviase mucha pompa y ornato. Que, aunque en circunstancias determinadas pareciéramos todos iguales, no lo éramos. Que un rey era un rey, pese a que anduviera en lo alto de un almajaneque penando por la Pamplona que dejó atrás. Que ninguna de las dos haría ya cosa alguna sin su consentimiento y bendición, y que ya podían volver a subir a la altura para enmendar el daño causado a la real persona y dejarse ganar mil veces a las tablas, ¡mil veces!, hasta enmendar el agravio.

Las Niñas de la Reina guardaron silencio. Ascendieron a la altura móvil y pidieron licencia a don García para volver a jugar con él y, siguiendo las instrucciones de Toda, perdieron una y otra vez. Tanto agradaron al rey que éste las invitó a instalarse en el piso medio de la atalaya para estar más cerca de él, y las niñas aceptaron con entusiasmo.

Cuando doña Toda conoció la noticia, por una parte, le agradó, pues era una forma de mantener a García entretenido y gozoso. Si ese espíritu enfermizo jugaba mil partidas de tablas y las ganaba, le haría mayor bien que lloriquear de continuo por una mujer, aunque fuera la suya propia, y no se hundiría más y más en la melancolía. Claro que, por otra parte, a la reina le pareció mal, puesto que la instalación de las niñas en el piso medio incrementaba el número de personas de sangre real a vivir en la atalaya, hacía que fueran demasiadas y que con tanta gente la Torre Regia pudiera sufrir más fácilmente un fatal accidente por los muchos quiebros del camino.

Pero accedió. A fin de cuentas, con la marcha de las niñas y de doña Nuña de Xinzo, la priora, las pamplonesas irían en el carro más holgadas y mejor. Ya sólo la incomodaría la pequeña Sancha con sus risas y gemidos, claro que, cuando fuera el caso, la enviaría a otro carro con las camareras jóvenes y ella se quedaría con Boneta y Adosinda.

Ya era noche oscura, cuando se presentó un correo de Pamplona con cartas para García y Toda de la reina Teresa y de Gómez Assuero, el gobernador, y, como es natural, con las cartas llegaron los problemas. La reina mandó entregar sus despachos al rey García y en la Torre Regia cesaron los juegos y las risas y, a poco, se oyeron suspiros y hasta algún lamento. ¡Ay, Dios! El rey volvía a sus fueros y ordenaba a sus sobrinas que se retiraran para sumergirse en sus penas de amor.

La reina Toda abrió sus propias cartas. Doña Teresa no le decía nada de interés, aunque le deseaba parabienes. Don Gómez Assuero le relataba los problemas del castillo de Pamplona en torno al infante Sancho, el joven heredero del trono de Navarra. Problemas que no eran debidos a las amenazas de sarracenos o piratas normandos o de otros reinos o gentes extrañas o ajenas al castillo, no. Los problemas venían de dentro, de donde se presumían que habían de venir, de las dos reinas. De doña Andregoto de Aragón, la que fuera primera esposa de don García y madre del infante Sancho, y de doña Teresa Alfonso, la reina actual y madrastra del heredero; y se debían a cuestiones de preferencia en el protocolo del castillo.

Que, Andregoto, la repudiada, tras la ausencia de García y Toda Aznar, se había instalado en palacio y no se separaba de su hijo y hasta el yantar lo hacía sentada a la diestra del muchacho, a despecho de doña Teresa, naturalmente, que se encontraba fuera de su lugar de siempre y menos reina que en presencia de su marido, es decir, postergada, aclaraba don Gómez Assuero. Cosas de mujeres necias, añadía el gobernador y pedía instrucciones para solventar el conflicto que acababa de empezar pero que podía llegar muy lejos.

Doña Toda tomó el cálamo y se dispuso a escribir al gobernador pero ¡qué contrariedad!, de noche veía mal, e hizo llamar a Adosinda que escribió al dictado.

Le ordenó a don Gómez distraer a las dos reinas y al infante; preparar muy grandes fiestas para el día de la Virgen de

Agosto, tan cercano ya, con la ayuda de las dos reales señoras, sin escatimar en gastos y, en el entretanto, sacar al joven Sancho de Pamplona y llevarlo de cacería. La fuente de Roldán en el prado de Roncesvalles sería un buen lugar. Allí, el infante, alejado de las féminas, podría cazar el oso, el lobo, el ciervo o practicar con el halcón. Además de hacer cosas de hombre en vez de estar sujeto a las intrigas de dos mujeres y sus bandos correspondientes, cada uno con sus propios y encontrados intereses. Y, aun a mala, decía Toda, puedes emprender viaje con mi nieto a visitar a mis sobrinas de Pallars, o a mi hijastra en Bigorra, o a mis parientes de Tolosa, allende los Alpes Pirineos. Así, Sancho verá mundo, conocerá otros reinos y costumbres, se hará hombre de provecho y, sobre todo, se alejará del influjo de las dos reinas, lo que le hará bien, pues las reinas son más bien locas, como tú sabes, amigo Assuero. Y téngame su señoría informada en todo momento enviándome correos. Dios os bendiga a vos y vuestra familia. *Ego, Tota, olim regina...* No olvides la fecha, Adosinda.

—Las dos reinas se pelean como gallos, Boneta, lo que era de prever ha sucedido. Andregoto y Teresa se disputan al joven Sancho. Muchas veces he pensado que hice mal en consentir el repudio de la aragonesa que, aunque un poco boba, era buena mujer y buena hembra para engendrar muchos hijos... Y, ahora, Andregoto está rebrincada y con motivos, pues ser repudiada y vivir en Pamplona cuidando del hijo del repudiante, no es de envidiar. No la debimos dejar que volviera de la Aragonia, debimos cuidar nosotras al niño, aunque nos tacharan de crueles, a fin de cuentas, don Galindo, su padre, es vasallo nuestro y no hubiera tomado represalias... Ahora, no tendríamos este problema. Además, Andregoto hubiera estado mejor en su casa o en un convento, pero bien sabes, Boneta, que no me quedó otra alternativa, que tuve que aceptar el repudio. Pues García cuando oyó hablar de la noble Teresa Alfonso enloqueció por ella y aún le dura... ¡Maldita sea la hora en que un embajador leonés le habló de la beldad de doña Teresa! García se presentó en León a la muerte de don Ramiro para ayudar a

Ordoño III pero, en realidad, fue a buscar a Teresa y no halló sosiego hasta conseguirla... y yo tuve que consentir y bendecir la unión y la desunión y aun aducir que Andregoto y mi hijo eran primos carnales... Todo por no perder al hijo y por asuntos de Estado, pues entonces era más valiosa una alianza con León que con el condado de Aragón... Y quise devolver a la dama y lo conseguí, pero luego García la autorizó a regresar junto a su hijo, pese a mi oposición... Y es que yo, Boneta, no puedo oponerme siempre ni gobernar en todo...

—Es complicado, señora...

Nájera

Ya se avistaba la magnífica ciudad de Nájera. El pesado cortejo avanzaba con lentitud. Iba mucha gente: los cristianos que salieran de Pamplona; los moros de Hasday y los cautivos; las monjas leonesas; la gente de doña Andregoto y la Torre Regia, ahora así llamada, con los reyes arriba, y abajo y en el centro las princesas.

Por fin, llegaban a Nájera, la extraordinaria y grande ciudad musulmana que conquistara Sancho Garcés. La puerta de aquella Navarra que cada vez era más grande y, todavía, lo sería más... Los sucesores de García la harían mayor... De todos era conocido que García no haría nada, puesto que prefería la compañía y la holganza con doña Teresa a la lucha y la conquista. Los descendientes en segundo grado de Sancho Garcés y Toda extenderían el reino, por Occidente hasta los desiertos del Duero y por el sur hasta el río Tajo, y harían el mayor reino de todos los reinos de España.

A Toda Aznar le latía el corazón apresuradamente, ¡la Nájera de Sancho Garcés y de doña Mayor!... Los buenos ratos que había pasado con su prima... Mayor y ella eran de la misma edad y pensamiento... Aquella brava mujer que manejaba la espada y la aguja con la mayor destreza. La buena de Mayor, que defendiera la aldea de Bakunza y sus predios cercanos al mar, de los piratas normandos, durante la enfermedad de su padre... Que, lamentablemente, al casarse con don Galancián perdió toda su bravura y tronío. Porque, para bravo él, Galancián, que cuando se emborrachaba azotaba a hombres y mujeres por igual, sin distinciones entre culpables o no, o entre causantes o no... Yo lo tuve muy ocupado en la guerra y le di honores para que los disfrutara mi prima...

Claro que Nájera le traía buenos y malos recuerdos... Porque fue allí donde Sancho Garcés, el rey ejemplar, el bendito, el justo, el pío, el cristianísimo Sancho Garcés, su marido, cayó en pecado, ayuntándose con la noble Ortiga Vela, a quien le hizo una hija, doña Lupa. Sí, sí, Sancho como cualquier hombre cayó en ese yerro tan bajo, tan alejado del singular espíritu que le atribuían las crónicas y la fama... Mientras Toda estaba en Pamplona, precisamente preñada de Urraca, Sancho retozaba en Nájera con la bella Ortiga Vela que, gracias a Dios, murió de parto. Varios meses duró aquel negocio, varios meses, que iban y venían correveidiles y malas lenguas a palacio, y ya Toda había parido a Urraca, cuando se presentó Sancho Garcés con el fruto de sus pecados entre pañales. Con muchas excusas se presentó el rey a una reina recién parida, que le dijo: «Me has hecho a mí lo que nunca te haré a ti». Lo recuerda perfectamente, y así fue, que ni aun de muerto se lo he hecho... Y no por faltar ocasión; es más, bien que me pude casar y no lo hice, aunque condes y duques me pidieron... Y, por el contrario, desde que murió Sancho vestí paños de viuda. «Aquí estoy, Toda amiga, arrepentido y con el fruto de mi infidelidad, perdóname que son muy fieras y muy largas las guerras, mujer», decía Sancho, y ella contestaba: «Ay, Sancho me has hecho lo que yo nunca te haré»...

Y, como yo perdono y olvido pronto y sin reservas, perdoné y cuidé a la niña Lupa como parte que era de la sangre de Sancho hasta mucho tiempo después de la muerte de mi marido; mismamente como si la criatura fuera mía, conmigo y las hijas legítimas de mi esposo... y le di dote y la casé bien con don Dato, el conde de Bigorra, y la muchacha me lo agradeció y aún me envía regalos y una carta por Navidad...

De repente, la reina observó un gran polvo a la su diestra e hizo llamar a don Lope y le pidió explicaciones. El alférez le informó que era su sobrina Andregoto que quería llegar la primera a la ciudad y que para no incomodar a los expedicionarios con la polvareda daba un rodeo. Que en la villa habían preparado una gran recepción levantando, incluso, paramentos y, luego, comentó que al día siguiente los iban a holgar con una justa entre najerenses y pamploneses.

Se ve que esto de los peregrinos deja dinero, Boneta, dijo doña Toda, nos van a hacer un gran recibimiento y a deleitar con una justa... Deberás ocuparte de que los reyes bajen del alero y de que García presida la fiesta con sus mejores galas y atavíos; dile que no olvide que es el rey destos reinos y que lo van a agasajar como merece... Y que no se lo tenga que pedir yo. Que bien parece que los últimos descendientes de los reyes Íñigo y Jimeno son locos o enfermos de cuidado... Que ansí no se hacen ni se mantienen los reinos...

Mira, mi sobrina ha llegado al paramento. Ahora se apea del caballo y ordena y manda por doquiera... Andregoto es la única que vale de todos los Jimeno Arista que quedan... Nos quieren en Navarra, mira el contento que muestran los vecinos. Ya se oyen vivas a Sancho Garcés, a García, a mí y a doña Andregoto... Están de fiesta, Boneta...

La reina Toda saludaba con las manos. La comitiva se detuvo en la puerta de Pamplona, al pie de las murallas. Cuando la reina bajó del carro, doña Andregoto se hincó de hinojos y le besó los pies. Doña Toda la alzó. Hubo un gran clamor entre la multitud. La reina, para corresponder a los vítores del vecindario, apoyándose en su sobrina y en sus damas se arrodilló y besó la tierra del Najerilla.

Aquel gesto causó el delirio de las gentes, que rompieron la guardia del escuadrón de honores, magníficamente engalanado y formado, queriendo acercarse a la reina y tocarla y los más osados abrazarla. Toda, sabedora de los peligros que podía acarrear una multitud andante, se hizo resguardar por sus camareras y por Andregoto, ante cuya figura las masas retrocedieron, gritando y vitoreando:

—¡Dios te guarde, Toda Aznar!
—¡Dios te haga vivir mil años!

Todos volvían a sus lugares, salvo un hombre viejo que desafiando, incluso, a Andregoto se acercó a la reina.

—Señora Toda, yo soy Guttier Alonso, el último de la conquista de la villa.

—Te recuerdo, Guttier —le contestó la reina, y lo abrazó—, te recuerdo de los días de la repoblación, ven conmigo, estarás a mi lado...

No lo recordaba pero, lo que se dijo Toda, le doy una alegría y de qué hablar mientras viva, a este hombre que, dicho sea de paso, está mucho más gastado que yo. Y tal hizo. Lo sentó a su lado en el paramento, proporcionándole tal contento que el hombrecillo apenas podía hablar.

La castellana de Nájera había dispuesto un tablado ricamente entoldado y adornado con las enseñas de Navarra, de Nájera y del rey, primorosamente bordadas. Las damas principales se asentaron en los bancos. Toda volvió la vista hacia Boneta y ésta movió la cabeza y le dijo: Tu hijo se niega a bajar y me ha dicho que como le vaya otra vez con la misma manda me hará cortar la cabeza... La reina la mandó callar y miró hacia la Torre Regia. Don García ni asomaba, Sancho sí. ¿Qué habían de pensar y decir los de Nájera de su rey? ¿Cómo habían de defenderlo a él o al reino si no se dignaba asomarse al alero? ¡Ay, Dios...!

Doña Andregoto se aproximaba, ceremoniosa, con un cojín entre las manos y sobre él unas llaves de oro, que entregó a doña Toda.

—Las llaves de la ciudad, señora reina, tómalas que son tuyas por derecho —le dijo.

—Gracias hija —contestó la reina.

Después, unas niñas lindamente ataviadas festejaron la llegada de los reyes bailando una danza del lugar. La reina las aplaudió mucho y tras las presentaciones de los notables de la ciudad, del obispo y de los abades de los monasterios dio por terminado el acto y se retiró a descansar, que lo necesitaba. ¡Vive Dios!...

Desde las habitaciones de doña Mayor, donde la instaló Andregoto, se veía una hermosa vista de la ciudad. Verdaderamente, era mejor castillo y mejor población Nájera que Pamplona. Claro que Nájera había sido una gran ciudad musulmana antes de la conquista y que estaba recién ocupada, conservando todo el lujo y esplendor de su pasado, mientras que Pamplona llevaba varios siglos en manos de cristianos pobres y había sido destruida varias veces y siempre levantada con apuros dinerarios. El rey debería recorrer la ciudad y asombrarse de la riqueza que encerraba y honrar a los najerenses, esos hombres tan esforzados y valientes de la frontera que no merecían su desinterés, puesto que todo el pueblo sabría ya que en la diputación venía el señor de Navarra.

Al desayuno, la castellana quiso explicar a la reina la normativa de la justa, a la par que le rogaba se sirviera presidirla, y ya iba a empezar la plática, cuando fueron interrumpidas por un mensajero portador de un billete; en él, Hasday ben Shaprut pedía permiso para presenciar la justa junto con sus hombres. Doña Toda le mandó decir que ella y su sobrina y su nieta estarían muy honradas de sentarlo a su lado. Por fin, el judío, que prácticamente no había reparado en ellas desde que comenzara el viaje, se dejaría ver porque, naturalmente, a sus moros un poco de distracción bien les vendría.

Sonaron las trompetas. Doña Andregoto salió corriendo para vestirse de mujer —dijo— e instó a las camareras a que se dieran prisa y bajasen lo antes posible a la puerta del castillo para iniciar la comitiva.

Ya estaban las pamplonesas en el puente levadizo, cuando corrió el rumor de que la castellana vestía ricas galas de dama de altura y que parecía una diosa. Y era rumor fundado; la reina y las damas volvieron la cabeza y contemplaron a la Hija del Viento que descendía la escalera con parsimonia, vestida con un precioso traje de saya larga con aderezos de oro y cuerpo ceñido, totalmente adornado de aljofares... ¡Oh!...

—¡Pues es cierto que es mujer!...

—¡Qué hermosa... pese a su luenga nariz!...

—¡Es otra mujer!...

—¡Qué apostura..., y nosotras con las ropas de ayer por no abrir los baúles!...

—¡Cuanto se diga della es poco!...

La castellana se unió al cortejo con el rostro rojo como la grana. Aquella exclamación de asombro que había salido espontáneamente de todas las bocas presentes le había agolpado la sangre a la cabeza y se había ruborizado. Sin duda, por el «¡oh!» tan unánime y general, y porque ella no era mujer de trapos, como decía con desprecio, sino de guerras, por el empleo que la reina Toda le había concedido.

Las trompetas volvieron a la asonada; era la última llamada para los rezagados. El cortejo de las damas principales inició el camino a pie, precedidas de un piquete de infantes en uniforme de gala; de un cuerpo de trompeteros, de otro de timbaleros; de dos caballeros y de los jueces de la justa. Detrás de la reina y su compañía, venía un sacerdote, un cirujano y los notables de la villa, entre ellos el obispo.

Toda y Boneta se reían por lo bajo; Andregoto, que había dominado ya el rubor de sus mejillas, se pisaba la falda... Como no acostumbraba a usar saya larga se pisaba la falda... Las dos damas se tapaban la boca con el velo para que nadie las viera reír.

Llegaron al campo y se instalaron en la tribuna de nobles. En el centro de la balconada, Toda; a su izquierda Hasday, Lope Díaz, Martín Francés y don Abaniano; a su derecha Andregoto, Elvira, el obispo de Nájera, la priora de León, el sacerdote del torneo y el cirujano. Detrás de la reina, Boneta y las camareras.

Unos hombres cercaron el recinto. El pueblo reía y bebía en las tribunas. Los jueces estaban dispuestos. Andregoto explicó a Toda que la justa era un juego de alanzar, sujeto a normas, al que se había tomado mucha afición en Nájera, tanta como a correr toros en Pamplona, debido a que lo trajeron los francos que vinieron a la población. Que la justa consistía en tornar por el circo explanado, tratando de lancear al paladín contrario entre escaramuzas.

Supongo, dijo la reina, que no llevarán armas mortales... A lo que su sobrina contestó que sí, que sí, que en Nájera se hacían las justas como Dios mandaba y que ganara el mejor. Doña Elvira la interrumpió para decirle que Dios no mandaba en las armas romas o afiladas y que ella prohibiría los juegos de sangre y que a los muertos en esas lides les negaría la tierra sagrada. La castellana le lanzó una furiosa mirada, y ya una y otra iban a entrar en discusión cuando los severos ojos de Toda las conminaron al silencio y se callaron.

Sonaron los instrumentos. Ya avanzaban los paladines... Primero venían los de Nájera, precedidos por la albenda de la ciudad; después los pamploneses (Nuño Fernández, Munio Rocero, Vitaliano de Aoiz, Momo de Valcarlos y Pero Bermúdez) con sus escuderos. Todos, en caballos de respeto enjaezados con magníficas gualdrapas y ostentando sus blasones personales. Traían puestos los arneses de justar.

Se dirigieron a la tribuna de jueces donde les fueron examinadas las armas y les tomaron el juramento de rigor, para que lucharan noblemente. Después los diez paladines (palabra nueva que venía del norte) se presentaron en la tribuna real y se inclinaron con respeto. Cada uno recibió un pañuelo grande de diferente color, que se ataron al cuello y ya entre los vítores de los espectadores, partieron hacia los extremos opuestos del campo.

Primero, tendrían lugar los combates individuales. Dos caballeros, un najerense y un pamplonés, se colocaron en el lugar de salida y recibieron las lanzas; sonó la trompeta y, lanza en ristre, emprendieron veloz carrera uno contra otro... Doña Andregoto hizo notar que los contendientes llevaban la lanza hacia la izquierda y bien apuntada a la cabeza y los hombros del contrario, que eran los lugares donde se debía alanzar, pues otro lugar estaba mal visto, según la norma. A doña Elvira le parecía una barbaridad que lo que era fiesta hubiera de terminar en entierros y llantos desconsolados de parientes.

El encontronazo fue terrible. A Elvira le vino todo el estómago a la boca... Nuño Fernández había derribado a su enemigo de una sola lanzada... Al caído le brotaba abundante sangre por el cuello... Los pamploneses bramaron. Andregoto torció la boca, habían herido malamente a Gonzalo Muñoz, uno de sus mejores hombres..., y, vaya, sí que empezaban bien...

La reina observó la palidez de su nieta y el gesto torcido de su sobrina... Boneta le llamó la atención. El rey asomaba por la balaustrada y contemplaba el torneo; Sancho también...

Todos los caballeros desfilaron en la lucha y el resultado fue que en los combates individuales ganaron los pamploneses, y el colectivo (que fue cuatro por cuatro, en vez de cinco por cinco, por el herido) quedó de los najerenses.

Mediada la justa, Elvira se retiró en una urgencia de estómago y apenas tuvo tiempo de bajar el entablado; vomitó... Las damas comentaron:

—Poca presencia de ánimo tiene esta mujer, a fe mía.

—¿Es que no hay violencia en León como en otros reinos?

—¿Acaso la niña no ha visto la muerte y la sangre como cualquier nacido?

—Acaso tuviera el estómago mal de por sí...

—Ha sido criada como princesa, con mucho mimo, lejos del mundo real, encerrada en un palacio y luego en un convento...

Otra vez asonaron las trompetas. Nuño Fernández, vencedor del torneo, pues había roto el mayor número de lanzas, se dirigía a la tribuna real a recibir el homenaje: un beso de la reina en la frente y el aplauso incondicional y el clamor de la multitud. Don Nuño daba la vuelta al campo. Las damas comentaron que los combatientes estaban muy maltrechos, que a duras penas se tenían sobre los caballos, y convinieron en que se habían empleado a fondo...

En esto, un caballero irrumpe en el campo de batalla, acaparando la atención de todos. Viene a medio vestir, su escudero le sigue, atándole las cintas del peto. El hombre demanda su caballo, monta, pide una vara y llega al galope al centro del campo. La multitud grita. El desconocido cabriolea su caballo, un magnífico alazán. Se vuelve desafiante a Nuño Fernández y clama con recia voz: Más vale un caballero de Nájera la preciada que no cinco ni cincuenta de los de Navarra Alta...

Se hace un silencio sepulcral... El recién llegado desafía en nombre de los najerenses al caballero pamplonés. ¿Quién osa irrumpir en un juego que se ha dado por terminado? En las tribunas corren rumores: es don Borja, el hijo del conde Vela; es don Fruela de Bureba... La enseña azul y blanca es de la casa de Vela... Es el hijo de Mudarra, el hijo de don Ruy de Lara...

¡Qué dislate, no es ninguno dellos! Acaso sea un caballerizo con ansia de gloria, gritó Andregoto y pidió su espada a doña Muñoz, su aya. ¡Ese loco ha robado mi albenda!, y dirigiéndose al obispo le preguntó: ¿No lo ve su merced?, son las armas de don Galancián... La castellana se dispuso a saltar del entablado pero se rasgó su preciosa veste y retrocedió maldiciendo.

Don Lope Díaz saltó del entarimado y desenvainando la espada se dirigió al encuentro del jinete desconocido. Doña Andregoto de don Galán también entró en el campo con la espada en la mano. Los espectadores estaban suspensos. La najerense rumiaba que el caballero ladrón o lo que fuera se estaba saltando toda la reglamentación de la justa y se decía que lo pagaría caro. Don Lope Díaz aceptó el reto del desconocido y lo llamó desafiante: ¡Eh, eh, malandrín...! Don Nuño Fernández se levantó la celada y miró a la reina en espera de instrucciones.

El intruso parecía tener dificultades para contener a su caballo. El caballero dudaba entre atacar a don Lope o a don Nuño. Por otra parte, se apercibió de la presencia de la castellana que avanzaba resuelta hacia él. Y comoquiera que tenía tres enemigos en el campo, y quizá se vio perdido, arrancó al galope contra Nuño Fernández que picó espuelas a su vez... El encuentro fue desmesurado. Don Nuño, como venía con menos carrera y roto por las lizas anteriores, salió despedido por los aires y fue a dar en el suelo cinco varas atrás, quedando inerte. El loco giró su caballo y apuntó hacia don Lope que venía corriendo con su espada en alto, pero ante la maniobra del contrario se paró en seco. Andregoto, que traía la saya recogida en la mano, se dispuso a auxiliarlo. El alférez, en un ágil movimiento, esquivó un encuentro directo con el paladín desconocido. El caballo, frenado por su jinete, resbaló y cayó al suelo y con él el cabalgador...

Ya lo tenían Andregoto y Lope, acorralado junto a las tablas. En esto, sonaron las trompetas. La reina Toda, a quien se la llevaba el enojo, les hizo señas para que calmaran las iras, y los dos bravos obedecieron. Obedecieron de mala gana, sí, y se acercaron a la tribuna, con las orejas gachas, sabedores de que la reina les había de echar un rapapolvo.

Y, en efecto, Toda Aznar estaba muy disgustada. En las tribunas, durante el desarrollo del juego militar, los najerenses habían vituperado e insultado a los pamploneses con demasiado ardor, y viceversa..., lo cual patentizaba el enconamiento que venía suscitándose entre las dos ciudades principales de Navarra. Y no, la reina no estaba dispuesta a pasar eso. No estaba dispuesta a que un divertimento se tornara en odio de hermanos contra hermanos, con peligro manifiesto de que los hermanos se considerasen enemigos... En Navarra no podían permitirse tal lujo... El moro azuzaba en la frontera..., el moro podía presentarse en cualquier momento en Nájera o Pamplona y dejarlas arrasadas. Porque don Abd-ar-Rahmán reinaba en el territorio más grande y poderoso de España y podía acabar con los reinos cristianos nada más que quisiera... Porque Navarra o León o los condados de la marca Catalana eran reinos pequeños... En consecuencia, las ciudades y los moradores de un reino debían estar unidos y no perderse en pequeñas ruindades..., debían ser generosos entre sí... Y, desde este mismo momento, aseveró Toda Aznar, quedan prohibidas las justas entre ciudades en el reino de Navarra... ¡Adosinda, que se escriba... y llévaselo al rey para que lo rubrique...! Las justas, de ahora en adelante, serán entre caballeros sueltos que no representen a ninguna ciudad, que luchen por sí mismos y para gloria particular... ¿Queda claro, señora sobrina y señor alférez? Y ¿quién es el caballero que ha irrumpido en el campo?

Doña Andregoto informó que no era ni caballero, sino un palafrenero que le había robado su enseña y cuando preguntó a la reina que qué castigo le daba, ésta contestó que cien azotes y ¡ya! Menos mal que a don Nuño no le había pasado nada.

Diego de Aurrún, el intruso, fue despojado de la armadura que traía y, sujeto a una rueda de carro, le propinaron los cien azotes. La multitud contaba: uno, dos... hasta ciento. Don Nuño presenció el castigo montado en su caballo y cuando terminó, se dirigió a la tribuna de la reina a recibir el premio. Toda Aznar le dio un beso en la frente y le apretó las manos con calor. El pamplonés fue muy aplaudido, caracoleó el caballo y, después, se volvió a la multitud y pidió silencio. Alzó la voz y dijo: Los trofeos y honores han quedado repartidos..., y llamó a los adalides y se abrazaron todos. Los espectadores los aclamaron y se abrazaron pamploneses y najerenses.

Los sirvientes del castillo prepararon unas mesas en el campo de batalla y sirvieron comida en abundancia a nobles y plebeyos. Los caballeros contendientes fueron atendidos por las damas najerenses y por Alhambra y Nunila. Y la fiesta, con cantos y danzas, se prolongó hasta la caída del sol.

Durante la larga comida, las pamplonesas se enteraron de que Diego de Aurrún estaba muy borracho cuando entró en el campo. Doña Andregoto comentó con su tía que en Nájera corría el vino en demasía, que los negocios que, como gobernadora, debía dirimir casi siempre tenían como causa el vino... Que en Nájera estaban criando mucha uva y no tenía salida... Que la población de la ciudad la habían hecho los francos y habían traído sus cultivos... La reina le sugirió que impusiera multas sin piedad o que prohibiera su consumo y que, desde luego, ordenara que cultivasen otro producto.

—Me he enojado, Boneta... Vamos al castillo que estoy derrengada de esta silla tan dura, más que de un día de viaje... y el disgusto.

—No es eso, señora, es el cansancio que se acumula... En cuanto a las fricciones entre hermanos, no temas, los dos pueblos se han abrazado... ¿Vamos a salir mañana al amanecer?

—En verdad te digo que no sé qué partido tomar, si quedarme aquí unos días para que confraternicen los hombres o continuar la marcha, porque nos queda mucho camino... ¿Qué te ha parecido mi nieta hoy, Boneta? Se dice que hay personas, hombres y mujeres, que enferman al ver la sangre, tal le sucederá a la princesa Elvira... Me preocupa esa niña..., acaso esté enferma... Las dos princesas han pasado mal rato... Andregoto veía perdidos a los hombres de Nájera y cuando ha salido al campo el tal Diego, ha perdido el norte..., yo creo que más que nada por la saya que llevaba, que no sabía manejar y ha tenido que recorrer medio campo de la liza.

—Yo creo que también Andregoto se ha disgustado, pues ese Diego ha puesto en entredicho la normativa de la justa, a la que tanto valor dan aquí, en Nájera.

—¿Has visto qué boato y qué abundancia de todo hay en esta villa, Boneta? Yo non sé si mi sobrina me engañará al pagarme las rentas, porque aquí hay mucho... mucho trigo y mucho vino... ¿Qué te pasa? ¿Qué opinas? ¿O no quieres opinar y me dejas hablar a mí sola...? ¿O acaso estás dolida por alguna cosa?

—Estoy preocupada por don Nuño... Lo han entrado en el castillo entre varios hombres...

—El mozo ha llevado mucho golpe, pero es joven y se repondrá enseguida... Recuerda cuando venían nuestros hombres, tu Jimeno Grande o mi Sancho Garcés, rotos de la guerra, o cuando asistían a un tablado... ¡Ay!, hija, yo no sé cómo cabía en aquesta cama don Galancián, que era casi un gigante... Ya sería Galancián de la talla de tu Jimeno Grande... Llaman a la puerta, Boneta, ve a ver...

—Es don Lope, señora, dice que nuestra gente anda muy borracha por las calles y armando gresca en las tabernas.

—¡Pasa, Lope, pasa!... Ya me ha dicho Boneta... Tú, mano dura, Lope, mano dura, que es lo mejor... Toma un piquete de hombres, recorre todas las tabernas, apresa a los beodos, sin distingos entre naturales y foráneos, y azótalos sin piedad y mándalos a dormir; amenázalos con dejarlos sin paga y con ponerles cadenas, si fuera preciso..., pero considera que ni el rey ni yo queremos escándalos ni más violencia..., que non se diga

que venimos los de Pamplona y cunde la ira entre hermanos...
¡Mano dura, don Lope!

El alférez abandonó la habitación.

—Mis soldados y mis servidores andan ebrios, Boneta... Otra vez llaman a la puerta... ¡Abre!

—¡Es tu nieta, señora, que pide licencia para verte!

—¡Que entre, que vendrá a despedirse!

—¿Da licencia, su merced?

—Entra, hija, ¿ya está asentado el estómago de su reverencia?

—Sí, señora, a Dios gracias... Vengo a recordar a mi abuela y señora el negocio que me trajo a estos reinos, pues no he tenido respuesta...

—No tema su reverencia que me tomaré todo el interés necesario para conseguirle los restos del santo niño Pelayo, pero no olvide la mi nieta que hago este viaje por otro encargo mayor, como es la reposición de don Sancho en el trono de León, y que voy a reconocer a mi sobrino, don Abd-ar-Rahmán, como mi soberano, no al contrario...

—No hallo respuesta en vos, señora, no la hallo; ved que si no lo hacéis vos, habré de hacerlo yo... Mas que vais a Córdoba, poco os cuesta hacerme este favor, sólo sea por la memoria de mi madre...

—Te he dicho que lo haré, niña, que le pediré el cuerpo santo a mi sobrino el soldán y si me lo da, te lo remitiré a León. Tú quítate cualquier cuita sobre este asunto... Me ha gustado mucho conocerte, Elvira... He disfrutado contigo... Mira, ahora quisiera decirte que, cuando tu hermano Sancho sea otra vez rey de León, lo ates corto en el yantar y en los placeres para que sea un buen rey y, si en algún momento anda mal encaminado, deja tu convento y gobierna por él, pues ya sabes que Sancho es más bien liviano y corto de miras y muy influenciable por las gentes... Tú deberás cuidar de que la descendencia de mi marido y mía siga reinando en León... Tú deberás llevar nuestro estandarte muy alto... Considera que cuando yo muera, tú serás la única mujer de la sangre de Sancho Garcés... ¡Ah!, pero donde más cautela habrás de poner es en la esposa que se busque o le busques a tu hermano. Procura que sea hermosa pero, a la par, tonta y pazguata; que se entretenga con fiestas, afeites, trajes y joyas, pero que no opine, ni sepa de las cosas de la política... Prométemelo, hija.

—Que parece esto una despedida, abuela...

—¿Es que no te vuelves a León, querida?

—No, no, yo continúo con vuesa merced hasta el final... ¿No os place, señora?

—Sí, sí..., te he tomado mucho cariño.

La abadesa hizo una carantoña a su abuela y salió del aposento.

—¿Has oído, Boneta, amiga? Elvira no quiere dejarme y se viene a Córdoba con nosotras... Me place que me haya tomado cariño... aunque acaso no sea amor, sino empeño por el niño Pelayo... ¿Qué te parece que vaya una monja a la corte califal, cuando los sarracenos son enemigos de la fe de Cristo?

—Non será el primer religioso que vaya de embajador o en una diputación, recuerda, señora, al monje Juan que fue en representación del emperador romano, recuerda que paró en Pamplona y ya no hemos tenido noticia dél...

—Bien dices, Boneta, que no hará raro una monja en Córdoba, puesto que han ido otros prelados, como aquel Juan... Además, Elvira es princesa del reino de León y mi nieta y conmigo viene... ¡La puerta, Boneta! ¿Quién es ahora, que esto parece una procesión?

—Es tu sobrina nieta, ya vestida con la armadura —dijo la camarera y sonrió.

—¿Qué quieres, Andregoto, hija...? Ya me disponía a descansar...

—Señora reina, sólo un momento... He pensado que no es razón que me quede en este castillo, defendiendo las fronteras de tu reino, cuando tú y el rey salís de él, y no andáis bien guardados, porque os quedan seiscientas millas por recorrer en tierras de enemigos de Dios y del reino... Sé que llevas la compañía de doscientos bravos navarros que hoy no os hacen favor, puesto que están tirados, borrachos, en las calles desta ciudad, armando alboroto y disputando con mis vasallos por cuestiones baladíes..., por la justa: que si habéis perdido, que si hemos ganado... Hoy creo que no te hacen favor, señora, que no custodian a sus altos señores... Por eso, te pido licencia para acompañarte al reino moro y tornarte sana y salva a Pamplona, con el apoyo de mi brazo. Yo seré tu sostén, señora, tu fiel servidora y tu paladín cuando sea necesario... y no tema vuesa merced, que dejo Nájera en buenas manos...

—Estaré muy contenta de que vengas, hija.

Andregoto de don Galán salió gozosa.

—¡Que vamos a ser mil, Boneta! ¡Que no va a haber en Córdoba casa que cobije a tantos navarros...! Dame mi Evangelario y ya no dejes entrar a nadie...

Ya estaban dispuestos para la partida, cuando una mujer medio desnuda se hizo paso entre la gente y se presentó gritando y pidiendo justicia al rey: ¡Justicia para una mujer agraviada! ¡Justicia!...

¿Qué tendrá esa loca, Boneta? ¡Ve y entérate!, ordenó la reina. La camarera mayor regresó diciendo que la gritadora, que bien parecía una loca o poseída pues estaba sujeta por varios hombres, no era tal, sino una mujer desesperada que solicitaba justicia al rey porque había sido sexualmente violentada por uno de los pamploneses, en la noche anterior, en que había corrido tanto el vino... ¡Gran Dios! ¿Es eso cierto? ¿Quién ha osado violentar a una mujer en mi ciudad de la frontera? ¿Quién ha osado violentar a mi vasalla? ¿Quién es esa mujer, Andregoto?

La castellana no la conocía pero pidió información a doña Muñoz, su aya, quien se apresuró a contestar que era la viuda de Goto de Burgos, el tejedor, que se instaló cuando la población. ¿Es mujer de fiar?, demandó la reina. De ella se dicen muchas cosas, no todas son buenas, contestó el aya. ¿Es mujer del común o acaso necesitada?, preguntó Toda. Ni una cosa ni otra, continuó Muñoz, pero della se dice que vivió ayuntada con un hombre en unión sin bendecir allende los Pirineos...

¡Traigan a esa mujer!, mandó la reina, y cuando estuvo junto a ella le ordenó que cubriera sus desnudeces y hablara. La agraviada terminó con los gritos y la llantina y, entre mocos y con voz entrecortada, declaró que se llamaba Serena; que procedía de un lugar al norte de la marca Tolosana y había venido con su hermano, que murió en el camino, a la repoblación, y llegada a la villa se casó con Goto de Burgos, el tejedor, pero enviudó siendo joven. Que por ser joven y bella y enviudada había tenido pretendientes dispuestos a la coyunda y no a otro matrimonio, por la mala fama que le echó una vecina, que aborrecía su propia fealdad y la odiaba a ella, a Serena. Le echó mal de ojo y le creó mala reputación y ocasión de que los vecinos la violentaran de palabra... hasta el día de ayer en que un pamplonés de pelo cano la violentó de obra... Claro que lo podría reconocer..., podría reconocer al violador que la atropelló en el paso oscuro de San Vital... ¡Ay, pobre de mí, que no tengo fiadores ni familia que me defienda...! Por eso acudo a la reina...

En derredor del pleito se había formado un gran tumulto. Los más insultaban a la viuda llorosa con palabras muy gruesas, no aptas para oídos de una reina (aunque de aquélla se decía que cuando soltaba la lengua no quedaba menguada), por eso Andregoto hizo callar a sus vasallos bajo amenaza de desalojo y de que no presenciarían el suceso. La curiosidad pudo más y los vecinos guardaron silencio. Doña Toda aconsejó a su sobrina que, como castellana de la villa, hiciera justicia. Apenas lo escuchó, Serena prorrumpió en un amargo llanto, diciendo que ella había pedido justicia al rey, que no se la daba, o a la reina viuda, pero nunca a la señora de Nájera... porque de la señora de Nájera se sabía que no atendía demandas de mujeres...

Esto incomodó sobremanera a Andregoto. La reina podría repartir bien la justicia, pero nunca mejor que ella. Y no montó en cólera porque no oyó las últimas palabras de la agraviada, a Dios gracias. De oírlas, bien pudo matarla allí mismo.

La reina, viéndola contrariada, y puesto que en un juicio se ha de ser imparcial y no puede haber resquemores, decidió tomar cartas en el asunto e hizo formar a todos los pamploneses en una hilera, ya fueran soldados o servidores, incluyendo a Martín Francés, a don Lope Díaz, a don Nuño Fernández y a don Abaniano, el preste, que no disimulaba su enojo (hacerle eso a él, el confesor del rey), pero Toda Aznar no hacía distingos.

Mientras la mujer agraviada recorría la formación en busca de su agresor, la reina preguntó a su sobrina qué haría ella en un caso así. A lo que contestó de inmediato que ella solucionaba los pleitos que no tenían testigos o que resultaban dudosos realizando una prueba caldaria tanto al acusado como al acusador, para que fuera Dios quien juzgara y así no cometer injusticia.

En esto, gritó Serena. Había reconocido a su violador. Se trataba, según informó don Lope, de Ximeno de Ulla, un mercenario gallego del que nada se sabía, pues había sido contratado para el viaje, salvo que era pendenciero.

¡Ah, un mercenario sin referencias, venido desde tan lejos...! ¿Cómo contratas a esa gente, Lope?, y una mujer con mala fama y gestos de enajenada... ¡Que se sometan a la prueba caldaria, sobrina, y que juzgue Dios...!, decidió la reina.

Se prepararon dos hogueras y dos calderos iguales, en cuyo fondo fueron depositando guijarros, como era costumbre. Cuando el agua hirviera, el acusado y la acusadora serían invitados a introducir su mano derecha y a sacar cuantas piedrecillas pudieran, si antes uno de ellos no confesaba su crimen o su mentira, y la mano que antes y mejor sanara sería la valedora de la razón; mientras que el otro sería castigado como merecía, tal y como disponían las penas reseñadas en la carta de población que otorgara don Galancián.

Por supuesto, que uno y otra, acusado y acusadora, podían confesar su culpa o falso testimonio y ahorrarse la ordalía... Esa ordalía que doña Elvira denostaba y tachaba de costumbre pagana, sin recatarse en decirlo en alta voz y sin cansarse de repetir, mientras se calentaban los calderos, que Dios no juzgaba ni en las pruebas caldarias ni en los duelos judiciales pues Dios tenía mejores cosas que hacer. Y se había de juzgar según las leyes, y que éstas debían estar escritas y ser repartidas por los reinos para el conocimiento de todos...

Doña Andregoto le contestaba que siempre se había hecho ansí y que la vida seguía... En consecuencia, no había por qué cambiar... y el inocente no tenía nada que temer, pues que el Todopoderoso haría lo que siempre había hecho: dar la razón a quien la tuviere...

La reina observaba que sus Niñas ya no estaban tan amigas sino que discrepaban en casi todo. Fue interrumpida en sus pensamientos por el hervor de los calderos. Entonces, dispuso que, primero él, luego ella, introdujeran la mano en el agua ardiente y sacaran cuantos guijarros pudieran de una sola vez.

Se hizo un gran silencio. Ximeno de Ulla avanzaba entre dos soldados maldiciendo a la causante de la prueba y el día en que nació. Dudó mucho antes de meter la mano en la olla, dudó mucho... hasta que conminado por los soldados, la introdujo en ella y sacó un guijarro y la mano roja y abrasada, mientras aullaba de dolor. A Serena la tuvieron que llevar casi a rastras. La mujer gritaba y lloraba que por qué no habían de creerla, que por qué había de someterse a esa prueba; que eso no era justicia, que era martirio; que se preguntara al violador, que todavía no se le había interrogado, lo que había hecho o dónde había estado en la noche anterior y demostrara si decía verdad o no, presentando fiadores... Que ella, Serena, la viuda de Goto de Burgos, el tejedor, ya pasaba por bastante humillación y por baldón al solicitar justicia por el agravio sufrido, para que, además, se la condenara a sufrir un martirio. Que le sucedía como al señor Jesucristo, que salía de Herodes y la llevaban a Pilato... Que más valía no haber pedido justicia en la Tierra y haberse esperado a la del Cielo...

Por fin, Serena, vituperada por sus vecinos, introdujo la mano en el agua hirviente, sacó dos guijarros, la mano roja, roja, y cayó desmayada... ¡Dos piedras! ¡Es inocente! ¡El violador a la horca!, gritaba el pueblo de Nájera... Pero no, no era eso, estaban juzgando según la costumbre y había que esperar a que la demandante y el demandado curasen de sus quemaduras. La mano que más pronto y mejor sanare demostraría la inocencia.

El asunto quedaba en manos del gobernador interino de la ciudad, que les enviaría recado del desenlace y castigaría al culpable.

La reina entregó en un aparte una cadenilla de oro a la pobre Serena. Después se subió al carro. Las Niñas se instalaron en la Torre Regia, con la priora y la anciana doña Muñoz, el aya de Andregoto. Enseguida fueron llamadas por el rey García.

Toda Aznar habló con su camarera mayor:

—Todo esto de Nájera me ha dejado mal sabor de boca, Boneta. Primero el enconamiento de los pueblos y, luego, que, como otras veces, cuando las cosas no están claras tengo que hacer de dios y no, no me gusta; es más, sufro mucho porque temo equivocarme y, luego, Dios me lo demandará a mí. El propio Señor Jesucristo dijo: No juzguéis para que no os juzguen y, ya ves, yo lo he hecho muchas veces y en tan prolongada vida, lo habré hecho bien y mal... Porque no sólo es la intención que yo lleve, sino el resultado..., que yo crea que es de tal modo y sea de otro y que yo dicte una pena de muerte o de hierros a un inocente... Luego, me lo demandarán, Boneta... Que no creas que ser reina es bueno, que he muchas cosas no gratas y tengo muchas obligaciones, o que poner buena cara o sonreír, y dar y repartir por igual para no suscitar envidias... Lo malo es que dos casos semejantes no siempre me parecen iguales... ¡Ah! y en lo tocante a la violencia de sangre, puede que Elvira tenga razón..., que Dios no esté en los calderos, pues de estar allí señalaría al culpable antes de permitir que un inocente se quemara los brazos tan malamente...

—No sé, señora, quizá sean costumbres antiguas, como dice tu nieta que es muy sabida, pero el hecho es que ansí se hace la justicia y que el mundo sigue y no se propone otro modo... Yo creo que aunque se escribieran las leyes, a pocos aprovecharía, pues que muy pocos sabemos leer. Pienso que las

costumbres pasan de padres a hijos y que son ellas las que hacen a los pueblos diferentes unos de otros...
—No sé qué decirte, Boneta, no sé qué decirte... Pero, quizá, fuera bueno que las leyes estuvieran escritas, como en el reino de León, donde se atienen al antiguo Libro de los Godos.

Camino de Soria

La comitiva pamplonesa se adentró en las tierras despobladas de la frontera para tomar el camino de Oria o Soria (castillo que, al parecer, había quedado abandonado), y pasar a la morería. La reina explicaba a sus damas que entraban en la tierra de nadie y dejaban a la derecha el valle de San Millán, adonde le gustaría volver algún día. Recuerda perfectamente, y quizá Boneta también lo recuerde, que fue a ofrecer al monasterio por la promesa que hizo el día en que se oscureció el sol muy poco tiempo después de la batalla de Alhándega. La batalla en la que Toda Aznar vistió armadura y empuñó espada vengativa. Donde salió corriendo su sobrino, el califa. Recuerda que lucía un sol precioso a la mañana pero después se oscureció como si fuera tapado y hacía a los ojos mucho dolor. Toda y sus capitanes recomendaron a los hombres que no mirasen, pues que lo que ocurría no era bueno ni tampoco malo, porque no se rasgaban los cielos ni se hundía la tierra y, pese a la negrura del día, no sucedía otra cosa, aunque los hombres mostraran mayor temor que ante los moros... A pesar de todo, era un día grande, pues los sarracenos volvían grupas hacia Córdoba.

Claro que ella tuvo mucho miedo. Nunca había visto u oído cosa tal... y Boneta tampoco, aunque tratara de darle ánimo... Rezamos juntas y, a la noche, yo hice voto de que si al día siguiente lucía el sol como siempre, iríamos a ofrecer al monasterio de San Millán y tal hicimos, entregando a los monjes dos mulas, dos esclavos que tomé del campo de batalla y una arqueta de oro para que guardasen los restos del santo patrón... Aquéllos eran tiempos, señoras, con los moros vencidos... Ya quisiera yo volver a postrarme ante San Millán, pero no podemos visitar todos los monasterios que quedan cerca del camino...

Lo que sería menester, hijas, es que los navarros levantáramos muchos castillos en estas tierras de Rioja, que el emperador Ordoño otorgó en beneficio a mis antepasados, para asegurar estas regiones y que no las tomara para sí Fernán González... Ese Fernán González que a veces es amigo útil y otras fementido traidor y hasta mi yerno ha sido... Estos predios que ahora se da en llamar Castilla son más míos que dél, aunque el conde alegue que son muy suyos...

Ay, hijas, destos propósitos que os digo de alzar castillos, no podré hacer nada. No me alcanzan las rentas, pues nuestro reino es pobre, aunque hemos pasado unos años buenos, porque las aceifas musulmanas, como bien sabéis, se dirigen, de unos años atrás, a León por el Occidente... No obstante, Navarra ha sufrido mucho desde que los moros ocuparon su solar en su paso hacia la Aquitania..., el moro iba y venía..., y después llegaron los francos y los astures: Carlomagno, Ludovico Pío, el rey Fruela... Ya mis antepasados, Galindo Belascotones y Jimeno el Fuerte, juraron obediencia a don Abd-ar-Rahmán I... Y yo misma, cuando mi sobrino, Al Nasir, había destruido Burgos y el monasterio de Cardeña y venía a Pamplona a marchas forzadas, me humillé ante él en nombre de mi hijo, que era menor, y conseguí pararlo, pero no me sometí de corazón y pocos años después lo derroté en Alhándega...

Y, lo que os digo, antes de comenzar el verano, todos los años, venía el emir de Córdoba con un ejército tan numeroso como las estrellas del cielo y muy bien pertrechado... Y, fijaos, señoras, Al Nasir arrojó a mis parientes, los Banu Casi, del gobierno de Zaragoza, y Al Tawill de Huesca, también ligado a la casa de Pamplona, y puso a otros... y conquistó y rearmó los castillos moros de la ribera del Ebro y, luego, tomó el camino de Medinaceli y derrotó a don Ramiro, el *rex magnus*, en Valdejunquera, hasta que plugo a Dios que venciéramos nosotros, Ramiro en Simancas y yo en Alhándega...

Pero vean sus mercedes cuánto ha sufrido el reino... El asentamiento de los moros; los emperadores francos... Ludovico Pío estuvo dos veces en Pamplona y la saqueó, aunque se volvió a Francia muy pronto, temeroso de caer en otra celada como la que padeciera su padre, no sin antes conseguir que los pamploneses tomaran la fe cristiana y, ya veis, en los tiempos de los francos luchábamos navarros y moros juntos... Pero todo cambia mucho... salvo las guerras que dejan el mismo amargor y la muerte y la miseria... Yo intenté terminar con las guerras, iniciando una política de enlaces matrimoniales...

Di ejemplo con mi propio casamiento pues, como todas conocéis, uní a los Arista con los Jimeno... ¡Ay, Alhambra, quítame a esta niña... que me está llenando la saya de babas...! A esta niña, señoras, debéis enseñarle comportamiento..., que no se lleve a la boca todo, que luego me lo deja en la falda...

Señora Toda, que Sancha es demasiado chica y no entiende, contestó Adosinda.

Ya lo creo que entiende, vea su merced cómo se aplica al pan... Al menos, mójaselo en vino para que duerma un poco... que me marea...

La reina hizo un gesto como si recordara algo y dijo: ¡Ay, Lambra, lo que no hemos comentado...! Lo que te ha dicho veladamente don Abaniano en el sermón desta mañana... Te has hecho una larga trenza en el cabello, adornada con esa preciosa cinta de seda..., mismamente como hacen las damas de Nájera... Yo pienso que te queda muy bien, hija, pero ¿no has oído al preste que hablaba de la cola del Diablo? Se refería a ti, niña, porque te miraban todos los hombres de la expedición.

Sobre todo, don Lope, intercaló Adosinda, y todas rieron. Lambra escondió la cabeza entre las manos y se ruborizó.

Si quieres que yo te arregle el matrimonio con don Lope, que es un gran capitán, me lo dices a las claras y yo lo hago, dijo la reina. Que sé que el caballero bebe los vientos por ti y te mira con languidez... Pero dímelo claro, porque yo no quiero obligaros ni a ti ni a Nunila a casaros con ningún hombre que no sea de vuestro agrado, pues he visto muchos matrimonios desgraciados y prefiero que no sea todo tan convenido, sino que la mujer tenga algo que decir, pues es la mitad en un casamiento... Vosotras no estáis obligadas a cargar con lo que os echen por razones de Estado, como les sucedió a mis hijas en cuyos enlaces hubo de todo... Vosotras decídmelo a mí y yo haré vuestro gusto, siempre que no sea desatinado...

Mesmamente como hice con Boneta y con Adosinda, os daré arras..., pero enamoraos bien, hijas mías, de un hombre que tenga haberes de su casa para que gocéis de una buena viudez... Que ser viuda tiene mucho de malo, pero si a lo natural se junta una renta menguada se pasa mucho peor... Don Lope tiene una cierta fortuna que le dejó su padre... Mi hijo también le pagará sus servicios pues tiene un importante cargo... Boneta, ¿recuerdas a don Diego Lupo, el padre de don Lope?...

Y tanto, señora, el pobre fue devorado por un oso..., contestó la camarera.

Mesmamente como el rey Favila... La reina movió la cabeza y continuó: Bien, pues tú me dirás, Alhambra...

No sé qué decirte, señora reina... Veo a otras damas que se casan y se van a las tierras del marido o a las suyas propias, que suelen estar lejos de Pamplona... Se van a sus solares de las montañas o de los valles y pienso que se asomarán a las ventanas y verán el cielo, el agua caer cuando llueve o el verde de los prados con las vacas... y tienen hijos y echan carnes y se dedican a bordar las camisas del marido, y ya no ven a gente... Yo creo que una dama de la reina Toda ha de perder al casarse... pues vivir en el campo no es lo mismo que vivir en Pamplona, donde te asomas a una aspillera y ves vida y movimiento... y si eres dama de la reina Toda, no paras un momento..., la acompañas, subes, bajas, tornas, escribes al dictado, recibes con ella a hombres grandes y menudos... o viajas a Córdoba, ves el mundo y haces canciones por el camino... Yo, señora, hago muy contenta este viaje... pero también me gustaría mucho ver el mar, ese mar que dicen que nunca se acaba... Si queréis iremos...

Dices bien, niña, llevas parte de razón, quisiera decirte, incluso, que si tomar estado te parece empeorar, no lo tomes, pero no es eso..., contestó la reina. Una mujer soltera y madura y, además, bella como vos o como Nunila, no tiene cabida en este reino y en estos tiempos que vivimos... Ninguna de las dos podríais quitaros a los hombres de encima y acabaríais sometidas a violencia, como de hecho ocurre con muchas viudas, como la mujer de Nájera... Y es malo ser viuda, pero peor todavía ser soltera. No está contemplada la soltería en los pueblos cristianos, salvo que se entre en religión... Creedme, hijas, una soltera termina en un burdel o de criada... Una mujer, para que la respeten los demás, hombres y mujeres, debe tener un brazo fuerte a su lado y un hombre en la cama.

Las camareras asentían. Boneta corroboró que la reina llevaba razón, que las mujeres no podían vivir solas puesto que corrían tiempos violentos en los que primaba la fuerza bruta y no otros atributos como se decía que había ocurrido en la Antigüedad.

Adosinda sentenció que las mujeres no eran nada porque el mundo era de los hombres. De los hombres que podían manejar la espada y la lanza o el arco... aunque en Navarra hubiera mujeres preeminentes como la reina Toda o doña Andregoto de don Galán, o doña Boneta o ella misma, que también había empuñado la lanza, acuciada por la necesidad, aunque no por gusto. La labor de las mujeres por los reinos cristianos estaba en quedarse preñadas y traer hijos al mundo para aumentar la población.

Doña Boneta interrumpió para decir que era natural que fueran los hombres quienes detentaran el poder en la cristiandad y en la morería, porque eran los fuertes..., los que salían a la guerra cuando todas las primaveras se presentaban los caldeos a asolar los predios y a quemar las cosechas y a dejar hambre y muertos.

Doña Adosinda tomó el relevo: Non se pongan tristes las jóvenes doncellas..., que hay matrimonios buenos... Que, normalmente, si no tercia otra mujer, con tal de meterse en la cama con el marido cuantas veces lo solicite y parirle muchos hijos y no contrariarle y dejarle libertad de hacer, no suele haber problemas... y, luego, viene la viudez en la que se descansa de los agobios de la cama y, a la par, eres respetada, o te puedes volver a casar, si te lo pide el cuerpo todavía...

Entonces, ¿no puedo esperar un tiempo más?, preguntó Alhambra, y las tres viudas le contestaron tajantemente que no. Entonces arrégleme su merced el matrimonio con don Lope, suplicó la dama.

Ansí lo he de hacer, hija, respondió la reina, pero no te veo de buen grado..., procura contentarte... Y en cuanto a ti, Nunila, aunque eres más joven, vete fijando en los hombres y me lo dices... ¿Qué hacen los de la torre?

Van bien, van bien, no te ocupes dellos, señora, le contestó Boneta.

Boneta, te conozco, me ocultas algo... ¿Acaso el rey no come o languidece más...?

No, no es eso, señora...

Boneta le dijo al oído lo que le había dicho el preste, que don García llevaba pegada al pecho, bajo la camisa, la carta que recibiera de doña Teresa, y que abandonaba los juegos con las sobrinas para leerla a menudo, sólo que con el calor y el sudor se le comenzaba a borrar la letra...

—¿Y qué dice esa carta, Boneta?

—No lo sé, señora Toda.

El paso del río Iregua

La comitiva pamplonesa estaba a punto de vadear el Iregua en el lugar llamado de Islallana, donde el río se remansa, formando un lecho de arena, y se puede cruzar a pie enjuto. La reina y sus damas rieron sobremanera ante la información de don Lope Díaz, quien, hablando con sigilo y sin poder contener la risa, aseguraba que un caballero les impedía el paso del vado si antes no juraban que la mujer que amaba, doña Nosecuantos, era la dama más bella que alumbraba el sol...

¡Qué a gusto se carcajeaban las damas y el alférez, qué a gusto! Hacía tiempo que no reían tanto... ¡Ay...! ¿Y quién dices que es, amigo Lope? Lope no podía hablar de la risa. Adosinda se atragantó y comenzó a toser. Boneta exclamó: ¡Un insensato ha de ser quien se atreva a negar el paso al rey de Navarra!

En esto, llegó Galid, el capitán de la tropa musulmana, diciendo que él terminaba presto con el sandio caballero que cerraba el paso en el río, que, si no pertenecía a los navarros ni a los moros, era de todos; que él no estaba para pamplinas, gritaba y se alzaba en las estriberas del caballo.

Toda Aznar le hizo un gesto con la mano: ¡Téngase don Galid!, luego demandó: ¿Quién es ese loco, Lope? Ha dicho su nombre, pero no sé..., parece un franco, pues arrastra mucho las erres... Dile que venga, don Lope. No quiere, mi reina, dice que ha tomado posesión del vado en nombre de su señora, doña Nosecuantos, y que por allí puede pasar todo el que quiera con tal que reconozca en alta voz que su señora es la más bella mujer que el sol alumbra... ¡Qué se nos da a nosotros doña Nosecuantos!

¡Señor Jesús, qué locura!, comentó la reina, ¿dónde está? Está metido en el río, dijo Lope, montando un soberbio caballo, con la celada calada y empuñando una lanza larga... ¿Qué hago, señora, lo mando matar...? No, no, Lope, veamos antes...

La reina y sus damas bajaron del carruaje y rodeadas de Lope, Galid y otros hombres, anduvieron hasta el vado. Doña Toda estaba entre sorprendida y divertida, ¿quién sería ese inconsciente que negaba el paso a Toda Aznar?

—¿Quién vive? —preguntó—. Yo soy Toda Aznar, la antigua reina de Navarra y en esta diputación viene el rey, don García, con una parte de sus ejércitos y una embajada del califa de Córdoba...

—Yo soy don Aamar de Quiberón y este hombre es mi escudero... He tomado posesión deste vado en nombre de mi señora, doña Acibella de Savenay, hija del conde Roberto, la dama más bella que alumbra el sol...

—¿Cómo te atreves a negar el paso al rey destos reinos que trae tanta gente armada? ¿Qué tenemos nosotros que ver con tu señora?... ¡Ven, aquí, chico, que quiero parlamentar contigo, apéate del caballo y ven!

—¡No puedo! ¡Estoy defendiendo el honor de mi dama en este vado!

—¿Es que está mancillado el honor de tu señora, joven caballero?

—No. Pero soy un caballero que recorre el mundo por una promesa que le hice a doña Acibella, según las leyes del amor en la caballería.

—Díganme los caballeros de Navarra, ¿acaso hay un código del amor en la caballería?

—Que yo sepa no —contestó don Lope—. Serán cosas del Norte donde todo lo sujetan a normas, como sucedía con las justas.

—Y dígame el caballero, ¿qué promesa fizo a la su dama?

—Prometí a doña Acibella que partiría a recorrer el mundo y que no regresaría hasta que cinco veces cinco mil hombres reconocieran su hermosura...

—Pues, muchacho, has elegido un camino harto apartado... Yo te voy a dar el juramento destos trescientos que vamos... y tú vuélvete a tierras pobladas y cuídate de los hombres destos reinos, que son muy bravos y por menos te darán una lanzada... Yo misma podría mandar que te dieran unos azotes o te sacaran los ojos por tu osadía... pero como veo que eres mozo inconsciente ensalzaré a la bella de Savenay y tú me darás promesa de volver a tu casa, diciendo que la reina Toda te ha relevado de tus votos. Cásate con tu señora, si aún te espera..., y ¡ven aquí, que te he mandado que vengas!

El joven entregó la lanza a su escudero y se apeó del caballo. Avanzaba despacio, con indecisión, dirían los navarros, ¿acaso el chico perdía arrojo cuando se bajaba del soberbio caballo? Antes de llegar a la reina se arrodilló y ansí recorrió un pequeño trecho, quitóse el yelmo y tomó las manos de doña Toda para besarlas. Entonces, todos pudieron ver que, en efecto, Aamar de Quiberón era un mozalbete imberbe, de cara enrojecida y sudorosa.

—A esta criatura le ha tomado mucho el sol —comentó la reina, y ordenó—: Dale agua, amigo Lope, y luego me lo traes a mi carruaje... ¡En marcha la comitiva!

Lope y Galid agarraron al chico por los brazos, lo adentraron en el río y lo sumergieron reiteradas veces con gran regocijo de los presentes. Hasta el rey y las princesas reían desde la altura de la torre.

Un buen rato, estaban pasando un buen rato. Dejen que los hombres le den un remojón, decía la reina, que le ha tomado el sol y anda loco...

Doña Alhambra suplicó a los capitanes que soltaran al chico, que habrían de ahogarlo. Apenas don Lope Díaz escuchó la súplica la aceptó de grado y entregó el muchacho a su escudero. Éste lo tendió en el suelo y le procuró cuidados. Don Aamar tosía. No paraba de toser y parecía que se ahogaba. Tal parecía que se le fuera a partir el pecho. El escudero lo volvió de espaldas y le frotó los costados.

Doña Nunila se acercó presurosa reprendiendo a los hombres que a punto estuvieron de matar al caballero, y cruzó con Glauco, el escudero, un mirada compasiva.

¡Ah!, cuando Aamar de Quiberón se compuso y regularizó su respiración, lo primero que contempló, tras abrir sus ojos, fue el rostro preocupado y arrobado de doña Nunila, la más joven de las camareras de la reina... ¡Ah, qué lisura de facciones! ¡Qué rostro tan divino! ¡Ah, qué ojos color de mar...! Y más abajo le apuntaban unos pequeños pechos, e más abajo, un vientre liso y largas piernas... y a ambos lados del cuerpo unas manos delicadas y cuidadas... ¡Ah, qué guardaría ese corazón ornado por tanta gracia y donaire!

Aamar de Quiberón quedó mágicamente prendado de la doncella. Aamar de Quiberón se enamoraba muy pronto. ¿Era gracia o desgracia lo que le mandaba Dios en estas cosas del amor? ¡Ah, qué divina criatura, Glauco, amigo...!, susurró. ¡Tente, mi amo!, dijo Glauco, que no puedes ir por los caminos con el corazón abierto a todas las mujeres. La reina te llama y debe de estar enojada por tu osada impertinencia... Ya te decía yo que eran muchos y principales, pues venían con grande aparato..., ya te decía yo que no te dejaras llevar por pasión de amor.

¡Ah, no, Glauco, he tenido mucha suerte! La reina Toda me ha dispensado de mi voto por doña Acibella y he conocido a esta divina criatura que se ha apoderado de mi corazón y aprisionado mi alma, a la par que una gran ventura me llena.

No te puedes prendar, señor Aamar, de tantas mujeres y tan apriesa. Primero fue Alberta, luego Clara, luego Acibella y, ahora, ésta... y a todas les hiciste un voto y nosotros andamos errantes desde tu primer amor y, lo malo de todo, es que no has cumplido quince años y que aquestos amores te han de matar sin acabar la juventud.

¡Qué he de hacer yo, amigo Glauco, si me rebosa mi propia capacidad de amar, si yo, como me dijo la adivina, nací para el amor...! El escudero movió la cabeza; tenía un amo joven y loco, cada vez más loco...

Aamar de Quiberón había recuperado el buen color y la compostura. Caminaba con paso decidido al carro de la reina Toda. Al llegar, se inclinó con reverencia y exclamó: Aamar de Quiberón se pone al servicio de su grandeza, la reina Toda, y de los otros reyes desta diputación, para lo que hayan menester y pide perdón por haberles entorpecido el camino y permiso para acompañar la expedición de navarros a donde vayan, y para unir a la de ellos su espada.

A Toda le cayó bien el muchacho. Ya sabes, le explicó luego a Boneta, ya sabes que a mí las gentes me caen bien o mal a primera vista, y este chico me ha caído bien desde el principio... y eso de que ande por el mundo cumpliendo la palabra que diera a una mujer... yo, qué quieres que te diga, en Navarra no lo he visto... Las mujeres de nuestro reino son menos afortunadas en las cosas del amor... Y, como ya vamos tanta gente, que se venga, si quiere. Pienso que estará un tiempo protegido, lo que le hará bien, hasta que se le asiente el seso...

Durante todo el día, Aamar de Quiberón no apartó los ojos de doña Nunila. Tan ostensible era el arrobo del muchacho que las damas lo comentaron entre ellas.

En la cena, Aamar les narró sus aventuras. Cómo había recorrido el reino de los francos de Norte a Sur y de Este a Oeste. Que procedía del castillo de Quiberón, enclavado junto al mar en la marca Bretona, que pertenecía a su padre. Había sido armado caballero en Quierzy por el rey Carlos II el Calvo y se había lanzado a la vida andante, con Glauco, su escudero, siguiendo la usanza que venía de Bretaña, allende los mares, y que los caballeros del rey Arturo trajeron al continente cuando se desperdigaron por todo el mundo en busca del Santo Grial... Que su abuelo había servido a sir Percival de venida a España para encontrar el Santo Cáliz... y él, desde que oyera a su señor abuelo contar las hazañas de Galaar, Lanzarote y Percival, había soñado ser caballero andante y alcanzar gloria imperecedera y servir a su dama..., a más que en Quiberón tenía poco que ganar pues era el hijo menor de nueve hermanos...

Las navarras lo contemplaban admiradas. Los hombres de Pamplona no hablaban así, no. No hablaban de glorias imperecederas, ni de amores elevados, ni tenían modales pausados, ni voz cantarina, ni ese cuerpo delicado y frágil.

Claro, que a saber si el muchacho valía para la guerra tanto como para los decires...

Estaba don Aamar contando a las señoras cómo su abuelo y sir Percival mataron un dragón volador con sus solas espadas, en el bosque de Blois, antes de que iniciara el vuelo y causara el espanto en derredor, cuando don Nuño Fernández, el abanderado, se levantó de una mesa próxima, y entre los aplausos de la multitud desafió al francés del norte a una pelea singular a primera sangre. Y le dio a elegir las armas.

Los hombres acudían de todas partes, acercando antorchas, y hacían sitio. Toda Aznar no gustó de la idea y adujo que las luchas entre compañeros, aunque fueran a primera sangre, no eran buenas, porque traían odios. No obstante, como el chico aceptó el reto sin dudarlo, ella lo consintió. Al menos serviría de divertimento. Doña Andregoto le suplicó que lo dejara combatir con ella en vez de con don Nuño, pero la reina se negó tajantemente, y así quedaron.

Se acercaron los musulmanes y todos formaron corro. Los contendientes lucharían a espada y a primera sangre y evitarían emplearse con fuerza. Se trataba de medir su destreza. Los jueces de la liza serían Galid y don Lope Díaz. O el rey, sugirió Toda. ¿Iba a bajar el rey a presenciar la pelea? ¡No!, ¡vaya por Dios...! ¡Hagan, hagan la pelea!

Glauco, el escudero del muchacho, regañaba con su señor. Los navarros maliciaron a causa de ser el chico menudo y enclenque, y su contrincante, Nuño Fernández, fornido y alto, aunque viniera resentido de la justa de Nájera. ¡Menguada paliza se iba a llevar el francés impertinente que había negado el paso de un vado a las gentes navarras!

En un extremo del habilitado campo de batalla, se vestía el caballero bretón, auxiliado por su servidor, y en el otro Nuño Fernández, asistido por Lope Díaz.

Toda Aznar llamó a Hasday y a Galid a su lado y los hizo sentarse en sillas de campaña. Los dos moros se revolvían molestos, acostumbrados a acomodarse en cojines con las piernas cruzadas, no obstante sonreían. Mientras se preparaban los combatientes, la reina invitó a Yusuf Hasday a hablar de sí mismo, diciéndole que llevaban mucho tiempo de relación mutua y apenas sabía sobre él.

El judío tomó la palabra y dijo que había nacido en Jaén. Que era hombre amante del estudio; que hablaba el árabe, el latín, el griego y las lenguas romances. Que en la corte cordobesa se le había encomendado una oficina fiscal y había realizado por orden de su señor varias embajadas, una de ellas a la ciudad de León, en vida de Ordoño III, y otra, y principal, la que le ocupaba en este momento, quizá la más feliz de todas. Pero que, aparte del acompañamiento a la reina Toda, el trabajo con el que más se holgaba era descifrar y traducir del griego al árabe, junto con el bizantino Nicolás, el tratado titulado *La materia médica*, escrito por Dioscórides, un regalo de Constantino VII Porfirogéneta, emperador de Bizancio, a Al Nasir, cuando la embajada de Constantinopla... Ese libro era un tesoro de ciencia...

Fueron interrumpidos. El duelo empezaba. Los dos contendientes se inclinaron ante la reina, alzaron las espadas y don Aamar se volvió rápido, asestando un terrible golpe a don Nuño que lo tuvo tambaleándose y retrocediendo unos pasos. Mas se recuperó enseguida y, a su vez, devolvió un formidable testarazo, que dejó inconsciente al bretón.

¡Viva Navarra!, clamó la hueste pamplonesa. ¡Viva Navarra...! Nuño era felicitado por todos. Glauco se llevó a su señor. Ha recibido un buen golpe, pensó la reina, pero el yelmo se lo habrá amortiguado. Después se alzó del asiento, deseó buenos sueños a los presentes y comentó, a la par que encogía los hombros: Esto ha sido visto y no visto.

Altos de Cameros

Atravesaron las sierras de Moncalvillo y las cumbres del Serradero y en los altos de Cameros comieron pescado fresco. Ello constituyó una fiesta por el pescado en sí y por el espectáculo en el río, ya que todos se holgaron viendo cómo los hombres atravesaban las truchas con sus lanzas en aquellas aguas claras, y reían de los que caían al agua. Pero los alanos estaban inquietos y asimismo los caballos.

A media tarde, se atravesó la Torre Regia en el camino pues se le habían partido dos ruedas, y hubo que desalojarla con gran contento de la reina, que pudo así hablar con su hijo. En el pabellón del rey, prácticamente habló sólo ella y tuvo que contenerse no diciendo ni lo que hubiera podido ni lo hubiera querido decir. Inclusive, cuando el rey le preguntó qué había de ganar él con viajar a Córdoba y con el reconocimiento del califa como soberano, Toda no supo qué decir y salió del aprieto contestando con vehemencia que ya le compensaría Sancho sobradamente cuando fuera rey de León. García negó con la cabeza y había tanta tristeza en sus ojos, donde dos lágrimas dudaban entre aflorar o no, que la reina le palmeó cariñosamente la mano y dejó el asunto. Mandó entrar a los criados y ayudó a su hijo en el baño, regalándole los oídos con las virtudes de doña Teresa y los infantes, Sancho y García, y le recordó cosas de su infancia y las maldades del regente, de Jimeno Garcés, su tío carnal, igual que cuando era niño; y la reina le tenía la mano como si todavía fuera pequeño.

Toda Aznar pensaba para sí que verdaderamente García no tenía nada que ganar, salvo un aliado en el reino de León, que lo hubiera podido tener mesmamente sin hacer el viaje y sin trastocar la placentera vida que llevaba en el castillo de Pamplona, holgando con doña Teresa, jugando a tablas o a naipes, saliendo a cazar el oso a la sierra de Aralar o enseñando a sus hijos a manejar la espada... Pero todo había sido empeño de su sobrino, el emir, ahora califa; de Hasday que llevó la embajada y no cedió y luego della, de la propia Toda... Que tuvo palabras mayores con su hijo y que hubo de insistir mucho.

Y lo hizo por ganar un reino y salvar un nieto, no por ella que no tenía nada que lograr para sí... Lo hizo por la memoria de Sancho Garcés y, a fin de cuentas, ya faltaba menos camino y lo que llevaban de viaje iba bien... García tomaba el sol y el aire en lo alto de un almajaneque, lo que sería bueno para su frágil salud, y todos los expedicionarios tenían buena color... Además, que no podían desairar a Al Nasir pues, aunque estuviera ya viejo, eso no era óbice para que, ante el desaire, montara en cólera y les enviara a Pamplona a sus mejores generales con un grande ejército que diera al traste con el reino...

Porque la suerte que habían tenido los cristianos en las batallas de Simancas y Alhándega, continuaba Toda, era difícil de repetir y, a más, ahora había paz en Navarra, lo que era bueno para todos...

Todas estas razones podía dar a García y otras, familiares o de conveniencia o de honor, o de respeto a antiguas alianzas, pero guardó silencio y le tuvo cogida al rey la mano hasta que los dos alanos entraron en el pabellón y se asentaron a sus pies; entonces ella se soltó del rey y acarició a sus perros. Una estampa familiar.

Pero pronto los canes mostraron su inquietud. Alzaban el hocico y olisqueaban y rondaban por la tienda y no valía que la reina los llamara a sus pies, no valía.

Durante la cena los canes entraron y salieron y ladraron a la luna llena. Se oía el piafar de los caballos... Toda Aznar se asomó y vio tranquilidad por doquiera y a los hombres platicando en los fuegos de campamento. Algo ocurría, no obstante. Algo había de suceder, lo preconizaban sus canes, Urco y Carón, y a sus canes sólo les faltaba hablar... Mala suerte que no hablaran, mala suerte...

El caso es que no sucedía nada, ni extraordinario ni no. Que todo continuaba igual, eso sí, con las dos ruedas de la Torre Regia en el quebrado del camino hasta que se hiciera la luz. Era tarde. García se fue a dormir y Toda se retiró. En el trecho hasta su tienda, tuvo que parar varias veces, los hombres y las mujeres querían conversar con ella. Le ofrecían vino a beber y le preguntaban sobre la gran ciudad de Córdoba y por el soldán. Y, cuando Toda se sentó en un escabel e iba a contarles las maravillas de la ciudad del Guadalquivir, que iban a ver todos con sus ojos, se escuchó un gran tumulto, como si un invisible galopar los atacara...

Se oyeron gritos: ¡los moros, los sarracenos!, ¡los enemigos de Dios!, ¡las furias del Infierno...! e, de repente, la reina y sus compañeros contemplaron con espanto que una enorme manada de lobos los arremetía sin piedad. Cientos de lobos se les echaban encima en un frenético y ciego acometer, pues atravesaban fuegos, perseguían a las gentes que huían aterradas e caían a plomo sobre tiendas y mesas.

Los hombres se vieron sorprendidos en un primer momento, luego buscaron sus armas y se aprestaron a la defensa... e muy mal lo estaban pasando en aquella lucha contra las fieras carniceras que más bien parecían demonios y que atacaban con ardor...

Acaso doscientos, trescientos demonios... La reina Toda sacó su pequeña daga del cinturón y sintióse perdida; pero no. Gracias a Dios, sus dos alanos, Urco y Carón, la defendían con uñas y dientes. Urco tenía sujeta a una fiera por el pescuezo y Carón golpeaba a otra contra el suelo... Enormes eran los lobos, o se lo hacía a la señora... En su derredor los hombres combatían y las mujeres se habían desperdigado... Se oían juramentos terribles y gritos de espanto entre aullidos y gemidos de lobo...

En esto, asonaron unas trompetas, que a la reina le parecieron las trompetas del Juicio Final, pero con ellas llegaron los moros con don Galid, el capitán, al frente, que llamados por los gritos de los cristianos acudieron en su auxilio... Gracias a Alá... Gracias a Dios... Las fieras se retiraron.

¡Oh..., qué desastre...! ¡Aquí!, gritaba Toda, ¡aquí, don García, don Sancho, las princesas, Boneta, mis damas, mi gente...! ¡Aquí los que comen mi pan...! ¡Lope, Nuño, Hasday...! ¡A mí los moros!...

La reina cayó de rodillas y se mesó los cabellos. Tenía el rostro oculto entrambas manos y le corrían las lágrimas... Había un gran tumulto y alboroto, pero ya los aullidos de las fieras sonaban lejanos. El campamento era un griterío de dolor y horrores... Las gentes pasaban aceleradas junto a Toda Aznar y no paraban en que era ella, su señora, pues corrían desencajadas con las ropas y las espadas llenas de sangre... Las antorchas y los hachones eran pocos para alumbrar la magnitud de la tragedia...

Toda se secó sus lágrimas, se levantó y corrió hacia el pabellón del rey tan aprisa como le permitieron sus años y sus carnes... Se detuvo para tomar aire... El corazón le brincaba en el pecho... ¡Detente, Toda, toma aliento...! ¡Dios mío, Dios mío...! ¿Qué has permitido?...

Iba temblando toda... Le fallaban las rodillas... Se caería de un momento a otro... Nunca supo cómo pero llegó a la tienda de García y vio gente apiñada y entró como una tromba pero perdió el pie y experimentó una angustiosa sensación de caer..., de caer al vacío...

Cuando despertó, Boneta le rociaba la cara con agua y la rodeaban todos los presentes. Despertó lentamente, lentamente. La habían acomodado en el lecho de su hijo. Su corazón se llenó de gozo al contemplar a todos los suyos sanos y salvos... Todos demostraron su contento por la rápida recuperación de la reina, pero enseguida dejaron de prestarle atención. Por primera vez en su vida, Toda Aznar no era el centro de la reunión. Estaban en otro negocio. Las princesas iniciaron una discusión encarnizada. El rey, las damas y los caballeros las miraban asombrados. Las princesas gritaban como dos vendedoras del mercado y cada una quería expresar su versión de los hechos. Se oía poco porque no se dejaban la palabra, pero aun así, la reina acertó a entender:

—¡Eran cientos de lobos como demuestran sus cadáveres! De ser diablos nos hubieran matado a todos, pues tienen más poder que las armas.

—No son lobos, pues en verano no andan en manada... Son demonios encarnados en fieras o, dime, ¿por qué no han atacado a los musulmanes?

—¡No son diablos...! ¡Los demonios se encarnan en machos cabríos!

—¡Yo los he visto, prima!

—¡No fastidies, Elvira...!

—Tú no sabes de las cosas del infierno, prima... Los demonios tienen mucho poder en hombres y bestias... E no hay razón alguna para que los animales ataquen a su rey, máxime yendo con tanta compaña... a no ser que medie el Diablo con algún mal propósito escondido, o algún encantador o que aqueste lugar sea señorío de lobos desde los tiempos antiguos...

—¡Son lobos! Yo los he muerto con mi espada —terció el rey—. Terminen vuesas mercedes aquesta disputa, pues yo decreto que son lobos, e ordeno que ninguno de los presentes saque de aquí el parecer de doña Elvira... ¡Que se doble la guardia, Nuño, ve y dime cuáles son los daños sufridos..., busca a don Lope Díaz... e llama al moro que le agradeceré su intervención... e que apañen la torre... que no nos quedaremos en este lugar maldito!...

—Dime, Boneta, ¿he sufrido un golpe o un desmayo? ¿Es cierto que mi hijo ha matado lobos con su espada? Porque ansí me gusta verlo, enérgico y dando órdenes... Dime, querida, ¿eran lobos o demonios?

—Eran lobos, señora, pues causaban muerte y destrozo, a más que nunca se ha visto que los diablos anden por el mundo en tropel y ahí están los muertos —dijo doña Boneta, señalando a la puerta—. He pasado mucho miedo por ti, señora, que estabas ausente... Me arrodillé ante tu crucifijo y recé por ti y por mí... Adosinda, mientras, empuñaba una lanza dispuesta a matar... ¿E vos, señora?

—A mí me salvaron los alanos. Uno dellos está muy herido... Aún tiemblo toda, Boneta, además he venido corriendo y el corazón se me ha descompuesto... ¡Sal fuera Adosinda y ve lo que ha pasado...! ¡Dile a Alhambra que me prepare una tisana de melisa, verbena y valeriana y que cargue la mano en la melisa...! ¡Adosinda, haz el cocimiento para todas las damas y ve donde están las muchachas...! ¡Boneta, no te vayas!

—No me voy... Respiras con fatiga, señora Toda...

—Es el susto, hija, que llevo mucho... Me quedaré en el lecho porque me encuentro mal... Hoy no voy a hacer de hombre..., voy a hacer de mujer... Que los hombres hagan de hombres..., que haga el rey de rey... Boneta, llévale a mi hijo recado para que se ocupe del perro que quedó en el campo de batalla... Estoy fatigada...

Doña Boneta movió la cabeza y le sonrió. La desnudó y cuando llegó Adosinda con el cocimiento y con la noticia de que Alhambra y Nunila estaban perfectamente, bebieron las tres. Descansa la mi reina que nosotras te velaremos, decía Boneta, y le quitaba el sudor de la frente con un paño húmedo. Las camareras la estuvieron contemplando un tiempo hasta que las hierbas hicieron su efecto.

Cuando entró doña Nunila con las nuevas noticias, que eran malas, Boneta y Adosinda la hicieron callar y, como les hacía efecto el cocimiento, no quisieron saber de desgracias... Mañana se enterarían.

¡Maldita expedición!

La reina Toda se levantó con el alba como una rosa y, sin desayunarse las gachas con leche y sal que acostumbraba, salió de su tienda, rodeada de sus damas, con mayor disposición y arrojo que un día cualquiera, y se dirigió al pabellón del rey.

Allí, se contentó mucho. A Dios gracias, su hijo se había portado como un hombre entero, dominando y enderezando la situación. Había sido García quien, auxiliado por Andregoto y Elvira, tomó las riendas del desaguisado y puso a los hombres a trabajar.

Su propio hijo le informó del desastre. Los lobos habían dado muerte a dos mujeres y un hombre. Tenían, además, doce heridos, nueve varones, cuatro dellos graves; dos caballos y un perro. Uno de los hombres en estado grave era don Lope Díaz, que tenía una gran mordida en el hombro, tan grande que parecía que se le iba a arrancar el brazo. Todo eso, contra cincuenta y dos lobos muertos. Hasday y los suyos, más que como sarracenos, se estaban portando como verdaderos hermanos. García terminó diciendo que tenía gente haciendo ruedas nuevas para la torre; que el día de hoy lo dejarían para el descanso y las composturas, y el luto. Y, después, volvió a reiterar que los atacantes habían sido lobos, y no demonios. Luego, gritó (¡oh!, se asombró la reina), tal vez como nunca había gritado, y mandó callar a las monjas leonesas que entonaban un *Te Deum laudamus...* y, aún, alzó, mayormente, la voz, ordenando a sus soldados que los lobos muertos fueran decapitados, clavadas sus cabezas en estacas e dejadas en la vereda del camino para escarmiento de fieras y aviso de caminantes... y para que quienquiera supiera que por aquellos parajes había pasado el rey de Navarra...

Así lo quería ver la reina, ¡vive Dios!, disponiendo y gobernando como digno hijo de su difunto padre. Y Toda no tuvo nada que decir, ni que añadir, ni que objetar a los mandados de su hijo. Lo dejó hacer. ¡Por fin García era digno hijo de Sancho Garcés y della!

Toda había descansado bien y se desayunó mejor con todas sus damas, menos Alhambra, a quien la hacían en la cabecera de don Lope que, al parecer, yacía en su tienda muy herido. No vendría mal un día de asueto, no. Un día sin dar órdenes ni dirigir a nadie, puesto que García, apoyado por Andregoto, se ocupaba de todo. Ellas, las mujeres principales, visitarían a los heridos, descansarían y después asistirían al funeral de las víctimas.

Sí, sí, claro que conocía a Crisella, a Ermigia y a Lupo de Torres, honrada gente, ¡pobres!, pero a buen seguro que en un viaje de ese cariz había de pasar bueno y malo...

Por supuesto, que había superado el espanto, por supuesto, y que su corazón latía ya a su ritmo normal y que se le había asentado el cuerpo y la cabeza, porque había dormido de un tirón... Dios le había dado buena salud.

Señora, ¿das tu permiso? ¿Qué quieres, Boneta amiga? He pensado que hoy, como estamos paradas, sería un buen día para proceder al corte de tu brial, el que compraste al judío, y traigo a Munda de Aizgorri, que fue lega y costurera del monasterio de Santa Cristina de Somport, que ha cosido en Pamplona para tus nueras... Di que pase, Boneta.

Entró una mujer enorme, de cara cetrina y ojos hundidos, que se inclinó profundamente. Ésta es Munda, señora, de quien te he hablado. Bien, bien, Munda, se expresó la reina, ¿así que has cosido para mis nueras, las reinas? Sí, señora Toda, a doña Andregoto, la antigua reina, le corté y cosí la vestidura que lució el día de la Epifanía para la celebración de la Pascua e quedó muy contenta della, y se la alabaron las damas principales del reino... Era un vestido púrpura brillante... He costumbre de manejar buenas telas, pues en Santa Cristina cosíamos las vestes para toda la corte de Aragón. Si tú quieres, doña Toda, te haré un vestido a la moda francesa... ¿Cómo es eso, Munda? Es ceñido de cuerpo, de manera tal que entalla los pechos y la cintura e, después, caen varias sayas superpuestas... e le ornaremos de abalorios o de perlas o, si es de tu agrado, unas tiras de cordobán... Los pechos, señora, te quedarán sujetos y alzados, resaltando... Yo te haría dos sayas, una corta y otra larga hasta los pies y un pecherito de frunces...

Ay, no sé, Munda..., una veste ceñida de cuerpo..., yo no tengo ya los pechos para resaltar ni, en realidad, nada que mostrar... ¿Qué dicen mis damas?

¡Oh, sí, sí! Te haremos, señora reina, una cofia de pedrería que haga juego con el ceñidor de doña Amaya, y sujetaremos un velo de cendal fino... ¡Sí, sí, deslumbrarás al califa!

Ay, no sé, hijas, que tengo costumbre de vestes holgadas e dentro de una prenda ceñida me manejaré tan mal como mi sobrina Andregoto, el día en que vistió de mujer...

Las damas rieron e insistieron en hacer el vestido a la manera francesa. Hágase como decís, convino la reina, e que me tome Munda la medida presto, que he de salir, e dispongan vuesas mercedes la mesa para el patrón y busquen costureras de trapillo para ayudar a la maestra, que a todas recompensaré bien...

Antes de comer, Toda Aznar visitó a las víctimas. Don Lope estaba muy malherido con una gran mordida en el hombro derecho y con el brazo muy suelto. Hasday le había aplicado un emplasto de yerbas y le dio un bebedizo que lo mantenía adormecido. Alhambra estaba sentada a su cabecera con los ojos arrasados de lágrimas. El judío no les había dado esperanzas y, es más, había vaticinado que, en el mejor de los casos, habría que amputarle el brazo; precisamente, el brazo derecho, el que utilizaba para blandir la espada... Con lo cual, señora Toda, dijo Alhambra, no podrá ser capitán... Toda la abrazó con ternura y le contestó contundente: Sí, niña, sí podrá ser capitán; se puede ser capitán sin brazo y sin espada, sólo es preciso genio, niña; no hayas temor que don Lope lo tiene.

Las damas comentaron a la comida que Munio Fernández, el despensero, las había tratado con más regalo que en un día de viaje: ensalada de bonito con aceitunas; truchas guisadas y rellenas de jamón de cerdo curado; capones escabechados; cordero asado; compota de manzana y peras al vino. Un banquete, sí, señor. ¡Muy bien por Munio Fernández y por los cocineros, muy bien!

A media tarde, don Nuño, el abanderado y alférez interino, anunció a la reina que la reclamaba el rey para proceder a la ejecución de los lobos y, en efecto, ya se oían las trompetas.

Cuando Toda se personó en el lugar de la ejecución, don García estaba sentado sobre un sitial cubierto con tela buena, que los hombres habían levantado. El rey lucía sus mejores galas y su corona de oro; amén de que continuaba con el ánimo elevado... Así le gustaba verlo, así, como si fuera otro, como si fuera el que nunca fue. Ciertamente que la agresión de las fieras, un ataque inusual por otra parte, lo había sacado del tedio y animado sobremanera. El rey aparecía, incluso, contento y decidor. La reina lo comentó con Boneta que asintió. Luego, las dos hablaron de Sancho, que había engordado más; los ojos y la nariz parecía que iban a desaparecerle en la cara... por no hablar de aquellos ingentes glúteos que contenían arrobas y arrobas de carne fofa...

Ha sido una crueldad de mi sobrino Al Nasir, aseveró Toda, hacer ir a Córdoba a este chico con estas gorduras, hubiera sido más humano sanarlo en Pamplona y viajar después... Eso me dice que don Abd-ar-Rahmán no se fía de mí... ¡Ah, Boneta, ya sé qué haré el día en que Sancho no pueda andar!, le mandaré construir un carrito a ras de suelo, para que sólo tenga que levantar un pie y esté acomodado...

Sonaron las trompetas. Don García ordenó proceder a la ejecución de las alimañas. Los cincuenta y dos cadáveres de lobo estaban expuestos en el suelo en una perfecta alineación. Uno a uno fueron llevados al tocón donde los soldados se turnaban para cortarles la cabeza y lo hacían con saña y entre grandes aplausos. Las cabezas fueron clavadas en estacas a lo largo del camino, para aviso de caminantes y escarmiento de fieras salvajes...

Después se celebró el funeral por las tres víctimas y se rezaron varios responsos.

A la noche se triplicó la guardia. ¡Que osaran otra vez los lobos!

Castillo de Soria

Dos jornadas emplearon en alcanzar el castillo de Soria, que había sido de moros y del conde Fernán González durante un tiempo y, ahora, de otras gentes. Sí, allí, dentro del castillo, había unos tipos desarrapados, encerrados a cal y canto, que aseguraban que la fortaleza era suya, porque la encontraron abandonada y la habían tomado, como lo que es de nadie.

Los navarros preguntaron si eran vasallos de Fernán González, y los habitadores del castillo contestaron que no. Que ellos no tenían amo ni señor; que eran hombres libres. Los navarros pidieron techo para pasar la noche y los castellanos (eran castellanos por el hablar) se lo negaron. Y cuando suplicaron, por Dios, que abrieran las puertas para cobijar a las mujeres y a los reyes de la comitiva, los hombres del castillo respondieron con arrogancia que ellos no tenían ni Dios ni amo y que aunque eran pocos se bastaban solos.

Los componentes del piquete de navarros que se habían adelantado al resto de la expedición para tomar posesión del castillo se frotaban las manos. Ya van a saber estos rufianes lo que es bueno cuando lleguen los nuestros, se decían. Habrá que ver a la reina... Claro que la reina no había dado el escarmiento que se merecía a ese francés del norte, a ese Aamar de Algunsitio... La reina era vieja y con este viaje tan trajinado estaba perdiendo energía, tal vez. Y se decían entre ellos que la ocasión de desquitarse de la malandanza de los lobos se les presentaba clara. Traemos hasta un almajaneque para asaltar el castillo, se desaloja a los reyes y se le da a la Torre Regia el uso militar que debe tener... Se conquista la fortaleza a mayor gloria de Navarra y se pasa a degüello a esos blasfemos y después se enarbola el estandarte del rey, como procede... Y en ésas estaban cuando se avistó la caravana.

La reina Toda venía inmersa en sus pensamientos; en sus sueños de acrecer el reino. Resultaba bueno, que el conde Fernán González se empleara en Occidente, mejor que se empleara lejos e no viniera a incomodar por la Rioja, se decía la reina. Y, ahora que tenemos a García con buen ánimo, continuaba para sí, y un castillo de fuertes muros abandonado, con tal que edificáramos otro en los altos de Cameros, podríamos hacernos con esta tierra que no es de nadie y alargar el reino desta parte hasta el Duero, a ocho jornadas de marcha desde Pamplona... García había superado la melancolía y era el momento. Nadie parecía querer estas tierras, nadie; pues ella las querría para hacer más grande Navarra... ¿Acaso no soñaba con hacer un imperio de mar a mar, para que García y sus descendientes fueran los mayores reyes de los reyes...? ¿Qué? ¿Qué quieres, Boneta? Tu nieta quiere hablarte, dice que si puede subir a tu carro. ¡Sí, sí, que suba! ¡Dios bendiga a la reina Toda! ¿Qué tienes, Elvira? ¿Alguna cuita? No, no, abuela... Te traigo una petición sencilla, ya verás... Mi priora dice que, muy cerca del castillo de Soria, existe la cueva de un santo varón e nosotras, las monjas, quisiéramos visitarla y rezar donde vivió el santo hombre, de nombre Saturno o Saturio.

No veo inconveniente, hija, le dices a don Nuño que te dé una escolta y os adelantáis en el camino, pues mi abuelo, don Fortuño el Tuerto, empleó cuatro jornadas de Soria a Pamplona e nosotros llevamos trece y ya no quiero más retrasos... ¿Cómo anda don García? Igual, abuela, igual. ¿Igual a qué, niña? Igual a antes de que se animara; apenas subió a la atalaya, miró hacia Pamplona y rompió a llorar... ¡Ay, Dios!, suspiró la reina. Es un enfermo, abuela; la melancolía no es sólo una manifestación del amor, cuando es grave es enfermedad; me lo ha dicho Hasday... y si me lo permites, creo que deberías consultarle sobre mi tío, quizá él tenga algún remedio.

No quiero más favores de mi sobrino el soldán. La enfermedad es poca, y está bien que usemos de la ciencia de un judío ante una necesidad, pero no siempre, contestó la reina. Yo pienso que entre los médicos que tienen la ciencia no hay que distinguir de credos... y, otra cosa, señora, aunque todos estáis convencidos de que nos atacaron los lobos, yo y mis monjas estamos creídas que fueron demonios... Te pido permiso para celebrar una misa de acción de gracias. Tienes mi permiso, niña...

Luego, Elvira les estuvo hablando de la existencia de una antigua ciudad de antes de los romanos, cercana al castillo de Soria, llamada Numancia. En la cual, durante el ataque de los romanos invasores, los habitantes se arrojaron a la hoguera con sus mujeres e hijos, antes de rendirse a los conquistadores... Que eran unos tiempos de mucho heroísmo, los mismos tiempos de Viriato, el pastor lusitano y de los caudillos, Indíbil y Mandonio... Que si habían oído hablar dellos...

La reina y sus damas, que se dedicaban a la costura del brial con aplicación, respondieron que no. Que no habían oído hablar de nenguno dellos y le preguntaron de dónde sabía tanta cosa, a lo que la abadesa contestó que lo sacaba de los libros. Adosinda le informó que en Pamplona había pocos libros, pero que ellas, las damas, sabían leer y escribir por empeño de la reina Toda, y que leían los libros sagrados y escribían los despachos de la reina. Elvira sentenció que si se leía o se escribía con asiduidad o disciplina gustaba hacerlo y que, además, engrandecía el espíritu.

Toda comentó en alta voz que fueron necios los numantinos, por echarse al fuego con sus mujeres e hijos..., toda la ciudad unánime para no rendirse..., que ella se hubiera rendido o abandonado la población; mismamente como hicieron en Pamplona un año antes de la muerte de Sancho Garcés, cuando, ante la amenaza sarracena, ella cogió la imagen de santa María y las reliquias de santa Emebunda y a sus damas y se refugiaron en las montañas con lo puesto. Al regreso, la capital del reino era un solar, pero no hubo que lamentar muertos y, luego, los vivos la edificaron de nuevo y se perdió menos. ¿Y qué dice tu libro, señora nieta, de lo que hicieron en Numancia? ¿Era bueno o malo? Fue muy bueno y heroico. Pues yo no lo veo ansí, hija. Cierto que yo veo lo que veo y no todo lo que se pueda ver, y no soy sabia como tú, ni como los que escriben crónicas... pero yo no lo hubiera hecho ansí..., por eso me postré ante don Abd-ar-Rahmán en una situación de peligro mayor, e no me arrepiento porque salvé mi reino... E díganos su reverencia, que de lo privado hemos hablado poco, qué hace en León de vida normal.

Pues sepa mi señora abuela que sobre todo rezo el Oficio que es mi deber. Rezo para que Dios, nuestro más alto Señor, remedie los desafueros de los hombres y así contener la cólera divina con oraciones de alabanza y, en el tiempo libre, leo cuantos libros, religiosos o profanos, caen en mis manos, para aprender y ser mejor... Precisamente, uno de los afanes que me llevan a Córdoba, a más de recoger los restos mortales del joven Pelayo, son los libros, que quiero comprar algunos... e se diz que allí hay un gran mercado dellos; que los traen del Oriente y los copian e de allí los envían a Francia y a Germania... Eso me han dicho varios mozárabes emigrados a León...

Cuando Elvira regresó a la atalaya, Adosinda comentó, mientras luchaba por enhebrar la aguja entre el traqueteo del carro, que la princesa había abandonado mucho la oración en el viaje y que, tal vez, no fuera bueno que leyera libros profanos ni que jugara tanto a los naipes y a otros juegos. Toda Aznar la interrumpió para decirle que los hombres sabios debían leer todo para conocer dónde se encuentra el error, y en cuanto a los juegos, que no había nada de malo en ello, pues jugaba con su tío y con su prima e que no tomaban prendas, sólo el honor de ganar; que para Elvira sería mayor sacrificio que rezar, puesto que había de perder siempre...

Los hombres del piquete se acercaron presurosos, diciendo que el castillo estaba tomado por unos hombres sin dueño que no lo querían abrir ni al mayor rey de la tierra. Que unos hombres se habían hecho fuertes en el castillo de Oria o Soria y que no les abrían las puertas ni por el Rey del Cielo. Y propusieron hacer la guerra a la fortaleza para quitarse la espina de la rota de los lobos y levantar el ánimo de los pamploneses...

La reina se incomodó... Que un puñado de soldados le dijera a ella lo que había de hacer... Que un puñado de soldados le hablara de espinas y batallas perdidas... Que le sugirieran entrar a saco y al degüello e emplear la Torre Regia en su uso natural... ¡Ah, no...! De todos los presentes, sólo ella había vencido en Alhándega, sólo ella. ¡Hasta aquí podíamos llegar...! Tras preguntarles cuántos hombres había en el castillo, de quién eran vasallos y si parecían mal dispuestos, para calibrar la situación, los envió al rey, que no les prestó atención ninguna.

Y, se decía Toda, allá ellos si son blasfemos, si no tienen amo ni Dios, allá ellos. Los navarros pararían a la sombra del castillo porque era tarde y a la mañana, al alba, volverían al camino... Que no estaban por más guerras... Que no era urgente quitarse espinas...

A la mañana siguiente, Elvira partió con sus sorores a visitar la cueva del eremita Saturno y volvió muy contenta, diciendo que había rezado con fervor en una cueva de gran alzada y muy amplia donde apretaba recio el frío, pese a lo avanzado del verano, pero también comentó con una cierta tristeza que no había culto alguno en el santo lugar. Y habló y habló la leonesa... Se le ha soltado la lengua, Boneta, afirmó la reina.

Hasta el lugar de Almazán no encontraron gente alguna. En esta aldea, los lugareños obsequiaron a la expedición pamplonesa con un vaso de anís, lo que la reina agradeció regalándoles dos mulas y una cruz de plata. Porque ella, Toda, era ansí; eso fue lo que dijo cuando sus damas la amonestaron por su esplendidez. ¡Vamos, dos mulas y una cruz de plata por una copa de anís! Que no es una copa de anís... Que son trescientas copas de anís, se defendió la reina.

Al-Ándalus

En el momento en que Galid y Hasday ben Shaprut adelantaron con su gente a la tropa cristiana, Toda Aznar coligió que entraban en tierra mora. ¡Dios, qué extensión de tierra musulmana, cuánta labor y guerra tenían por hacer los reyes cristianos!

Marchaba, pues, delante, la embajada sarracena con Galid, el capitán, Hasday y las enseñas califales; los cincuenta de a caballo y toda la intendencia (y, cosa curiosa, no llevaban mujeres de servicio, los moros se valían por sí solos en la guerra). Seguían los cristianos con los estandartes y don Nuño al frente; unos cien de a caballo; los carros de las damas y los reyes; el carro del hospital con los heridos que mejoraban lentamente, y don Lope, quien pese a los desvelos de Lambra, iba a perder el brazo; luego venía la Torre Regia, más poblada que nunca, con el rey lánguido, el rey gordo; las dos princesas; un clérigo, un ecónomo, una priora, un aya, los dos caballeros de don Sancho y don Aamar de Quiberón (que jugaba muy bien a las tablas) con su escudero. Terminaban la expedición los otros cien de a caballo, las cocinas, las tahonas y los sirvientes con la impedimenta.

La reina notó enseguida que estaban en tierra de moros. A ambos lados del camino se veían ricos campos, recorridos por canales y otras técnicas de riego, de tal forma, que por aquellos predios se tornaba el secano en huerta, que daba más de comer y más pronto y más variado. Y en las cercanías de aldeas y lugares se veía a las gentes aplicadas a las labores agrícolas. No era como en Pamplona, donde sólo se aprovechaba la vega del Arga, y donde los campesinos se limitaban a sacar a las vacas a los pastos o a talar los bosques de las sierras cercanas, no. Los infieles tenían otra aplicación y eran más ricos que los cristianos.

Toda recordó a don Fortún, en su regreso a Pamplona, elogiando la agricultura musulmana, que daba ciento por uno, y se dijo que no andaba descaminado el antiguo rey e hizo propósito de instruirse sobre el negocio para remediar los males de la agricultura navarra, cuyos cultivos eran extensos y de ciclo largo. Y lo que se decía, que para mejorar y tener pan todo el año, habría que juntar los cultivos cortos con los largos o sembrar corto en un campo y en el vecino, largo. Eso lo tendrían que propiciar los reyes, y ya se veía ella enviando una embajada de agricultores navarros a Córdoba, a Guadalajara o a Toledo para que aprendieran bien las artes del cultivo y las trajeran a Navarra. Se lo diría al rey.

Entre los expedicionarios corrió la noticia de que andaban en tierra de moros y hasta los hombres más bragados se sobrecogieron. No era lo mismo este lentísimo viaje, con los reyes indispuestos, la vieja reina, las princesas (máxime, ahora, que la Hija del Viento ya no lo era e vestía de mujer por mandado de la abuela), tantas mujeres y sirvientes y tamaña impedimenta que era como llevar Pamplona en fardos y esa maldita torre, que podía con las fuerzas de todos los hombres y más que hubiera. No, no era lo mismo que una diputación de varones, ya fuera de castigo o de saqueo, pues que ya estarían llegando a Córdoba. E no así que estaba resultando como un viaje al Infierno...

Tales cosas comentaba Beppo de Arlés, soldado mercenario, con sus compañeros, quienes, primero, convinieron con él y, luego, extendieron el desasosiego entre la tropa, hasta que fue común.

Cundió, pues, el descontento, porque los soldados empezaron a decirse unos a otros que habían sido ajustados por una escasa soldada y que no habían de sacar más en ese viaje, que era de ir y volver, sin otra dedicación; sin posibilidad de entregarse al pillaje, al saqueo o al robo... y decían que era poca paga. Que en esa expedición no se limitaban a escoltar a los reyes ni a defenderlos, no. Allí, habían de estar en lucha permanente contra la Torre Regia que se atascaba en los caminos y pesaba arrobas mil. Que tenían más trabajo del supuesto y la misma paga, lo que no era de justicia, vive Dios.

Beppo de Arlés sembraba el descontento y cada vez más gente de milicia se juramentaba con él. Además, se quejaban, la única batalla que habían tenido que librar fue contra los lobos y habían salido mal parados, y la reina no les había dejado quitarse la espina con los desalmados blasfemos del castillo de Soria. Amigos, yo estoy porque nos atacaron los demonios o el Anticristo y esta expedición maldita sufre de algún ensalmo y el primero en acusarlo ha sido el rey... Yo creo que Satanás viaja con nosotros... Y se hacía el silencio entre los oyentes.

Tal, se propalaba por el campamento. Las buenas gentes temblaban y los revoltosos se crecían en sí mismos. Un día, Beppo de Arlés hablaba del Anticristo; otro, del fin del mundo, tan ligado, según creencias, con el final del milenio, próximo ya; en otra ocasión, de doña Andregoto de don Galancián, a quien hacía hija del Demonio o encarnadura del mismo. O de la suelta de Satanás ¿quién, si no era la mujer guerrera, si andaba entre ellos como uno más? No sé, se decía, tal vez encarnado en hombre, mujer o caballo...

Se hacía el silencio en torno a las hogueras de la noche y el miedo se instalaba en los corazones. Y de nada valió que llegada la comitiva a Medinaceli salieran a recibirlos mucho antes de llegar todos los habitantes, nobles y gente menuda, con grandes alharacas y muestras de contento. Y los vitorearan y hablaran del fin de las guerras entre cristianos y moros. Ni que dijeran que el señor califa había enviado despachos a todas las poblaciones del camino para que salieran al encuentro de los navarros, pues una nueva era de hermanamiento entre los pueblos comenzaba. De nada valió que los dueños de la ciudad los obsequiaran con buen yantar ni que a los postres les llevaran mujeres impúdicas que movían con donosura el vientre al son de la música. Ni que les mostraran las ruinas de la antigua ciudad romana y un arco de gran alzada que aún se mantenía en pie, no valió nada. Había tanto miedo en los pechos cristianos que ni las mujeres impúdicas que bailaban moviendo el vientre y los pechos, les quitaron la sensación de calamidad, que traían puesta.

Y todo se agravó cuando dejaron Medinaceli y tomaron la ruta de Sigüenza. Hallaron a ambos lados del camino montones de calaveras y varias campanas de iglesias cristianas... Cuando el rumor llegó a las cocinas, algunas mujeres sin poderse contener prorrumpieron en llanto, se mesaron los cabellos y se cubrieron de ceniza. Algunos hombres se flagelaron las espaldas en lo oscuro de la noche.

La propia Toda Aznar y los soldados veteranos aseguraron que las calaveras y las campanas eran fruto de la primera campaña de Abdar-Rahmán III contra Ramiro el Grande y Sancho Garcés... Durante esa campaña, fueron tantas las cabezas cortadas y tantas las iglesias arrasadas, que ni las cabezas ni las campanas cabían en las acémilas para trasladarlas a Córdoba y los vencedores las abandonaron en los caminos... Que tal habían escuchado de boca de sus padres... Y que nadie cuidara dello, que no había nada de misterioso ni de maldad, que era el fruto de una guerra...

Pero, al amor de las hogueras, crecía el espanto en voz baja... Se murmuraba por doquiera... En todas partes se hablaba de la fatalidad del viaje...

Beppo de Arlés y sus amigos hicieron relación con una de las monjas leonesas, doña Ermisenda, quien traspasó a las hermanas las inquietudes seglares y todas coincidieron, aunque no dijeran nada a su abadesa, que les había prohibido hablar del tema, y había grandes amenazas para quien llevara noticia de la situación a la reina, a las princesas o a cualquiera autoridad.

Se hablaba de quemar la torre, causante primera de las desgracias; cada día el descontento era mayor y ya no se acallaban los rumores... Y cuando dejaron Sigüenza, sin que ninguno de los dos reyes se dignara bajar de la atalaya para hacer su papel, dejando a las tres mujeres de la familia real haciendo los honores ellas solas, dijeron que don García los había abandonado en tierra enemiga y que ellos no se merecían ese rey que no reinaba. Que ellos querían un caudillo que los llevara a la victoria y a la gloria.

A mayor abundamiento, el día en que Hasday, el médico judío, amputó el brazo a don Lope Díaz y declaró que había de morir pues se le había extendido la gangrena, no se elevaron oraciones para la curación del herido; aumentaron los murmullos y se volvió a hablar de la quema del almajaneque. Esta vez, Beppo de Arlés fue más osado que nunca y dijo que con los reyes dentro...

Claro, se decía el arlesiano y echaba sus cuentas. Claro, ésta es mi ocasión de ser rey... Una parte de los pamploneses simula un accidente y mueren los reyes. Después se asesina a la vieja Toda y a sus mujeres, al alférez y a los que le sigan, y damos por terminado el viaje. Yo tomo el mando, regresamos a la ciudad, contamos lo sucedido y a quien le parezca mal lo matamos... Y me hago rey... y a estos que me han ayudado les doy mercedes y los acontento... Y tantas y tan malas cosas se adivinaban en los ojos del francés, que las buenas gentes de Pamplona, que eran los más, se retiraron.

Un montón de leales, acaso cuarenta o cincuenta hombres, en solitario o formando grupo, fueron a contarle a la reina lo sucedido. Unos lo hicieron mejor, otros peor. Unos le hablaron de Satanás y del Anticristo; otros de las maldiciones del viaje y de los terrores suscitados... Al final ya no se entendía nadie... Eran tantos hablando a la vez...

No hubiera hecho falta tanta gente ni tanto cuento, porque la reina, a la primera noticia, puso en marcha su temperamento, pidió su espada, la blandió y se plantó en el centro del campamento, gritando: ¡A mí, mis leales! Y fueron todos con ella menos cuatro hombres. Menos Beppo de Arlés, Memo de Mediara, Pero Sierpes y Lope de Tudela. Todos los demás se pusieron al lado de Toda Aznar con las espadas desenvainadas.

Entonces, la reina, sin preguntar los descargos que los sediciosos pudieran razonar, ordenó que los ejecutasen a espada y, pese a que los rebeldes quisieron darse a la fuga, fueron muertos allí mismo y nadie se atrevió a decir palabra. Los dejarían sin enterrar y sin sacramentos para que tuvieran pena eterna.

Sucedió todo tan aprisa que los del almajaneque no llegaron a percatarse del asunto. Se enterarían al oír los gritos de Toda y los posteriores vítores de los pamploneses. Contemplaron asombrados la escena y vieron a la reina que se retiraba enojada. Entonces los de la atalaya, dejaron la partida de naipes, y se asomaron pero vieron poco, salvo la sangre y los muertos. Los espectadores les subieron las nuevas. Como era de prever los reyes no se inmutaron, pero las princesas y don Aamar de Quiberón descendieron rápidos y se pusieron al servicio de la reina.

Pero la reina no quería ser servida. Estaba muy enfadada con todos. Con sus niñas, con sus damas, con sus caballeros y sus gentes, a pesar de la casi general lealtad demostrada. Tal vez, se decía, Dios no esté por esta travesía ni por la postración ante el infiel, porque supone el segundo reconocimiento de un califa como soberano, lo que es harto sobrado, tratándose de un enemigo de Cristo... Y no quiso hablar con nadie ni ser atendida y pidió quedarse sola...

Había sido una conspiración de tropa y de cocinas, pero a Nuño Fernández lo haría azotar, ¿no era Nuño el alférez interino? ¡Pues él, él era el responsable! ¡Lo mandaría cargar de hierros! ¡Una sedición en su propia casa y ella sin enterarse! En verdad, ¿se hacía vieja?...

Era tanta la ira que llevaba concentrada en su corazón, que mejor fuera permanecer sola, por si hiciera algo de que se arrepintiera luego... ¡Ah!, no se recordaba así desde los tiempos de la corregencia de su cuñado en Pamplona... Una sedición, ¡voto a Dios! Las rebeliones se terminaban ansí, como había hecho, sin preguntar, rápidamente y con resolución, para que sirvieran de ejemplo... No, no, no le pesaba. Había hecho lo que debía hacer. Terminar con los insurgentes sin preguntar y sin comentarios y porque la siguieron sus fieles vasallos, si no, los hubiera muerto con sus propias manos...

Boneta entró con sigilo y le tomó las manos del regazo. Ya está acabado todo, la mi señora... No quiero verte triste, le dijo.

Guadalajara

Al amanecer, mientras don Abaniano celebraba misa, fue la propia Andregoto quien, vestida de nuevo con su armadura y llevando su caballo de la brida, clavó las cabezas de los traidores en sendas estacas. Después se acercó a doña Toda y le comunicó en alta voz su propósito de no separarse de ella ni un solo instante, de dormir al pie de su cama y de ser su sombra perpetua, a la par que miraba a todos con expresión severa. La comitiva tomó camino de Guadalajara.

Ya vamos otra vez prietas en este carruaje, Boneta, con Andregoto que viene a defenderme, y con Elvira por no ser menos. ¿Te has dado cuenta, Boneta, de que esta nieta mía parece otra mujer? ¡Ay, hijas...! ¿Qué tiene la pequeña Sancha que llora tanto e incomoda mis oídos? ¡Haz que se calle, Nunila!, la manejaba mejor Alhambra, ¿es que tú ya no haces nada a derechas desde que llegó el bretón, hija? ¿Cómo se encuentra don Lope Díaz? ¿Y mi perro?, ¿cómo está mi perro? ¡Te digo que esa niña se va a encanar, Nunila! ¿Qué tiene? Adosinda meneó la cabeza y sentenció: Tiene mucha fiebre, señora, tanta como don Lope. Mala cosa, unas fiebres en el camino, ¡lleváosla a otro carro y dadle un cocimiento de hierbas! Estaréis en desacuerdo conmigo, señoras, pero debimos dejar a esta niña bien cuidada en Nájera...

Hemos pasado mala noche, continuó la reina. No puedo yo entender cómo los traidores abundan tanto y salen a la primera ocasión... ni cómo toda la gente principal desta diputación estaba en babia, cociéndose tanto mal a sus espaldas. Has terminado muy bien con ellos, señora tía, aseveró Andregoto, ya no debes temer. ¿Cómo no he de temer, niña?, si esto me pasa aquí, ¡qué no ha de pasar en Pamplona! No temas, tía, don Gómez Assuero es un hombre fiel y enérgico. Ay, no sé, hijas, conforme se suceden los días, creo más que fue desatino que García no se quedara en Pamplona, porque si estando allí le quita alguno el reino, allá él, pero si se lo arrebatan estando aquí... Como tuve que porfiar tanto para que viniera, no me lo podría perdonar... Por otra parte, estoy sabedora de que no todos los componentes desta expedición aprueban mi proceder... Que he visto las caras de todos mientras empuñaba mi espada...

¿Cómo puedes decir tal, señora tía, si todos te han seguido como un solo hombre y han hundido sus espadas en los traidores, como si el no hacerlo fuera a ser mal visto? Y dellos quedaron despojos. Sí, Andregoto, sí, pero Elvira ha torcido la boca y vuelto la cabeza... Abuela, sabes que no soporto la sangre y que sufro desfallecimientos por ella, pero para ser sincera, te diré que me parece mucho castigo para tan poco bulto...

¿Poco bulto?, se asombraron todas las mujeres al unísono. Sí, señoras, poco bulto... A fin de cuentas, eran cuatro soldados bajos que nunca hubieran destronado al rey, porque cualquiera, yo mesma, hubiera empuñado las armas... Lo que no digo, abuela, es que no merecieran castigo, pero hubiera sido partidaria de una pena menor; acaso de cargarlos de hierros o de venderlos como esclavos en el mercado de Guadalajara... En León mesmo, un rey, mi hermano Sancho, ha sido derrocado, pero no por eso cuando vuelva a tomar lo que es suyo, comenzará a matar sin preguntar, digo yo, pues non se puede entrar ansí a reinar y tampoco se puede matar sin hacer juicio...

Tú eres muy joven, Elvira, y no sabes de sediciones... Empiezan unos pocos, sigue una algarada y terminan con una insurrección general... Que el pueblo llano se irrita con facilidad... Yo viví los desgraciados tiempos del rey don Fortuño y de mi padre, Aznar Sánchez, y el pueblo andaba enloquecido por las calles de Pamplona, cometiendo desmanes y muertes, y eso... es terrible; además, pagan unos por otros...

Yo no sé, señora abuela; quizá, llegado el momento en que peligren el rey o el reino, haya que actuar de ese modo y matar sin preguntar... pero no es éste el caso, ya que ni uno ni otro corrían peligro... E yo creo, señoras damas, que la vida del hombre complace al Creador y, en consecuencia, hay que poner cuidado en cómo se administra... E, por otra parte, no digo que no se haya de hacer lo que has hecho, sino cómo lo haría yo...

Lo que es cierto, terció Andregoto, es que sembraron el pánico en el campamento.

Sí, eso es ansí, pero eso del Fin del Mundo es una corriente de pánico que viene de allende los Alpes Pirineos, explicó Elvira. El terror causado en el campamento lo inició ese Beppo de Arlés, pero mismamente lo pudo producir un predicador. Se dice que por los caminos van predicadores avisando del Fin del Mundo y procesiones de flagelantes invitando a hacer penitencia, hablando de la inminente llegada del Anticristo para el final del milenio, y denuncian su encarnación en personas o animales. Otros aseguran que el Anticristo será Nerón, aquel monstruoso emperador de la Roma pagana, y dicen que ha vuelto a nacer. Y otros que Satanás está suelto y también lo hacen encarnado, por eso queman brujos y brujas más allá del Pirineo... Pero no, todo eso es superchería barata y vanidad de clérigos indoctos, porque no se puede conocer cuál es el primer día del nuevo milenio, ni cómo se hace la data, si utilizando el año de la Natividad, el de la Encarnación o el de la Era... Las calamidades las traen los demonios que nos acosan a diario, tal es el caso de los lobos que nos atacaron en el alto de Cameros...

¡No te permito hablar dello, Elvira, que lo prohibió el rey!

Como quieras, abuela, como quieras. Bien, continúo. Pues dice Juan Evangelista en el Santo Libro del Apocalipsis que el Anticristo nacerá de la tribu de Dan, en Babilonia... Yo propongo que todos los pueblos de la Cristiandad se pongan de acuerdo, se junten en un gran ejército y se dirijan a esa tierra para arrasarla y matar a todos los moradores, para lo cual queda tiempo suficiente hasta el final del milenio, pese a la duda de la data, que antes os he comentado. Mientras, los que quedemos en nuestros predios socorremos a los servidores de Dios y a los pobres, y nos amigaremos todos; acabando con el mal de los ardientes, ya sean codiciosos o iracundos... Y todos esos, los que quedemos, seremos los Santos de los Días Postreros, que esperaremos anhelantes y en paz el Fin del Mundo, ese día secreto que sólo a la Providencia compete conocer...

Se habían quedado mudas. Que no sabían qué contestar a tanto argumento, a tanta tesis. A doña Toda no le preocupaba, precisamente, el final del milenio. Había cumplido ochenta y dos años en enero y no había de llegar. Pero tampoco le resultaba grato que feneciera el reino de Navarra por los designios de la Providencia o de la fatalidad, porque a ella, a su esposo y a sus antepasados les había costado mucho esfuerzo, cuitas, sobresaltos y sangre y era pena que se perdiera tanta labor. Cierto que Elvira aseguraba que nada estaba claro y lo decía con mucha sabiduría... La niña, sin duda, estaba llamada a hacer grandes cosas, si la dejaban, pues opinaba mucho y con claridad para ser mujer y, a menudo, contravenía el modo de hacer, tradicional, en un reino.

Al llegar a la tierra llana, habían dejado atrás varios castillos musulmanes. Por fin, la expedición marchaba a buen ritmo. Sí, ahora dispondrían de mejores caminos. Al rato, se anunció la llegada del *caid* de Guadalajara, Al Katal, con su gente, que había recibido la encomienda de dar la bienvenida a la diputación de navarros en nombre de su señor, el califa.

Pues no hemos de parar en Guadalajara, Boneta, aunque nos esperen con gran recepción. Después deste tumulto no se merecen los soldados ninguna holganza, a más, que la tuvieron en Medinaceli, hace bien poco, con los bailes de las mujeres impúdicas... Es mi propósito no entrar en la ciudad y acampar fuera.

Cuando se presentó Al Katal, un guapo mozo, rodeado de opulencia y banderas, de caballos enjaezados y mucha gente magníficamente ataviada, dijo traer parabienes del califa y preguntó por don García, luego por don Sancho y finalmente por la *dominissima* Toya, a quien presentó sus respetos. La reina se irritó por dentro. Era la primera vez que no la llamaban reina. Ciertamente sabía que no era reina, que lo había sido en otro tiempo. Pero todos, hombres y mujeres, moros y cristianos, le habían dado ese título hasta la fecha de hoy, y por algo sería. Se amohinó, pues, pero no mostró su incomodo. Se molestó porque estaba acostumbrada a que la llamaran reina y no a esa necia titulación de *dominissima* que no se daba a nadie y que a ella le otorgaba el joven moro. Que sí que indicaba una prelación entre las demás señoras, pero nada concreto ni admitido como norma.

Por eso, a todas las propuestas de descanso y divertimento del *caid*, rehusó cortésmente y acampó al pie de las murallas de la ciudad y ni tan siquiera compartió refrigerio con Al Katal, que se sintió un tantico desairado.

Pues allá él, que ella también se estimaba desairada por el tratamiento del *caid*, que la había menospreciado ante los navarros, leoneses y moros... Que hicieran los honores los reyes. Que ella lo que quería era llegar a Córdoba cuanto antes, sanar a Sancho y regresar a Pamplona y prepararse para bien morir... Que ya estaba cansada del traqueteo, de los problemas, de las enfermedades... Y para evitar cualquier incidente prohibió a los navarros entrar en Guadalajara... Tal vez, Boneta llevara razón y fuera un viaje descabellado para una anciana que ya no era reina.

El puente Largo del Jarama

Pasaron los lugares de Alovera y Azuqueca. El rey don García empeoró sensiblemente. Don Abaniano y Martín Francés informaron a la reina de que apenas comía; que permanecía día y noche tendido en el catre y cuando abría los ojos miraba en dirección a Pamplona y lloraba con amargor y no se holgaba con nada. Por otra parte, en el campamento, se esperaba la próxima defunción de don Lope Díaz, quien, tras la amputación que le practicara Hasday ben Shaprut a vida o muerte, no había recuperado el conocimiento.

Doña Alhambra se iba a llorar al lado de la reina. Toda trataba de consolarla, de animarla pero, lo mismo que a sus camareras, se le acababan las palabras. Menos mal que la pequeña Sancha se había restablecido, porque la expedición más bien parecía un hospital andante; don Lope se perdía; el rey García empeoraba; Sancho el Gordo había aumentado sus carnes por el reposo, e ya no se alzaba ni para comer ni para evacuar. En verdad, que tenían paciencia y lo servían bien los caballeros que se trajo de León.

Sin duda, el que peor se encontraba era don Lope (con quien se perdía irremisiblemente un buen soldado y, qué casualidad, comentaban las damas, su padre fue muerto por un oso y él por un lobo) y, luego, el rey, que parecía un niño llorón, que languidecía cada día más y la mala color se le acentuaba.

Las damas discutieron la desesperada situación de la enfermería e insistieron a Toda para que consultara con el sabio judío, alegando que si lo había hecho con un nieto, con mayor razón debía hacerlo por un hijo. Doña Boneta insistía en que la reina prestara a los enfermos las reliquias de santa Emebunda, unas horas a don García y otras a don Lope.

La reina dudó, dudó mucho, pues las reliquias de la santa eran suyas personales y no del reino y nunca se separaba de ellas. Andregoto se comprometió a repartirlas por igual entre los enfermos y a subirlas y a bajarlas de la atalaya. La reina consintió, pero pidió que de la torre se le bajara a ella la arqueta de los dineros para dividir el riesgo de que dos cosas tan preciosas estuvieran juntas. Son demasiado preciosas para estar juntas, dijo, y así se hizo.

Gran dolor sintió la reina al prestar los restos de santa Emebunda, que tantos servicios le habían hecho y tantos dolores le habían apaciguado en su dilatada vida. Toda se refugió en la oración. Sí, prestaba la arquilla con los huesos de la santa, envuelta en fino cendal, con mucho pesar, en la pretensión de conseguir un bien mayor.

Pero recordaba a la reina Íñiga, que fue la segunda mujer de su padre e hija de don Fortún el Tuerto, que, viuda ya de Aznar Sánchez, se la regaló cuando salió de Pamplona para casarse con don Abd Allá, el emir, el abuelo de Abd-ar-Rahmán el tercero. Toma, hija, toma, Toda querida, le dijo doña Íñiga, que no quiero que pase a manos de infieles, llévala siempre contigo como he hecho yo, y la besó en ambas mejillas y le apretó las manos con calor... Y fuese, doña Íñiga, triste, a desposarse con don Abd Allá, por imposición de su padre, el incapaz de don Fortún, que tantos males trajera al reino y, lo que son las cosas, poco tiempo después, fue capturado por los musulmanes y llevado preso a Córdoba, donde pasó veinte años; algunos dellos con su hija, que se lo hizo pagar, según se contó.

Cerca de Alcalá de Henares, en la llamada fuente del Almudí, Galid, el capitán de las tropas sarracenas, esperaba a las damas cristianas con un jarro de agua muy fría. ¡Qué gentil!, hacía mucho calor... Y ellas, como decía Adosinda, llevaban tantas ropas, tantas sayas, refajos, calzas, jubón, vestido, que resultaba inaguantable; que había mucha diferencia con el clima de Pamplona. Después del refresco, Galid les propuso tomar un atajo hasta Titulcia para coger el puente Largo.

Don Lope Díaz falleció al avistar el puente Largo del Jarama. En la comitiva hubo gran dolor. Los soldados se pusieron pañuelos negros en el brazo. Las damas vistieron de luto y Toda, Boneta y Adosinda lloraron como si fuera hijo dellas. Doña Lambra de Sisamón no hallaba consuelo.

Le hicieron un funeral breve. Don Abaniano ensalzó las virtudes del alférez y todos lo despidieron con gran fervor, salvo los reyes, que ya carecían de sentido y de sentimientos... El buen Lope fue enterrado en tierra infiel, pero al regreso recogerían el cadáver y lo llevarían a Pamplona para sepultarlo con honores en la iglesia de Santa María. Porque no podían viajar con un muerto hasta Córdoba. No, no podían.

Ya atravesaban el puente Largo del Jarama, cuando zurzió el Demonio o se conjuraron los astros, o el tiempo cumplió su ciclo inexorable o los abandonaron los buenos espíritus, o se cansó el Creador de que la expedición navarra anduviera con aquella ridícula torre de guerra, con aquel almajaneque fuera de lugar... El caso es que, según explicaron después, la Torre Regia se inclinó hacia la izquierda y cayó al río, rompiéndose toda con los reyes y sus acompañantes... Ay...

¡Ay, ay, ay, ay! ¡Qué desgracia...! Se escuchó un grito desgarrado y las damas volvieron la cabeza, justo para contemplar cómo la atalaya se precipitaba en las aguas del Jarama.

Toda temió por las reliquias de la santa, Elvira por su priora, Andregoto por su aya, y todas por los reyes...

Fueron unos momentos de gran confusión. La torre estaba caída cabeza abajo en el agua, medio sostenida por el puente. El río bajaba con bastante caudal, pese al estío. De la torre salían gritos de espanto. Al parecer, y sólo al parecer, porque había mucha confusión, el rey y el ecónomo habían salido disparados de la plataforma y luchaban por alcanzar la orilla. Sí, aquél debía de ser don García y el que nadaba en su ayuda don Aamar de Quiberón. Los dos alanos corrieron en auxilio de la real persona a una seña de Toda Aznar. De las dueñas del piso medio se ignoraba todo, igual que de don Sancho y sus caballeros, del preste y del escudero. ¡Ay, Dios!

Los hombres, moros y cristianos, se apresuraron al socorro. De entre las tablas surgió la cabeza de don Alonso, el caballero de don Sancho, pidiendo ayuda. Si no acudían presto el rey destronado se ahogaría. Alguien descubrió el cadáver de don Abaniano arrastrado corriente abajo. Algunos hombres alcanzaron la torre por el puente, otros por el agua. Mientras, el rey llegaba a la orilla por su propio pie y era asistido por Nuño Fernández, el nuevo alférez.

Don Sancho y sus caballeros estaban atrapados entre los tablones. Andregoto fue la primera en llegar al piso medio, encontrando los cuerpos sin vida de la priora y de doña Muñoz. La brava mujer, al contemplar la cabeza de su aya entrada en el agua, no pudo contener una lágrima, pero ante la inesperada presencia de don Aamar de Quiberón, se contuvo. La castellana de Nájera y adelantada de la frontera de Navarra no podía llorar y que la vieran. Se reprimió.

Toda Aznar hacía balance de la situación. A Dios gracias, el rey, lo más preciado de la torre, se había salvado. El dinerero también, y el dinero, que estaba muy seguro en su carro, y don Aamar y su escudero. Pero habían fallecido el preste y las dueñas. Una gran desgracia... Y, ahora, el asunto estaba en sacar a su nieto del río, que lo tenía preso, y en encontrar el cofrecillo con las reliquias de santa Emebunda; ¡menguada cosa!

Había mucho jaleo, doña Andregoto y don Aamar le prometieron ocuparse del cofre y allá andaban subiendo, bajando y recorriendo el almajaneque como si fueran gatos. La reina acudió presurosa a cubrir con una manta a don García, que se había llevado gran susto al salir lanzado por los aires, y que si abría la boca era para maldecir. Toda mandó a Boneta que le preparase una tisana de tila y se la hizo beber. Estaba muy nervioso el hombre. Estaba tan delgado y mostraba un aspecto tan demacrado que no podía sujetar los propios nervios. O temblaba por el remojón o por el susto, o por ambas cosas.

Las tareas de rescate del rey de León fueron arduas. Todo el ingenio de Hasday ben Shaprut se puso en marcha y lo demostró más que en otras ocasiones pues no estaba el pobre Lope a su lado llevándole la contraria. El judío dispuso en primer lugar que el rey fuera atado con cuerdas por las axilas para que, cuando se rompiera la torre, que de tanto en tanto crujía, no se lo llevara la corriente. Después mandó traer una polea que los hombres, moros y cristianos codo a codo, sujetaron bien.

A la caída de la noche, consiguieron sacar a don Sancho, como si se tratara de una res muerta. El gordo se desplomó desfallecido en las tablas del puente y no quiso hablar ni contestar a su abuela que le preguntaba por su estado de salud.

Esa noche no montarían las tiendas, dormirían todos, hombres y mujeres, reyes y reina, al claro de luna, sin otro techo que el cielo raso...

Cristianos y sarracenos cenaron juntos. Poco cenaron: unos trozos de pan y algo de pescado salado. La reina hizo repartir doble ración de vino y pidió permiso a Galid para distribuirlo entre los moros. A lo que Galid respondió que lo repartiera, pues el precepto del Profeta se cumplía más bien poco. Como era de esperar, todos los musulmanes se apuntaron a la repartición y hasta repitieron.

Toda y Boneta se acostaron sobre la misma manta y durmieron cogidas de la mano. ¡Qué desgracias, Boneta, cuántas desgracias seguidas! Acaso tengáis todos razón y este viaje sea maldito a los ojos de Dios... Casi se pierde el rey lejos del reino... Casi se me ahoga el nieto... Y yo, a lo mejor, gano el reino de León pero pierdo a santa Emebunda, tan querida para mí y para Pamplona. Sin duda, habrá salido despedida, mismamente como los hombres, y estará en el fondo del río...

—Duérmase un rato, la mi señora, que ha de encontrar sosiego para seguir el camino...

—¿Quién llora? ¿Qué son esos sollozos?

—Es Lambra, señora...

• • •

Al día siguiente, rescataron los cadáveres de las dueñas y las enterraron con don Abaniano junto a la tumba de Lope Díaz. Como se habían quedado sin preste, doña Elvira rezó los responsos... Ay, mucha gente amada dejaban en el puente Largo...

Hasday ya había previsto cómo trasladar a don Sancho. Una buena idea, a fe mía. Hizo preparar una lona y ajustarla al cuello de cuatro mulas, haciéndole al rey gordo unas angarillas. Toda mandó al rey montar a caballo y a Sancho echarse sobre el invento para que lo alzaran y ninguno de ellos rechistó; y aprovechó el momento para rogar al judío que comenzara a practicar la cura de su nieto cuyo peso iba en aumento, pero el médico volvió a negarse, aduciendo que tenía otras órdenes.

Cuando ya salía la comitiva del puente Largo, donde dejaban muertos y una torre de asalto, doña Andregoto, que venía en su caballo entre mucho polvo, seguida por don Aamar, confirmó a la reina el extravío de la arquilla de plata con los restos de santa Emebunda a pesar de los esfuerzos della misma y del muchacho que habían recorrido el río por arriba y por bajo de la superficie, palmo a palmo.

Ganas hubiera tenido Toda de llorar en abundancia, pero se guardó de ello para no poner la embajada en peligro, y no hizo comentario alguno, pues cualquier cosa que dijera, sabía que iba a volverse contra ella. Al menos, sin esa torre tan molesta y poco manejable harían mejor viaje. Los hombres, pese al cansancio acumulado, estaban contentos sin ella, se les veía en las caras... Quizá, la idea de usar el almajaneque no fue buena, después de todo...

Pronto atravesarían las vegas del Tajo y el propio río y ya se adentrarían en la tierra llana de Tembleque y camino abajo, camino abajo, alcanzarían la sierra Morena. Deseosos estaban de finalizar el viaje. Y, Dios mediante, ya no tendrían más problemas, no sólo por la mediación de Dios, sino porque ya habían tenido suficientes. Se acercarían a Toledo pero no entrarían en la ciudad. Harían el viaje de don Fortún sin desviarse un solo paso, por Mérida y Medellín, por la llamada vía de la Plata.

Al rato de la marcha, se avistó a gente de caballería en sentido contrario. Sin duda, los viajeros venían de Toledo y parecían gente principal, pues llevaban mucho aparato y banderas.

¡Son clérigos!, informó Boneta, ¡van muy negros! Que estamos en la morería, hija, sentenció la reina. Mira, señora, esa albenda con la mitra y las borlas; será un obispo... ¡Un obispo, Dios de los Cielos! ¡Un obispo en tierra infiel!

En efecto, era don Florio, el obispo de Oviedo, que tras los saludos y reverencias correspondientes, contó a Toda que le sentaba mal el clima de su sede apostólica y había ido a Toledo a secarse la humedad y a tratar con la próspera comunidad mozárabe de la ciudad del Tajo, donde no había perdido el tiempo, ciertamente. Le habían regalado y honrado y dado aceite, joyas y dineros para iniciar la construcción de una catedral.

Don Florio ignoraba por completo el viaje de los reyes, pero consideró una suerte que Dios pusiera a todos en el mismo camino y preguntó por don Sancho, a quien tituló rey de León, pues quería inclinarse ante él y desearle venturas y aciertos en el tratamiento para que pudiera volver a su reino convertido en un hombre gentil... y tomar lo que era suyo de derecho, por su propia mano, castigando a los traidores y encarcelando a Fernán González y a Ordoño el Malo..., y que supiera doña Toda que estaba a favor de don Sancho, el rey legítimo, y que en Oviedo haría lo que pudiera para reclutar leales.

Después, el obispo quiso ver a don Sancho. Mientras la reina y él caminaban hacia las cuatro mulas portadoras, Toda explicó a don Florio que era la última vez que había de ver a su nieto ansí, tan sobrado de carnes, y le rogó que tomara nota de la obesidad para que lo contase en Oviedo y en León, donde, en breve, se presentaría el rey legítimo montado en un alazán, mesmamente como cualquier galán bien parecido.

Sancho dormía (Sancho dormía horas veinticuatro) pero la reina lo despertó, diciéndole al oído que guardara la visita al obispo don Florio, pues le podía convenir en un futuro. Don Sancho no se movió, se limitó a pedirle al obispo que le acercara el anillo de su dignidad para besárselo y después le deseó un buen viaje. Pero don Florio no se conformó con tan escasa deferencia y solicitó de la reina celebrar una misa para poder partir la Santa Hostia con el rey destronado, en signo de avenimiento y paz.

Toda tuvo que consentir y, es más, le pidió un sacerdote y le explicó el fallecimiento de don Abaniano. Tuvo que ceder a los deseos de Su Eminencia porque era malo negarse a un obispo y porque Elvira le recordó que no habían oído misa. Accedió, pues, sin ganas e informó a don Florio que Sancho no había de moverse de donde estaba y que si quería compartir con él la Santa Hostia se la tendría que llevar, pues que no iban a poner cerca del altar las cuatro mulas.

A la pregunta del obispo sobre la salud del rey de Navarra, Toda contestó secamente que estaba enfermo de cuidado y se guardó muy mucho de señalarlo entre los hombres de a caballo.

La disposición de la reina de oír misa en pleno campo, pasado el mediodía y bajo un sol de justicia, cayó mal entre los expedicionarios. Sobre todo entre los soldados a quienes quemaban las lorigas y las cotas de malla. Doña Andregoto, que también estaba muy acalorada, le comentó que era una barbaridad, que al menos pusieran unos toldos o cobertores o que buscaran unos árboles, porque, de otra forma, los hombres habían de caer desmayados; a más, que los estaban esperando los sarracenos, con el mismo calor. Que los sarracenos no hacían esperar a los cristianos por las oraciones del viernes. Que se quede la abadesa con sus monjas y los demás seguimos el camino...

No puedo desairar a un obispo, sobrina, que quiere compartir la Santa Hostia con su señor natural... En cuanto a los hombres, que aguanten como buenos navarros...

Ya se temía Toda que la misa oficiada por el propio don Florio resultaría interminable. Que el prelado, entrado en el sermón, no sabría acabar, por aquella nefasta costumbre que tenían los clérigos de que toda prédica les pareciera poca. Su Eminencia hablaba de la Parábola de los talentos y volvía a hablar de la Parábola de los talentos. La reina le hacía señas. Le hacía la tijera con las manos, ¡corte, corte vuesa Eminencia, dé ya de comulgar al rey!...

El obispo celebraba lento. Para gente desocupada, se decía la reina y se la llevaban los nervios. Debí decirle que no, Boneta, musitaba a su camarera, hoy no es fiesta de guardar.

En esto, se desplomó Adosinda y un soldado y otro, que fueron recogidos y llevados a los carros con mucho ruido y, gracias a Dios, el obispo llevó la Hostia al rey y acabó rápido.

Deo gratias, exclamó Toda en alta voz, se dirigió al altar, desde donde el obispo la miraba estupefacto, se inclinó, besó el anillo del prelado y se despidió diciendo que le dejaba a su nieta para ajustar lo del preste y le deseó buen camino... Y sin volver la vista atrás, subió a su carro y dio orden de partida.

El señor obispo de Oviedo nos ha maleado el día, señoras mías, ¿qué tal vas, Adosinda, querida? Voy mejor, señora reina, contestó la camarera.

Cuando Elvira les alcanzó, traía a don Rodrigo, un joven clérigo que presentó a las damas. Después, comentó con la reina que don Florio había tratado a su hermano y a ella misma con mucha deferencia. Sí, me he percatado, niña, respondió Toda, algo querrá de vosotros. Tal vez sea verdadero el descontento que se diz existe en León... pero ese hombre no es de fiar, hija mía, lo veo en sus ojos. Se ha hecho el encontradizo con nosotros pero lo traía todo preparado y hasta puede que haya ido a Toledo a conspirar contra el actual y contra el futuro rey de León... Guárdate de él, Elvira...

157

Toledo

La comitiva pamplonesa no hizo noche en la gran ciudad de Toledo. Aunque la reina recibió al señor gobernador y a los hombres de realce, que venían con mucha pompa y aparato, y tomó un refrigerio con ellos, se despidió pronto porque comenzó a llover. Toda Aznar prometió que al regreso pararía unos días en aquella ciudad.

Llovía. Llovía a cántaros. Por eso la reina se instaló con Boneta en el carro de don Sancho, contenta de haber despedido pronto a la nueva embajada musulmana y de continuar el camino. Mandó echar las cortinillas de la carreta y llamar a Ebla de Lizarra, la cocinera. Eligió aquella tarde porque no se podían encender las cocinas y habrían de cenar de frío.

Doña Toda deseaba que Ebla de Lizarra le informara de los dimes y diretes y de las coyundas, fijas u ocasionales, que había en el campamento. Ebla, la mujer que más sabía de uniones y desuniones en Pamplona, no se hizo de rogar y, halagada, puso al corriente a las señoras: Assona de Hériz y Gaudiosa de Onsella vivían ayuntadas desde el inicio del viaje con Lupo de Ligañes y Mimo Ordóñez, en unión ilícita naturalmente, pero lo hacían con recato aunque era conocido de todos. Ahora bien, lo peor, lo más escandaloso del campamento, era el provecho que sacaba Aura de Larumbe con el gracioso contentamiento, que era puta sabida, aunque en la expedición venía de lavandera. Aura recibía a la noche en su tienda a cristianos y moros, sin distinguir... Por allí habían pasado caballeros y plebeyos y ella, Aura, se estaba haciendo con una fortuna.

Tenía dinero, joyas caras y telas buenas e miraba a las otras criadas con desdén... Además, lava poco y mal, señora...

Está bien, Ebla, retírate, está bien. Si hay algo nuevo me lo vienes a contar y estáte atenta cuando lleguemos a Córdoba que allí, al estar menos juntos, será más difícil de controlar el mal del bajo vientre.

Ebla hizo una reverencia. La reina la despidió y habló con su camarera mayor desta guisa: Mira, Boneta, yo no gusto destos ayuntamientos extramaritales ni los entiendo, pero no quiero porfiar en esos negocios mientras se mantengan con discreción, porque no puedo mandar en todo. No puedo mandar en el interior de las cabezas ni en los vientres... En este punto, los reyes siempre han callado dejando la labor a los clérigos, aunque unos y otros suelen dar mal ejemplo. Y no lo apruebo pero no quiero entrar en ello, pues saldría malparada...

No podrías hacer nada, señora reina, nada. Se dice que los hombres llevan un demonio en esa parte que no los deja sosegar y que las mujeres malas llevan varios. Se dice que las putas llaman a los hombres y hacen campaña para que acudan a la mujer...

Sí, ya lo sé, Boneta, que hay féminas enfebrecidas que terminan locas y pobres, por mucha fortuna que hayan amasado vendiendo su cuerpo, porque son gente sin tino... Aura de Larumbe es una mujerona con las cosas muy bien puestas y generosamente dotada, pero yo diría que le sobra... Nosotras no hemos tenido tanto, Boneta, claro que para qué tanto...

Yo te diría, señora, que Aura está muy contenta con lo que tiene y que no echa a sobrar nada... Fíjate en ella cuando está inclinada en el río y enseña la raja de los pechos... Para mí que va provocando a los hombres... Deberías observar su conducta e imponerle un castigo, si lo consideras... La recluta que hizo don Lope para esta expedición no fue buena, señora...

No, no fue buena. Fue precipitada. En cuanto a Aura, no me busques más problemas; si se pasa de la raya, ya veremos...

Yo te sugeriría, señora Toda, que parásemos un par de días en la casa de baños. Con este calor, un descanso vendría bien a todos; podríamos tomar las aguas y quitarnos la mala olor y el sudor; terminar tu brial y, en fin, dar un sosiego al cuerpo...

¿Ahora que vamos deprisa, quieres parar? ¿Ahora que llevamos dos días sin que nada suceda? No sé... Yo creo que deberíamos aprovechar la buena fortuna y continuar... aunque, ciertamente, son famosos los baños de Castro Julia... Se dice que allí van los emires y los grandes de Sevilla y Jaén... ¿Tú estás cansada...? El reúma ya lo curaste...

Estoy desfallecida; si no fuera por ti, porque te tengo que acompañar, me quedaría en una revuelta del camino... Llevo mucho trabajo. Tengo que disponer todo lo tuyo para que no te falte nada y hacer y deshacer los baúles dos veces al día, y mandar cargar con todo, señora, que parecemos un ejército de hombres errantes...

¡Exageras, Boneta!, sí que te reconoceré que hemos tenido mala suerte, pasado apuros, hartas molestias, grandes desgracias y aprietos misteriosos... Ahora, si tú estás cansada, paramos y no se hable más... Que tiene seso lo que dices...

El castillo de Castro Julia

Alhambra, ¿por qué no dejas de llorar un rato, hija? No vas a resucitar al pobre Lope con tus lágrimas. Te has portado bien con él, lo has velado noche y día; quédate con esa satisfacción y hazle un verso. Si escribes una canción para don Lope la cantaremos todas y la llevaremos a Pamplona para que entre en la gloria. Si dejas de llorar y le escribes la canción, le harás un gran servicio que le procurará honor y fama y tú estarás ocupada y te quitarás la pena del corazón, lo que te hará mucho bien. Mira, hija, yo te voy a relevar de todo servicio a mí y tú, en cuanto lleguemos a Castro Julia, que diz que es un castillo palacio con un jardín inmenso dentro de sus murallas, te sientas en una fuente y entre el rumor del agua y la frescura del aire escribes la canción. Hasday me ha asegurado que es un lugar muy placentero...

Dice Hasday que es una fortaleza por fuera y un jardín por dentro. Que está edificado al modo de los palacios orientales, y que por el exterior es talmente un castillo con sus altas almenas y varias torres albarranas, mientras que el interior es un vergel, que alberga toda clase de árboles y flores y muchas fuentes de agua clara... Ya saben mis damas que los moros viven puertas adentro de sus casas, al revés que los cristianos...

Nos vendrá bien el agua y la frescura del lugar, señora, interrumpió Adosinda, que yo vengo muy sudada...

Si estuviera menos gruesa la señora Adosinda..., terció Boneta. ¡Quién fue a hablar de gorduras, la señora Boneta! No discutan mis damas por triquiñuelas, cortó la reina.

En efecto, el castillo era una magnífica fortaleza, flanqueada por cuatro torres semicirculares, de gran alzada. La reina, que no olvidaba la expedición del rey Ramiro de León a Lisboa años atrás, se dijo que los moros se encontraban muy seguros en Castro Julia, pues observó que había poca defensa. No había fosos ni puente levadizo, sino un enorme portón que daba paso a un gran patio de armas, donde los esperaba un piquete de soldados engalanados.

En el patio cupieron todos: la expedición musulmana y la navarra con sus añadidos. Los cautivos que traían los pamploneses prorrumpieron en vivas al califa, sabedores de que el recorrido tocaba a su fin y que una vez entregados al soldán serían libres. Los navarros y los leoneses también estaban contentos, sobre todo los últimos, pues habían de volver a León con un rey hermoso y enflaquecido.

Hacía los honores del castillo un moro bajo, de cara muy arrugada, que se presentó como Lulu-al-Guru, acompañante de la reina en lo sucesivo.

Los expedicionarios se apearon de los carros y de los caballos. Unos moros solícitos acercaron unas sillas de mano para transportar a los reyes a las habitaciones. Toda subió a la suya con Boneta y García hizo lo propio. Los moros de Castro Julia contemplaban atónitos cómo los hombres de Hasday montaban las cuatro poleas e introducían los ganchos en los extremos de la lona, liberando a las cuatro mulas portadoras, y depositaban a don Sancho en el suelo, y cómo el rey destronado era alzado por cuatro gigantes negros que pretendían sentarlo en la silla, y no podían con él. Llegaron refuerzos y tampoco pudieron con él por razón de que los hombres subidos en la silla, mal asegurados en tan poco espacio, no podían hacer la misma fuerza que los de abajo y, como el rey sin reino no hacía el más mínimo movimiento que sirviera de ayuda, no podían con él.

Fue un espectáculo grotesco. A la reina se le saltaban las lágrimas, ¡tamaña expedición por un saco de grasa!, se decía y añadía: no, no, todo es por un reino. Y vio cómo tornaban al rey a las cuatro mulas portadoras y lo volvían a alzar y a enganchar. Y, de esta guisa, partió la comitiva: las mujeres a un ala del palacio y los hombres y las cuatro mulas con Sancho a otra.

Caminaban por un largo corredor porticado, al que daban múltiples habitaciones. ¡Qué ornato, Boneta, fíjate!, exclamó la reina. Subieron unas escaleras y andaban por una galería desde donde se contemplaba un inmenso jardín, cuando se presentó una mora pequeña y gruesa, ya de edad, que dijo llamarse Aixa y ser la servidora de la reina de ahora en adelante. Aixa repartió criadas a Elvira, a Andregoto y a las damas y las distribuyó en los aposentos del corredor. Después continuó con las monjas de León a otra planta superior.

Una cosa fue lo que pretendía Aixa y otra lo que dispuso la reina. Ella dormiría con Boneta en la misma habitación, como siempre. En los aposentos de al lado, en uno Elvira y en otro Andregoto, y un poco más lejos las damas. La castellana de Nájera se negó a ocupar la habitación contigua a la de Toda y aseveró que dormiría al pie de la cama de la reina. A un lado los alanos y al otro ella, e no valieron palabras.

Aixa mandó preparar los baños a las esclavas y se ocupó personalmente del de Toda. A Boneta le pidió ropa limpia para la señora, luego tomó unos frascos de esencias y le dijo a la reina estar presta.

La sala de baños era un pequeño departamento adosado al aposento principal. La reina observó que por una conducción, por un agujero de la pared, salía agua caliente y abundante vapor, y no pudo remediar la comparación con el castillo de Pamplona, donde se bañaban en una tina. Toda Aznar hacía tiempo para que se fuera la morica, pues no le apetecía que la viera desnuda. Que a ella, desnuda, sólo la habían visto Boneta, Adosinda y Sancho Garcés, pocas veces, y no iba a quedarse como vino al mundo delante de una mora desconocida, aunque fuera ya su esclava. Pasaba el tiempo, tanto tiempo que la reina tuvo que rogar a Aixa que se retirara, pero ésta le contestó que había sido designada por la princesa Wallada, la hija predilecta del soldán, como esclava de doña Toya y que, desde la llegada a Castro Julia y la vuelta al mismo lugar, no podía separarse della, so pena le arrancaran los ojos, pues tenía mandado de servirla en todo momento. Y miraba a la reina con ojos implorantes.

Toda dejó que la desnudaran. A fin de cuentas, el que la viera la mora en esa guisa, como quiera que ni una ni otra tenían interés por ver ni por enseñar, sino que lo que una veía era por imperativos del servicio y lo que la otra enseñaba era por la necesidad del momento, consideró que no tenía mayor importancia. Así, la reina, sostenida por sus damas, se introdujo en la bañera y se tumbó cuan larga era.

¡Ve a bañarte, Boneta, que aquesto es delicioso, ya me quedo yo con Aixa...! Andregoto irrumpió en el baño y se sentó de espaldas a su tía; tenía la mano puesta en la daga, no fuera que la tal Aixa intentara alguna maldad.

La mora vertía perfumes de los jarros en el agua del baño. Toda reconoció que estaban hechos de cristal, de aquella materia traslúcida que los musulmanes adosaban a las ventanas y no dejaba pasar el aire y sí ver el exterior y que, mira, utilizaban también para otros usos. Hasday le llevó a Pamplona varios cristales pero, por mala fortuna, llegaron rotos. ¡Ve a bañarte, Andregoto, hija! ¡Ni por todos los santos, tía, hasta que no vuelva Boneta no me iré! La reina Toda interrogó a Aixa: ¿De dónde vienes, Aixa?

Yo, señora, soy esclava de la princesa Wallada y, ahora, me ha dado a ti... Vengo de Córdoba, donde todos os esperan con curiosidad. Mi señora, la princesa, quiere veros y hablaros, pues se dice mucho de vos. La princesa me tiene confianza, por eso me ha dado a ti. Ella misma ha mandado que te alojemos en las habitaciones de su difunta madre, la soldana Maryan, que fue la esposa favorita de Abd-ar-Rahmán III, el Padre de los Creyentes... Maryan venía a tomar las aguas de la fuente de la Salud, que está allá abajo, en el jardín, y es buena para el estreñimiento y para los males de la piel. Desde que murió la soldana, esto se ha convertido en casa de baños adonde vienen de Córdoba, Málaga, Sevilla o Jaén e la gente toma nueve baños e luego se torna a su tierra...

¿E dices que va bien para el estreñimiento...? Oye, Aixa, manda que me traigan unos jarros..., que sufro de ello, ¿sabes?, y me cuesta mucho trabajo evacuar... Lo mejor para tu mal, señora, no es esta agua, aunque es buena, sino cuatro tragos de agua de mar, cada día, al despertar, como tomaba Maryan, mi primera señora, eso es lo mejor... Si quieres te la mandaré traer. Que en Al Andalus tenemos orden de cumplir tus más mínimos deseos.

Bueno, pues que me traigan, sí. ¿Ves cómo nos tratan, sobrina?, le comentó a Andregoto y continuó: pues llévate por delante que si nos tratan así, es porque nos lo hemos ganado en las batallas y porque tenemos un reino importante...

En esto, llegó Nuño Fernández. Las damas no lo dejaron entrar, pues doña Toda no estaba para que la viera un hombre. Nuño habló a gritos, diciendo que a los soldados y al servicio les habían hecho montar las tiendas fuera del castillo y que, sólo a él, a don Aamar, al nuevo preste y a Martín Francés, así como a los reyes, les daban acogida en el interior. Que eran muy pocos hombres y que se temía una traición. Amén de que si los reyes tenían poca protección, las mujeres ninguna. Que al venir a las habitaciones de la reina, unos eunucos le habían prohibido el paso. Los hombres no entran en el harén, le habían dicho. El harén es cosa de moros y este castillo está ocupado por gente cristiana, había respondido, y ya iba a porfiar con ellos, con los eunucos, ya tenía la mano en la empuñadura de la espada, porque a un capitán navarro no le arredran dos gigantes medio hombres, cuando Lulu-al-Guru ordenó le franquearan la puerta. Por eso abundó en su idea de una posible traición y venía acalorado.

La reina, que había salido del baño, lo conminó al silencio: ¡Calla, loco, calla!, y le mandó que se acercara. Y, en voz baja, le suplicó prudencia. No hables de traiciones en voz alta; en esta casa las paredes oyen y todos los criados hablan perfectamente el romance, es decir, que nos entienden todo. Pero nadie quiere traicionarnos; de haberlo querido, lo hubieran hecho en las tierras desérticas, sino lo contrario, quieren agasajarnos y lo hacen a su manera, no a la nuestra. En cuanto a la indefensión de las mujeres, no temas, que yo estuve con tu abuelo en Alhándega y, además, está mi sobrina... No temas que ya sabremos valernos... Ocúpate de que los hombres no armen jaleo...

Cuando salió Nuño ya esperaba para entrar Munda de Aizgorri, la modista, rodeada de un tropel de costureras. Traía el brial de la reina para la prueba definitiva.

Pasaron la tarde, muy alegremente, dando las últimas puntadas, metiendo de acá y de allá, subiendo el doble, volviéndolo a bajar. Munda se quejó a la reina de que opinara tanta gente, pues ansí nunca habían de terminar la magnífica veste imperial, como la titulaba la costurera.

Las damas pidieron permiso a la reina para volverse a bañar antes de la cena, pues era una maravilla sumergirse en aquellas aguas tibias, tan abundantes. Toda lo concedió; mientras, Boneta y ella saldrían a dar un paseo y se acercarían a la fuente de la Salud. Andregoto las seguía de cerca y Aixa también. Elvira y sus monjas se quedaron rezando.

Ciertamente que el interior del palacio era un vergel, poblado de un sinnúmero de plantas desconocidas en Navarra. La fuente de la Salud tenía nueve caños. La reina bebió un trago de cada uno, esperanzada en las propiedades laxantes. Toda contó a Boneta lo que le dijera la esclava mora sobre las propiedades curativas del agua y como la viera dudar, llamó a Aixa y le hizo repetir la historia de la señora Maryan, la favorita del soldán, Padre de los Creyentes. Y sí, sí, por supuesto que traerían agua de mar para la reina Toya, sí, sí..., y ya sabe su majestad, cuatro tragos al despertar... Sí, sí, claro que la soldana Maryan había consultado con multitud de médicos, claro, pero lo que mejor le iba era el agua de mar, ni más ni menos que cuatro sorbos al despertar... Sí y, gracias a ello, la sultana iba con regularidad, con lo cual se evitaba dolores y molestias y, otra cosa importante, no se le agrió el carácter con los años... La soldana Maryan fue una mujer muy sabia, durante años la favorita de Abd-ar-Rahmán abd Alla y madre de los príncipes:

Al Hakam, el heredero del trono, Ubaydalla, Abdalaziz, Wallada, mi actual señora, y Zulema... Y eso que Maryan fue una esclava...

Después beberé otro trago y volveremos a cenar pero, ahora, Aixa, cuéntanos de tu señora Maryan, rogó la reina.

La esclava habló de Maryan, la Gran Señora, la madre de Al Hakam, que fue elevada por encima de las demás mujeres del califa. Aixa se interrumpió en el relato y preguntó: ¿Es verdad, señora Toya, que los hombres cristianos sólo tienen una mujer cada uno, como oímos en Al-Ándalus?

Toda y Boneta sonrieron. La reina explicó: Mira, Aixa, legalmente sólo tienen una mujer pero, unos hombres más otros menos, andan de coyunda con otras muchas, según puedan o quieran dominar el apetito natural...

Pero es mejor eso, ¿no? Es mejor ser única, creo yo, aseveró la mora.

Pienso que sí, hija, al menos para la mujer, contestó la reina.

Yo creo que en este asunto, el Profeta erró, señora Toya, afirmó Aixa.

Ay, no sé, hija, no sé. Yo no conozco la ley del Profeta y, en consecuencia, no voy a entrar a juzgarla... Yo soy cristiana e hija de cristianos y no sé... Sigue con tu señora Maryan...

¡Ah, sí!, escuche su merced: Fátima fue la primera esposa de Al Nasir. Era su prima hermana y mujer libre, hija del emir Al Mundir y nieta de Abd Allá, pero era una mujer soberbia y creída de sí misma; tanto que despreciaba a las otras esposas. E una tarde, el emir, Abd-ar-Rahmán todavía era emir, mandóle recado con una esclava para que se preparase, pues a la noche le tocaba su turno...

¿Qué turno, Aixa?

El de ayuntarse con ella, señora...

¡Jesús, Aixa, qué cosas nos cuentas, ya veo que no te andas con remilgos...!

¿He dicho algo inconveniente, señora?

Sigue, sigue...

Boneta disimulaba la risa. La mora se había ruborizado, pero continuó con la intriga del harén:

Que enterada Maryan de la fortuna de Fátima, la envidió sobremanera y se presentó ante ella para desearle parabienes y felicitarla: «¡Enhorabuena!, sea el vicario de Dios tu huésped esta noche y duermas al lado del señor universal», gritaba Maryan. Aixa lo recuerda como si lo volviera a vivir... Maryan tomó el laúd y lo tañó y cantó una canción... Una canción que decía algo así: «Si esta noche me fuera vendida, la compraría yo pues es lo que más deseo» y agitaba su agraciado cuerpo al son de la melodía y repetía la canción como enloquecida... «¡Pobre Maryan!, estás exagerando mi ventura desta noche..., como la puedo comparar a las primeras noches de solaz... cuando, ahora, me toca un turno...», se expresó Fátima. Y Maryan le contestó sin dudarlo un momento: «Yo te daría todo por esta noche, menos el vestido que me cubre, y ganaría en el trueque», aseveró Maryan. «¡Qué necia!», respondió la favorita, «¿me comprarías esta noche si te la vendiera?». «¡Sí, pardiez, señora, sí!...»

¡Qué cosas, Aixa, qué cosas! Nosotras tenemos que quitarnos a los hombres de encima porque todo ayuntamiento les es poco..., comentó la reina y Boneta añadió que en Al-Ándalus se tenían que repartir a los hombres y en el caso de Maryan a un califa...

La morica continuó: La señora Fátima, como jugando, aceptó y pidió diez mil dinares. Mi señora y yo marchamos a sus aposentos y recogimos todo el dinero hasta completar el precio ajustado, lo metimos en bolsas y nos presentamos ante Fátima. Maryan, muy astutamente, le hizo extender un recibo, donde Fátima reconoció la venta de la noche, y lo signaron también las esclavas madres... La señora, fiada en su preeminencia y en el amor de su primo, firmó todo como a la broma. Pero Maryan se apostó por donde había de pasar Al Nasir para dirigirse a las habitaciones de la favorita y le salió al paso. Se agarró a sus vestiduras, rogándole que se fuera con ella, pues había comprado la noche con todo su haber. «Pardiez, señor emir, que he gastado todo lo mío y no me duele», decía... Y

Abd-ar-Rahman Al Nasir, primero, se quedó perplejo y, luego, otorgó favor a la compradora, holgándose en el lecho y estando varios días seguidos con ella... Y, después, le hizo muchas mercedes... y a Fátima la quiso repudiar, pero abandonó el empeño y, eso sí, no la quiso ver nunca más... E a mi señora la colmó de bienes y le dio el título de Gran Señora... y así se la conoció...

Una bella historia, Aixa, pero difícil de entender para nosotras, comentó la reina. Y ya volvían para la cena y Toda hablaba con Boneta: Las cristianas tenemos muchas cosas en contra por ser mujeres, pero la primera cosa que debemos agradecer a Dios es no haber nacido moras... ¿Te imaginas, compartiendo al hombre con una multitud?

Entrada la noche, Elvira Ramírez paseaba por las almenas del castillo palacio de Castro Julia y contemplaba las estrellas. En su interior, glorificaba al Hacedor. A ese Hacedor Supremo que había sido capaz de crear la armonía de las estrellas del cielo; que, a diario, hacía el día y la noche... Que a ella la había hecho hija de emperadores y madre abadesa. Y que ahora, lo que nunca imaginara, se dirigía a Córdoba a solicitar al califa, su pariente, los restos del santo niño Pelayo y a comprar libros. Todo ello, con el afán de engrandecer su monasterio, para gloriar a Dios de mejor manera y con mayores medios... Porque cualquier cosa que hiciera para la gloria de Dios sería poco, en relación a lo que Él había hecho por ella, por darle tan gran nacimiento y tan gran monasterio. Pero no era sólo eso, no, le había dado salud y capacidad de raciocinio y dotes de mando y de acción; e inteligencia y buen decir en toda ocasión. Por eso estaba muy agradecida. Por eso ampliaría la iglesia de su convento y la llenaría de cuerpos santos y de oro.

Elvira levantaba la vista cada vez que llegaba un jinete al castillo de Castro Julia o a las casuchas de alrededor. En verdad, que venía mucha gente. Venían hombres y mujeres juntos, riendo entre ellos con gran contentamiento, como si fueran de solaz. E conforme avanzaba la noche, venían más y más. Unos, los más, se adentraban en las casas, y otros, los menos, en palacio y desaparecían tras las puertas.

La abadesa de San Salvador escuchaba músicas y risas. Sintió curiosidad, pero reprimió esa inquietud, tachándola de malsana e impropia de una regidora de convento tan principal. Porque otra cosa hubiera sido que lo que ocurriera tras las puertas sucediera en su cenobio, entonces se hubiera tomado interés y personado allí, sin tardanza, para ver lo que celebraban las músicas, pero, aquí, no haría nada, ya que la señora Toda le tenía prohibida cualquier iniciativa, y a más que aquello, fuera lo que fuera, no iba con ella...

Muy pronto, observó un movimiento en el campamento cristiano. Los hombres se dirigían en pequeños grupos y entre grandes manifestaciones de alegría a las casetas y se metían en ellas. Y, claro, Elvira miró lo que tenía delante, y cuando bajaron de un carromato unas mujeres veladas con unos hombres musulmanes que les ponían las manos donde no se debían poner a mujer alguna, se quedó espantada. Al momento, vio salir del castillo a Nuño Fernández, a Aamar de Quiberón y al rey de Navarra, camino de los chamizos, donde se adentraron... Ya no le cupo la menor duda...

¡La casa de baños de Castro Julia era un burdel! ¡Un burdel...! Y corrió a decírselo a su abuela.

Llegó descompuesta, observando con pesar que las mujeres ya se habían retirado. ¡Dios de los Cielos, las mujeres de Navarra durmiendo y los hombres cometiendo pecado de lujuria!

De repente, surgió una sombra de la oscuridad que se abalanzó contra ella, la derribó al suelo y le puso una daga en la garganta... Era Andregoto de don Galancián. Elvira no se podía mover ni hablar, de puro terror. Menos mal que Andregoto la reconoció: Perdona, prima, ¿qué haces por aquí?, has tenido suerte, si me opones la menor resistencia...

¡Eres una bestia, casi me matas! ¿Tienes alma o no tienes alma? ¡De lo que estoy segura es de que no eres mujer, aunque tengas pechos...!, sacó su genio Elvira: ¡tú debes de ser un monstruo de la mitología o un aborto de hombre!...

¡No fastidies, Elvira, con esas tonterías! ¿Qué haces aquí, rondando las habitaciones de la reina?

Vengo a ver a la abuela...

Doña Toda duerme y yo la velo... ¿Te aflije algo, prima?

He venido a decirle que aquesta casa de baños es un burdel y que los navarros se han juntado con los moros para fornicar con mujeres en común a muchos... El rey está con ellas... ¡Navarra entera peca! ¡La reina debe enderezar aquesto!

Elvira estaba tan confusa y con tanto sofoco que se sentó en el duro suelo del corredor. Andregoto la imitó y, es más, sintió pena por la joven abadesa, tan poco versada en las cosas mundanales, y le pasó un brazo por el hombro, diciendo: Vamos, niña, no te lo tomes tan a mal. Que en esto de las mujeres, los hombres no han contención. Se dice que tienen un diablo en sus partes y no atienden a razones ni a mandados... E yo no creo que peque Navarra toda... Acaso pecará el rey y los vasallos que practiquen la coyunda ilícita... Pero acaso en las casetas no haya nada más que un baile impúdico, como en Medinaceli... ¿Tú qué has visto?

Mira, prima, yo estaba admirándome de la grandeza de Dios, nuestro Señor, en las almenas del castillo y me ha llamado la atención que venía mucha gente... Hombres y mujeres que se entraban en los tugurios y cómo entraban... y cómo se estrechaban... Y me he venido corriendo a decírselo a la abuela, cuando tú casi me matas...

Ya te he pedido perdón, Elvira, ya te he pedido perdón... En cuanto a la reina, déjala, que es anciana y ha de descansar... Que ya da mucho abasto...

Eso sí, que no sé cómo puede con tantos menesteres y con tantos años... Es una mujer asombrosa...

Lo es, lo es... Es aguda, vital, certera... ¡Ella es quien hizo Navarra! Mi madre, doña Mayor, me contaba que fue la hacedora del reino, pues si Sancho Garcés lo extendió, ella lo aseguró y fue Toda quien impulsó a Sancho para la «suplantación»...

Cuando Sancho ordenó a sus tropas que lo proclamaran rey en vida de don Fortuño, Toda estaba detrás y a las razones que le daba el marido para no tomar el poder, ella decía una y mil veces: «Yo no razono, Sancho, yo quiero el reino de Pamplona para ti, y con lo que te corresponde a ti de los Jimeno y a mí de los Arista, el reino es nuestro, pues don Fortún no reina»... Eso me contaba doña Mayor, que lo escuchó de sus labios. Y a partir de ese momento, se hizo el reino de Navarra y fue de gloria en gloria...

Vale mucho mi abuela... Entonces, ¿crees que no debo decirle lo de los hombres?

Toda no va a poder hacer nada... Los navarros están ayuntados con mujeres del común y tú pretendes que los salve a despecho dellos... No es negocio de la reina... Que cada hombre, rey, caballero o villano cargue con lo suyo... Y llévate sabido que los hombres son ansí... y vete a dormir que es muy tarde...

No me voy, no, que estoy desvelada, vete tú..., déjame aquí, rezaré por todos ellos...

Las dos mujeres se cruzaban miradas en silencio, sentadas en el corredor con la espalda apoyada en la pared, alumbradas por un hachón. Los eunucos las miraban. Resultaba curioso contemplar a una monja y a una mujer de pelo bermejo, vestida de hombre armado, a la puerta del harén. Muy curioso, evidente. Cierto que eran princesas y las princesas hacían cosas extrañas, comentaban los eunucos. Fíjate, Elvira, dos hombres fuertes como robles, que no son hombres, decía Andregoto.

Ellos no tienen la culpa. Los castraron de niños para darles otra utilidad. Una utilidad inimaginable en los países cristianos... Seguramente, serán de los que llaman «esclavones» porque son rubios...

Sí, esos que traen del Norte y de Germania. Se dice que los judíos los compran en el mercado de esclavos de Verdún y que los venden en este reino... Por Pamplona y Nájera pasan a menudo... y, mira, estos que tenemos delante están mejor comidos que muchos navarros... Lo único, que no pueden reproducirse ni aparejarse con mujer...

Pues mismamente como tú, que eres religiosa, y mejor ellos, que no tienen apetito carnal y tú puedes tenerlo...

¡Qué barbaridades, dices, hija...! Una virgen no tiene apetito carnal...

Pero puede llegar a tenerlo si enloquece... De hecho hay vírgenes...

¿Qué sabes tú de eso?

Yo he visto muchas cosas en la ciudad que gobierno, aunque no me haya querido casar...

Mi abuela rabia por casarte...

Ya lo sé. Es muy casamentera. En sus cartas me hablaba del conde Fulano o del conde Mengano y los ensalzaba, pero yo le contestaba sin paliativos: el conde Fulano o el conde Mengano no valen para la cama y, como hay cosas que no se pueden discutir entre mujeres de bien, la reina me dejaba por un tiempo, hasta que volvía con la batalla y yo con mi contestación... Por supuesto que yo ignoraba si tales condes valían o no para la cama... Pero, escucha, Elvira, si yo me casara, perdería la castellanía que detento y me sentiría desventurada. Pronto sería una malmaridada... Pues, mira, la honor que me ha dado la reina la tengo que defender casi todos los veranos y he de salir a la guerra contra moros o contra gente insumisa de la frontera, que vienen a Nájera en busca de botín, atraídos por la nombradía de la ciudad... Y no tengo una plaza cómoda. Y, lo que te decía, prima, que si, siendo castellana, maridara y quedara preñada, no podría ir a la guerra, no por mí, que tal vez podría, sino por salvaguardar a la criatura, y tendría que delegar en mi marido, quien, de inmediato, se arrogaría más sinecuras de las que le correspondieran en la plaza y a mí, apoyado por un montón de fieles, me relegaría al telar del castillo... Y no estoy por ésas..., que me gusta lo que hago y lo que domino; todo ello, para mejor servicio del rey y de la reina Toda, mi mentora. Entiendes, pues, que si desposara podría decir: casada soy, marido tengo y añadir, enseguida: casada soy sin ventura... Porque en

Nájera, como en cualquier lugar, sólo puede mandar un señor (y mejor un señor que una señora)... Y a mí, Elvira, me gusta la guerra, el gobierno de las gentes, levantar los puentes y reparar las murallas...

Tiene seso lo que dices, prima...

Hablaron de esto y aquello, de cosas divinas y humanas... Ya clareaba. Se oían rumores en las habitaciones de las damas. A las princesas se les hizo corta la noche... Allá venía Nuño Fernández, el alférez del rey, dando voces:

—¿Dó es Toda Aznar?

—¡Silencio!

—No alborote su merced, la reina no se ha levantado!

—¡Llámenla, el rey se muere!

—¿Dices que muere el rey?

—¡Ay, Dios!

—¿Qué es esta algarabía, señoras mías, a hora temprana?

—Señora reina..., el rey...

—¿Qué pasa con el rey?

Nuño Fernández se apresuró a contestar que, durante la noche anterior, habían hecho coyunda ilícita con las moras de las casas aledañas al castillo. Que las casetas eran burdeles, donde había músicas, danzas y peores cosas. Y que, Dios le perdone, él, a instancias de don Aamar y pese a la oposición de Glauco y Martín Francés, había animado y convencido al rey para personarse en el burdel, a fin de quitarle la tristeza... Y se fueron todos y cada uno andaba con una morica... El rey con una bellísima mujer de pechos erguidos y cabellos...

Guárdese vuesa merced de la descripción de la mujer y su atavío, cortó la reina.

Don Nuño inclinó la cabeza, tragó saliva y continuó: andaba don García con esa mujer encandilado, bebiendo y riendo en demasía, cuando le entró urgencia de orinar y, como no le gustaron las letrinas, salió afuera. Al regreso, había tornado la cara. Me dijo al oído que acababa de tener una visión: que doña Teresa estaba postrada en su lecho de muerte en el castillo de Pamplona y que se le habían ido las ganas que le tenía a la mora. Nos retiramos y, apenas entrados en sus habitaciones, rompió a llorar desconsolado... y ya no ha parado en toda la noche...

El rey repite que la reina muere en el castillo de Pamplona sin el amor de su esposo y añade que se vuelve a Navarra con quien quiera seguirle...

¡Jesús, qué desatino! ¡Váyase don Nuño con el rey e apresúrense las damas que he de ver a ese hijo mío que disparata...

Doña Toda fue vestida con presteza, tanto es así que doña Boneta no pudo atarle bien el jubón, y corrió con sus damas hacia las habitaciones del rey. Entró dando voces: que doña Teresa gozaba de una excelente salud y se holgaba en Pamplona con sus fieles camareras, tal y como se había expresado en su carta. La reina se quedó sorprendida ante la llantina imparable de su hijo. A instancias de Elvira, que le dijo al oído que lo que sufría García no era amor sino enfermedad, hizo llamar a Hasday ben Shaprut para que le hallara algún remedio, para que le procurara algún filtro o brebaje que lo pusiera en pie y terminara con aquellas lágrimas vergonzosas en un hombre, y más en un rey.

Hasday aseguró que el rey estaba aquejado de melancolía y que él había tratado a Al Nasir, Padre de los Creyentes, del mismo sufrimiento, unas veces con éxito y otras no. No obstante lo intentaría.

Mientras volvía el médico con la pócima mágica (que mágica habría de ser, según la reina), doña Toda ordenó al preste que celebrara misa en la habitación contigua por la salud del rey y a Alhambra que tañera el laúd. Pero ni la misa ni el laúd resolvían nada, y Hasday tardaba.

En el entretanto, Toda Aznar consolaba a su hijo, asegurándole, y jurándolo sobre sagrado, que doña Teresa gozaba de magnífica salud. Que si no habían llegado más noticias de la reina se debía al mal estado de los caminos, pero no a otra cosa, ni menos a cosa mala. Que las cartas estarían en camino... Y, lo regañaba, que, claro, si no se hubiera arrimado a una mora puta, ahora no tendría remordimientos de conciencia ni hubiera imaginado visiones inexistentes... Que si se hubiera quedado en su cama, solo, en vez de darse al pecado, a la mañana se hubiera levantado fresco y dispuesto a proseguir el camino, como era su obligación, en vez de estar en esa llorera continua por algo imaginado, que no sabido...

Por supuesto que doña Teresa estaba bien, por supuesto. Las malas noticias corren siempre como el más veloz de los caballos y ya hubieran llegado... Mejor haría don García entonándole canciones que llorando por ella, pues a nadie aprovechaba ese caudal de lágrimas.

Llegó Hasday con la pócima y entre todos se la hicieron beber al rey, que en principio se opuso a ello. Después, gracias a Dios, a Alá, a Yavé, o a las artes del judío, se durmió. Toda ordenó a don Nuño y a Lulu-al-Guru que volvieran al camino, cogieran al rey entre varios hombres y lo dejaran en su carreta. Miró, desafiante, a todos los presentes y salió con prisas.

Toda Aznar atravesó las galerías, casi corriendo, ay, le urgía llegar a las habitaciones. Súbitamente se le había presentado prisa por evacuar. Sin duda, era el agua de la fuente de la Salud que hacía honor a sus propiedades, o el susto o el disgusto que le había proporcionado don García con sus visiones. A ver, la reina Teresa estaría bien, de otra forma lo sabrían ya, como ella supo, al momento, de la enfermedad de Sancho Garcés. Pues lo malo se propagaba muy rápido.

Se sentó en la trona e hizo pronto y sin esfuerzos. No cabe duda, Boneta, es el agua. Nos llevaremos unos odres... Ay, Boneta, yo ignoraba que aquesto fuera el burdel de Castro Julia, de saberlo no hubiera autorizado la parada... Ya puedes retirar la bacinilla, hija, y ¡las damas dense prisa!

Cuando las mujeres se presentaron en el patio de armas, moros y cristianos estaban formados para volver al camino. A punto estuvo la reina de ajustar cuentas de su insolencia, de decirles, ahora que estaban reunidos todos, lo descontenta que dellos estaba, pues muchos habían abandonado el campamento para solazarse en un prostíbulo, trotando con mujeres del común (esas mujeres abyectas que trasmitían bubones y pústulas), pero como estaban los moros delante, optó por callarse.

No obstante, ya en la vereda que conducía a Córdoba, hizo llamar a Nuño Fernández y le expuso lo antedicho, añadiendo que si en lo que restaba de viaje observaba o llegaba a sus oídos la más mínima licencia o el menor desbarajuste en la disciplina militar, aunque no iban en una expedición de guerra, ordenaría el retorno a Pamplona de todos los hombres, navarros o no, sin procurarles carta de franquicia; o los haría azotar, hasta tal punto que regresaría con un hospital, si preciso fuera. Que los hombres eran soldados y como tales se iban a comportar. Que él, Nuño Fernández, que detentaba el grado de alférez del rey, sería el primero en catar la cólera suelta de la reina y, en consecuencia, quien más tenía que perder... y que no imaginaba él, por mucho que imaginara, dónde podía llegar la cólera suelta de Toda Aznar..., hasta mandarlo ejecutar a espada sin más miramientos, si no era capaz de mantener la disciplina.

El mozo fue a decir algo en su descargo, pero la reina no lo dejó hablar y, cuando salía del carro con el rostro arrebolado, aún le gritó que se quedarían las mujeres solas en Córdoba y volverían a Pamplona con una escolta del califa. Luego, llamó a don Aamar de Quiberón y le repitió otro tanto. El muchacho movía las manos como para darse aire y, con la respiración ansiosa y voz entrecortada, se confesó enfermo. Cuando se hubo serenado pidió disculpas a la reina desta guisa: Perdóneme la señora, pero la señora me intimida de tal forma que en su presencia se me para el corazón y el seso, y soy incapaz de pensar o de hacer cosa a derechas.

El mozo temblaba. La reina torció un poco la boca, pero con voz pausada le dijo que lo había tratado desde que lo hallara en el camino como a un hijo joven y loco, y que él, sin embargo, había instado al rey García a que se entrara en el burdel, lo cual no era de recomendar para hombre casado, máxime estando enfermo de la mente o del corazón. Que lo iba a perdonar una vez más, pero sólo una vez más; que si hacía algo contra lo establecido o instigaba a otro para que lo hiciera, ella se las arreglaría para dejarlo de rehén en Córdoba y ya inventaría cómo. Y en tal caso, que se despidiera de su país y de su casa por los siglos de los siglos. Luego, con voz de falsete (estaba hasta las narices de tanto crío) le preguntó si la paralización de su sesera le había permitido entender palabras tan claras. El muchacho le contestó que sí con la cabeza.

Toda lo despidió y habló con Boneta: Me sabe malo andar con amenazas tan duras pero he de contener a estos hombres, que más parecen niños de pecho... Nuño y Aamar son dos insensatos, García un loco y Sancho prácticamente no existe... Fue una gran pérdida el pobre Lope.

La plana de Córdoba

Llegaban a Constantina, a dos jornadas de Córdoba. De súbito, se suscitó un gran revuelo entre la tropa musulmana. Los hombres se afanaban en sacar las carretas y caballerías fuera de la calzada.

Los mahometanos efectuaban una extraña operación de huida y se adentraban en unos campos sembrados. Un poco más allá, tornaban a la ruta. Por si acaso, los cristianos los imitaron. A saber si estaban efectuando algún rito o siguiendo una costumbre.

Las damas observaron, al pasar, que los moros evitaban un puchero humeante, depositado en medio del camino. ¿Un puchero en el camino?, qué raro, se dijeron. Aixa, que se encontraba en el siempre completo carro de la reina, lo miraba con espanto y se santiguaba a lo musulmán. Las navarras no acertaban a adivinar el significado de la olla.

Pero no terminó todo allí, no. Una vez sorteado lo que parecía un peligro para los moros y un pucherico humeante para los cristianos, aquéllos se apearon de los caballos, se postraron en tierra y, sin ser viernes, comenzaron a rezar los noventa y nueve nombres de Alá. Luego volvieron a montar y siguieron adelante.

Enseguida, la reina pidió explicaciones a Aixa, su esclava. Ésta les contó que la ollica podía ser benéfica o perjudicial; que podía encerrar a un genio bondadoso o maligno o, simplemente, nada; o guardar una comida caliente, pero que, por si acaso, la evitaban. No fuera que el puchero hubiera sido abandonado en aquel lugar por algún hechicero y la curiosidad o el acercamiento o su sola presencia les reportara algún maleficio... Por eso, habían rezado los noventa y nueve nombres de Alá, que nunca se sabe... Además, que no todos los genios eran benéficos, sino que los había muy malos. Genios malvados que arrastraban a ejércitos enteros o a doncellas; o genios malintencionados que perseguían a los viajeros o les ponían trampas y les hacían caer o correr hasta países lejanos, donde los vendían como esclavos; o genios que hacían surgir ciudades de la nada... Y era mejor dejarlos; evitarlos y dejarlos abandonados... Claro que los genios podían ser buenos y convertirse en esclavos de quien destapara la olla y sacarlo de pobre hasta que nadara en la abundancia, o llevarlo por el cielo sobre una alfombra mágica..., pero, lo dicho, era mejor no probarlo. Por otra parte, se decía que muchos hombres y mujeres se habían quemado la cara al destapar un pucherico, pues de él había salido un fogonazo...

En la expedición corrió la voz de que don Aamar de Quiberón se había quedado retrasado a posta y había abierto el puchero y que reía como un poseso, diciendo que allí no había nada, salvo una esencia que exhalaba vapor... ¡Esto es incienso!, aseguraba el muchacho loco.

Las diputaciones volvieron a detenerse. Todos admiraban la valentía del mancebo. Glauco, su escudero, estaba a su lado. Todos los presentes observaron cómo de un certero manotazo arrancaba de las manos de don Aamar el pucherico, que cayó al suelo, hizo explosión y le causó al insensato bretón una enorme herida en la pantorrilla derecha.

Volvieron a desmontar todos. Se organizó el follón consiguiente. Hasday acudió presuroso a prestar sus servicios, pensando para sí que debió venir de médico mejor que de embajador, como su señor le ordenó. El chico se hacía el fuerte, decía que no era nada de importancia. Intentó montar a caballo de un salto pero no pudo, pues las sillas cristianas carecían de estribos, y tras el intento cayó desmayado de dolor, si bien lo recogió al punto su escudero, evitándole otros golpes.

Desde ese momento empezaría a correr el rumor entre los navarros de que Glauco no era sólo el escudero de don Aamar, sino su ángel de la guarda. Fue un comentario baladí que hizo en voz alta doña Boneta de Jimeno Grande, y que hizo fortuna. Todos comenzaron a recordar las ocasiones en que el escudero le había salvado de malas caídas o de mayores males, pues bien parecía que al chico le iba antes la cabeza que los pies. Que era un mozo cheposo y se inclinaba peligrosamente hacia delante y, más de una vez, lo habían visto dar en el suelo de cabeza que, a la sazón, la debía de tener bastante dura.

Y lo que se había considerado natural se tornó antinatural y el servicio del escudero en angélico. Sí, el bretón era un insensato y el escudero, su ángel de la guarda. Sin ir más lejos, en el puente Largo del Jarama, donde tuvo lugar la gran desgracia de la pérdida de la atalaya y de los restos de santa Emebunda, que reposen en paz, todos pudieron contemplar cómo Glauco volaba, se podía decir volaba sin temor a errar, en pos de su amo como lo hizo de entre los tablones que se derrumbaban en el río; y cuando acudían a socorrer a don García, Glauco auxiliaba a los dos, pese a lo que pudiera parecerles entonces. O cuando se subió a un enorme roble en busca de un nido que ofrecer a doña Nunila y, tan desmañado como es, cayó de lo alto. O cuando se le encabritó el caballo y salió despedido por los aires u, hoy mismo, en el momento de la explosión; siempre estaba junto a él su fiel escudero, que más parecía niñera, para salvarle la cara o la cabeza; porque, a la sazón y, según deducciones de Hasday ben Shaprut, la explosión producida por los gases contenidos en el pucherico había sido como para llevarse la cabeza de cualquiera que la tuviera bien sostenida, máxime la de aqueste chico, tan alto y desgalichado, que tiene un cuello como el de las ocas... Esa herida tardará en curarse, ya lo creo, afirmaba el médico judío. El muchacho tenía una profunda quemadura que le interesaba los huesos de la pierna y, posiblemente, quedaría cojo.

Realizada la primera cura, la reina determinó que fuera llevado al carro de don García, para tener la enfermería junta, y prohibió a doña Nunila que fuera a atenderle. Que ya tenía un ángel de la guarda, bromeó; y lo que pensó para sí misma: que si dejaba a la niña con ese muchacho incorregible era capaz de hacerle perder la virtud. Y no.

Mediada la tarde, las huestes que venían de Pamplona se toparon con una gran tropa cordobesa, vestida para la guerra, que, sin duda, salía a su encuentro. Doña Boneta contaba cuarenta y cuatro estandartes. Doña Adosinda aseguraba que venían de cinco en fondo, a lo menos, quinientos hombres. Doña Lambra opinaba que eran gente de realce. Toda comentó con Boneta que, a la vista de lo que salía a recibirlos, los regalos que traían para el señor califa iban a ser poca cosa y andaba contrariada.

A una señal de Galid, la comitiva se detuvo. Los moros dirigidos por Lulu-al-Guru montaron unos entoldados y extendieron ricas alfombras por el suelo. Al cabo, la reina Toya (Toya, como la llamaban los musulmanes) fue invitada a sentarse en una magnífica silla de madera con incrustaciones de ébano; un trono, prácticamente. Toda dedujo que se trataba de la recepción oficial y fue de mala gana pues le hubiera gustado estar mejor vestida para la ocasión. Al menos, presentable. Por eso, pese al calor que hacía, pidió a Boneta su manto y el cinturón mágico de la reina Amaya, para tapar el polvo que traía consigo desde que salieron de Pamplona y que luciera el brillante. Y, porque, lo dicho, le gustaba ir más arreglada.

Toda se sentó, rodeada de sus damas, y la ceremonia comenzó. Descabalgaron los que venían de Córdoba con tanto boato; todos gente preeminente; y, uno a uno, por orden de categoría, fueron presentados a la reina. Ellos se inclinaban respetuosamente y Toda los saludaba con un leve movimiento de cabeza. Lulu nombró a Chaafar ben Uthmán, el eunuco prefecto de la guardia y primer ministro. A Isa ben Futays, visir; a Mundhir ben Said al-Balluti, juez supremo de Al Andalus; a los generales Hixam al-Mushafi y Aben Tumlus, e imposible recordar más nombres...

Resultaba un espectáculo curioso contemplar a una antigua reina de Navarra, a sus damas, a dos enormes perros y a una niña de teta, recogida en un camino, reverenciados por toda la grandeza de Córdoba. Aquellas gentes eran lo mejor de Al Andalus, lo mejor, a falta del califa y sus hijos.

Pláceme conoceros, señores... Larga vida a don Chaafar, a don Isa, a don Mundhir, a don Hixam y a don Tumlus, y a sus mujeres e hijos, e a tantos otros que vienen a recibirnos... Bienvenidos enhorabuena, señores de Córdoba. Mira, Boneta, estos hombres son la flor y nata del reino... Ese Chaafar es el privado del soldán... Fíjate, parece un dios con esas vestes de oro y nosotras con estas telas de algodón... Mira, ahora montan unas mesas, nos van a agasajar... Vete a buscar a los reyes y tráelos...

Chaafar ben Uthmán y los otros formaron dos hileras de hombres. El privado del califa avanzó hacia la reina, hizo una gentil reverencia y tendió la mano a doña Toya para acompañarla al refrigerio. E iban ansí, caminando por las alfombras tendidas, e llegaron a las mesas, donde estaban servidas ricas viandas, cuando surgió un griterío en la hueste cristiana. Don Aamar de Quiberón había muerto, decían. Se lo había llevado la quemadura y ni el sabio judío, ni su presunto ángel de la guarda, ni su verdadero ángel de la guarda lo habían podido salvar. Y eso no era todo, sino que el rey de Navarra estaba muy afectado, pues, al despertarse, se había encontrado a su lado un cadáver ya frío...

Doña Nunila, rompiendo el protocolo, salió disparada en pos de don Aamar o acaso de su alma. Doña Alhambra la acompañó con la pequeña Sancha en brazos, pues sabía lo que suponía la pérdida de un ser querido. La reina pidió disculpas a los señores de Córdoba y acudió al lugar del suceso, seguida de Chaafar que preguntaba por lo ocurrido. Dudó la reina entre personarse o no, entre interesarse o no por el loco bretón, diciéndose que cualquier cosa que le sucediera la tenía bien merecida, pero fue más que nada por Nunila.

Y allí estaba Hasday, rodeado de navarros y moros, moviendo la cabeza y, frente por frente de don Aamar ya cadáver, el rey don García doliéndose, no se sabía si de la muerte del muchacho o de sus males perennes, pues nombraba a doña Teresa y a una tal Urraca.

Toda Aznar, aunque era consciente de que a la hora de la muerte no hay elección posible, estaba enojada. El franco había sido un inoportuno, como siempre, por fallecer tan repentinamente, pues Chaafar había podido ver al rey de Navarra en una actitud indeseable. Indeseable, sí. Porque, cuando ella, la reina, muriese y en Pamplona sólo quedara ese rey que lloraba, sería muy fácil para los sarracenos arrancarle el reino, y de eso Chaafar llevaría noticia a su señor. Lo más sencillo del mundo arrebatarle el reino a mi hijo, pensaba Toda. Chaafar llevaría noticia a don Abd-ar-Rahmán de la llantina y ¿qué sería de Navarra?

Lo primero y principal era llevarse de allí al primer ministro, pero rodeados como estaban de moros y cristianos en una grita terrible, era imposible salir. Todos vociferaban que el francés había muerto por el maleficio contenido en el pucherico del camino, es decir, por la maldad de un genio, espíritu o demonio; por desafiar a las fuerzas del mal; por la curiosidad pecaminosa que había llevado a la tumba a tanta gente; por el gusto del peligro... Y pedían, unos a Toda y otros a Chaafar, que el difunto fuera quemado para contrarrestar el maleficio, e que fenecieran con el cuerpo los malos espíritus y no pasaran a ocupar a otro.

Hasday afirmaba que Aamar había muerto de una infección incontenible y supurante de la propia herida, reconfortado por los auxilios espirituales del capellán cristiano, auxilios que reputaba por buenos aunque no fueran judíos... Que había muerto bien, como es deseable morir..., y que ni los genios, ni los malos espíritus ni los demonios habían tenido parte, suponía y ansí lo expresaba, aunque nadie parecía conforme.

Toda Aznar convino con el primer ministro en que el cuerpo del muchacho sería quemado al amanecer, una vez rezados los responsos de rigor, puesto que así lo solicitaban los pueblos de Córdoba y Navarra, puestos de acuerdo. Le darían al pueblo lo que quería el pueblo... Claro que Glauco, el escudero fiel, rompió a llorar con desconsuelo, gritando que no era cristiano quemar los cuerpos. Que si abrasaban el cuerpo de su señor, el alma de don Aamar vagaría eternamente por el firmamento.

Fue interrumpido por doña Elvira, que adujo que el alma de Aamar ya había salido de su cuerpo y que estaba asentada en el lugar que le correspondiera, según merecimientos. Glauco, ante tales razonamientos, alzó la voz, desesperado, y espetó con desprecio a la abadesa de León: ¡Qué saben las mujeres de las almas, si se dice que ellas no tienen! Fue abofeteado por Nuño Fernández. A Elvira se le mudó la color. Andregoto sacó su espada y conminó al escudero para que retirara las palabras antedichas, pero Glauco, enloquecido, la llamó marimacho... Los hombres hubieron de arrancárselo a la brava de Nájera...

El caso es que estaban enzarzados en una pelea doméstica descabellada, pues los sirvientes se permitían el lujo de encararse e insultar a los señores y, todo ello, bajo la mirada de Chaafar, el *hachib* de Al-Ándalus. Y no, de ninguna de las maneras. Las formas eran las formas y los señores eran los señores. Toda ordenó que se encadenara al escudero de lengua suelta.

Cayó la noche y hubo que montar el campamento y, a más, el rey de Navarra entró en una fase de fatal melancolía; tan nefasta que Toda estaba asustada. Ya no eran las tonterías de otrora, no. Don García temblaba por la fiebre y nombraba entre balbuceos a una tal Urraca (que resultó ser su hermana, la que fuera emperatriz de León), a doña Teresa y a don Aamar de Quiberón. Y la reina no se aclaraba con el hijo ni con lo que quería decir de su hermana muerta, aunque coligió, enseguida, que no decía nada bueno... Y todos le querían explicar lo que le ocurría a don García y cada uno decía mayor disparate o una suposición certera, que Toda no lo sabía.

El caso es que a ella le va a dar un sofoco delante del privado del califa. Que ella tiene por seguro que habrá de morir de un sofoco, como ya se ha dicho, y está tan acalorada y le va el corazón tan suelto y tan aprisa que va a romper a llorar, con tanto o más desconsuelo que su hijo, o se va a poner a gritar como una loca, porque no la dejan atender a los señores de Córdoba... Adosinda le trae una tila muy cargada y Boneta un aguamanil. Gracias, hijas. Y no duda en echarse el agua a la cara y la tisana al coleto. ¡Ay!

Andregoto de don Galancián ordenó que se empezara a cavar la sepultura del muerto y se preparara la hoguera, e andaban los navarros locos, unos con los picos y las palas y otros buscando ramas y el preste continuaba con la ceremonia religiosa y, todo ello, en una noche sin luna. Glauco profería grandes e insultantes gritos y se arrancaba los cabellos. Algunas mujeres al verlo en esa guisa se presentaron llorando a la reina para suplicarle que parase la incineración, e traían súplica de don Rodrigo, el preste, que no era partidario y que decía que, al menos, el muchacho se llevara funerales a la otra vida y no terminaba nunca con los responsos.

El caso es que en la plana de Córdoba había un gran desconcierto. Que los partidarios de la quema cruzaban palabrotas con el partido recién formado de los no partidarios y que, acaso, las voces llegaran ya a la capital y si no llegaban por sí solas las llevarían los moros, que miraban todo el suceso entre curiosos y asombrados...

No, no pudo la reina Toda atender a los moros de prosapia como le hubiera gustado, no pudo. Lo primero era su hijo y con él estuvo hasta muy entrada la madrugada, tratando de refrenar su desasosiego que de Teresa pasaba a Urraca, su hermana muerta. La reina suponía que hablaba de Urraca Sánchez, su hija fallecida tiempo atrás. Algo se lo decía en su corazón de madre. Sí, sí, se trataba de Urraca, la que fuera emperatriz de León y madre de Sancho y Elvira. Cierto que el nombre de Urraca era común y que podía tratarse de otra pero no, algo se lo decía en su corazón de madre, aunque lo que dijera García no guardara relación con lo que ella había visto y sabido de su querida hija.

El rey de Navarra pretendía que, mientras dormía, se le había presentado el espíritu de Urraca, acompañada de un hombre (¿sería don Ramiro, el emperador?), para comunicarle que don Aamar había pasado a otra vida, no mejor que la llevada, ni mucho menos, pues, conjurado por el habitante del pucherico, vagaba por el firmamento por los siglos de los siglos y, haciéndole un favor, lo conminó a que se quitara el cadáver de delante, no se le fuera a pasar a él que tenía el cuerpo débil.

¡Tente, hijo, tente, no digas tales necedades!, suplicaba Toda, pero el rey se había tornado parlero y aseguraba que sí, que era Urraca; que el espíritu había extendido los brazos del mismo modo que lo hacía su hermana en la torre más alta del castillo de Pamplona, cuando, de niños, jugaban a encantadores. Cuando a él, a García, lo convertía en piedra y no se podía mover y, allí, lo tenía la doncella, dada a los conjuros, tiempo y tiempo, hasta que pronunciaba unas palabras mágicas y le volvía el movimiento. Terror, auténtico terror había sufrido de niño, mientras la reina Toda discutía con el corregente... Y lo que le había dicho Urraca, que se guardara del difunto que llevaba en su carreta, pues no era un muerto corriente. No era, como él pretendía, hijo de don Etelredo y doña Brunilda, señores de Quiberón, no; era un escapado del Infierno que estuvo durante doscientos años encarnado en sapo y luego en don Aamar... De un escapado del Infierno que habría de volverse a encarnar en un hombre débil, tal vez en él, en don García. Por eso no pudo reprimirse y hubo de gritar, para que le quitaran a aquel muerto de delante. Y estoy de acuerdo, madre, en darlo al fuego purificador..., decía ya más tranquilo. Yo, hijo mío, tengo mis dudas en darlo al fuego aunque he dado el consentimiento para acallar a la multitud, pienso que deberíamos considerarlo, pues el chico era cristiano y de quemado tardará mucho más tiempo en recomponerse para el Juicio Final... Te digo, madre, que no es cristiano, sino un escapado del Infierno, que luego fue sapo y luego caballero bretón... Duerme, querido, duerme...

Los espasmos y las tesis de don García habían sido vistos y oídos por navarros y moros que abundaban en ellas y hacían su propia composición del presunto escapado del Infierno, del sapo, de don Aamar y de doña Urraca Sánchez. A Urraca nadie osó mentarla, salvo su hija Elvira que salió en defensa de su madre y encarándose con el rey gritó que doña Urraca fue una mujer pía y cristiana y no dada a los agüeros. Gritó para que la oyeran todos, pero el rey, bajo los efectos de la droga que le suministrara Hasday, ya no la escuchó.

En el campamento, moros y cristianos se hacían lenguas e iban a visitar con temor el velatorio del caballero bretón cuya muerte sólo lamentaba su escudero. La reina, apiadada de él, mandó que le quitaran los hierros y lo dejó guardar el sueño de su señor; también le envió un recado con Boneta: si Glauco quería, lo tomaría a su servicio. Ahora bien, en cuanto al cadáver de don Aamar no hizo concesiones: apenas amaneciera, sería incinerado, por deseo expreso del rey y del pueblo, y que si tenía algo que alegar que lo alegara.

Boneta volvió sin contestación alguna del escudero y con la extraña noticia de que el muerto tomaba un color azulado, nunca visto en buen cristiano.

La reina y las damas se santiguaron y estaban discutiendo la color que toman los muertos, cuando Lulu-al-Guru les llevó la nueva de que Glauco se había suicidado, clavándose en el vientre la espada de su señor. El espanto las recorrió a todas.

—¡Santa María bendita!
—¡Dios nos valga!
—¡Un suicidio!
—¡Esto es demasiado! Yo os ruego, señor Lulu, que como jefe de protocolo os ocupéis de los muertos junto con don Nuño. Yo me voy a atender a los señores de Córdoba...

Y, en efecto, de esta manera la reina Toda se quitó a aquellos muertos de encima, que ni le iban ni le venían y con Andregoto se dirigió al pabellón de Chaafar, el primer ministro.

La flor y nata del Califato estaba reunida en la tienda de Chaafar, bebiendo té, que le ofrecieron. Una bebida fuerte que despejaba la mente y animaba el corazón, además de apaciguar la sed. Una bebida muy útil, en fin, para recorrer los soleados caminos de Al Andalus. El primer ministro invitó a las cristianas a comer tortas de miel, dulce de higos, pastelitos de almendra molida y prensada que llamaban mazapanes y frutas frescas: sandía, melón, pulpa de granada y otras.

Toda se aplicó al refrigerio, pues con tantas horas de desvelos sentía hambre. ¡Vaya día que me han dado!, señor Chaafar y compañía, he tenido que andar de socorro en socorro sin poder atenderos... Don García, el rey, mi hijo, está enfermo del corazón y sufre pálpitos y sudores fríos e imagina desgracias que suceden a sus seres queridos, aunque en la realidad no ocurren. Pero lleva varios días afirmando que su esposa, doña Teresa, yace en su lecho de muerte en Pamplona y como no tenemos noticias della ni de la corte, abunda en ese pesar y no puede dominar los latidos de su corazón que, a menudo, se desboca... Espero que cuando descansemos en Córdoba de los avatares del camino, se tornará otra vez animoso... Y no entró en más detalles, pues dedujo que los musulmanes estaban perfectamente informados.

Chaafar, un eunuco alto, rubio y bien parecido, tomó la palabra y dijo a la reina que traía parabienes de Al Nasir, a su tía, la egregia reina Toya. Que su señor esperaba con ansia la llegada de la expedición pamplonesa, para honrarla y agasajarla como merecían los representantes de un reino aliado del Norte; aliado por fin, después de tantas guerras; dos pueblos iguales en la paz después de tantas victorias y derrotas... Que llegados los navarros y leoneses a Córdoba, firmarían un gran tratado con el soldán... Una alianza que mantuviera a los cristianos en su tierra y a los moros en las suyas, sin ambicionar las de los vecinos. Porque la paz, señora Toya, es un don de Alá, bendito sea su nombre, que depara riqueza a los pueblos y pan, y algo más que pan, a los vasallos. Que don Abd-ar-Rahmán había de ayudar a don Sancho en la recuperación del reino, una vez adelgazara, y que apenas entrada la primavera, Sancho, ayudado por un ejército cordobés, se asentaría en el trono de León, que había sido de su padre y de su hermano, tras rendir Zamora y otras villas o lugares.

Pláceme oíros decir tales cosas, señor Chaafar.

El privado la interrumpió: En cuanto a las noticias que don García reclama de Pamplona, yo puedo hacerle servicio enviando una paloma mensajera a Tudela, para que su *caíd*, Al Tuchibbi, envíe mensajeros a Pamplona y nos traiga noticias de la salud de la reina Teresa por el mismo sistema. En unos pocos días pueden estar aquí.

Os lo agradecería, señor ministro.

Por otra parte, no tema por su hijo la señora Toya, que los males del amor son comunes en Córdoba y se curan... El valido cruzó una mirada con doña Andregoto de don Galancián en la que la reina quiso ver algo más que curiosidad.

Lulu irrumpió en el pabellón: las expediciones estaban prestas para la partida e habían de apresurarse para llegar a la capital antes de la puesta del sol. Tras las salutaciones correspondientes, los nobles musulmanes montaron en sus magníficos caballos andalusíes, de fama en el mundo entero. Toda se acomodó en su carreta. Pidió razón del rey que, a Dios gracias, dormía, y otrosí de Sancho y de los entierros.

Boneta había presenciado todo por mandato de la reina, que no por gusto, retirándose el perfumado pañuelo que se acercaba a la nariz para alejar el olor a carne quemada, que parecía iba a quedársele fijo, confirmó que don Aamar había sido incinerado y enterrado en el mismo lugar donde estuviera el malhadado pucherico del encanto y que, a instancias de Elvira, los mahometanos habían consentido que se señalara el lugar con una cruz, aunque lo hicieran con poco agrado. Al escudero, como suicida que no tenía derecho a tierra sagrada, lo habían sepultado sin cruz.

Doña Toda no quiso saber más. En verdad, estuviera encantado o no, fuera sapo o demonio, el muchacho bretón le había resultado muy molesto. A Nunila le ordenó que se olvidara de él pues no le hubiera convenido, le dijo, a más que ella no le hubiera consentido nunca desposarse con aquel loco. La muchacha bajó los ojos con humildad. Después, habló con Boneta. Le dices a Nuño Fernández que no quiero problemas, ni pucheros, ni sapos, ni diablos, ni lobos. Que quiero el camino liso y laso. Que si ocurre algo, que se me oculte. E dile que enjaece nuestros caballos, pues entraremos en la ciudad montadas..., yo la primera. ¿Vamos a montar todas las damas a caballo? Sí, mesmamente como los hombres que nos preceden...

Córdoba

Es ésta una tierra fértil y acogedora, Boneta, con este cielo azul que no se iguala en el mundo, decía Toda. La ciudad está emplazada, desde antiguo, a orillas del Guadalquivir, que es navegable hasta Sevilla, y muy cerca de esas sierras y toda ella rodeada de naranjales, limoneros u olivos. Tengo entendido que nos han de alojar en un palacio fabuloso. Fíjate qué edificios, Boneta, ese que sobresale es el Alcázar... Le dirás a don Nuño de mi parte que vigile a los hombres para que se laven y se despiojen entre ellos, y que cuiden en el hablar, pues aquí todos entienden el romance, y su forma de comer..., que no coman todos en un caldero. Y que no cometan desmanes..., que vean y hagan lo que se lleva en Córdoba.

Chaafar, enterado de que la reina iba a hacer su entrada en la ciudad montada a caballo, una milla antes de llegar fue a buscarla y le ofreció cabalgar a su lado. Toda montó y vive Dios que costó bastante esfuerzo subirla al caballo y bastante ingenio, pues hubieron de habilitar una escalerilla para la reina, que era vieja y sobrada de carnes.

Iniciaban la marcha los soldados con las enseñas. Después, Chaafar y Toda, cabalgando parejos, seguidos del visir y de doña Andregoto. El valido explicaba a la reina que la ciudad de Córdoba tenía un millón de almas; doscientas mil casas, más sesenta mil edificios públicos o casas de nobles, de visires, de oficiales del ejército, cuarteles, escuelas y hospitales; cuatro mil mercados; mil mezquitas; novecientas casas de baños; y que todo se agrupaba en la medina y veintiún arrabales; en fin, una ciudad como Bagdad o Constantinopla..., con calles empedradas e iluminadas de noche... Con una extensión de diez millas, dominadas por la Qasaba o Alcázar... Los jardines de mano derecha pertenecían al palacio real... Sí, el señor califa residía en Medina Azahara, un palacio como ninguno. El río es manso a su paso por la ciudad, aunque no así en Sevilla. El puente tiene diecisiete arcos y fue construido, antiguamente, por Octaviano, el segundo césar de Roma... Frente al puente, a la otra orilla, se levanta la fortaleza de la Calahorra en el rabal de Secunda... ¡Ah!, el agua, sí, hay mucha y nos llega de las sierras a través de cañerías emplomadas y es recogida en aljibes y fuentes... Esos vergeles que se avistan son parques públicos o jardines de particulares o de los grandes palacios... Extramuros y a la derecha de los jardines del palacio Real se encuentra el de la Noria, vuestro lugar de alojamiento, y más a la derecha el de las Alegrías... El del Norte es el de la Rusafa...

Atravesaron un cementerio judío y otro de moros nobles. Cuando Toda Aznar traspasó el arco de la puerta de León, llamada también de Talavera, de los judíos o de la Recta Dirección o del Osario, le iba muy aprisa el corazón, tanto que se lo sujetaba con la mano. Por fin, después de tantos peligros, muertes, sinsabores y dislates, la diputación pamplonesa y la compañía hacían su entrada en Córdoba. La reina hubiera querido cruzar parabienes con sus damas, pero no pudo porque Chaafar continuaba su explicación.

Ahora desfilaban por la calle del Osario, antiguo cementerio anterior al ensanche, para tomar la calle Mayor, luego la de Carnicerías, la de la Judería, de las Librerías, de la Feria, Caldoneros...

Durante todo el camino una guardia de hombres con pectorales de oro rendía honores y una multitud delirante clamaba en árabe. Millares de hijos de vecino, tantos que estaban muy juntos los grandes con los menudos y los hombres con las mujeres. La gente se apiñaba en aquellos carrillos estrechos.

La comitiva hizo un alto en la puerta del Alcázar. Moros y cristianos fueron obsequiados con agua fresca con esencia de rosas. Ibn Badr, otro eunuco favorito del califa, que dirigía las obras de la fachada norte de la mezquita Mayor, se presentó ante la reina y la saludó con respeto. Toda, rodeada de los grandes del reino, recibió a varias delegaciones cordobesas: a los almudíes de la mezquita de Aben-al-Rumi; a los vecinos de la calle de Lubb-al-Fatmi; a los representantes de los monederos judíos, del hospital de pobres y del zoco de Almodóvar, que se inclinaban ante ella y dejaban a los pies del caballo ramos de arrayán.

La reina quedó impresionada por la magnificencia de la mezquita Mayor y del Alcázar y le llamó poderosamente la atención que delante de la puerta principal del palacio se alzara una cruz de madera, y preguntó por su significado. Chaafar ben Uthmán se apresuró a informarle: se trataba de la cruz de Abu Nars, el renegado cristiano, el arquero que pocas veces erraba el blanco, el seguidor de Omar ben Hafsun, el rebelde de Bobastro... ¿Había oído la señora Toya hablar de Bobastro? Don Abd-ar-Rahmán había reducido la rebelión del malhadado castillo al principio de su reinado, tras muchos esfuerzos... En esa cruz padeció suplicio Abu Nars y continúa en ese lugar para escarmiento de insumisos...

Toda no hizo ningún comentario. Por supuesto que había oído hablar de Bobastro, por supuesto. Una vez terminada la sublevación, Abd-ar-Rahmán llamó a la guerra santa y se dirigió contra los cristianos, casi omnipotente, con un ejército de cien mil hombres..., la mayor aceifa conocida..., y bien mal que lo pasaron en Navarra y en León, bien mal, aunque terminó derrotado...

Toda cambió de conversación y comentó con Chaafar el gracioso balcón que coronaba la puerta principal del Alcázar. Siguieron adelante. Las callejas eran tan estrechas y había tanta gente que casi habían de avanzar de uno en uno. La reina perdía palabras de las explicaciones de Chaafar que continuaba: Esta construcción a siniestra es la mezquita Mayor que han ido engrandeciendo los emires y el califa. Ahora alcanzaremos enseguida la puerta del Puente y torceremos a la derecha para por la rambla del Guadalquivir entrar en la explanada del Musara y avistar el palacio de la Noria... La Noria es un palacio muy hermoso aunque no se puede comparar con el de Medina Azahara... En él estuvieron alojados los embajadores de Constantinopla y los del emperador Otón de Germania... y ahora la reina Toya, de quien se dice tanta cosa. Quisiera decir a vuestra merced, si me lo permites, que son muy bellas vuestras nietas, tanto doña Gelvira (decía Gelvira, aspirando la vocal, mismamente como los naturales de León) como doña Andregoto, que entiendo es la mujer guerrera... Mire, su señoría, que yo soy nacido en Frisia e las mujeres de mi tierra tienen el pelo bermejo como aquesta muchacha, ¿tiene marido esta doncella, señora Toya?

Toda no respondió, habló, sí, de la mansedumbre del río y de la alzada del puente romano. ¿Qué le iba al primer ministro si su sobrina tenía o no marido? Y es más, no le pareció ni medio bien la tal pregunta; le pareció mal, una tremenda indiscreción por parte del favorito del califa, que bien pudo enterarse por otros medios y no le contestó. Ya sabía ella que el *hachib* miraba a su sobrina de mejor forma que a las demás mujeres, ya lo había notado, pero menos mal que Andregoto no le hacía caso. Que eso del amor empezaba con miradas lánguidas o arrebatadas y luego venía lo que venía, y ella ya tenía bastantes enamorados en la expedición, y además que los amores del viaje no habían traído nada bueno.

Franquearon la puerta de hierro del palacio de la Noria y dieron en un amplísimo jardín. Caminaban bajo arcos de flores y arriates tejidos. La reina admiró la obra de fábrica de las dos casas. La señorial era un palacio de tapial estucado y decorado con frisos corridos de hojas de parra, distribuido en dos terrazas. La inferior al borde del jardín con grandes arcadas en forma de ojal, y la superior con amplias galerías y pequeñas ventanas ojivales también, cubiertas de rejas de madera de preciosa filigrana.

Chaafar se apeó del caballo y tendió una mano a la reina para que bajara. Muy gentil era Chaafar, muy gentil, pero

Toda tuvo que esperar a que llegaran los navarros y la sostuvieran, pues era vieja para dejarse caer. Los hombres la descendieron a pulso.

En la puerta de palacio, el *hachib* y los hombres de realce se despidieron de Toda con muchas reverencias; y así mismo de las damas; del rey García que era llevado entre varios criados y que parecía aturdido; de don Sancho el Gordo, ante quien se inclinaron también; de Nuño Fernández y de otros navarros; y de doña Elvira. Todos se desearon parabienes.

Lulu-al-Guru mandó bajar los baúles de aparato y encerrar los carros y caballos, y envió a la tropa pamplonesa a la casa aneja y, como en otras ocasiones, llevaron a los hombres a un lado y a las mujeres a otro.

Yusuf Hasday ben Shaprut habló con la reina. El médico se llevaba a Sancho el Craso a un hospital, especialmente dispuesto en el ala Este. La instó a que se despidiera de él, diciéndole que si resultaba un buen paciente ya no volvería a verlo gordo; que, a partir de ahora mismo, lo iban a someter a una cura de adelgazamiento de cuarenta días y que se lo llevaban ya, con la licencia de la señora Toya. Cierto que existe un pequeño inconveniente, pues los caballeros quieren venir con él, lo que no puede ser, añadía, pues vamos a someter al rey Sancho a una disciplina severa y él se sublevará y hasta parecerá enloquecer, y don Alonso y don Nuño, poco duchos en estas lides, sólo servirán de estorbo, se apiadarán de él y le darán de comer, con lo cual la labor será vana y don Sancho no podrá volver a su reino...

Llévese don Hasday a Sancho enhorabuena, que sus dos caballeros me servirán a mí, contestó la reina y después se acercó a su nieto y le dijo al oído: Ya puede mi señor don Sancho seguir la disciplina con aplicación y buena cara, pues se le hará más llevadera e recuerde que tiene un reino esperando... El reino más poderoso de las Hispanias... No lo olvide...

Sancho le apretó la mano y otro tanto a su hermana doña Elvira y a sus caballeros... ¡Váyase enhorabuena el rey don Sancho y torne sano y hermoso...!, gritó doña Lambra. Dios te oiga, Lambra, dijo la reina y volviéndose a Aixa le ordenó que las condujera a las habitaciones.

Las damas se presentaron en la gran galería con vistas al río con los cabellos mojados. Se habían dado un gran baño. La que más había disfrutado, chapoteando en el agua, había sido Sanchica, contaba Lambra, también Andregoto y Nunila y ella misma en aquella inmensa bañera, y alzaba a la niña por los aires como en un molinillo. Doña Elvira terció y recriminó a las camareras por bañarse juntas cuatro mujeres, alegando que era pecaminoso, por el ayuntamiento en sí y por el hecho del deleitoso baño, añadiendo que todo lo que no fuera lavarse el cuerpo, era placer carnal y, en consecuencia, pecado.

Las camareras se defendieron. Habían hecho lo mismo que en el baño público de Pamplona y adujeron que el baño en común estaba permitido por don Arias, el obispo, y entablaron la consiguiente discusión. Elvira respondió que los baños de solaz eran lujos de infieles... Lujos que alejaban a los cristianos de la Salvación; lo único importante y verdadero...

Toda y Boneta, apoyadas en la barandilla, contemplaban el río en un aparte. La reina anticipaba a la camarera sus planes para el futuro, sus planes de guerra: Que nadie nos escuche, Boneta, he estudiado esta ciudad muy bien y sólo la medina está cercada de murallas... Cuando nosotras volvamos con los dos reyes que ya llevamos y con todos los condes y señores cristianos y traigamos la cruz de Cristo a estas tierras, nos apostaremos en las sierras y batiremos la tierra llana y los arrabales... La piedra de la muralla mide cuatro millas, la podremos derribar... Además los moradores no se sienten amenazados... Enviaremos unas primeras tropas de vanguardia en una algara para coger a los moros de sorpresa, mesmamente como hicieran los leoneses en la expedición a Lisboa... Acércate, acércate... Nosotras vendremos más tarde, pero levantaremos en la mezquita Mayor una iglesia-catedral y en el palacio del califa haremos el de don García y, si procede, lo haremos emperador de todos los reinos de Hispania...

Aixa se llegó a la reina y le cuchicheó algo al oído. A Toda se le cambió el color y se retiró de la barandilla. Ven, Boneta, dijo, y a las damas que pretendieron seguirla, incluso a Andregoto que protestó en alta voz, las hizo callar con un gesto imperioso y salió apresurada, precedida de la esclava mora.

Recorrieron varios pasillos y estancias, flanqueadas de divanes y adornadas con tapices y mosaicos, a cual más hermoso. Por una pequeña puerta salieron al jardín. Toda Aznar, aprovechando que la mora se había adelantado unos pasos, susurró a Boneta que las esperaba el califa en persona, sin protocolo alguno. La camarera se quedó parada. La reina le hizo señas para que siguiera. Llegaron a una pequeña construcción que Aixa denominó el «cenador de verano». La esclava abrió la puerta, cedió el paso a las damas y entró tras ellas, quedándose junto a la puerta. Boneta la imitó.

La reina Toda atravesó el dintel, soberana, con la cabeza erguida y la mirada radiante. Al fondo del habitáculo, sentado en un diván, advirtió la presencia de un hombre de buen aspecto, recio, algo rechoncho, de bello rostro y ojos muy vivos. El hombre se alzó del asiento y avanzó hacia ella. Conforme se acercaba Toda Aznar reconocía a don Abd-ar-Rahmán Al Nasir li-din Allah, primer califa de Córdoba y Príncipe de los Creyentes y del África Menor. Lo reconoció por aquellos ojos color mar de tormenta, que se le quedaron clavados la primera vez que los vio. Avanzaba el califa con gestos pausados, sonriendo, sin corona ni aderezos de corte, con un sencillo turbante...

En el encuentro la reina le tendió las manos e iba a arrodillarse ante el primer señor del Islam (sabía que había venido a eso), cuando el califa se lo impidió y fue él quien se inclinó en una profunda reverencia y le besó las manos. Luego, la condujo a los divanes y él mismo sirvió zumo de limón en dos copas de oro.

Las reales personas se contemplaron un rato en silencio. Toda encontró a su sobrino muy avejentado, y echó en falta los hermosos cabellos negros que luciera en el encuentro anterior (y que, a decir de dueñas, eran teñidos, para disimular los suyos verdaderos, de color melena de león). Toda se sorprendió también, su sobrino mantenía el brillo de la mirada; al punto descubrió que llevaba la cabeza rapada. Él la miraba con curiosidad. Si la comparaba con la mujer de veinticuatro años atrás, la perdidosa sería ella que le llevaba veinte años...

En aquel silencio, la reina hubiera asegurado que uno y otro se miraban con cariño, mesmamente como si se tratara de una madre y un hijo, a pesar de tantas guerras como habían sostenido, a pesar de la memoria de Sancho Garcés que, a fuer de sincera, nunca hubiera aprobado la expedición ni sus fines, pues Sancho en las guerras llevaba también la idea de la cruz, mientras que ella llevaba otros proyectos, como la consolidación y la nombradía del reino. Y lo había conseguido, pues el mayor señor del Islam venía a recibirla eludiendo todo protocolo de la corte, mesmamente como si fueran dos viejos amigos.

—Mucho me complace teneros en mi reino, señora Toya...

—Más me acontenta a mí, sobrino, ahora que hemos terminado nuestras guerras y vamos a firmar un tratado de paz que limite las fronteras y torne a mi nieto don Sancho a su reino...

—Debo hacerte una pregunta indiscreta, tía. ¿Me traes, entre tus regalos, el Alcorán que dejé en la rota de Alhándega?

—No, hijo, no lo traigo... Supongo que sabrás que lo guardo desde entonces en mi mesa de noche y lo veo a menudo... Ahora que soy tan vieja, constituye un recuerdo para mí... Pero te lo devolveré presto... En cuanto regrese a Pamplona, haré carta de testamento y te lo dejaré en ella... Te lo traerá una diputación de navarros muy pronto, pues yo estoy cansada ya... Este viaje tan largo y tan malo me ha desasentado la cabeza y el cuerpo todo... Ya estarás enterado de que seguimos el camino de don Fortuño el Tuerto, nuestro mutuo bisabuelo, que a su vez seguía el itinerario de don Beato, un sabio cristiano, pero o ha empeorado o don Fortuño tomó el peor de los caminos... ¡Ah!, tienes los ojos de tu madre, Muzna, la bella vascona, de ella, de su belleza y sabiduría, me escribía la reina Íñiga... Quisiera visitar las tumbas de Íñiga y de Muzna, si me otorgas licencia...

—Yo estoy para servirte en lo que plegue a tu Dios y al mío...

—Quiero decirte que Hasday, el embajador, es un buen hombre y me ha hecho mucho servicio en este trayecto... Hónralo como merece...

—Mi hija Wallada, que me es muy querida, desea verte... Te admira mucho... En alguna ocasión, en unos enojos que coge y que me hacen sonreír, pues su sonrisa, sus modales y su forma de decir las cosas me obligan a consentirle más que a nadie..., en sus enojos me ha echado en cara que una mujer me derrotó en batalla, y esa mujer eres tú, señora tía...

—No debes hablar de nuestras guerras, Abd-ar-Rahmán, sino de nuestras paces, que son mejores para todos...

—Esta hija mía es muy ardorosa, a veces me insta a que cambie las leyes del Profeta y que iguale a los hombres y las mujeres libres...

—¿Qué quieres decir?

—Que mi hija no quiere que la mujer esté sujeta al esposo...

—No lo consientas nunca, es de ley antigua que la mujer dependa del marido... Otra cosa soy yo, que, viuda, tuve que hacerme cargo de un reino para un hijo menor...

—Sí, yo he tenido suficiente con liquidar las rebeliones que heredé del emir Abd Allá, de grata memoria, con luchar contra los cristianos cuando fue menester y con restaurar la paz de mis antecesores y hacer un reino fuerte y rico... Pero ya estoy viejo y cansado, señora...

—Si tú estás viejo, imagínate yo, que cumplí los ochenta y dos en enero... E la vida tan trajinada que he llevado e, ahora, este viaje tan malo... Porque vuestra señoría bien pudo dejar sanar a Sancho en Pamplona e hubiéramos llegado mejor...

Claro que, bien mirado, hicisteis lo apropiado, pues ya se sabe que las palabras de un rey son agua que corre... Lo peor ha sido mi nieto que no se puede apenas mover y García que ha estado enfermo de melancolía... y a eso se han sumado los azares del camino... Pero lo importante es que hemos llegado a nuestro destino..., que nosotros cumpliremos la palabra y te daremos juramento... Tú deberás cumplir la tuya y proporcionar a Sancho un ejército para recuperar su trono y él te pagará con los diez castillos... y yo ya podré morir en la paz de Dios... y tú recuperar tu Alcorán... Cuando te llegue, le dices una oración a tu dios por esta vieja que ya lo tiene todo hecho... Mi marido y mis cuatro hijas han muerto... García se vale por sí solo y no me necesita y a mí me duele todo el cuerpo..., que ser tan vieja y vivir no es bueno..., y me comprenderás si te digo que he luchado mucho contra los de dentro de mi casa y los de fuera... y he sufrido muchos disgustos, sinsabores y sofocos y ya...

—De seguro que la reina Toda ha sido feliz en más días que catorce..., que son los míos de alegría...

—¿Vuesa merced sólo ha tenido catorce días felices? Muy felices ovieron de ser cada uno de por sí, para recordarlos... Yo te deseo muchos días de dicha..., que seas feliz hasta la muerte, sobrino...

¡Pero Toda! ¿Cómo puedes decir lo que dices? Un escalofrío recorrió a Toda Aznar, y una voz le dijo: ¿Cómo puedes hablar de este modo al que fue tu mayor enemigo y el de Sancho Garcés? ¿Has olvidado ya la gran aceifa y la derrota de Valdejunquera? ¿Los quinientos condes muertos... y a tu marido huido? A ese monstruo que tienes delante, lo estás tratando como a un hijo..., deseando felicidad a quien se llevó las cabezas de los condes y las campanas de las iglesias que asolaba... Que devastó a Pamplona entera... ¿Es la demencia de la senectud o que tú no sabes guardar rencor? ¿O que tú, salvo a Jimeno Garcés, tu cuñado, que te intentó derrocar, y a Nunilona Gómez que pretendió envenenarte, no has sabido guardar rencor...? Ese hombre es tu enemigo personal y de tu Dios... Sí, sí, se decía Toda, pero es el hombre más poderoso de la tierra entera y lo necesito para reponer a Sancho en su reino...

El califa hablaba con detalle de sus catorce días felices, la reina, que estaba en lo suyo, de tanto en tanto asentía con la cabeza. Cuando acabó de hablar, le deseó muchos otros días de bienestar y suerte. Sí, por supuesto, se volverían a ver en la recepción oficial, pasados dos días en el palacio de Medina Azahara... ¿Estaría presente la princesa? ¡Ah, la saludaría con sumo gusto!, della se decía que era muy hermosa... Luego, agradeció la bondad de don Abd-ar-Rahmán por recibirla en privado y tratarla con esa sencillez que enaltecía el espíritu de hombre tan principal...

Se despidieron. Toda Aznar salió radiante del cenador. Ella había tenido muchos más de catorce días felices, entre ellos el día de hoy pues había sido tratada de igual a igual por el hombre más poderoso del mundo. Señora, le dijo Boneta, eres más importante de lo que te hacemos en Navarra... Ya te contaré, Boneta, ya te contaré cuando salgamos de Córdoba, pues esta vista no ha de ser sabida... Esta vista es una atención personal de mi sobrino para conmigo. Toma, querida Boneta, me he metido esta tortita en el bolsillo para que la pruebes, ¡es riquísima!, y toma también estas uvas pasas...

¡Ya te dije yo, Adosinda, que no comieras tanto, que te había de sentar mal la cena!, regañaba la reina. No es la cena, señora, respondió Nunila, Adosinda está con la «enfermedad». Pues ¿no se le había terminado ya y andaba con las sofocaciones? No, señora, está en que se le va y se le viene. ¡Vaya, que no haga ningún servicio y, sobre todo, que no toque el agua, que es muy mala!

Andregoto de don Galancián irrumpió en la habitación. Había intentado salir del palacio y no la habían dejado... ¡Lulu-al-Guru, ese esbirro moro, le había cerrado el paso...! ¡Estaban prisioneras...! Además habían puesto una guardia a lo largo de la muralla toda, que era muy baja. Lulu le había asegurado que para guardarla de los arrabaleros, que eran mala gente y levantiscos, y le había dicho que no podían entrar ni salir nobles ni plebeyos.

¿Y para qué quiere salir su señoría de palacio? ¿Acaso no se encuentra bien aquí conmigo y las señoras?, preguntó la reina. Para vigilar los muros que son harto chicos y débiles e para ver quién hay afuera e quiénes están, pues he de velar por vuestra seguridad, contestó la dama. Bien, pues dejad ese empeño que estoy bien cuidada y bien guardada e ayudad a las mujeres que vamos a repasar los regalos del califa... y entended que en Córdoba sois una camarera más.

Elvira venía llorosa. A don Sancho le habían purgado tan grandemente que se iba en aguas por arriba y por abajo y Hasday le había comentado que le iban a coser la boca... ¡Mi hermano morirá y don Ordoño será el rey imperecedero de León!

¡Ténganse las niñas..., no se acaloren...! Ambas sois muy fogosas. Ni somos prisioneras ni don Sancho va a morir. Hasday sabe lo que ha de hacer... En cuanto al cosido de la boca, vuestra merced habrá oído mal, pues, aunque poca cosa, algo habrá de comer...

Las damas habían expuesto los regalos en las habitaciones de la reina. A Toda le parecieron poco. Esto es poco, Boneta, ya te lo dije. Yo no creo que sea poco, señora. Traemos la espada del rey García Íñiguez; el alfanje de oro de Musa ben Musa; la loriga de Al Tawill; una diadema; cuatro albendas ganadas en los campos de batalla; un escudo muy antiguo; una lanza; los cautivos; dos copas de oro; un precioso caballo con la gualdrapa de don Fortún el Tuerto, y la mula con silla y freno de plata... Es mucho y muy valioso, pero todo puede ser poco para quien lo tiene todo... y los navarros somos un pueblo pobre, como tú gustas de decir, señora, pero traemos lo mejor que tenemos...

¡Quieres vigilar a esa niña, Nunila, que no toque las copas...! ¡Qué mareo de niña, parece un torbellino... Llévatela al jardín, Nunila!, ordenó la reina. Aixa dice que van a servir ya el yantar... ¡Pues luego la pones a dormir, que se esté quieta!

Aixa dice que en Córdoba hay tres maneras de guisar la comida: a la andaluza, a la cristiana y a la judía... A nosotras, por expreso deseo del califa nos la preparan a la cristiana con poco picante para que no sufra el vientre de la reina Toda, decía Nunila, sonriendo con picardía y haciendo molinetes a la pequeña Sancha.

Se sentaron a la mesa. Mientras comían una espesa sopa de garbanzos mezclada con carne picada, la reina retomó la conversación anterior. No estaba por regalar el caballo, un alazán. Le parecía de poca prestancia comparado con los caballos andalusíes de los moros de la recepción. Las damas sostenían que era un caballo magnífico, de hermosa alzada, y convencieron a la reina. Para un hombre, aunque su autoridad se reconociera de Tánger y Ceuta hasta más arriba del Duero y poseyera mil bajeles y recibiera embajadas de los emperadores de Oriente y de Occidente, eran regalos suficientes puesto que, si esas donaciones se ofrendaran al monasterio de San Millán o al de San Salvador de León, serían consideradas riquísimas, tanto más para un hombre mortal, ya que en los monasterios se ofrecían a Dios. Porque también se podía añadir a esos presentes dos villas o dos castillos de la frontera, por ejemplo, pero ¿para qué los quería si los podía coger por sí mismo?... Además que Sancho ya le había de pagar con diez castillos, cuando los tuviera.

A Toda le convencieron las argumentaciones. Sí, señor, muy buenos razonamientos. Entonces, ¿creen sus mercedes que llevamos suficiente? Las damas le repitieron que sí, que sí, que en eso del dar, todo se le hacía poco a la señora.

Hacía mucho más calor que en Pamplona. La fábrica del palacio era de muros poco gruesos y ellas, acostumbradas a un clima más suave, notaban mucho el calor. Eso sí, para calores los del viaje, con aquel sol inmisericorde que caía de plano en las dos Mesetas... Ahora estaban ya descansadas y rodeadas de lujos. Nunca habían visto tanto lujo ni tanto derroche.

La almunia de Al Nawra (La Noria) había sido construida por el emir Abd Allá y servido de residencia a don Abd-ar-Rahmán antes de la edificación de Medina Azahara, y para lujos los desta ciudad, que se decía no había en el mundo otra tal...

Lulu-al-Guru, seguido de un tropel de esclavas, se presentó con unos ramos de flores para adornar las habitaciones, e informó a la reina que traía junquillo de buen olor y violetas tardanas de los jardines de Al Musara y un libro escrito en latín, regalo de la princesa Wallada a la señora Toda. Lulu destapó el libro y leyó: Publio Vir-gi-lio Marón... Un gran libro ha de ser cuando lo obsequia la princesa. La señora Toya la conocerá mañana en la vista. Mañana a la hora tercia, los reyes de Navarra serán recibidos por Abd-ar-Rahmán III, el Príncipe de los Creyentes y del África Menor, a quien Dios guarde... El cortejo ya estaba preparado... Los cautivos de Pamplona habían sido lavados y vestidos para la ocasión... La guardia de honores estaba en posición, cubriendo las dos leguas largas de distancia entrambos palacios... Él, Lulu, se ocupaba de todo... Yo me ocuparé de todo, señora reina, yo soy uno de los chambelanes principales e, incluso, soy un hombre que ha servido al califa en estos menesteres. La reina Toya no tiene que cuidarse de nada.

Las damas jóvenes jugaban con Sanchica en los jardines. Adosinda se quedaba en la cama para recuperarse de su indisposición. Elvira se retiraba a rezar. Boneta y la reina darían un paseo hasta el río. Al salir, pudieron contemplar a don García, muy animado, jugando tablas con Nuño Fernández. Martín Francés y don Rodrigo, el preste, estaban tumbados en la suave hierba, al parecer dormidos. Alrededor de la casa de servicio había corrillos de hombres y mujeres.

Mira, Boneta, esta almunia de La Noria está situada aguas abajo del puente romano, pasada la gran explanada u oratorio, eso que llaman Al Musara, que atravesamos al venir, que es como la plaza Mayor de esta ciudad. Allí celebran las solemnidades religiosas y los actos públicos y exponen los cadáveres de los reos, empalados en maderos. Luego están los molinos y el muelle de Rasif, que debe de ser romano o de los godos... Dice Alhambra que en lo alto del arco de la puerta del Puente había una Virgen o una diosa romana... Yo no me fijé. Chaafar no me dijo nada y eso que me venía comentando todo. De seguro que en esta ciudad tan grande hay mucho descontento. Cuando volvamos nos apoyaremos en ellos para rendir a la población. Pues yo no quisiera entrar a sangre y fuego, para no hacer mortandad y no destruir tanta belleza... E cuando estemos afincadas en estos lugares, bajaremos navegando el río hasta Sevilla y conquistaremos también las ciudades ribereñas... Porque tú, Boneta, no sabes las riquezas que guarda ese Alcázar que vemos... Chaafar me dijo que más de mil veces una libra de oro o acaso dijera veinte millones de dinares de oro... e los tienen en una habitación de hierro... E, luego, hay mucha otra riqueza... En la mezquita Mayor existe un Alcorán recubierto de oro, muy guarnido de perlas y manchado con la sangre del antiguo califa Otmán que lo escribió de su puño..., y un mosaico de un extraño nombre que lo envió el emperador de Bizancio en una embajada, junto a los obreros que lo habían de instalar... E, también, me dijo don Chaafar que por la noche en la ciudad hay hombres de guardia con linterna y perro... Y con todo este fasto, insisto que traemos poca cosa...

No porfíes más en ese cavilar, señora, traemos lo que tenemos.

No sé, Boneta, tal vez debí empeñar a los monederos de Tafalla las rentas de otros monasterios y comprar alguna tela rica...

No te ocupes dello... Tú aunque vinieras sin regalos serías bien recibida... De hecho, ya lo has sido...

—¡Chisss!...

Apresúrense las señoras, que han cantado los gallos... Boneta, que enciendan la estufa de leña en el baño que ahora voy al agua... E que se llame a Munda de Aizgorri, la costurera, y que se disponga el brial y las joyas y el cinturón de la reina Amaya... Y todas mis damas que se avíen de gala y presto... E doña Elvira se cubra con los hábitos nuevos... Yo estrenaré jubón, calzas y bragas... ¿Y el tocado, Nunila, Boneta, dó es mi tocado?... E anden con priesa, que todas mis damas vendrán conmigo...

Las mujeres se afanaban. Habían de vestir a la reina y vestirse entre ellas para asistir al juramento de los reyes de Navarra. El rey de León no podía hacerlo pues, a decir de dueñas, tenía la boca cosida y andaba muy purgado. Las damas en movimiento organizaban tal tremolina que resultaba difícil entenderse. Boneta daba órdenes y contraórdenes y lo que buscaba Adosinda lo llevaba ya Nunila o lo había cogido Alhambra. Munda de Aizgorri regañaba con doña Boneta, porque a la reina quería vestirla ella. Adosinda no encontraba la untura de albayalde y Toda esperaba con la toca en la mano. Menos mal que Aixa, la esclava mora, estaba en todas partes y traía goma de mascar para perfumar el aliento y cortezas de raíz de nogal, para que las damas se frotaran los labios y reavivaran su color. La pequeña Sancha jugueteaba con el alfanje de oro de Musa ben Musa y Adosinda le dio un coscorrón. Sancha rompió a llorar. Alhambra se quejaba y se cambiaba de traje una y otra vez, no me encuentro en esta veste, decía, he engordado. A última hora, Toda, que estaba nerviosa, ordenó que se despojara su brial de los ribetes de pelo de marta, pues no acompañaban con el calor reinante y le producirían sofocos... Las camareras tomaron la aguja...

Aixa, mientras le cepillaba el negro hábito a doña Elvira, comentaba que iban a destacar mucho los navarros con las vestiduras que traían con tanto color, puesto que los musulmanes, hombres y mujeres, en la estación cálida vestían de blanco. Nunila y Lambra porfiaban con Adosinda que les quería cubrir la cabeza. Ellas se defendían, aduciendo que en Navarra las doncellas se mostraban al mundo con los cabellos al aire y que no iban a vestirse de moras; que la cabeza cubierta era señal de sumisión al marido y que ellas no lo tenían.

Entró Nuño Fernández con su uniforme de gala, diciendo que al rey ya le habían rizado el pelo, que se apresurasen las damas, que la tropa estaba ya formada.

Elvira continuaba la conversación con Aixa. Ante las alegaciones de Lambra y Nunila, explicaba a la esclava que el cabello debía llevarse corto, según había ordenado san Pablo en la Epístola a los Corintios, o, aun a mala, cubierto por un velo. Cuando la reina estaba ya casi vestida, fue preciso desvestirla, pues Boneta no le había apretado bien el jubón.

Volvió don Nuño para advertir que el rey ya estaba afeitado y vestido. Entró Lulu con varios sirvientes para llevarse los regalos de Pamplona y, como pasó sin avisar, encontraron a Alhambra con otro traje en la mano y a medio vestir, prácticamente en bragas. La joven se ruborizó toda. Las damas la quisieron tapar y se produjo un gran revuelo. Se rompió el pomo de perfume de alegría y las perlas del collar de doña Boneta rodaron por los suelos.

A poco, llegó Adosinda asegurando que se había oscurecido el brillante de la vieja reina Amaya, acaso por el calor del camino, decía. Por influjo de Adosinda o por la luz, todas lo vieron oscuro, sin el brillo que traía. Y se quedaron mudas contemplando el prodigio y ya empezaban a hablar de una posible hechicería. Nunila no pudo reprimir las lágrimas. Sanchica lloró también por simpatía... ¡La joya más preciada de Navarra había perdido su color natural...! ¿Había sido el mal viaje o los encantos del camino? ¡No, es la luz!, gritó Boneta, saliendo con el ceñidor a la terraza. ¡Qué susto!

Alhambra sintió un vahído y se sentó en una silla. ¡Ah, le apretaba tanto el traje! Adosinda, que la asistía, la instaba a que aguantara con él hasta el regreso, pues le señalaba un magnífico busto, añadiendo que era la más bella de todas las damas. Sanchica se había embadurnado la cara con la corteza de raíz de nogal y estaba toda bermeja, y como quiera que Nunila le gritaba, la niña tornaba a llorar.

Doña Andregoto de don Galancián hizo su entrada como en un triunfo; las damas se quedaron paradas. Traía puesta la loriga de gala de su padre putativo; cota de plata y faldellín de seda roja, además de sus cabellos al viento, sujetos por una pequeña diadema de brillantes menudos. La reina reconoció al punto la diadema de doña Mayor y la loriga de don Galán, y se preguntó por qué venía vestida de hombre, si le había dicho que en Córdoba era una dama más. Entre las camareras se levantó un pequeño rumor, ¿de aprobación?, ¿de desaprobación?, ninguna se atrevió a hacer comentarios. En realidad, estaba magnífica, mesmamente como una diosa.

La reina avisó a todas las presentes, pues que no sabían lo que tardarían en volver, para que orinasen, y fueron todas. Aixa anunció que el cuerno había sonado dos veces, que se dieran prisa..., ella se ocuparía de vaciar las bacinillas. Le dejaron encomendada a la pequeña Sancha.

Salieron todas magníficas. Adosinda protestando, al orinar se había mojado las bragas. Alhambra todavía se peinaba el cabello.

Por vez primera, Toda Aznar se quitaba sus paños de viuda. Vestía su brial de plata y oro de amplia saya, sin aderezos de pelo de marta. Munda de Aizgorri, que se agachó para quitarle un hilo del doble, le besó las manos y la contempló orgullosa. Había confeccionado un suntuoso traje de brocado negro con bordados menudos de oro y plata; y un pequeño pecherito repleto de aljófares, que ajustaba a la sisa, de tal manera que a la reina le quedaban los pechos en alza. Y por tocado una seda de oro muy fina, de las llamadas de Alejandría, sostenida por una diadema con doble fila de oro, que fue de la reina Urraca. Le hacía muy bien el tocado de oro claro a aquel rostro regordete y colorado y le avivaba mucho la color de los ojos.

Las damas llevaban trajes ajustados al talle y varias sayas superpuestas, ceñidos por valiosos cinturones, y sobrevestes de mangas perdidas. Elvira, un hábito negro de tosca lana y una cruz de plata por todo adorno.

En el jardín estaban dispuestos los carros. Lulu-al-Guru las precedía. El rey García en traje de corte se acercó, sonriendo, a saludar a su madre. ¡Oh, parecía otro...! Parecía un rey de Francia o de Germania con los cabellos negros rizados, la barba rapada, un sayo largo de brocado carmesí, sujeto con un cinturón de rubíes y la espada del rey Íñigo Arista en colgadura, y calzas también carmesíes. A más del manto con guarniciones de ardilla blanca y... la corona de oro: un aro grande con incrustaciones de jaspe negro y la esmeralda de don Fortuño el Tuerto.

Doña Nunila, ¡ah!, hacía por perdido el aderezo de oro de su cabello, ay, ¡gracias!, lo traía Aixa.

Montaron en los carros. Abría la marcha una escuadra de lanceros negros. Seguía otra de lanceros cristianos con don Nuño al frente y las albendas de Navarra. El carro del rey con sus caballeros. El de doña Toda y sus damas. Cerraba la comitiva Lulu con los pajes que portaban los regalos.

Atravesaron la puerta de hierro de la almunia de Al Nawra. Un clamor grande se elevó hasta el cielo. Una multitud apiñada y vociferante, venida de Córdoba y de las aldeas vecinas, gritaba en árabe y (se suponía) vitoreaba a la expedición pamplonesa. Se suponía que los vitoreaban, porque ningún navarro entendía nada. Una guardia armada sostenía a la multitud y presentaba armas.

En el recorrido atravesaron varios puentes. Lulu cabalgaba junto al carro de la reina e iba explicando: Medina Azahara no era un palacio como a menudo se decía, sino una ciudad, situada a casi tres leguas de Córdoba en la ladera de la montaña de la Desposada... Una gran ciudad más rica, incluso, que Samarra, Raqqada o Zabra al Mansuriyya... Vinieron para su construcción maestros de obras de Bagdad y Constantinopla y trabajaron bajo la supervisión del príncipe Al Hakam, el heredero del trono...

Cada día, se empleaban diez mil obreros a jornal; cuatrocientos camellos del califa y mil mulas alquiladas y bien pagadas. Se colocaban seis mil sillares diarios y se gastaban mil cien cargas de yeso y cal... De Túnez, Cartago y aun de Roma se traían columnas y mármoles... Tenía el palacio unas quince mil puertas, con hojas chapadas en hierro o en bronce...

A los primeros pobladores de la ciudad se les ofreció una prima de cuatrocientos dinares si levantaban casa... Existen frondosos jardines y un parque de animales con fieras enjauladas y pajareras... Todo son corrientes de agua clara y bellos surtidores que convergen en la gran alberca... Sirven en este palacio catorce mil hombres, entre esclavos y criados, y más de seis mil mujeres... La ciudad está distribuida en tres terrazas en escalera, rodeadas de muros de sillares de piedra y columnas de mármol. Las dos inferiores tienen el techo a la altura del suelo; la baja es de vivienda, la alta de jardines. La tercera terraza y superior a las otras dos es el palacio califal... No menos de cuatrocientos edificios para el califa y su corte... En la ciudad hay escuelas, posadas... y hace poco se trasladó el palacio de la ceca, donde se acuña la moneda... La mezquita Mayor de Medina Azahara se erigió en cuarenta y ocho días, tiene cinco naves de treinta codos y un patio embaldosado con losas de mármol color de vino...

Ya llegamos. Ésa es la puerta de la Cuesta... La estatua del arco arriba representa a Al Azahara..., una favorita del califa que al morir destinó su fortuna al rescate de cautivos musulmanes de las marcas cristianas del Norte... Se enviaron mensajeros a buscar cautivos y no encontraron..., por eso Abd-ar-Rahmán III, cumpliendo otro deseo de la favorita, empleó los dineros en construir esta ciudad y le mandó levantar una estatua...

La reina Toda iba a contradecir a Lulu, a decirle que a Pamplona no fueron, pero se estaba mareando con tanto número y con tanta grandeza, mas Lulu continuó: Ahora, se apearían todos de los carros, salvo los dos reyes que entrarían montados...

Traspasaron la puerta de la Cuesta y la expedición paró. Lulu abrió la puertecilla del carro y la reina, con ademán imperioso y recia voz, le dijo: Mis damas y yo hemos venido muy prietas desde Pamplona..., mis damas vienen siempre conmigo y del mismo modo que yo voy. Lulu cerró la puerta. Las damas celebraban las palabras de la reina y hacían gestos. Toda detuvo sus posibles comentarios y se expresó: Hemos venido muy prietas y no voy a consentir que nos separen. Vosotras sois las damas de la reina de Navarra e iréis detrás de ella... No os separéis de mí...

Hacían honores soldados del ejército, esclavos y arqueros. Tomaron una calle ancha empedrada de sillares pulidos y cubierta con una tela de plata. Todo un escuadrón de jinetes en perfecta alineación cubre otra puerta interior. Ascienden por una rampa al Oriente... La comitiva se detiene definitivamente en una amplia terraza enlosada de mármol pulido de color morado con salones abiertos a Levante y a Poniente.

Acude mucha gente. Se apean las damas de Navarra y los reyes. Toda mira en derredor, va a entrar en comparaciones de las riquezas de unos y de la pobreza de los otros, pero no lo hace. Muhammad ben Al Qarim ben Tumlus, uno de los generales que conoció en la recepción de nobles, acude a su encuentro, solícito, saluda con deferencia y haciendo señales de que lo siguieran se adentra en el salón, que llama Al Munis, o algo así, la reina no lo ha entendido bien. Descorre unas cortinas de fina tela e invita a don García a entrar.

Pasa el rey, pasa la reina, cada uno seguido de su séquito, y penetran en una gran estancia de altos techos pintados con motivos vegetales y con muros enlucidos de ataurique. Toda Aznar se queda perpleja. ¡Vive Dios, que nunca había imaginado tanta opulencia! Es una enorme habitación abovedada, con una fuente en el centro, esculpida en mármol, que representa figuras de animales (luego, supo que se trataba de la fuente de Siria, que había sido trabajada y traída de tan lejano país). Al fondo, descubre el trono de don Abd-ar-Rahmán, todo repujado de oro y repleto de joyas preciosas... Hubiera querido recrearse en la magnificencia del salón, pero Ben Tumlus seguía andando...

Avanzaban entre dos filas de señores principales. El general explicaba que eran los grandes del reino, sentados según su rango: secretarios, teólogos, ulemas, poetas, magistrados (entre ellos el juez supremo de Córdoba, al-Balluti, a quien la reina reconoció y saludó con un pequeño movimiento de cabeza); altos funcionarios, cadíes, visires, los libertos favoritos: Chaafar ben Uthmán e Ibn Nars... y ya los parientes, los sobrinos y los hijos e hijas del califa.

A cierta distancia del trono, Ben Tumlus se quedó quieto. Abd-ar-Rahmán III se levantó del sitial y descendió los escalones. Cuando alcanzó el suelo alzó la cabeza. Don García se cuadró militarmente, inclinó la suya, tomó la mano de su madre y juntos avanzaron. El califa salía a su encuentro. Se saludaron a la manera musulmana, dándose tres besos en las mejillas. El mayor señor del Islam los acompañó a que se sentaran en unas sillas de oro, situadas a su siniestra, y volvió a su trono. Con sencillez se recogió la túnica de seda blanca y se asentó el turbante verde (color exclusivo de los descendientes de Alí, el yerno de Mahoma).

Las damas cristianas se situaron detrás de la reina y los caballeros detrás del rey. Todos se arrodillaron ante Al Nasir.

El califa tomó la palabra para presentar a sus hijos, los príncipes: Al Hakam, el heredero, Abu Alláh, Abd-al-Aziz, Al Asbagh, Al Marwan, Al Mundhir, Abd-al-Jabbar y Sulaymán. A sus hijas: Mariam, Wallada, Alina, Fátima y Zulema. A sus parientes, oficiales de su casa, visires e hijos de visires, a sus libertos y a todos los presentes, incluidas las autoridades de la mozarabía cordobesa: Asbagh ben Allá, el metropolitano, y Walid ben Jaizuran, juez de los cristianos de la ciudad. Cada uno se levantó de su sitio al ser nombrado e hizo una profunda reverencia a los reyes de Navarra.

¡Qué barbaridad, cuánta gente!, se decía Toda, ¡qué mareo de nombres raros! El vestido le daba mucho calor y se le hacía largo.

Tras las presentaciones, Al Nasir extendió los brazos pidiendo silencio y se expresó así: Sean bien venidos a nuestra casa la reina Toya y el rey García Sánchez, reyes de Navarra, y el ausente Sancho, rey de León, y asimismo las princesas Elvira y Andregoto y los condes y las damas todas... Hallaréis en nosotros la mejor acogida y el apoyo necesario para la consecución de vuestros deseos...

Habló en árabe; sus palabras fueron interpretadas por Walid ben Jaizuran, el *cadí* de los mozárabes.

Toda Aznar miró a su hijo. Don García tenía la mirada fija en el suelo. Tuvo que contestar ella: Don García, el rey, y yo traemos gran contento en nuestro corazón e acompañamos a mi nieto don Sancho, hoy ausente, que se presenta al califa de Al-Ándalus a solicitar la ayuda que se le ofreció en embajada para recuperar su reino, del que ha sido vilmente despojado por su primo Ordoño, al que llaman el Malo, y se acoge a vuestra protección... y lo hago yo por él en este momento... A cambio de vuestra ayuda, don Sancho firmará un tratado que fije los límites de su reino y el vuestro para siempre jamás, y os servirá como señor...

Nos lo volveremos a su trono que, bien sabemos, fue de su padre y de su hermano y le daremos mucho más de lo que pide..., contestó Abd-ar-Rahmán.

Entró Lulu con los portadores de regalos. El califa se mostró muy complacido con ellos, sobre todo con el alfanje de oro que perteneció a Musa ben Musa, el gobernador de Zaragoza, que fue su amigo y enemigo; tanto le agradó que lo cambió por el suyo. Salió a la terraza para ver a los cautivos y les concedió la libertad. Los hombres prorrumpieron en vivas; dentro del salón se celebró la magnanimidad del soldán. Al regresar, examinó con detalle el caballo y la mula e hizo un gesto de aprobación. Después se colocó sobre sus vestiduras, la loriga de Al Tawill, el gobernador que fuera de la ciudad de Huesca, y sopesó la espada del rey García Íñiguez. Al admirar las albendas que habían sido suyas o de su abuelo Abd Allá, miró a Toda a los ojos y le sonrió. Él mismo sirvió a sus regios huéspedes agua fría de azahar y él utilizó una de las copas traídas de Pamplona y dio otra a su hijo Al Hakam.

A una señal, volvió Lulu, esta vez con los regalos del califa. A Toda le presentaron una arqueta de marfil, tallada con primorosa labor y luego le entregaron dos condes, que tenían prisioneros de años atrás, vasallos del conde de Urgell. Los dos caballeros se apresuraron a besarle las manos, dejando en ellas abundantes lágrimas. Toda Aznar los abrazó y les indicó un lugar entre los navarros; después agradeció el presente con una inclinación de cabeza. Abd-ar-Rahmán III le indicó que abriera la arquilla y la reina la encontró llena de flores secas de gran belleza que parecían frescas. Toda Aznar sonrió.

A los reyes, García y Sancho, les regaló un caballo blanco andalusí a cada uno, con silla de estribos; un halcón de los afamados de Valencia y una pelliza enguatada. García lo celebró mucho y se levantó para admirar el caballo. Toda dio las gracias por don Sancho que estaba ausente.

Y no terminaron ahí los regalos. Elvira y Andregoto recibieron un esclavo eunuco cada una para su servicio personal y las damas de la reina un juego de pomos de perfume. Las mujeres inclinaron la cabeza con gentileza y Elvira comentó a Andregoto con cierto espanto: Nunca me acostumbraré a ser servida por un hombre. La castellana le contestó con displicencia que no era un hombre completo, que era como si no tuviera ojos, pues carecía de apetito animal.

Toda se asombraba de la inmensa bóveda de la sala y de la fuente de mármol verde, traída de Siria y adornada con figuras de animales en oro rojo. El agua, al caer, producía un alegre murmullo que se escuchaba en los momentos de silencio.

Ben Tumlus se dirigió a la reunión e informó que la poetisa Lubna, como ganadora de los juegos florales del Ramadán, daría lectura al texto del tratado, asistida por grandes poetas: Abu Ali al Qali e Ibn Yusuf al Warrag. Se levantaron los tres, muy dignos, y se dirigieron a un atril. Lubna vestía una ligera túnica de gasa, llevaba el rostro cubierto, excepto los ojos. Contrastaba la simplicidad de su atuendo con el de los hombres, tocados con unos extraños gorros puntiagudos, incrustados de pedrería. Lubna se aclaró la voz e inició la lectura en árabe.

Tratado, discurso o poema, la reina Toda no comprendía nada. Creyó oír los nombres de Alá, Mahoma, León, Pamplona, Abd-ar-Rahmán. Terminada la lectura, Walid, el mozárabe, la tradujo al romance. La reina, que estaba muy cansada, muy cansada, no prestó atención; a fin de cuentas, era

Sancho quien había de firmar y no ella. Que hiciera Sancho, que ella había hecho suficiente. ¡Que ella ya no tenía que hacer nada más!

En el nombre de Alá, el Clemente y el Misericordioso, Aben Tumlus dio por terminada la recepción oficial. Salieron todos, menos unos pocos, hijos, parientes y señores del Estado. El propio califa invitó a los reyes a pasar a otra sala contigua; sus salones privados.

De todas las bocas de los pamploneses se escapó un ¡oh! que no pasó inadvertido a los musulmanes. Se hallaban en el salón de la fuente de bronce dorado, decorada con figuras humanas, y, ¡oh!, otro salón... El salón de los califas con muros enchapados de jaspe y pórfido de varias aguas, todos bruñidos con finas labores de oro. Una gran estancia de ocho puertas con arcos de marfil y ébano, sostenidas por columnillas de cristal de roca engastadas de piedras preciosas. En el centro de la habitación, explicaba el califa a Toda y a su hijo, una gran pila de azogue que, alcanzada por el sol, lanzaba irisaciones de plata.

La reina Toda se decía que en aquel aposento se respiraba otro aire, un aire de serenidad, y le parecía que todo lo que veía flotaba o volaba, y eso que no tenía ojos para verlo todo.

La comitiva cordobesa invitó a la pamplonesa a tomar asiento en los amplios divanes. Don Abd-ar-Rahmán III hizo uso de la palabra y manifestó que iban a presenciar un espectáculo sin igual, que nadie sufriera ni temiera, pues se trataba de un efecto natural que él había descubierto, por pura casualidad... Un feliz día, muchos años atrás, el califa de Córdoba, entonces emir, se distraía con un frasquito de mercurio y jugaba y lo meneaba... Pero, antes del maravilloso efecto, quería enseñar a sus señorías la gran perla de palacio...

Se acercaron todos a la fuente. Unos esclavos quitaron una envoltura de tela y, ¡oh!, una perla del tamaño de un puño adornaba el centro del salón, suspendida como una lámpara sobre la pila de mercurio. Los navarros ya no tenían palabras de alabanza. Todos iban de asombro en asombro. La reina se acercó a doña Boneta y le susurró al oído: Verdaderamente, somos pobres, Boneta.

Toda Aznar no se sentía cómoda, pues la deslumbraba tanta luz. Tomó asiento. Se sentaron todos, dispuestos a presenciar el espectáculo singular. El califa ordenó a un esclavo que pusiera el azogue en movimiento y de la pila surgieron relámpagos deslumbradores y, conforme el mercurio adquiría mayor velocidad, la habitación parecía moverse y girar..., girar cada vez más deprisa...

No tengáis miedo, hijas, dijo la reina, es el azogue en movimiento, lo demás es efecto de los ojos. Pero sí que temían, sí, tenían mucho miedo y una sensación de mareo las embargaba a todas. Las damas pamplonesas estaban aterradas y otro tanto la reina, porque la habitación volteaba y ya no sabía si era efecto o realidad, si era cosa de los ojos o si estaban a las puertas del Infierno. Toda pidió el abanico. Las damas se lo pidieron unas a otras. Boneta y Adosinda se rebuscaban en las faltriqueras. ¡No lo habían traído! Con el trajín de los vestidos se lo habían dejado olvidado en el palacio de La Noria. A la reina se le juntaba la gran perla con el techo y el suelo, y le parecía un badajo de campana... Todo le daba vueltas... La princesa Wallada acudió con un pomo de esencia y se lo acercó a la nariz. Sí, claro, aquel ángel, tan sonriente y tan oportuno, era la princesa Wallada.

Ante la indisposición de la anciana reina se dio por acabado el asombroso espectáculo. Los cristianos casi no podían hablar de la emoción. Martín Francés comentaba con doña Elvira que no sabía si había estado en el Cielo o en el Infierno. Salieron a la terraza y a todos les hizo bien la pequeña brisa que corría. Mientras la reina era asistida por sus damas, Abdar-Rahmán III invitó al rey García a dar un paseo y hablar de los problemas mutuos de la gobernación. El príncipe Al Hakam platicaba con doña Elvira sobre los cuatrocientos mil volúmenes de su biblioteca y le nombraba a Horacio, a Flavio Josefo y a Isidoro de Sevilla. El príncipe Al Marwan les interrumpía para informar a la abadesa de San Salvador de la sabiduría de Al Hakam, que presidía reuniones de literatos y alfaquíes.

Doña Andregoto conversaba con Chaafar, el primer ministro, que no se separaba de ella y la llevaba y le enseñaba todo y le daba de beber, sosteniendo en la mano un platillo de aceitunas en salmuera. Hablaban de la guerra. Chaafar le describía la composición del ejército andaluz: los soldados regulares, los mercenarios y los voluntarios de la guerra santa... Luego, preámbulos aparte, pasó a ofrecerle una perla tan grande como la del salón del califa para adornar esos cabellos rojos y esos ojos que parecían plata, decía. Que le daría el molino de la Albofafia o el puente romano o la Andalucía entera y llenaría de piedras preciosas los cabellos rojos y las blancas manos de la brava de Nájera... y que aceptara un anillo de oro en prenda de su amor... Que si quería la dama tornarse mujer de harén o continuar siendo guerrera... Él estaba dispuesto a casarse con ella y convertirla en su primera mujer... A doña Andregoto le hacía gracia, nunca había sido cortejada por un hombre, ni menos por un musulmán. No obstante, agradeció la presencia de Adosinda que se presentaba con una fuente de buñuelos, fritos en aceite de oliva, y que acudieran otras damas. Así pudo juntarse a ellas, porque a don Chaafar no sabía qué decirle... No sabía cómo desprenderse de él, pues empezaba a desagradarle su presencia.

Chaafar fue llamado por el califa. Ante aquella voz, Andregoto se volvió y sus ojos se cruzaron con los de Abd-ar-Rahmán III. Un escalofrío recorrió el cuerpo de la dama. Se quedó suspensa, tanto que erró el paso y estuvo a punto de caer al suelo.

Don Abd-ar-Rahmán y don Chaafar acudieron presurosos, la bella de la frontera había tropezado, se había sonrojado y no acertaba a articular palabra ante el califa que la atendía solícito. ¿Ha la castellana algún dolor o torcimiento?, ¿quiere que llame a mis médicos?, ¿ha alguna pesadumbre?, ¿es, acaso, el mareo del azogue?, preguntaba el Señor de los Creyentes con la boca y con la intensa mirada de sus ojos. No, no, musitó doña Andregoto y no pudo añadir nada más; las palabras se le quedaban en los labios...

Le latía apresuradamente el corazón. ¡Ah, qué ojos! ¡Ah, qué gran hombre el califa! ¡Ah, ¿qué tengo?, pobre de mí...! La lengua añudada..., el corazón presto a salir de mi pecho y la cabeza..., la cabeza en ninguna parte...

La bella de Nájera se repuso... Otra gente, moros y cristianos venían en su auxilio... La dama anduvo unos pasos.

Mientras, en el salón, las señoras abanicaban a la reina que permanecía recostada en un diván. ¡Ay, qué ventolera, hijas, ténganse las princesas y las señoras! ¡Salga la reina Toya a los jardines, que corre brisa...! ¿Tú eres Wallada? Sí, señora. Mucho he oído hablar de tus prendas, hija, y de las de tu madre la soldana Maryan y muy bien me va su remedio contra el estreñimiento que me ha procurado Aixa. ¡Ven, no te apartes de mi lado que quiero platicar contigo...! ¡Ven, nos sentaremos a la sombra del naranjal e di a tus hermanas que vengan con nosotras, que no quiero hacerlas de menos!

Los esclavos sirvieron zumos, frutas, pequeños platillos de pescaditos y aceitunas en salmuera. Toda Aznar estaba muy contenta rodeada de las hijas del califa y de sus damas. Las princesas musulmanas la atendían con solicitud y le ofrecían los platos más variados. No puedo comer tanto, hijas, que vuestro señor padre deseará que haga aprecio a la comida. Falta todavía mucho, señora, el banquete es a la puesta del sol. Sí, sí, pero he de cuidarme que soy anciana. ¡Quién llegara a la senectud como tú has llegado, señora reina!, exclamó la princesa Wallada y continuó: Ya sabíamos de ti por las crónicas y por el monje Juan de Gorza, el embajador del emperador Otón de Germania. Juan ignoraba que nosotras sabíamos de ti más que él. De ti hablan en Córdoba los cronistas y los poetas sin esconder la verdad. Los que están pagados por nuestro padre a veces mienten, pero otros no, terció Zulema. Señoras, no hablen vuesas mercedes dello que no es lugar, reconvino la reina.

¡Oh, sí! Nada tema de lo que hablemos la señora Toya, que nuestro padre nos ha contado de su boca sus victorias y sus derrotas, aclaró Wallada, y los aprietos que sufriera con don Ramiro el emperador de León, con Sancho Garcés, tu marido, y contigo misma, la más valerosa mujer que vive bajo el sol... Vuestras palabras me perturban, señoras... Non debe turbarse su señoría pues aquí en Córdoba tiene mucha prédica, aunque haya quien escriba della y la llame la pérfida Toya.

Las princesas rieron. Yo, hijas, he tenido que hacer cosas de reina, porque me quedé viuda joven con un rey menor y dos hijas por casar, con muchos enemigos dentro y fuera del reino, obligada por la situación y por el bienestar de mis vasallos y no me ha penado tramar embustes o enredos, aunque siempre haya reconocido que vuestro padre es más poderoso que yo..., pero non quisiera hablar destos temas..., entiendo que no es el lugar...

¡Hablaremos de lo que huelgue a la reina!, cortó Wallada, nosotras creímos que te gustaría saber lo que se dice de ti en estos reinos... ¡Ah, no!, no quiero oír lo que se dice de mí, pero decidme de los navarros y de mi marido...

Wallada tomó la palabra: Los navarros son un pueblo aguerrido y bravo... De Sancho Garcés se cuenta que la reina Urraca, su madre, se fincaba preñada de él cuando acompañaba a su esposo, el rey, en una batalla contra moros y que la reina recibió una lanzada. Habiéndose muerto el rey, su marido, y estando la reina a punto de morir, rogó a uno de sus caballeros que le rajara el vientre con la espada y salvara el fruto de sus entrañas, que si era hombre habría de estar llamado a grandes venturas y glorias... La reina suplicaba con poca voz que la rajara, que sacara al niño, que era hombre, estaba segura, que se diera mucha priesa el caballero, que a ella la lanzada se le llevaba la vida... Y se alzó la saya, mostrando el vientre repleto... Corte su merced la piel e busque al niño y cuídelo como si fuera suyo...

La reina Urraca expiró. El caballero, espantado y sudoroso, tomó su daga y sajó el vientre repleto... Halló la telilla que envuelve a los nacidos; la cortó también, buscó al niño entre las aguas sucias; lo encontró, lo meneó para que viviera y le cortó el cordón umbilical. En efecto, era un niño. Con las manos llenas de sangre lo envolvió en su manto, buscó un caballo y salió corriendo hacia su casa de Bakunza... allá en el Norte Norte, cerca del mar... Cuando se le pasó el espanto paró a la orilla de un río de aguas heladas y allí lavó al niño y se lavó las manos; de este hecho se diz que le vino la fuerza al rey don Sancho.

El ricohombre lo crió como si fuera hijo suyo hasta que fue mozo y lo amigó con todos los caballeros del entorno y cuando don Sancho fue mayor y no tenía rival con la espada, le dijo que era hijo de rey y de reina y que debía buscar lo suyo: el reino de Pamplona... Le siguieron todos los caballeros y se juramentaron con él y lo nombraron rey, ¿no es ansí, señora?

No, no es ansí, pero valga, deste modo está mejor contado, pensó doña Toda, más decía esta remembranza de Sancho Garcés que la verdadera; más decía de su esposo que lo verdadero; pues se honraba a la reina Urraca en lo que valía su acción y con ella a las mujeres de Navarra. Mejor era que decir lo cierto, mejor que decir que Sancho nació de parto natural en una cama del castillo de Sangüesa. A Toda le halagaba esta leyenda tan cargada de mentiras, por eso dijo que sí, que era ansí, y cuando doña Zulema comentó que había tenido un marido portentoso, Toda Aznar asintió con la cabeza; luego, en un aparte, comentaría con doña Boneta que los hechos eran unos, pero que el tiempo los deshacía para entrarlos en las canciones y en las historias, y que todo ello se hacía sin quererlo y sin mala intención, pero que era bueno, máxime en este caso en el que se ensalzaba tanto la memoria de Sancho Garcés...

Se levantó la reunión y Toda Aznar anduvo por los corrillos. Al acercarse al de doña Andregoto, que hablaba de sus poderes para la carrera a caballo, ya fuera alazán o rocín, se percató enseguida de la situación: don Chaafar estaba prendado de la najerense. Menos mal que ella no le correspondía. Cuando llegó la reina, la bella castellana concluyó su narración, advirtiendo al califa y al visir que su señora tía le tenía prohibido exhibir sus virtudes o maldades y que ella, aunque no estaba de acuerdo con el hecho de la prohibición, acataba el mandado como buena y agradecida vasalla, y para mostrar su contento besó a la reina Toda en la mejilla. Toda la escuchaba sonriendo. Fueron interrumpidos por Elvira que venía con el príncipe Al Hakam en busca de su abuela para decirle que éste se había brindado a acompañarla al mercado de libros y a asesorarle, con lo cual, si la abuela le prestaba unos dineros, el monasterio de San Salvador de León sería el más rico de la cristiandad; y le echó los brazos al cuello.

Nunila y Alhambra platicaban con las princesas, les contaban cosas de Pamplona. De cómo el obispo, don Arias, había sido perseguido por un toro, el día de las fiestas mayores del año anterior, cuando se dirigía a oficiar misa mayor... Sí, en Pamplona los mozos corrían delante de los toros por la calle Ancha hasta la plaza de Santa María por un camino de entablados... pero se escapó un toro o lo soltó algún malquerente y se encontró con el carro de don Arias que de impartir bendiciones salió corriendo, atropellando a la gente, hasta cobijarse en la iglesia, donde plugo a Dios que no entrara animal en lugar santo... y, pasado el susto del toro suelto, fue la risa de toda la ciudad...

A la caída del sol, llamaron a comer. En el patio de Medina Azahara habían dispuesto una mesa, al menos para doscientos comensales. Abd-ar-Rahmán III ocupó el centro. A su derecha situaron a Toda, a su izquierda a García. Al otro lado de la reina la princesa Wallada. Elvira estaba situada junto a Al Hakam y otro hijo del califa. Andregoto con Chaafar y con don Nuño Fernández. Otros hijos y familiares del anfitrión y el Consejo Califal ocuparon sus lugares. A las damas se las llevaron lejos.

Asonaron unas músicas y se acercaron unas muchachas con laúdes, tambores y flautas. El patio del palacio estaba muy adornado con alfombras y tapices, y sobre las puertas y arcos había tejidos de seda que formaban dibujos geométricos.

Sirvieron un banquete como los navarros no habían visto otro tal. Entradas frías: mermeladas de berenjena y de melón;

leche salada de almendra; jarabe de granada; cecina de vaca; habas saladas, y pescados de salazones conservados en almorí y en escabeche. Y ya los platos calientes: albóndigas de pollo; pasteles de caza; platos de pollo y cordero; picadillo de carne hojaldrada; y a los postres: higos, uvas, manzanas horneadas, melones, granadas, tortas de miel... Claro que para los navarros faltaba el vino...

No puedo comer tanto, hija, aseguraba la reina a la princesa, y no hacía más que mirar hacia sus damas, pensando en Adosinda que, sin freno, se pondría enferma, y en su nieto don Sancho, que mejor que no estuviera...

Era una comida animada. La reina preguntó a Wallada que cuál de los hombres presentes era su marido, con el afán de honrarlo, pero la princesa contestó que no había venido; que, aunque vivían juntos en la misma casa para no levantar murmuraciones, no hacían vida marital; que la casó su padre, entre mucha fiesta y mucha pandereta, con un primo hermano suyo, a quien no había amado y que si no la repudiaba era porque no se atrevía y ella porque no lo autorizaba la ley del Profeta. La reina no preguntó más.

Después de la comida tuvo lugar un espectáculo de canto y danza con músicos de uno y otro sexo. Una ejecutante de versos. Bailarinas que movían el vientre. Jóvenes muchachos con tombures, bandolas y flautas de tono chillón; panderetas y castañuelas. Una sesión de zambra, informaba la princesa. Y una mujer que cantó un ayayay, muy donoso. Muy hermoso todo, señor sobrino, decía Toda. Luego salieron unas muchachitas, casi unas niñas, que montadas en caballitos enanos hacían como que luchaban entre ellas, con gran regocijo de los hombres.

A la despedida Toda aseguraba a Al Nasir que había sido todo muy animado y vistoso, y acordaba con la princesa varias visitas. Wallada les iba a enseñar la ciudad de Córdoba.

Al regreso a la almunia de La Noria, Toda Aznar estaba rota. Mañana comentaremos todo, hijas, que me voy a acostar y hagan otro tanto sus mercedes... E cuiden de doña Adosinda que, como yo presumía, viene enferma...

• • •

Al día siguiente, la reina recibió en sus habitaciones a los condes presos, otrora vasallos del conde de Urgell y ahora suyos, pues apenas había cruzado unas palabras con ellos en el día anterior. Toda Aznar les concedió la libertad y se comprometió a entregarles cartas de franquicia para que pudieran regresar presto a sus señoríos.

Ni don Berenguer de Orri ni don Ferrante de Aramunt eran condes de nacimiento, sino señores de sus villas y caballeros de Bernat de Urgell. Dos señores principales del condado que habían sido capturados en una escaramuza contra moros en la Ribagorza.

¡Ocho años atrás!, lloraba don Berenguer, mientras contaba con detalle a la señora Toda y a las damas el prendimiento y su camino a Córdoba por la vía Augusta. La llegada a la ciudad, cargado de hierros; la pretensión de rescate por parte de los moros y el ajuste del precio: diez mil dinares... El envío de cartas a su castillo de Orri y la larga espera... La desesperación... El rescate que nunca llegó... ¡Ah!, la maldad de doña Dolsa, su mujer, que no quiso pagar porque la había tratado mal, sin duda. Él había sido un hombre tumultuoso, dado al vino, a los alborotos y a las mujeres del común...

Durante el largo cautiverio, don Berenguer había tenido tiempo de deducir que doña Dolsa no sólo no quiso pagar por él, sino que se sentía contenta con el marido preso tan lejos. Que no sólo guardó silencio del contenido de la carta que recibiera, sino que lo tergiversó, presentándose en la corte de don Bernat para dar oficialmente por muerto a su marido y que, incluso, se volvió a casar. Tantas y tan malas noticias trajo don Ferrante de Aramunt, su compañero de celda, que se logró fugar de Córdoba y llegar hasta Martorell, donde fue vuelto a apresar con otros caballeros en la reconquista de la plaza.

En lo poco que duró su estancia en el castillo de Martorell, don Ferrante hizo oídos a todo y preguntó por doña Dolsa. La muy arpía era señora de los lugares de Orri con otro marido y también se había prestado a las insinuaciones del Conde, dándome a mí por muerto. Don Berenguer se daba golpes en el pecho y decía: ahora, con la licencia de la reina Toda, volveré a mi tierra y terminaré con el contubernio y de ser cornudo, señora, que ser cautivo y cornudo es demasía para un buen cristiano y hombre de honor. El caballero besaba las manos de la reina.

Don Ferrante de Aramunt aprovechó una pequeña pausa de su compañero para comenzar su relato, decía con voz amarga: Yo soy, señoras, el hombre más desgraciado de la tierra toda, pues he sido cautivado dos veces y llevado a una oscura mazmorra... No vayan a creer las señoras de Navarra que estas carnes que traemos y estos trajes son antiguos, que son de ahora. Cuando se conoció el viaje de los reyes comenzaron a alimentarnos bien... En cuanto a su rescate, decía que su padre había muerto y que sus hermanos, al parecer, no estaban dispuestos a pagar por él tan abultado precio para que cuando llegara a Aramunt tener que, además, darle parte de los bienes de su padre que eran suyos por derecho.

En su escapada y corta estancia en el castillo de Martorell, no llegó a saber qué habían hecho sus hermanos con su parte, aunque colegía que se la habían repartido. Pero a lo largo del cautiverio, siempre había tenido una duda: ¿alcanzaría la parte de todos para pagar los diez mil dinares solicitados? Tal vez no, por eso había sido un hombre muy desgraciado y conforme pasaba el tiempo entendía lo triste de su caso: en mi casa de Aramunt no se juntan diez mil dinares de oro y yo moriré cautivo.

Porque no nos dieron opción a negociar ni a rebajar el precio, ni a realizar un trabajo servil que nos procurara un dinero para pagar nuestro rescate y redimirnos... Pasamos ocho años encerrados en nuestra celda sin ver a otro hombre que el carcelero...

¡Cuéntenos su merced cómo consiguió escapar!, interrumpió Lambra. Don Ferrante no se hizo esperar: su compañero y él habían estado ocho años presos en la fortaleza de la Calahorra, al otro lado del río, en el rabal de Secunda. Las damas asintieron. Sólo disponían de una pequeña lucerna en el techo de la celda, por la que no cabía un hombre, pero descubrieron por el rumor de las aguas que una de las paredes de su mazmorra daba al río. Los dos prisioneros se aplicaron al levantamiento de uno de los sillares, con el propósito de descolgarse y saltar al agua.

Utilizaron para ello el mondadientes de oro de don Berenguer de Orri. Los ismaelitas consintieron que se quedara con él creídos de que había de hacer poco mal, porque el caballero tenía la boca perdida con pocos dientes y muelas y muchos dellos partidos, de tal guisa que le dolían y gritaba por las noches, lo que molestaba a los carceleros... Como el oro es un metal muy blando, hubieron de ir con cuidado. Ansí, poco a poco, consiguieron separar la piedra y sacarla de su lugar.

Al entrar la cabeza en el agujero, pudieron observar con regocijo que, en efecto, la celda estaba al lado del río, y ya planearon escaparse. Descender el muro apoyándose en los salientes hasta alcanzar la roca o dejarse caer al agua y ponerse en manos de Dios. Decidieron fugarse el próximo día de luna nueva.

Esa espera a la noche sin luna, fue lo peor del cautiverio, continuaba Ferrante, teníamos la libertad a la mano... Y quiso la mala suerte que a don Berenguer le aquejara un terrible dolor de muelas, ya se sabe que tenía la boca en perdición, y le viniera un deseo imparable de venganza. Mi compañero maldecía en sueños a doña Dolsa y a don Bernat de Urgell, su señor..., y se lo llevaban los diablos... De tal forma, que precipitamos la huida al cuarto menguante de la luna...

E salimos por el hueco, yo el primero, procurando no caer, buscando los salientes de las piedras, e ambos teníamos ya la cabeza y el alma en Urgell... En esto, Berenguer se dolió de una punzada en su muela enferma e no pudo sostenerse y cayó al vacío, al agua, que en esta parte es mansa, pero con gran estruendo. Me quedé paralizado por el miedo. Yo estaba en el muro, mi compañero en la ribera. Dejamos pasar un tiempo y viendo que no había peligro, procedí a descender y cuando llegué al agua, encontré a Berenguer con la pierna quebrada y sin poderse mover. Él mismo me conminó a volver a la marca Catalana para negociar su rescate y descubrir las malas artes y añagazas de su mujer... Tornéme a Urgell e hacía un alto en el castillo de Martorell, cuando volví a ser apresado y llevado a la misma celda, en la que encontré a mi antiguo compañero y amigo, aquejado de alguna cojera... El resto lo pueden suponer sus señorías...

Las damas pamplonesas escucharon con suma atención la narración de los dos caballeros, quienes, de tanto en tanto, se interrumpían para derramar alegres lágrimas o besar las manos de la reina Toda. Las señoras convinieron en que los caballeros habían de darse mucha prisa en llegar a sus lugares. Berenguer para castigar a la malvada Dolsa y pedir cuentas al nuevo marido e, incluso, al conde de Urgell, que tan mal había obrado con su vasallo. Sí, don Berenguer debía encararse con el Conde y recriminarle su actitud ante toda la corte y que el pueblo de Urgell conociera la mala maña de su señor y juzgara y obrara en consecuencia. Tales hechos no eran de conde ni de señor. Y don Ferrante a recoger su parte de la herencia de su padre y ver cuánto era y, si era caso, pedir reparos a sus hermanos.

Cuando los dos hombres se retiraron, las damas comentaron que doña Dolsa merecía unos buenos azotes por traidora y que el marido agraviado la recluyera de por vida en la torre alta del castillo. En cuanto a don Ferrante, dedujeron que poco había de encontrar de su herencia. Luego, discutieron si en Urgell y Pallars regía la herencia por mayorazgo. Toda aseguraba que la costumbre del mayorazgo la sufrieron sus nietas de Pallars a la muerte de su padre y que ella hubo de mandarles dineros... pero que no había querido decírselo al caballero para no quitarle el contento...

—Tía, ven un momento...

—¿Qué quieres ahora precisamente, no sabes que las princesas vienen a visitarnos?

—Sí, sí, pero ven...

—Dime, hija, dime...

—Señora Toda, ¿qué es el amor...?

—¡Jesús!, niña, Andregoto, ahora no te puedo contestar a eso..., es largo de hablar... y a mi edad... creo que lo habré olvidado...

—Me lo dirás luego...

—Sí, pero yo no soy la persona más adecuada para resolverte este negocio.

—Me lo dices luego... En ausencia de doña Mayor, mi madre, acudo a ti.

—Ya veremos lo que te pueda decir...

Las princesas Wallada y Zulema venían a visitar a las damas pamplonesas. Unas y otras se habían tomado cariño. Ah, las princesas, a la sazón, eran muy hermosas y sencillas y muy sabidas. Resultaba deleitoso escuchar su conversación o sus canciones y, sobre todo, a Zulema tocando una flauta que llamaban albogue. U oír a Wallada que hablaba sin ambages de los hombres y en contra de las costumbres musulmanas.

La mujer no es nada, decía, en la sociedad islamita no es nada, está sujeta al marido y no es de ley... Se lo digo a mi padre y no me atiende... Todo lo que he conseguido sacar de su boca es que trescientos años de doctrina no se cambian en un reinado aunque sea largo y pacífico... Yo estoy de acuerdo con ello pero, lo que le digo, empecemos a cambiarlo poco a poco... Demos a la mujer musulmana una consideración que no tiene... ¿Algún hombre tiene mayores prendas que Lubna, la poetisa, Alina, la secretaria de mi hermano Al Hakam, mis hermanas o yo misma...? Cualquiera destas mujeres puede hablar con el mayor señor del Islam de igual a igual o con los sabios o con los alfaquíes... Zulema y yo aprendimos de memoria el Alcorán... Yo escribo versos. ¿Qué tenemos que envidiar a un hombre?

Mi padre me responde que, en efecto, ninguna de las nombradas tiene que envidiar nada a hombre alguno, pero que no somos representativas, porque hemos sido educadas de muy diferente modo a las mujeres de la calle de Caldoneros, por ejemplo; que sólo hacen estudios mínimos, que no saben tocar el albogue ni hacer versos con tanta virtud, ni han leído libros, ni tratado con hombres de altura. Que todo está bien como está..., las mujeres dependiendo del marido y pudiendo reclamar ante el juez... Y que mientras las mujeres no sean capaces de blandir la espada y hacer la guerra, estarán sujetas a los hombres por los siglos de los siglos, so pena se acaben las guerras...

Yo alego que no es ansí, que los hombres supeditan todo a la guerra, siendo que las luchas rompen el mundo..., que no lo es todo..., que hay otras cosas del espíritu..., y le digo que el Profeta erró...

¡Calla, no mientes al Profeta!, me contesta airado. Entonces, hago un silencio y como nuestra conversación a este respecto es siempre la misma, continúo con ella: bien, no diré nada del Profeta, señor padre, pero déjame seguir con lo demás. Mi padre, entre divertido y molesto, me otorga permiso y yo prosigo: las mujeres valemos por nosotras mismas y, además, parimos con dolor y llenamos el mundo... Wallada, hija, si no te callas, te mandaré azotar..., ya que no lo hace tu marido lo haré yo..., y esta conversación que no salga de estas paredes o te enviaré lejos de Córdoba y te encerraré en un castillo hasta que seas vieja... Ansí, me amenaza mi padre y me tengo que callar... En la cristiandad estáis mejor consideradas las mujeres... En estos predios, Toda Aznar no hubiera podido ser reina...

Y, si hubiera conciencia, si en vez de hablar yo sola, dijeran otro tal mis hermanas, y si Lubna y otras Lubnas en vez de hacer versos de encomio a las arenas del desierto escribieran de otros temas o nos juntásemos todas las mujeres de Córdoba y Al-Ándalus en este afán...

No conseguirías nada, terció Zulema, hemos nacido mujeres y ansí moriremos, pero tú no te quejes, señora hermana, que, por tus dotes, causas envidia a los hombres y, además, eres hija de un poderoso señor y puedes andar por todas partes...

No me quejo por mí, Zulema, me duelo por las mujeres todas... Yo puedo andar a mi antojo por todas partes, pero las demás sólo salen a la calle los viernes, a visitar cementerios... El resto de su tiempo lo pasan encerradas en sus casas sin otro divertimento que revolver en la casa del vecino y calumniar...

Es suficiente que las mujeres moras salgan de su casa los viernes y en los acontecimientos, sentenció Elvira Ramírez, de otra forma desatenderían a los maridos y a los hijos... y añadió, en contra de las tesis de la princesa, que el mucho rondar no era de buena mujer, que la mujer se debía al marido, pues Dios había creado a la primera de una costilla del primer hombre, con lo cual, siendo la mujer parte de su carne, le debía respeto y sumisión y que, además, había sido creada en segundo lugar y, en consecuencia, sujeta al primero...

Pero, bueno, señora prima, ¡qué dislate!, afirmaba Andregoto, lo que acabas de decir no se aviene con las palabras de Jesucristo Salvador: «Los últimos serán los primeros»... Doña Wallada lleva razón, las mujeres valemos por nos tanto como los hombres... En Navarra ha mandado y manda la señora Toda, yo gobierno una ciudad y tú un convento, y nadie, ni hombre ni mujer, pone en entredicho nuestra autoridad...

¡Qué sandia, Andregoto!, nuestra autoridad la pone en tela de juicio cualquier hombre por el mero hecho de ser varón, ¡qué sandia!, se defendió Elvira. Además, como le sucede a la princesa, no somos representativas... Yo le doy la razón a su señor padre, aunque me pese por motivos religiosos...

Pues no veo por qué te ha de pesar darle la razón al mayor señor del Islam, si la tiene...

Mira, prima, yo soy una monja, una servidora de Dios, de nuestro Dios, no de Alá, y no puedo dar crédito a los enemigos de Dios...

¡Basta!, gritó Toda Aznar, levantándose airada del asiento. Han llegado muy lejos sus mercedes, pidan disculpas a las princesas, y consideren todas las señoras presentes que Dios y Alá pueden ser enemigos o no, que no lo sabe ningún nacido, pero los reyes que los representan y sirven en esta tierra, son amigos y nosotras no tenemos que hablar dello... E, ahora, vayan enhorabuena mis nietas a orearse a los jardines y que doña Alhambra taña el laúd y cante una canción para honrar a las princesas.

A poco de partir las hijas del califa, doña Toda, viendo la cara de Boneta, le dijo: Vamos, Boneta, amiga, regáñame por lo que he dicho, que no me enfadaré. Mi señora Toda, a nuestros años no se pueden dirimir ciertas cuestiones... Habla claro, Boneta. Quiero decir, señora, que nos puede sorprender la muerte con malas palabras en la boca y nos vamos al Infierno sin poder remediarlo, ni arrepentirnos, lo que para mí es un mal bagaje. Además, que nuestro Dios y el de los sarracenos son enemigos a muerte, aunque los reyes que los representen sean amigos... No, Boneta, si sólo hay un Dios, el nuestro, el de los sarracenos no es nada, salvo una enseña o un símbolo en que ellos creen, mesmamente como los paganos. Y si Dios es uno, no hay otro que sea su enemigo. Las enemistades nacen de los hombres; de los reyes por causas de la gobernación y por la ambición de extender los reinos o de redimirlos de pechos, pero no se lucha por llevar la cruz donde no esté... En el Norte, bastante tenemos con sobrevivir a las aceifas...

Si tú lo dices, ansí será, pero don Arias ha dicho muchas veces que Abd-ar-Rahmán III es el primer enemigo de Dios. Cuando viene contra Pamplona, naturalmente que lo es, pero ahora no, pues nos va ayudar a poner a Sancho en León y fijar el reino de García, para que cuando yo muera no se lo puedan quitar. Ya sabes que García es débil. Ya sabes que, pese a tener cuarenta años, no se ha quitado de mi tutela. Que, todavía, firma los documentos conmigo: *cum genitrice mea Tota Regina*; cuando yo ya no soy reina ni él menor... Le he hecho venir a Córdoba para que el califa reconozca las fronteras de Navarra..., para que se diga: hasta aquí la cristiandad y allende la morería, para que le sea más fácil a García y, en cuanto a la extensión del reino, ya lo harán sus sucesores... Yo he de prever todo..., de García nadie diría que es rey... Boneta, tráeme mi evangeliario, que repasaré mis pecados... Di a las damas que vayan a pasear a Sanchica hasta la alberca o la noria, para que la cansen y duerma... Ve tú con ellas, si quieres...

Las autoridades de la mozarabía cordobesa consiguieron permiso de Chaafar, el prefecto, para solicitar audiencia a la reina Toda y ésta la concedió de mala gana. De mala gana, sí, entre otras razones, porque ella había venido a Córdoba a sanar a Sancho y ajustar un tratado de fronteras, pero no a tratar con los cristianos de la ciudad que, sin duda, le presentarían sus problemas. Cierto que, cuando los pamploneses, los leoneses y todas las fuerzas de la misma religión se presentaran en la ciudad del Guadalquivir en una sorpresiva algara, los mozárabes podrían serles de mucha utilidad, por eso los recibió la reina Toda y les puso buena cara.

Acogió con calor de reina cristiana a Asbagh ben Alla, el obispo metropolitano, a Walid ben Jaizuran, el juez de los cristianos de la ciudad, y al rabí Ibn Zaid, llamado también Recemundo, clérigo notable que había detentado el obispado de Elvira y representado a Abd-ar-Rahmán III ante la corte del emperador Otón I de Germania y que, ahora, recluido en el convento de Armilat, trabajaba en la redacción de un nuevo calendario.

Me huelgo de recibir a gente de tanto título, se expresó la reina, por ellos sabré de la salud de los cristianos de Al-Ándalus, a quienes encomiendo a Dios. Y los hizo sentar a su lado.

Asbagh, el obispo, tomó la palabra y explicó que las autoridades musulmanas sólo habían permitido que tres hombres se postraran a los pies de la señora Toda, pero que cuarenta mil cristianos de Córdoba le enviaban sus respetos y que, mañana al amanecer, todas las iglesias de la ciudad tañerían sus campanas en honor de la reina de Navarra y a la memoria de los santos mártires Adulfo, Juan, Prefecto, Pedro, Walabonso, Sabiniano, Wistremundo, Hebencio, Flora, María, Eulogio, Pelayo...

Que hayan descanso eterno, atajó Toda Aznar y, luego, demandó: ¿qué se cuenta por aquí?

El obispo continuó diciendo que desde el advenimiento al trono de don Abd-ar-Rahmán III, la mozarabía estaba mejor tratada y más considerada. Que el califa era un hombre de buen talante, nada más fuera porque había terminado con el fanatismo religioso de los emires anteriores, acercándose y propiciando la ortodoxia sunní, frente a la herejía ismailí de los califas de Bagdad. Que, merced a la finalización de las guerras de religión en Al-Ándalus y a la tolerancia del mayor señor del Islam, tanto mozárabes como judíos tenían la vida mejor acomodada.

Walid salió al hilo diciendo: Los cristianos ya no estamos sometidos a las iras ni a las pasiones de los musulmanes, aunque nos quedan muchas cosas por ganar. Como que nos permitan levantar nuevas iglesias y que nos dejen celebrar concilios con mayor frecuencia y otra no menos importante, que se nos redima del impuesto de capitación... Le venían a solicitar a la reina Toda que presentara estas peticiones a su sobrino el soldán, no dudando que, como la honraba tanto, se las concedería para ellos.

Recemundo interrumpió, rogando a la señora que pidiera a su sobrino que éste prohibiera a los poetas escribir acusando a los mozárabes de convertir las iglesias en casas de prostitución o en tabernas. Lo que resultaba completamente falso como, sin lugar a dudas, ya habría deducido la reina, a quien las noticias hacían muy buena cristiana. Cierto que el mercado de vinos en el rabal de Secunda estaba arrendado a un correligionario que abastecía a tabernas, gobernadas por una tabernera, cierto, pero que el arrendador era un buen hombre, como les constaba a todos los presentes, y el vino necesario para vivir...

El obispo intervino asegurando que los mahometanos no entendían que se reunieran hombres y mujeres juntos, lo mismo que en Pamplona o que en León, para gloriar al Criador y que los hombres no hicieran distingos con las mujeres.

La reina asentía a todo y escuchaba en silencio. Cuando terminaron de hablar los tres próceres, la invitaron a visitar iglesias. Toda se comprometió con ellos a oír misa durante su estancia en Córdoba, en las iglesias de la Magdalena y San Pablo, a visitar la ermita de los Santos Mártires y los restos gloriosos del niño Pelayo, de san Zoilo y del abad Speraindeo, todos de feliz memoria. Y a hablar de sus demandas con su sobrino, don Abd-ar-Rahmán, cuya vida guarde Dios, pues había tratado bien a los mozárabes de Córdoba. Después, los exhortó a mantener la fe cristiana y a defender la cruz si fuera menester, asegurando que de sobra sabía ella lo difícil que era ser buen cristiano en Pamplona y cuánto más entre infieles, y añadiendo que al califa le debían gratitud, pues les permitía celebrar el culto ordinario y concilios... Luego, les advirtió para que todos los cristianos vivieran unidos y permanecieran apiñados alrededor del obispo... Y a punto estuvo de ofrecerles la tierra de Navarra para su asentamiento, pero no lo hizo; se contuvo. No había venido a eso.

Toda besó el anillo de Asbagh, el obispo, y despidió con mucha ceremonia a sus visitantes. Cuando salieron comentó con sus damas que los cristianos de Al-Ándalus no tenían otra cosa en común con los del Norte que la adoración al mismo Dios, pero que en sus vestiduras, nombres de pila, modo de enlazar sus palabras con otras y en costumbres eran talmente musulmanes. Claro que lo milagroso era que, después de trescientos años de dominio del Islam, todavía perdurara la religión cristiana...

Doña Elvira entró en la conversación para decir que ese hecho ella no lo reputaba por milagro, que, sencillamente, se trataba de las cosas de Dios, que estaba en todas partes y en Córdoba también; y que no se trataba de un mérito de los hombres sino de un deseo divino.

Las damas se le echaron encima. Naturalmente que se trataba de un mérito de los hombres que habían sufrido reiteradas persecuciones por su religión y conseguido una enorme nómina de mártires... aunque detrás de todo estuviera el Señor...

La entrada de las princesas Wallada y Zulema interrumpió la plática de altura. Las hijas del califa eran como unas más. Cuando estaban todas reunidas, bebiendo zumo de limón, la reina anunció que mañana tañerían las campanas de todas las iglesias de Córdoba en honor de los navarros y que había prometido a los mozárabes visitar varias iglesias, y ya hablaron de cosas banales.

Poco antes de llegar a la plaza de la Paja, las navarras y las moras se apearon de los carros. No cabían por las estrechas callejuelas. Continuaron andando, rodeadas de guardias armados. Los vecinos, sorprendidos, salían de sus casas y alborotaban con sus chillonas voces. Una multitud de niños saludaba a las princesas y quería acercarse a ellas. Habían de andar casi en fila.

A la reina Toda la sofocaban las muchedumbres. A veces, se le hacía que estaba prisionera entre una clamorosa multitud, que la apretaba y la apretaba. En su pensamiento todas aquellas gentes que querían acercarse a ella la aclamaban, y mejor era. No obstante, entre el gentío, se le representaban Jimeno Garcés, el corregente, que tantos disgustos le proporcionara, y Dulcinio, abad de Leyre, que la quería mal. Era el momento de la «suplantación», cuando Sancho Garcés se hizo rey. El ejército de Sancho estaba acorralado por el de don Fortún el Tuerto, y ella, Toda, viendo muerto a su marido, instaba a don Gómez Assuero para que lo proclamara rey... Los leales de don Sancho en una piña a la puerta de su pabellón, empujando al rey y a la reina hasta que don Gómez gritó: «Don Fortuño no reina, los navarros necesitamos un rey, ¡viva el rey, viva Sancho Garcés!», y el ejército de don Fortún se pasó a ellos, pero a Toda le pareció que venía contra ellos con el abad y el regente a la cabeza... E siempre ya, los descubría entre las multitudes... Otros tiempos, ¡vive Dios...! ¿Quién le había de decir que sería invitada a Córdoba y que las hijas de don Abd-ar-Rahmán III serían como sus hijas? ¡Ah, sus hijas: Oneca, Urraca, Sancha y Velasquita, las cuatro flores de Navarra...! ¿Qué tiene? ¿Por qué pena? ¿Qué le viene a la cabeza? Motivos no ha, al contrario. Ha motivos de holgorio... A fin de cuentas, es la reina más honrada de la cristiandad, pues de otras reinas no sabe. Ha sido agasajada por el califa y los grandes de Al-Ándalus como ninguna reina ni rey, y va a concretar un tratado con el soldán para asegurar a García en su trono y para reponer a Sancho en el suyo...

Ay, que le vienen las lágrimas a los ojos... Ay, que tendrá que separarse de tantas y tan buenas gentes a las que ha tomado cariño y cada uno habrá de seguir su camino... ¿Qué tiene que no atiende a los comentarios de las damas ni de las princesas? Tiene una pena honda, honda... Come un buñuelo sin gana... Le ofrecen vino... ¡En la plaza de la Paja, los aguadores venden vino...! Parece que le ha hecho bien el vino fresco... La reina se anima.

La plaza de la Paja está guardada de talanqueras. Las señoras ocupan su lugar, van a presenciar la lucha de un perro con un toro. La princesa Wallada informa que la pelea va a tener lugar en la arena. Que de la plaza han desalojado a la gente que se reúne en ella después de comer, para montar el espectáculo. De allá enfrente, de toriles, sale el toro y de la puerta de la derecha, de la perrera, un can. No es una lucha desigual, pese a lo que pueda parecer, pues son unos canes enormes, traídos de Germania como los esclavos rubios. Unos perros del tamaño de los alanos de la reina Toda.

El alguacil de la plaza asonó un silbato. Salió el toro y fue aclamado. Salió el perro y lo ovacionaron. Fuera del palco de las señoras se cruzaban apuestas. El toro corría loco por la plaza. El can, un gigantesco perro de cabeza cuadrada y feroces dientes, miraba en derredor. Tiene la piel negra como Satán, comentó doña Boneta.

El toro se topaba contra las talanqueras con verdadero furor. Un escalofrío recorrió a las damas a la vista del astado y por la mención de Satanás. Alhambra se agarraba a la mano de Andregoto y no quería mirar. En esto el toro se apercibió de la presencia del perro y corrió hacia él como si llevara un demonio dentro. Como el can lo esquivó, dio contra las tablas entre gran alboroto y con gran regocijo de los espectadores. El toro iba como ciego en busca del perro que, una y otra vez, lo evitaba. En un arranque del astado, el can se le vino encima como una flecha, le hincó los dientes en el morrillo y no lo soltaba por nada, pese a la aspereza del toro que lo quería arrojar. E andaba el perro volteado sin soltarse del cuello del bicho y ya la arena de la plaza se llenaba de sangre, cuando el carnicero fue despedido por encima de la talanquera, viniendo a caer sobre el público.

Cundió el pánico entre los asistentes pero, cosa curiosa, el enorme can, en vez de perseguir a los espectadores, volvió a la plaza de un gran salto y se encaró con su enemigo. E ya toro y perro fueron una misma cosa, dentro de un mar de sangre. Se confundían los ladridos del perro con los mugidos del toro, doña Nunila decía que uno y otro lloraban. Doña Adosinda hablaba de la crueldad del espectáculo, aseverando que el toro tenía demasiada sangre que verter, que se debería arreglar la pelea con otro animal más chico, para que la plaza no fuera un charco de sangre. Doña Toda se congratulaba de que su nieta Elvira se hubiera quedado en casa a rezar con sus sorores. Y doña Boneta de Jimeno Grande movía la cabeza, asegurando que lo hacían mejor en Pamplona, corriendo los mozos delante de los toros, que resultaba más donoso que esa lucha a muerte, ¿quién ha ganado, señora princesa?, preguntó Boneta, porque para ella que habían perdido los dos. Los dos formaban un amasijo de carne en el dintel de la muerte.

Vaya, se lamentó Wallada, no he acertado con traeros a este espectáculo, señoras mías. ¡Oh, sí!, señora Wallada, ha sido muy hermoso y emocionante, aseguró Andregoto, tanto que lo he de proponer para las fiestas mayores de Nájera. La princesa se contentó con tales palabras y, después, para quitarse el calor, invitó a las navarras a los baños públicos de Aben Zuffí, que estaban cercanos. Allí, las damas se bañarían, se perfumarían, la que quisiera podría peinarse o depilarse, y que nadie se preocupara porque haría cerrar el baño para ellas solas. La princesa expidió un esclavo con el mandado.

Les iba diciendo que el aseo del cuerpo era una obligación religiosa en la religión musulmana. Estaba estipulado que antes de las cinco oraciones, los fieles debían lavarse las manos y enjuagarse la boca... Y entró mandando en los baños de Aben

Zuffí. En el vestíbulo pidió toallas, piedra jabonosa para lavar el cabello; sus cepillos y peines de marfil, sus pomos de aceites olorosos y esencias de flores; su colirio para las cejas y pestañas; sus cajas de afeites. A las jóvenes bañeras les ordenó atender a sus invitadas y quiso que les dieran masaje antes de pasar a la sala tibia, y a la encargada del local, mandó que llenara de leña la estufa de la sala caldaria.

Está muy bien esto del masaje, Boneta, comentaba la reina Toda, podías aprender cómo se hace... Ay, hija, no me movería deste lugar...

Apenas entradas en el agua se presentó una señorona, dando voces en el vestidor e hizo una entrada triunfal, asistida por muchas esclavas. Es Zoraida, la favorita de Chaafar ben Uthmán, el prefecto de la guardia. Es la mujer más poderosa de Córdoba, advirtió Wallada al oído de la reina. ¡Es negra!, se asombró doña Toda. Sí, la llaman la africana, contestó la princesa. Zoraida se introdujo en la piscina con mucha ceremonia y enterada de la presencia de la hija predilecta del califa y de la señora de Navarra, se acercó a ellas con humildad y se inclinó ante doña Toda. Señora, pláceme mucho conocerte, me pongo a tu disposición para lo que gustes mandar con mi marido e hijos. Te lo agradezco, señora, respondió la reina. Luego, en un aparte, le dijo a Boneta que a ella eso de estar en un baño como si se estuviera conversando en una corte al amor del fuego, no le complacía y que había que ver qué pronto se desnudaban todos en Al-Ándalus... Boneta asintió y dijo: lo malo es que no podemos negarnos a las sugerencias de la princesa y que en esta ciudad todo esto es natural...

Señora reina, interrumpió Andregoto, te recuerdo que me tienes que hablar del amor... ¿Qué dice, señora?, demandó Boneta, ¿he oído bien? Sí, has oído bien..., entre todas me han de volver loca... Andregoto desea que le hable del amor... ¿Me ayudarás tú?

¡Jesús!, exclamó doña Boneta, ¡qué cosas dices, señora!

• • •

—Yo no voy, abuela, no voy...

—¿Cómo que no? Un hombre se dispone a volar como las aves de Dios y tú no quieres verlo... ¿Qué vas a contar en León de aqueste viaje, niña?

—Abuela, no me place ver caer a un hombre desde el alminar de la mezquita que mide setenta codos de altura.

—Y ¿por qué presumes que ha de caer?

—No lo presumo, lo sé bien. Si pluguiera a Dios que el hombre volara lo hubiera provisto de alas... Ese intento de volar va a ir al fracaso... En uno de los libros que me ha regalado el príncipe Al Hakam se habla de un hombre llamado Ícaro que se construyó unas alas de cera, pero se las derritió el sol y el insensato se precipitó desde la altura... Discúlpeme su merced pero no me es grato presenciar una muerte segura.

Las princesas moras y las damas de Navarra tenían lugar reservado en el patio de los Naranjos. Desde el alminar de la mezquita Mayor, de una altura de setenta codos, el joven Muhammad ben Taffall iba a realizar un vuelo hasta la torre alta del Alcázar. ¡Por Jesucristo vivo!, exclamó la reina Toda, mientras alzaba la cabeza para medir la altura del alminar.

Mirando en derredor suyo Toda descubrió a mucha gente principal: a los príncipes Abu Allá y Abd-al-Aziz; al visir Ibn Nars; a Zoraida, la favorita de Chaafar (la barragana, como la llamaba la reina), a quien tuvo que saludar como si fuera mujer legítima; a las autoridades mozárabes, y a otros.

Lo mejor de Córdoba presenciaba en el patio de los Naranjos la aventura del joven Muhammad. Wallada participaba a las navarras que el hombre-ave llevaba en su cabeza la idea de volar desde que naciera. Que no había hecho otra cosa en su vida que peregrinar a La Meca y dedicarse con sus servidores y esclavos a la fabricación de ingenios que le permitieran desplazarse por el firmamento y que, al parecer, había ya volado desde el palomar de su almunia de Guadalcázar hasta el suelo firme, a la vista de todos. Pese a ello, la princesa expresó sus dudas: era presumible que el alminar de la mezquita tuviera mucha mayor altura que el palomar de Guadalcázar.

En lo alto de la torre, que terminaba en pico, a los hombres se les hacía difícil manejarse y, sobre todo, montar los armatostes que traían, unos batientes de madera y tela, que las pamplonesas suponían las alas.

Muhammad era un apuesto y alto mozo de negra barba, que por todo aditamento vestía unas bragas ajustadas para no oponer resistencia al viento, explicaba Zulema.

Las damas estaban contentas y alteradas... ¡Cuando contaran en Pamplona todo lo que habían visto, nadie las creería, ni la reina Teresa, ni doña Berta!

Se escuchó un clamor y las navarras se sobrecogieron. ¡Ah! No, no ocurre nada. Uno de los acompañantes de Muhammad se había tambaleado, pareciendo que iba a caer, pero lo socorrieron sus compañeros con presteza y no pasó a mayores, a Dios gracias.

Los hombres del alminar montaron dos triángulos de madera que se unían por el lado largo y les ajustaron la lona. Después, ante el estupor de los espectadores sacaron palomas y las ataron por las patas a unas cintas colgantes que ya traía la tela... ¡Muhammad sería asistido en su vuelo por las palomas! ¡Qué idea! ¡Bravo por Muhammad!

Las pamplonesas se quitaron un peso de encima. El valeroso joven ayudado por el vuelo de las palomas, en número suficiente para poder sostener el peso del muchacho y del artilugio, podría realizar su hazaña y convertirse en el primer hombre volador, lo que era como decir, el amo del mundo, pues poseería el dominio del cielo.

La princesa Zulema enteraba a las señoras de la construcción de la mezquita Mayor, levantada sobre la antigua iglesia cristiana de San Vicente y ampliada por los emires...

Toda no atendía. Toda no apartaba la mirada del muchacho volador, se fijaba mucho en la disposición de las palomas y medía la distancia que dejaban entre ellas. Toda tenía la mente ocupada con un ejército de hombres voladores y echaba cuentas de la cantidad de palomas que necesitarían las huestes del rey de Navarra para moverse en los cielos.

Naturalmente que se presentaría un grave problema. Ella tendría que convencer a los señores de Navarra de la eficacia y virtud de la nueva arma y, otrosí, a los soldados para que montaran en los armatostes, a más de la crianza de tantas aves... Pero podría solventarlo, ¡vive Dios...! Los señores del Estado y los soldados siempre habían cumplido sus deseos; en consecuencia, lo harían de nuevo y ¿adónde llegaría Navarra? De momento al cielo, luego ya verían.

Se encontraba la reina sumida en estos pensamientos, cuando doña Andregoto la golpeó suavemente en el hombro y le señaló el alminar. En el patio de los Naranjos se hizo un profundo silencio. Muhammad ben Taffall, el hombre-pájaro, terminaba de sujetarse las correas al torso, a la cintura y a las ingles, y se disponía a iniciar su vuelo. Mucho tenían que luchar sus ayudantes contra las palomas volanderas, prestas a volver a su elemento. En lo alto del alminar Muhammad daba órdenes a gritos: ¡Omar tensa el ala de siniestra! ¡Ah!

El joven héroe flotaba en el aire varias varas alejado del alminar... Una cuerda unía todavía el armatoste con la torre... ¡Oh! Del patio surgían exclamaciones de asombro. El chico se mantenía en el aire. ¡Se mantenía! ¿Resistiría el ingenio? ¿Aguantarían las aves? ¡Ah, quién lo sabe!

Fueron unos momentos tensos, de honda emoción, de olvidarse cada uno de sí mismo por la magia del instante... Cuando los sirvientes soltaran la cuerda, el batiente volador emprendería la navegación por el cielo y todas las palomas, que ya mostraban su inquietud, seguirían a la primera, una paloma mensajera adiestrada para dirigirse a la torre alta del Alcázar. Tal le había explicado Muhammad a la princesa Wallada en la visita de despedida que le hiciera por la mañana...

En esto, se oyó un terrible estampido, ¿un trueno?... Las palomas se asustaron y acometieron el vuelo rumbo a las sierras de Córdoba. Muhammad se tambaleó pero consiguió sujetarse y nada pudo hacer para dominar el artificio...

Las aves lo arrastraban en un vuelo irregular de altos y bajos... El hombre-pájaro se alejaba...

En el patio de los Naranjos y aledaños, ante el tamaño del estallido, el estupor se tornó en temores, para, luego, dar paso al asombro al atisbar el artilugio cada vez más lejano, y al zarandeado muchacho que había de caer de un momento a otro. Se elevaron gritos al cielo y se entonaron en común los noventa y nueve nombres de Alá. En los pechos cristianos se encomendó al muchacho a Jesucristo Salvador, a su Santa Madre, a santa Emebunda y a Todos los Santos de la corte celestial.

El chico desapareció entre una nube y ya no se supo nada de él. Tras un tiempo de otear el horizonte, moros, judíos y cristianos abandonaron, apenados, la mezquita Mayor y calles adyacentes.

De regreso a casa, las interpretaciones de las damas al extraño suceso fueron muy variadas. Convinieron en que se habían cumplido los deseos de Muhammad, al completo, puesto que el muchacho había volado, como pretendía. Lo que ha sucedido, aseguraba Boneta, es que el cielo es de Dios y que Dios deja recorrer el firmamento a las aves, pero no a otros seres, ni menos a los moros que ya ocupan la tierra. Alhambra estaba con Boneta: el muchacho se lo había quedado Dios, para escarmiento de aventureros y trotamundos, para que otros no siguieran su ejemplo y se poblaran los cielos. Adosinda sentenciaba que el volar no era de hombres, y la reina Toda aclaraba que el mozo había confiado su suerte a unos pájaros que le habían traicionado, porque la traición existía por doquiera.

Las damas de Navarra venían jaleadas, emocionadas y tristes por el penoso destino del hombre-pájaro a quien hacían muerto o perdido en la inmensidad del firmamento. Pero ello no impidió que Toda Aznar, como hiciera ayer y antes de ayer, enviara a doña Boneta a don Hasday para pedirle noticias de don Sancho el Gordo. Y cuando la camarera mayor regresó con los mismos y escasos informes de los días anteriores, no se conformó e hizo llamar al judío que se presentó al instante.

¿Cómo don Hasday guarda para sí las noticias de la enfermedad del señor don Sancho y no me tiene al corriente del proceso?, preguntó la reina.

Hasday ben Shaprut enrojeció, movió la cabeza y contestó: Es pronto para hablar, señora, yo mismo os comunicaré las buenas nuevas cuando las haya..., la señora ha de tener paciencia, pues el proceso es lento... Don Sancho estaba muy grueso y ha de mermar a la mitad del peso que traía... No es labor de un día ni de siete... Ruego a la señora que tenga confianza y espere...

¿E qué hace mi nieto?

Don Sancho está sometido a un severo tratamiento que os explicaré en su día, cuando lo dé por sanado... Mientras tanto, señora, os ruego que me dejéis hacer...

Está bien, señor Hasday, si os incomoda que os haya llamado, no volveré a hacerlo y os dejaré...

No es eso, señora, es pronto para cualquier cálculo...

Está bien... Id con Dios, don Hasday.

Cuando el sabio abandonó los aposentos de la reina, Toda habló con su camarera: Es muy terco este hombre, Boneta, se pone terco y no me puedo hacer con él; olvida que soy la abuela y que quiero saber del nieto, y que he venido desde Pamplona con mucha gente para conseguir un reino... y aun el señor médico se incomoda cuando le pregunto..., mesmamente como cuando le insistía que iniciara la cura en Pamplona o en el camino... Lo malo es que lleva razón, que es pronto... En fin, lo dejaremos hacer a su manera...

Sí, supondremos que todo va bien y esperaremos...

Al día siguiente, las dos princesas musulmanas, asiduas visitantes del palacio de La Noria, esclarecieron lo sucedido al hombre-ave: se había encontrado el cadáver de Muhammad en la vertiente norte de la montaña de la Desposada y el artilugio bastante más lejos, y que el gran ruido que asustara a las palomas se debió al sabio chímico Sulayman Ben Asim, que en un sótano de la mezquita de Ibn Hisam, muy próxima al lugar del suceso, practicaba el arte de la chimica en busca de la perfección del oro y de la plata. Que el tal Sulayman ya había causado otros destrozos de cristales, sustos y, ahora, una muerte, pero que, como buscaba conseguir oro y plata de lo que no era, lo dejaban hacer, por si acaso lo alcanzaba...

—¡Abade, abade...! ¡Señor abad!
—Don Rutilio, ¿dó estás?
—¡Hase aquí la reina Toda!
—¿Dó puede ir un ciego por aquestos barrancos?
—Hay ciegos que se manejan muy bien...
—Yo non sé si hemos perdido el viaje, señor Lulu.

Lulu-al-Guru, el chambelán, servía de acompañante y guía a las damas de Pamplona a falta de las princesas, que asistían a la oración del viernes. Habían llegado en mula al lugar de Alanchón, situado en lo más recóndito de las sierras de Córdoba. Cuatro leguas de camino, bajo un sol abrasador, subiendo y bajando barrancos, cruzando riachos, bordeando precipicios, por empeño de la reina Toda que quería recibir la bendición del hombre más santo de la ciudad de Córdoba. De don Rutilio, el eremita mozárabe de la cueva de Alanchón. Ese hombre misterioso y solitario que, desde que se dedicara a la vida de contemplación, no había abierto los ojos porque no quería ver lo malo que en el mundo había, pero a quien ahora, cumplidos más de cien años, se le hacía ciego y sordo y, según las malas lenguas, loco.

Se decía de Rutilio que en su juventud había cometido un abyecto crimen de sangre. Unos aseguraban que había asesinado a su madre, otros que a su amada, y que se había retirado a los montes para purgar su maldad, sin otro equipaje que un pardo sayal. Ni bragas, ni jubón se había llevado, al parecer.

Ahora, vestía pieles negras y, como andaba loco, parecía un demonio. La mala alimentación... La princesa Wallada achacaba los males del santón a la mala alimentación: agua fresca del regato de Alanchón y pan. Un pan venido del cielo, ciertamente, y que le perdonaran las cristianas, suplicó la princesa cuando les habló del pan.

Un ave negra de gran envergadura le traía al abad Rutilio un pan en el pico, cada día del año, sin faltar nunca. Un ave negra, grande y poderosa, acaso un águila u otra rapaz señera. En realidad, aunque se había apostado gente en las sierras para verla venir, se desconocía la naturaleza de la rapaz, que se presentaba todos los días con una hogaza en el pico para depositarla a la entrada de la cueva. Mesmamente, como le sucediera a san Antonio Abad en los primeros tiempos de la Iglesia, contaba la princesa, siempre tan versada en letras.

Muy joven era Rutilio cuando se retiró a la covacha para purgar su crimen, continuaba la hija del soldán, e poco a poco, tras mucho rezar y mortificarse, fue escuchado por vuestro Dios, señoras mías, y se hizo santo, como otros que habéis en vuestra religión, y llegó fama de su virtud a Córdoba, de tal manera que el emir Abd Allá le consultaba en algunos asuntos y, otrosí, las autoridades cristianas y judías, y la gente toda. Y él respondía con gratuitad e non quería nenguno de los ricos presentes que moros, judíos y cristianos le llevaban. Todos se volvían con lo mismo que traían y con su bendición...

Claro que con tanto flujo de gente de diversa religión y, habiendo Rutilio de contentar a todos por igual, pues todos llevaban su fe puesta en él, comenzó a bendecir a tres usanzas y a departir de las tres doctrinas con la misma autoridad. Entonces es cuando se volvió loco y cuando fue procesado por herejía y llevado a Córdoba, cargado de hierros, donde confesó que sólo había un Dios y no le quiso poner un nombre. No lo quiso llamar Alá, Yavé o Jesucristo y, es más, convenció a los jueces de ello con sabios argumentos y lo dejaron volver, porque ya estaba ciego de la oscuridad y en la claridad no abría los ojos para no ver las tentaciones y, como no quería formar cenobio, consideraron que no podría hacer mucho daño. Después, en las luchas civiles que sufrimos al iniciarse el reinado de mi padre, como quiera que los rebeldes de Bobastro se pusieron al habla con el santo, mi padre hizo correr la voz de que había muerto, despedazado por las fieras, y no encontraron nada de él, y pronto fue olvidado por las gentes de Córdoba. Ahora mi señor padre lo hace vigilar para darle sepultura cuando muera...

Las damas de Navarra se quedaron encandiladas con el relato de la princesa. Toda, de inmediato, quiso acudir a recibir la bendición de un hombre tan santo, pese a que ya anduviera loco. Lulu organizó la expedición. Harían el camino en carro y, a partir del borreguil de Aller, en mula, pues non había otro sistema de andar por los cortados, amén de que no eran trochas para mujeres, decía don Lulu.

E habían llegado a la cueva de Alanchón e non había eremita. ¿Qué es esto, señor Lulu?, preguntaba la reina Toda, y las damas llamaban: ¡Rutilio, Rutilio!

E non aparecía el santón o la fiera, como le denominaba el vigilante puesto por el soldán, quien suplicaba a Lulu que separara a las damas del cortado y las alojara del lado del monte, pues al sentir la gente el ermitaño surgiría arrebatado del lugar más insospechado y las señorías se asustarían y, tal vez, se cayeran por el quebrado.

Lulu ordenó revisar la cueva. Los hombres informaron que estaba completamente vacía de toda vida y de restos humanos; que, en efecto, había un pan ya pizcado, y añadieron que el santón andaría por los montes, desayunado.

Como era mediodía, Lulu dispuso que se sirviera el parco refrigerio que traían: pan, queso de cabra, almendras y agua de azahar, pero nadie se aplicó al condumio. Las damas pamplonesas encerraban un pesar en su corazón. Esperaban que, de un momento a otro, surgiera de entre las carrascas el loco santón y se les atragantara el bocado, y ya no lo llamaban, y estaban todas en un calvero del bosque muy juntas y apiñadas. Los hombres vigilaban la posible llegada del santo.

En la conversación que mantenían las damas, Toda y Elvira estaban por esperarlo, platicar con él y recibir su bendición, y ambas convenían en que un hombre santo no enloquece; que sobre Rutilio, el propio califa había hecho correr una fábula de miedo e incertidumbre, falsa, sin duda, porque antes de enloquecerlo Dios se lo hubiera llevado a mejor vida; y, en cuanto al confusionismo religioso del ermitaño, aducían que no estaba probado, que bien podía ser maledicencia.

Boneta y Adosinda eran partidarias de olvidar el objetivo de la expedición y tornar al palacio de La Noria antes de que cayera el sol, e martilleaban sobre el tema, considerando que sería terrible pasar una noche al raso en lugar tan sombrío y con un loco suelto.

Andregoto, Lambra y Nunila optaron por bajar al riachuelo para darse agua a la cara y quitarse el calor. Y estaban las tres jóvenes arremangadas de brazos y piernas, cuando escucharon una chillona vocecilla a sus espaldas:

—¿Qué facen por aquestos parajes serranas tan fermosas?

Se volvieron las tres al unísono. Era Rutilio, sin duda. Un hombre menudo y apergaminado de luengos cabellos y barba blanca, prácticamente oculto entre varios haces de leña.

Doña Nunila abrió la boca para responderle que no eran serranas, sino damas de la reina de Navarra, pero se le adelantó Andregoto:

—¡Dios te salve, Rutilio, abad destos lugares!, yo soy Andregoto. Éstas son Alhambra y Nunila... Hemos de llevarte a presencia de nuestra reina, la señora Toda, que viene de Córdoba a recibir tu bendición...

E subían los cuatro la trocha. El santón cargado de leña y las damas queriéndosela llevar. Departiendo animadamente a pesar de la fatiga. ¿Vos sois Rutilio? Nos somos damas de la reina de Navarra. Señor abad, ¿llevades aquí muchos años? Decidnos algo, señor. Las damas queriendo saber. El ermitaño hablaba sin parar, pero no se le entendía nada. ¡El santo habla en un idioma extraño, señora Andregoto! No, habla en árabe. ¡Déme la mano su merced que, si es ciego, puede caer! E ¿cómo ha conocido su santidad que éramos doncellas, si es sordo y ciego? ¿Quiere su reverencia que le ayudemos a llevar la leña? ¡Eh, eh, Boneta, Adosinda, señora Toda, traemos al hombre...! ¿Por qué cerró los ojos su merced?, la reina Toda dice que siempre hay bueno y malo que ver...

A las voces acudieron todos. A la reina no le cupo duda alguna, era el hombre de la caverna que volvía cargado con unos pesados haces de leña. Era Rutilio con sus años y osamenta, sin apenas ropa y mostrando sus enclenques garrillas. Elvira musitaba al oído de su abuela que el santón estaba poseído por el Espíritu Santo, pues tenía don de lenguas y pasaba de una a varias otras, todas desconocidas y de marcado acento oriental.

El hecho es que el hombre santo pasó con su palabrería por delante del numeroso grupo de peregrinas, sin dignarse en volver la cabeza, sin hacerles caso, sin mirarlas, y se entró en su cueva, e no valió que le llamaran: ¡Rutilio, Rutilio! No salía. Toda Aznar ordenó al señor Lulu que se adentrara en el albergue y que le dijera al ermitaño que tenía visita de la reina de Navarra y que, si no quería salir, trocara con él algunos manjares sobrantes de la comida por un trozo de pan bendito; que le dijera que Toda Aznar y sus damas se contentarían con catar el pan, el pan sagrado, y que lo dejarían en su placentera soledad, regresando al palacio de La Noria.

Lulu se entró en la cueva, seguido de algunos soldados de la escolta y encontraron al cenobita durmiendo pesadamente. Le hablaron, tratando de despertarlo para que prestara servicio a la reina Toda, pero lo zarandeaban y el santón no respondía. Dormía o no quería contestar. Deliberaron los moros y optaron por tomar el pan bendito y presentarlo a la señora reina, mesmamente como si lo hubieran trocado con don Rutilio. Lulu comentó con sus ayudantes que la señora Toda no se podía llevar un desaire de Córdoba y tomó el pan, dejando a cambio un queso de cabra, almendras e higos secos. Y se aprestaron a abandonar cueva tan profunda.

Afuera, Andregoto, Lambra y Nunila no se cansaban de repetir la frase de Rutilio en la que las había llamado serranas y bellas, cuando los hombres salían corriendo en la oscuridad, tapándose la cara con las manos, perdido el bendito pan, seguidos de una bandada de murciélagos, que en contacto con la luz, volaban ciegos...

Se inició una desbandada general hacia las mulas. La reina era llevaba casi en volandas por sus damas. Los soldados auxiliaban a los atacados por las fuerzas del mal, que otra cosa no era, e invocaban a Alá, el Clemente, el Misericordioso. Las cristianas no se atrevían a mirar atrás. En esto, Elvira Ramírez empuñó su crucifijo, lo alzó y se detuvo para increpar a los demonios en nombre del Altísimo... Los murciélagos no los seguían... Los pájaros del Infierno revoloteaban sin norte a la entrada de la negra cueva... La llamaron.

Volvieron a Córdoba por el mal camino, a través de bosques y quebrados, sin abrir apenas la boca. Recuperándose del susto. Rezando con fervor para quitarse la maldición del loco ermitaño que los había tratado con tanto desafuero, siendo que iban a postrarse ante él. Lulu y sus hombres habían sido picados en los ojos e no podían abrirlos por las heridas e hinchazones.

Ya en el llano, Elvira manifestó su propósito de tornar a la cueva del ermitaño para hacer una caridad y exorcizarlo, pues Rutilio estaba endemoniado. Las damas se negaron entre gritos de alarma. Al avanzar en el camino, Lulu confesó lo del robo del pan bendito o maldito, y ya con más datos se pudo analizar la situación.

Se consideró que las palabras que oyeron las damas de boca de Rutilio en el riachuelo, eran falsas, pese a que estuvieran dispuestas a jurar por la cruz que las escucharon de la boca del eremita, y si no falsas intencionadas, si producto de la imaginación de las tres mujeres, o lo que sería peor, palabras de Satanás, hablando por Rutilio, pues, como se sabe, el Diablo se persona en hombres y mujeres débiles de carne y de seso.

Boneta era de la opinión de que todo había sido causa de los pájaros, que velaban por el abad y defendían sus posesiones; que acostumbrados a tener un pan en el hogar, todos los días del año, no lo quisieron trocar por el queso y atacaron a los ladrones... Que ladrones eran, aunque dejaran el queso, las almendras y los higos, puesto que no habían convenido el trueque con el amo del pan.

Adosinda la interrumpió para comentar que tal vez fueran los murciélagos los que le llevaran el pan cada amanecida y que, naturalmente, no se lo dejaban quitar.

Toda Aznar sostenía que, en realidad, el abad ni había hecho ni dicho nada; que había pasado por delante de la expedición sin mirar a nadie, con los ojos vacíos de ciego, metido en su casa y dormido como cualquier hombre; que lo ocurrido debía de ser castigo de Dios a unos ladrones infieles o un conjuro de Satán a las cristianas.

Doña Elvira era partidaria de empezar a rezar en cuanto llegaran a palacio y pasar todo el día de mañana de esa guisa... Las damas expresaron su conformidad y adujeron que nada bueno podían esperar de aquella malhadada peregrinación, a la que habían ido en busca de una bendición y vuelto con el alma temerosa, con el corazón exaltado y el cuerpo roto... Y regresaron tan tarde que prácticamente casi era la hora de maitines. ¿Qué hacían? ¿Comenzaban las oraciones...? Lo mejor que habrían de hacer pues estaba claro que no habían de conciliar el sueño.

Dispusieron las sacras y los calvarios abiertos sobre un arcón, encendieron unos cirios, se arrodillaron y rezaron todas dirigidas por doña Elvira:

Laudamus Te,
benedicimus Te...

Fue el propio Chaafar, el primer ministro, quien se presentó en el palacio de La Noria, al caer el sol, con cartas de don Abd-al-Rahmán, el califa. Una para el rey de Navarra, otra para la reina.

En ellas, el primer señor del Islam los invitaba a una cacería por la campiña cordobesa, en el soto de Al Qeilar, al pie de sierra Morena. Toda aceptó gustosa aunque pensara para sí: Otro día de trajín.

Don Chaafar hablaba de una partida de caza con ojeadores y perros podencos para cazar el jabalí, el ciervo, el corzo y, a saber, si algún león, decía y trataba de asustar a las pamplonesas, mirando fijo a doña Andregoto de don Galancián. Saldrían las dos expediciones de La Noria y Medina Azahara antes del alba, se juntarían en el quejigal de Alorce y partirían juntas por un camino de piedra... El soto de Al Qeilar era una extensa arboleda de quejigos, encinas, alcornoques y jaras, regada por un arroyo de cierto caudal; un lugar muy placentero para pasar un día al aire libre... E si alguna de sus señorías desea sumarse a la caza, puede hacerlo, dijo desafiante.

Andregoto alzó la cabeza en un gesto soberano que le tornó el pelo bermejo a su sitio y aceptó el reto, diciendo: Yo representaré a las mujeres de Navarra en esa partida de caza. Chaafar, tras mil reverencias, salió radiante. La reina participó a sus damas que iría de mala gana, que estaba muy trajinada, y la secundaron Boneta y Adosinda. Alhambra y Nunila no; ambas consideraron que la jornada de caza serviría de divertimento. Elvira manifestó su deseo de no asistir. Andregoto pidió permiso a su señora para afilar sus armas. Toda no hubiera querido que su sobrina empuñara las armas. Una sola mujer cristiana entre tantos infieles, se lamentaba la reina, yo no quisiera que fueras a la caza, hija, dado tu extraño comportamiento con los caballos, puedes incomodar las piezas del califa y causar quebranto en el bosque... El primer ministro nos ha desafiado, yo he aceptado el reto por ti y por Navarra, para que non se diga..., pero no iré a caballo, si así lo quieres...

Non sé, hija, no me place que esté don Chaafar por el bosque y que no esté yo... ¿Qué quieres decir, tía? Que ese moro te mira con arrobo, niña... Pero ¿no es un eunuco, señora? Sí, Andregoto, sí, los ismaelitas tienen muchos vicios... Se ayuntan sin freno hombres con mujeres, lo natural; pero también hombres con hombres... Chaafar es eunuco pero tiene concubinas... Yo, señora, hacía que la tal Zoraida que conocimos en los baños públicos sería para Chaafar como una criada sobresaliente o una compañía, pero nunca amor carnal, pues creía que los eunucos carecen de los distintivos viriles... No carecen dellos, niña, les cortan una parte los cirujanos para satisfacer pasiones inconfesables... Pues Zoraida tiene hijos, así te lo dijo en el baño, ¿serán de Chaafar o de otro marido? Non sé, niña, non sé, para mí que serán de otro hombre, pues tengo entendido que a los eunucos los mutilan y no se pueden reproducir... pero non me ha hecho falta saber destas cosas... Tú, Andregoto, procura que no se te acerque el señor Chaafar que, a fin de cuentas, es un bárbaro del Norte de Europa... ¿Dices, señora, que me mira bien el hombre? Tal digo, el prefecto te mira con ojos de animal muerto, con unos ojos grandes que quieren abarcarte entera...

¿Eso es el amor, señora reina? Puede serlo y no... Mira, hija, en un castrado no es bueno, en un infiel que piensa en una cristiana tampoco..., sería amor en un doncel que penara por una doncella... Yo sólo he conocido un caso de amor..., el de mi hijo García por doña Teresa Alfonso, nuestra señora, aunque Teresa, que quede entre nosotras, no le corresponde del mismo modo; quiero decir con el mismo fervor. Y ¿sabes, sobrina?, por lo general los hombres no son buenos amadores... Buscan mozas garridas y prietas o damas gazmoñas, según su condición, en fin, mujeres bien de teta y de posaderas para solazarse y mostrarlas a los amigos, salvo alguno que es aprehendido en los brazos del amor y sufre por la amada, le corresponda o no de la misma manera... Las mujeres son más bobas y se enamoran más y sueñan desde lo alto de las almenas con la llegada del amado... Mira, hija, el amor, a mi ver, es como un embargo del corazón... El corazón amante rechaza todas las cosas que no tienen relación con la amada o el amado, y todo se considera banal y sólo existe el amado... y un penar sin motivo ni razón y un ansia se apodera del amador, que no vive y, a veces, pierde el seso... Tal es el caso de García, que otro no he visto en mi luenga vida...

E tú, señora, ¿has sentido este amor por tu marido el rey don Sancho?

No, Andregoto, no. A mí me casó mi padre con Sancho Garcés porque él era un Jimeno y yo una Arista, para que los Jimeno no estorbaran mientras don Fortuño, el rey de Pamplona, permanecía preso en aquesta ciudad de Córdoba, y mi padre no me preguntó y yo no conocí a mi marido antes del desposorio... Mi hermana, doña Matrona, se había casado lejos con el conde de Pallars; madre ya no tenía y Aznar Sánchez, mi padre, estaba atacado por una enfermedad mortal... Doña Íñiga, mi madrastra, la que luego había de maridar con el emir Abd Allá, me encomió mucho a Sancho Garcés... Pero no creas, en principio Sancho no me consideraba mucho. Me llamaba «mujer». «Mujer, ven aquí, ve allá...» Además, estaba siempre en campaña y molesto conmigo porque alumbré cuatro hijas seguidas y Sancho era rey y no tenía heredero varón. Por eso, se juntó con la noble Ortiga Vela, precisamente en la ciudad de Nájera, con gran disgusto de tu madre, doña Mayor, pero Dios le castigó y engendró otra hija que, luego, se la crié yo... Se me presentó con la criatura envuelta en pañales con la noticia de la muerte de doña Ortiga, hermana de don Velasco, el conde de Álava, nuestro vasallo...

Señora Toda, ¿no vas a dormir?, preguntó Boneta desde la puerta.

No, Boneta, ve tú, que estoy hablando con mi sobrina... Y tú, Andregoto, no creas, que cuando Sancho me empezó a considerar por mí misma llevábamos diez años casados, cuando me gané el castillo de Leoz y paré a los moros a las puertas de Olite, porque él estaba con don Ramiro en La Rioja... Entonces, se me consideró digna hija de Aznar Sánchez... Claro que yo valía menos por mí en vida de Sancho que después de morir, pues mi marido era muy arrogante y destacaba entre todos... Era el amo de todas las situaciones... Imagínate una mesa con varios hombres en derredor con igual vestimenta, pues Sancho sobresalía entre todos... A mí me ataba corto, me echaba en cara mis impulsos, me decía que me dejaba llevar por los sentimientos, que era temperamental y siempre estaba: ¡tente, tente, Toda! Y eso no era, porque había momentos en los que era preciso actuar deprisa y no como hizo él en algunas ocasiones, como cuando perdió la ciudad de Calahorra para Navarra... Bueno, sobrina, ya te he hablado sobre el amor, lo que yo entiendo y de otras cosas privadas... Ahora, nos vamos a dormir... y estáte en aviso de lo dicho...

—¿Qué quieres, Boneta? Doña Boneta, en camisa de dormir, pidió permiso para entrar, se acercó presurosa al lado de la reina y le musitó al oído que una diputación de las cocinas pedía licencia para ver a la reina a estas horas, y que insistían en entrar; que hablaban algo de una preñada... Toda Aznar hizo un gesto de estupor y concedió audiencia a la diputación de las cocinas. Ebla de Lizarra, la cocinera, Munda de Aizgorri, la costurera, y otras mujeres se inclinaron con respeto.

Ebla de Lizarra, ¿te trae algo urgente a estas horas...?, preguntó la reina. Sí, algo urgente..., peligra la vida de dos cristianos, contestó la susodicha. ¡Jesús bendito!, exclamó Toda, ¡habla, pues, sin tardanza! Señora reina, Olina de Isurre, pinche de mis cocinas, va a alumbrar un hijo que se le ha movido y atravesado en el vientre... ¡Han de morir dos cristianos...! Olina grita en su dolor y pide perdón a la reina Toda... Ebla, ¿Olina no tiene marido o sí?, ¿es puta sabida?, demandó la reina. No, no, señora, marido no tiene, pero yo no sé que sea puta, era una doncella más bien pazguata..., se ve que traía el niño de Pamplona, disimulado entre la saya... Ebla, ¿quién es el padre? No lo quiere decir, señora. ¡Que no lo quiere decir! ¡Cómo osa venir a parir a Córdoba y tapar el nombre del padre! ¡Vamos, Boneta, ponte una capa y tú, Ebla, la mujer de los dimes y diretes de Pamplona, cómo no has sospechado tamaño engaño...!, reprobaba la reina, caminando aprisa por la galería en dirección a la casa de la servidumbre.

Entró rauda, regañando a Ebla, a Munda y a las otras mujeres; despachándose contra Olina y el desconocido padre de la criatura, contra las doncellas necias que no sujetan el ardor de sus partes bajas y contra la fastidiosa forma de la reproducción humana... E hizo un alto en el camino para ilustrar a Alhambra y a Nunila, diciéndoles que el seso debía prevalecer sobre la pasión desenfrenada, cuando se oyeron gritos en el dormitorio de mujeres... ¡A Olina le ha venido otro dolor...! ¡La niña muere sin sacramentos...!, clamaban las dueñas pamplonesas.

Toda se apresuró y contempló a Olina revolviéndose en su dolor sobre una alfombra y, pese a que un instante antes le hubiera dado de latigazos, no lo pudo remediar, le dio pena. Una muchacha jovencísima, casi una niña, a las puertas de la muerte. Una criatura de rostro angelical, de cabellos rubios, y la recordó cantando en las cocinas del castillo de Pamplona. Enseguida, tomó las riendas de la situación e hizo llamar a don Hasday, el médico, y a don Rodrigo, el preste.

E miraba a la muchacha rota y sudaba de dolor, e cuanto más la contemplaba, más le ahondaba la pena en su corazón. No, no podía regañar a la niña, aunque llevara un bastardo atravesado en el vientre. Toda Aznar se sentó a su lado, le cambió ella misma el paño húmedo que le cubría la frente, diciéndole: ¡Ten ánimo, Olina, que todas las mujeres parimos así!, la primera vez es la peor, ¡haz fuerza para que el niño torne a su lugar!, e no temas a la vergüenza que yo te buscaré un marido, a más, el tiempo hace olvidar estas cosas... He hecho llamar a don Hasday, el médico judío, que atiende a mi nieto don Sancho, el rey de León... Él te dará algún remedio... No temas que no te dejaremos morir en tierra infiel... Que yo te recibiré con tu niño en mi casa de Pamplona... Pero habrás de decirme el nombre de ese malvado que te ha hecho el hijo, que yo le daré su merecido o te casaré con él... ¡Empuja, niña, empuja...! ¡Boneta, cámbiale el paño de la frente y tú, Munda, hazle aire con ese jubón... e retírese tanta dueña, lejos, que no es bueno tanto aliento...! ¿Sí, Lambra...? El preste, señora...

¡Pase, vuesa merced, don Rodrigo, e déle a esta muchacha confesión y comunión y la Santa Unción!, ordenó la reina. ¿Es hija de Dios o puta?, preguntó el sacerdote. La reina le contestó con voz tajante: ¡Es vasalla de la reina Toda, déle vuesa merced los sacramentos!

Olina no estaba en condiciones de confesar ni de recibir la comunión, las contracciones del parto eran cada vez más rápidas. El clérigo inició el sacramento de la Extremaunción, las mujeres se arrodillaron todas y él recitó las letanías. Estaban en esta guisa, cuando entró Nunila con un recado: Don Hasday

255

no estaba en La Noria, había sido llamado de Medina Azahara, pero don Lulu proponía que ante el evento, se avisara a Alisa ben Reez, la partera más famosa de Córdoba y, también, médico. La reina aceptó enseguida. Ella haría todo lo que estuviera en su mano.

Adosinda palpaba el vientre de la parturienta, asegurando que el niño se movía. Toda le tenía la mano a Olina y le decía que todas las mujeres presentes harían todo lo posible por ella y por el niño por nacer. El preste, a cada interrupción, torcía el gesto. En una ocasión, interrumpió la ceremonia. La reina le hizo seña de que continuara y se excusó en alta voz: los moribundos, dijo, precisan del consuelo de los sacramentos pero también del de los hombres.

Terminada la Santa Unción, el preste salió más corrido que otra cosa. Las damas comentaban entre sí, mientras se turnaban en el abaniqueo, que la médico no había de llegar a tiempo y que, aunque llegara, el niño se habría estrangulado con el cordón umbilical de la madre. Que un parto era un parto, y un parto malo, una muerte indudable... Mucho tardaba Alisa, mucho... Y ya iba a narrar Adosinda su primer parto, cuando la reina preguntó a Ebla si, acaso, había querido ocultarle el embarazo. ¡Líbreme Dios, señora reina!, exclamó Ebla de Lizarra... Olina se ocultó en el bosque para alumbrar fiada de sí misma... y la trajeron los hombres que entraron en el bosque al oír los lamentos... Entonces confesó su culpa y la ayudamos todas las dueñas presentes, hasta que vimos el niño atravesado y ya fuimos a ti, señora...

Olina tenía ya la palidez de la muerte. A cada dolor, arrojaba un espeso borbotón de sangre y agua negra por sus partes bajas. Ni Ebla, ni Munda, que la apretaban con paños, podían detener la hemorragia.

Ebla hablaba con Alhambra, que contemplaba la escena aterrada, y le decía que ella era cocinera, no partera; que a la reina Toda se le escapó este detalle al planear la expedición tan larga... ¿Así se pare, Ebla?, preguntaba Lambra con cara de espanto. Esto es mal parir, hija, sentenciaba la cocinera, pero un buen parto tampoco es grato de ver, ¡pobre Olina! Se morirán los dos, ¿verdad, Ebla? Si Dios no hace un milagro, sí... E ¿qué tendría que ocurrir si todo marchara bien en este alumbramiento, Ebla?, demandó Lambra. La cocinera se apresuró a explicarle que, tras los dolores de la madre y en un último dolor, el mayor de ellos, el niño salía de cabeza..., que los dolores ensanchaban la salida menstrual y primero salía la cabeza, luego los hombros, el cuerpo todo..., los pies..., para luego de salida la criatura, arrojar la tela envolvedora que guardaba al niño en el vientre de la madre y... todo esto con mucho aparato de sangre y agua mala..., mismamente como si todos los nacidos vinieran del Infierno... Mal lo había puesto Dios esto del parir deste modo, muy mal...

Ebla movía la cabeza. Lambra iba a decirle que ella no se casaría nunca, ni menos tendría hijos de ese modo, cuando se oyeron voces fuera de la casa y las mujeres de la habitación contigua dejaron de rezar.

Doña Boneta salió al encuentro de la partera que venía con mucho aparato. Una mujer alta, garrida y bella como pocas, de ojos negros muy intensos. Le informó de la situación: la parturienta era primeriza y, al parecer, llevaba atravesada a la criatura y había dejado de gritar y apenas respiraba. La mora mandó desalojar la habitación sin ningún recato y se cambió del traje por otro más ceñido, a la par que pedía agua para lavarse las manos.

Alisa se introdujo en el dormitorio de mujeres llevando las manos en alto, seguida de sus ayudantes. Caminaba aprisa. Inclinó la cabeza ante la reina. Se cambió el velo que traía en la cabeza por otro que se ajustaba a la barbilla e hizo salir a Alhambra y a Nunila. Por fin se dirigió a la reina Toda y le pidió permiso para proceder a la manera de los médicos de Córdoba. La señora de Navarra se lo otorgó sin dudar, expectante ante lo que Alisa pensara hacer, y se aprestó a ayudarla. Alisa declinó la invitación y rogó a las damas pamplonesas que le dejaran sitio. La reina y sus camareras se retiraron a un segundo plano. Las ayudantes pidieron a doña Boneta una mesa grande para tender en alto a la enferma. A poco entró Boneta con Munda y Ebla trayendo la mesa de comer, pues no encontraron otra. Las ayudantes la cubrieron con paños blancos. Alisa pidió ayuda a las navarras para trasladar a la parturienta a la mesa, que ella llamó de operaciones.

Boneta hizo ver a la reina que a Olina le colgaba la cabeza. Toda preguntó a la médico si la muchacha estaba viva. Alisa volvió a poner sus dedos en la yugular e hizo un gesto afirmativo. Las ayudantes descubrieron el vientre de la puérpara, una de ellas rogó a las damas que acercaran los hachones y los mantuvieran en alto. Alisa palpó el vientre repleto, alzó la vista y explicó a Toda Aznar que a la mujer le quedaba un hilo de vida, que, no obstante, iba a tratar de salvar a la criatura, abriéndole el vientre a la madre. La reina aprobó su iniciativa.

Las asistentes de Alisa disponían sobre la mesa toda una suerte de cuchillos, grandes y pequeños, tijeras y agujas de varios tamaños. Alisa pidió un cuchillo, le dieron uno de ellos, y rajó el vientre, desde debajo del ombligo hasta la ingle, de un certero tajo; después introdujo las manos en el vientre repleto y urgó en él. Olina sufrió un espasmo y dejó caer la cabeza. Había muerto...

Alisa extrajo a la criatura, la agarró de los pies y le proporcionó unos azotes en las nalgas, mientras una de sus auxiliares desenroscaba del cuello del niño el cordón umbilical. El niño, era un varón, no respondía al zarandeo. La médico entregó la criatura a una de sus ayudantes que lo sostuvo por los pies e introdujo la mano en la boca del niño, sacándole moco; después pegó su boca a la del chiquillo y aspiró para sí, y rápidamente tumbó al niño en la mesa y le echó dentro su aliento... Lo zarandeó, le dio la vuelta... Movió la cabeza. Había muerto...

He llegado tarde, se excusó con la reina Toda. Luego, explicó que había salvado de esa guisa a una mujer, cosiéndole el vientre, y a dos criaturas. Que era una operación muy peligrosa y de resultados escasos, que se aplicaba ante la inminencia de la muerte. En este caso el niño ya estaba ahorcado, terminó y pidió agua para lavarse los brazos, pues mismamente parecía un matarife.

La reina le agradeció sus desvelos, levantó los hombros y comentó: Ha sido la voluntad de Dios. Se quitó del cuello una cadenilla de oro con la imagen de santa María de Pamplona y se la entregó a la médica mora en pago de sus servicios. Luego que salió Alisa, mandó llamar al preste y se iniciaron los responsos y los plañidos.

Toda Aznar se despidió de su gente. Ya era hora de laudes. Ya era hora de vestirse y salir a la cacería. No vayas, señora, le insistía doña Boneta, que no has dormido esta noche, alega una indisposición.

En verdad, hemos tenido mala noche, Boneta... Si Olina nos hubiera avisado a los primeros dolores, tal vez la mora la hubiera conseguido salvar o, al menos, al niño... Encomienda a Ebla que indague quién es el padre cuando lleguemos a Pamplona..., que lo haré azotar hasta que le salgan los huesos..., y recuérdame, cuando lleguemos, que hemos de aumentar la pena para el que violente o preñe con engaños a una doncella, que es muy baja, Boneta.

Cuando se encontró la expedición del palacio de La Noria con la proveniente de Medina Azahara, los navarros presenciaron el desfile de los jinetes de la guardia y de varios escuadrones de negros, que caracoleaban los caballos componiendo un bello espectáculo. Los hombres vestían ricos uniformes y cascos de oro y plata que refulgían al sol del amanecer, y las bestias lucían gualdrapas de seda de vivos colores. El califa recibió a los reyes de Navarra y se cruzaron parabienes en presencia de los señores principales de Al-Ándalus.

Los obsequiaron con los consabidos zumos de frutas, a los que los cristianos hicieron buen aprecio. Toda decidió quedarse con sus damas en los entoldados a la vera del riachuelo y deseó a sus señorías buena caza y precaución con las fieras carniceras.

Y estaban alrededor de una mesa baja, asentados sobre una alfombra, los reyes, los generales, los eunucos Chaafar e Ibn Nars y doña Andregoto de don Galancián, cuando a esta última le advino una indisposición. Un temblor se apoderó de la brava de Nájera.

La reina casi lo agradeció por las miradas anhelantes que observaba en el prefecto de la guardia y se la llevó, animando a los señores a que iniciaran la cacería y alegando que los perros estaban tan ansiosos que los podenqueros no podían sujetarlos. Los caballeros se despidieron de la reina y partieron, don García muy contento y gallardo sobre su caballo andalusí, seguido por don Nuño Fernández que le llevaba las lanzas.

Boneta había mandado tender a doña Andregoto sobre una alfombra. Toda se presentó de inmediato y le puso la mano en la frente. La niña tenía fiebre, bastante fiebre, y el temblor era parejo a la elevada temperatura. Seguramente, un catarro de verano. Que trajeran vino caliente y le pusieran un paño frío en las sienes... o que la volvieran a La Noria y consultaran con Hasday, si fuera menester, organizaba la reina.

Pero no, no era menester consultar con los sabios, aseguraba Andregoto ya mejorada, no se trataba de ningún catarro veraniego ni afección de garganta o del pecho, no. Tal decía la señora de Nájera, poniéndose en pie, recuperada del temblor, desprovista de fiebre y vuelta a su color natural. Dispuesta a salir a la zaga de los cazadores.

¡Ah, no!, exclamó Toda, ¡vuesa merced no se mueve de aquí...! Vuesa merced permanecerá en reposo hasta ser asistida por un sangrador a domicilio. Porque, posiblemente, lo que le ocurre a su señoría es que le sobra sangre como se ha demostrado durante su desmayo, en el que se le agolpaba toda en la cabeza, provocándole el temblor y la fiebre.

No es preciso, señora, yo te explicaré cuál es mi daño, se expresó Andregoto y miró en derredor. Las damas, curiosas, mostraban su ansiedad ante el inminente comienzo de la explicación, pero la castellana guardaba silencio. Toda Aznar comprendió que su sobrina deseaba tratar algún asunto de familia y despidió a sus camareras.

Cuando quedaron solas, Andregoto se llevó la mano al corazón y sentenció: Tengo mal de amores, señora tía..., un amor muy poderoso que crece en presencia del amado y me produce temblores...

¡Santa Emebunda, líbrame de otro enamoramiento!, suplicó Toda y alzó los ojos al cielo, solicitando de su sobrina el nombre del amado.

Andregoto musitó un nombre que Toda no llegó a entender, y expectante, lo volvió a pedir. La castellana repitió con entrecortada voz: Abd-ar-Rahmán...

Entre tía y sobrina se hizo un pesado silencio. Toda movía la cabeza, no acertaba a hablar. Andregoto entró en disculpas: Lo que le sucedía respondía mismamente a lo que le dijera la reina Toda en el día de ayer..., un ansia se apoderaba de su corazón y le venían mareos y temblores. Por supuesto que había intentado, en vano, luchar y anteponerse a ese sentimiento que, suponía, era amor... pues una congoja se le expandía por el cuerpo todo, a la par que le apretaba el corazón y perdía el sentido. Tan grande era... Otro tanto le ocurrió en la visita a Medina Azahara, el día del juramento, pero entonces lo disimuló mejor, pues no fue tan intenso... E, digo yo, señora, que ha de ser amor, pues responde por entero a tus palabras de ayer noche... Que, ella, Andregoto, había sopesado mucho su situación y, desde que conociera a Al Nasir, a menudo se había sorprendido a sí misma con la mirada perdida que, de podérsela ver, sería de animal muerto, sin duda, y encandilándose con la belleza de las flores y de las aves que habitaban en el palacio de La Noria, en lo que nunca había reparado con anterioridad, o recreando su pensamiento con la imagen de don Abd-ar-Rahmán, magnífico en su trono del salón de Audiencias, o dulce como un enamorado cuando se interesaba por su estado, tras el tropiezo que diera en el jardín. Creo, señora Toda, que no podría maridar con otro hombre después de conocer a éste... Es delicado y frágil, como don Aamar de Quiberón, que en gloria esté, a la par que señero... Y si tú, señora, me dieras tu permiso y él quisiera, podría casarme mismamente como lo hiciera la reina Íñiga con el emir Abd Allá, e lo haría con gusto y libremente como a ti te gustan los matrimonios...

La reina Toda levantó el dedo índice y exclamó con voz tajante: ¡No! Doña Andregoto se sonrojó y puso cara de estupor, pensando que muchas vascas habían maridado con importantes hombres de Al-Ándalus por razones de política, de alianzas, de hermanamiento de los pueblos, o para conseguir la paz.

La respuesta de la reina no se hizo esperar. A la primera negativa siguió una segunda y una tercera con voz seca y cortante, con aquella voz que sacaba de tanto en tanto, y que no admitía réplicas. Y habló con crudeza: Entiendo, señora mía, que a tu edad necesites un hombre a tu lado... Yo te lo daré en cuanto regresemos a Pamplona o antes, si no puedes esperar..., pero lo que me has dicho es la mayor necedad que he oído en esta disparatada expedición... Es locura lo que propones. Yo no te la consentiría nunca... Por otra parte, el califa no es elegido por marido por ninguna mujer; elige él sus esposas legítimas y sus concubinas, según le place, y cuando se cansa dellas las abandona o, sencillamente, si le contrarían las manda matar, como hizo con una esclava de su harén que no lo quiso besar a su requerimiento. A esa desgraciada muchacha le hizo cortar la cabeza sin ningún miramiento y ni tan siquiera se extrañó, ni reparó, que de la cabeza sesgada de la esclava brotaban perlas. No se apesadumbró por ello, ni tembló ante ese hecho insólito, se limitó a donar las joyas a su barbero convertido en asesino, y a solazarse con otra mujer de su harén, que está compuesto de centenares de ellas. Tal me ha dicho Aixa, mi esclava mora, a quien conoces. E podría contarte otros horrores y otros sucesos... Te has prendado de un hombre que no dudó en matar a su propio hijo; y que tiene todos los vicios, y para el cual no existe otra ley que la suya, por mucho respeto que muestre en público por la Ley del Profeta pues, en privado, bebe vino y come carne de cerdo negro... Y, por si fuera poco, mi sobrino muere ya... y otrora se teñía el pelo, y se acicalaba como si fuera una mujer, se ayunta con otros hombres..., es un pervertido. Y, tú, Andregoto, no tienes amor por él, pese a los temblores y desmayos, sientes miedo en su presencia. Muchos hombres bragados tiemblan ante él, con mayor motivo tú que llevabas puesta la armadura y que traías calor y catarro, pues esta noche te oí toser y se te ha juntado todo, a más de ese desatinado pensamiento...

En adelante, te ordeno que retires de tu mente el retrato que hayas hecho de mi sobrino, que destierres todas las bondades de carácter que le hayas añadido, pues es un malvado y el mayor enemigo de Dios y de nuestro pueblo, aunque ahora moremos bajo su techo por razones muy principales... Todo lo que hagas en contra de mi voluntad te lo he de demandar y, si es preciso, te quitaré la honor de Nájera y te encerraré en la mazmorra más honda de mi castillo... e si no puedo contener así la cosa, tomaré otras medidas... He dicho... Cierto, que no ha sido de mi gusto hablarte ansí...

Andregoto se había arrodillado y tomado la mano de la reina Toda. Abundantes lágrimas brotaban de sus ojos y, entre sollozos, decía: No, no, señora, no he querido contrariarte, mi mayor deseo es servirte. No tengo necesidad de tener un hombre en la cama... No he conocido varón... Yo creía que podría hacerte mayor beneficio en Córdoba, vigilando que se cumpliera el tratado que ha de firmar don Sancho y, al mismo tiempo, acallar el ansia de mi corazón, que la hacía amor, siempre que a ti te compluguiera...

Bien, evitarás verlo. Ahora mismo partirás hacia Córdoba, sin rechistar, y cuando llegues te sumarás a las oraciones de las sorores de León, y pasados siete días te presentas ante mí...

¡Gran Dios! ¿Qué era esto? ¡Todas las locuras de los cielos, de los infiernos, del mundo todo, juntas en esta expedición! ¡Todas las gentes locas! ¡Amores desatinados! ¡Fuerzas del Mal! ¡Gentes descompuestas...!, e Toda Aznar desfaciendo entuertos y dirimiendo cuestiones... ¡Ay, Dios, que habría de acabar de un sofoco!

Ya te contaré, Boneta, hija, ya te contaré cuando estemos solas..., que entre todos me han de matar... Que no sé yo por qué me vine con tanta gente... Cincuenta hombres hubieran sido suficientes y con ellos se hubieran reducido los problemas al cuarto... e no tendríamos dos navarros muertos en Córdoba... Fíjate, ayer noche un disgusto con Olina y su criatura y, hoy, otro con mi sobrina... Ya te contaré...

No te apenes, señora, que todo es vano... e ya pronto volveremos a Pamplona, a nuestra corte..., a nuestra vida corriente...

En cuanto lleguemos, le buscaré un marido a mi sobrina Andregoto. Ayúdame tú, Boneta... Qué te parecería el hijo de mi hijastra doña Lupa y del conde Dato de Bigorra, ¿cómo se llama?

Se llama Raimundo..., no sé qué decirte, no sé de él...

Si es hijo de Lupa será un buen cristiano y un hombre de prendas como su madre... E me va bien este Raimundo, que ansí mandaremos a Andregoto a Bigorra... Yo la dotaré bien y la haré condesa que es más que ser castellana en Nájera... E si a ti no te place este hombre, búscame otro... E de lo que me dijiste que mi sobrina tenía la misma edad que mi hija Velasquita no puede ser... Doña Mayor era mucho menor que yo... e mi hija, si viviera, tendría cuarenta años y Andregoto no representa eso... ¿Qué me dirías de alguno de los hijos de Fernán González para mi sobrina?...

Claro que emparentar con Fernán González tiene su meollo... pero ese chico, ese García, el que será conde, debe de ser un gran caballero..., ¿o no? Boneta... Y ese otro, ¿Gaudio, Gaudioso, Gauterio?, mi nieto, el hijo de don Galindo y de Velasquita, ¿cómo se llama...? ¡Se llama Galín, Galín Galíndez! ¿Qué te parecería ése...? Estaría bien casarla con un nieto mío... Tengo nietos sin conocer todavía... Mira, Boneta, llevo en la cabeza un pensamiento... Quisiera, cuando volvamos a Pamplona, reunir a todos mis descendientes en el castillo de Leoz para despedirme dellos y conocer a los desconocidos... y hablarles de Sancho Garcés y de mis hijas, e juntarlos a todos en familia... y darles unas consejas. Que vengan de Pallars, de

León, de Burgos, de Álava, y los de Bigorra también, pues quiero a Lupa como a una hija... ¿Qué te parece...? Yo a Lupa la quise mucho, ya lo apreciaste... ¡Ah, y que vengan los de Aragón...! Les daré una gran acogida..., ya buscaré los dineros... E te imaginas a toda la progenie de Sancho Garcés unida, sin que falte ninguno al llamado de la reina Toda... Traeremos grandes días para Navarra... Y García de rey de todos... A doña Teresa le gustará, ya sabes que ella quiere hacer una gran corte en Pamplona, como las que dice que existen en Francia... Que Teresa lo tiene fijo en la mente... ¿Qué quieres, Alhambra, por qué nos interrumpes?

Don Chaafar te pide audiencia, señora.

¿Don Chaafar?, ¿acaso no va en la cacería?

La ha dejado y pide audiencia...

Dile que venga...

¡Salud a don Chaafar!, lo recibió la reina Toda y le señaló un escabel enfrente de ella. Lo contemplaba con curiosidad, ¡qué me querrá este hombre!, pensaba.

Chaafar ben Uthmán se inclinó profundamente, hizo una venia a la reina y comenzó a hablar. Toda, viendo lo tembloroso que estaba, le volvió a señalar el escabel. El eunuco comenzó diciendo que precisamente se disponía a lancear a un jabalí, cuando su caballo, asustado por alguna causa desconocida, se encabritó y él fue derribado a la par que resistió la acometida de la fiera, que lo hirió en la mano con el colmillo, y peor podía haberme resultado si no me auxilia con rapidez el general Ben Tumlus, salvándome de las acometidas del bicho... y no fue nada, pero abandoné la cacería porque, además, tengo que decir algo a su señoría. Toda hizo una venia para que siguiera. El prefecto se retorcía las manos. La reina pensaba que se volvería a lastimar la mano herida. El eunuco escrutaba la lejanía con la mirada como perdida. Toda se extrañó y le insinuó: Hable su merced sin temor alguno. Chaafar todavía guardó un momento de silencio, luego se aclaró la voz y dijo: No sé cómo deciros, señora... Diga el general lo que haya de decir sin reparos, insistió la reina. Señora Toda, he recibido un corto mensaje de la paloma que envié al *caid* de Tudela para haceros servicio... y doña Teresa, vuestra nuera, está enferma de cuidado... Chaafar arrastraba las últimas palabras y parecía muy apesadumbrado.

Toda Aznar no se inmutó, tan temperamental ella, no movió un solo músculo del rostro. Ya lo presentía. Ya presentía la enfermedad de Teresa, porque de sobra sabía que los sueños y temores de García no eran vanos, sino reales como la vida misma. Tragó saliva y preguntó al prefecto el nombre de la dolencia de Teresa. El musulmán no supo contestarle, el mensaje era breve por demás. La reina le rogó que no dijera a nadie nada salvo a su señor el califa, que debía estar conocedor de todos los sucesos que acaecían en los reinos y condados de Hispania entera. Pero que con todos los demás, hombres y mujeres, guardara silencio, como si se tratara de un secreto de Estado. Que ya vería ella de interesarse en el asunto, y agradeció su promesa.

El eunuco quiso distraer a la reina y habló de la calor del día, de la belleza de las princesas Wallada y Zulema y de la amistad que habían hecho con las señoras de Navarra, pero conversaba con la cabeza baja, sin mirar a los ojos de la reina, como encerrando alguna cosa en su corazón. Toda le interrogó sin tapujos: ¿qué otra cosa quiere decirme el señor Chaafar? El prefecto se sonrojó, se levantó del escabel y musitó sin alzar la cabeza: Señora, este humilde hombre, vuestro más leal servidor, se ha prendado de doña Andregoto de don Galán y quiere desposarse con ella...

Toda entreabrió los ojos, se alzó airada, cortó su parlamento con gestos altaneros y preguntó con seca voz: ¿Cómo osa un liberto, un plebeyo, un eunuco, pedir en matrimonio a la ahijada de don García, el rey de Navarra...? El prefecto se inclinó y salió con el rostro descompuesto.

Inmediatamente, la reina dio las órdenes oportunas a don Lulu y a doña Boneta para regresar a la ciudad. Adujo que se sentía indispuesta y ante la insistencia de sus camareras que querían conocer la causa de la indisposición y combatirla, Toda aseguró que no la podían ayudar, que sufría por cosas de la gobernación y les suplicó que mantuvieran la lengua callada.

En el palacio de La Noria, despachó cartas para Pamplona. ¡Quería saber qué era del reino!

Toda no durmió. En puridad, desconocía si la ciudad de Pamplona continuaba en pie, si el reino seguía libre, ignorando si todavía era de García y suyo, o si lo habían conquistado los moros... Que bien podía ser después de cuarenta y tantos días sin noticias, salvo la mala nueva de la paloma de Chaafar, e no podía quitarse el asunto de la cabeza.

Envió carta a don Gómez Assuero, urgiéndole a que le informara de la situación del reino, de la reina, de los infantes y de doña Andregoto Galíndez, su anterior nuera. Porque en Pamplona la tenían olvidada o acaso estuvieran mejor sin ella, sin nadie que gritara en el castillo. ¿Los navarros habían abandonado al rey y a la anciana reina aprovechando su ausencia? ¿Habían faltado a su juramento de fidelidad o nombrado a otro rey? ¿O todo era obra de los ismaelitas que no dejaban pasar a los correos?

No, era empresa de los pamploneses que, faltando ella, se habían dado a la holganza y al vino y no tenían fuerza para tomar el cálamo y escribir a sus señores naturales. No, don Gómez nunca haría tal cosa. Tal vez el gobernador estuviera enfermo de muerte y en la capital del reino reinara el caos y los nobles, con doña Teresa también enferma, se disputaran la regencia. ¿O tenían malas noticias y se las querían ocultar? ¿Una invasión de los francos o de los bárbaros del Norte, o una catástrofe natural?

Debía saberlo enseguida, por eso estuvo hasta muy entrada la madrugada dictándole a Adosinda y haciéndole repetir las cartas, pues tenía que preguntar por Teresa y su enfermedad, sin decirlo expresamente para que no se enterara su dama, que era larga de lengua, y no encontraba la frase. Ni la encontró. Preguntó por toda la familia real y sobre todo amonestó severamente a don Gómez por su dejadez y olvido y por dejarse amilanar por dos mujeres. Luego hizo copiar la misma carta para don Arias, el obispo. Y hubo de pedir permiso para enviar las misivas y utilizar el servicio de la posta califal hasta Tudela y además elegir el correo entre los hombres de la expedición. Lo que fue tarea ardua, pese a que se presentaron varios voluntarios. La reina necesitaba el mejor y tuvo que interrogarlos a todos.

Escogió a Laín de Ayuso, un mozo brioso, y lo envió a Pamplona con sus cartas, con el mandado de que utilizara la posta musulmana hasta Tudela y con la súplica de que se guardara de los lobos y alimañas. Luego, le dio dinero para comprar un caballo en la ciudad del Ebro y poder continuar hasta Pamplona. Laín de Ayuso partió contento a servir a Toda Aznar.

Pero todo había sido tan precipitado que no se le ocurrió invitar a escribir cartas a su hijo y a sus damas para que las llevara el mismo correo. Tal vez alguien se lo reprochara... No, no era el momento de importunar a don García, precisamente cuando estaba animado con la cacería, pues había muerto un corzo y un jabalí, y dado que hablar a los musulmanes que encomiaban su destreza en el manejo de las armas. No era el momento de recordarle a Teresa, ni, por otra parte, Toda era capaz de presentarse ante su hijo y señor, para mentir con vileza cuando apenas fuera nombrada doña Teresa y García comenzara a llorar con amargor... Era mejor dejar las cosas como estaban y que Dios dispusiera lo que mejor fuera.

Cierto que Toda Aznar, al prohibirse a sí misma cualquier comentario de la noticia con sus damas, estaba pesarosa e irascible y no entraba en las alegres conversaciones de sus camareras. Lambra tañía el laúd, pero ni las más bellas músicas le menguaban el pesar. A media tarde no soportó ya la soledad y se lo contó a Boneta. Le susurró al oído: Es verdad lo que dice mi hijo..., doña Teresa está enferma de cuidado, y le narró con detalle la conversación con Chaafar y el aviso de la paloma.

Boneta restó importancia al asunto. Expuso que la reina Teresa, como mujer flaca, era de naturaleza enfermiza y manifiestamente débil; en consecuencia, no se le hacía extraño lo que le decía la señora. No se le hacía diferente a cuando estaban todas en Pamplona y doña Teresa pasaba largas temporadas postrada en la cama, más que por sufrir serias dolencias, para buscar la atención y el mimo del esposo y del palacio entero. Sin duda, la reina recordaría que, ante cualquier contrariedad, doña Teresa rompía en llanto y se metía en la cama aquejada de grandes dolores, que no eran tales, pues cualquiera hubiera muerto de ser verdaderos, durándole tanto tiempo; que hiciera memoria pues lo habían comentado a menudo. En Pamplona, quizá sucediera que doña Teresa se hubiera enojado con el regente, con los infantes o con la señora Andregoto, la aragonesa, y, conociendo a la dama, poco más.

Algo se tranquilizó Toda con las palabras de su camarera mayor. Sí, Teresa Alfonso era mentecata y sandia; flaca de cuerpo y menguada de espíritu... Seguramente, su enfermedad se debiera a algún disgusto con doña Andregoto de Aragón, a alguna nimiedad en la prelación de palacio o algún desdén del infante Sancho. El heredero del trono de Navarra estaba muy apegado a su madre, a la aragonesa... Y, naturalmente, ausente Toda Aznar de Pamplona, no podía mediar en las tontas disputas de las dos reinas.

Había demasiadas reinas en Pamplona para un reino tan chico. Teresa, Andregoto, la repudiada, y ella que no había dejado de serlo. Siendo sincera, la única reina de Navarra era ella, que era quien verdaderamente hacía y deshacía. Unas veces por necesidad, pues nadie hacía ni deshacía, y otras por propio gusto, pues lo de hacer y disponer le venía de la sangre del rey Enneco, el primer rey de Pamplona. Sus nueras nunca pretendieron ensombrecerla ni relegarla en la primacía de la corte, sencillamente aceptaron la preeminencia de la reina madre, que había sido ganada en las batallas. Y se conformaban con ser menos reinas, con que Toda les cediera el paso cuando se encontraban en los pasillos del castillo, con presidir los actos oficiales al lado de García o con oír misa o comer a su derecha, sin entrar en el negocio de la gobernación. Ella, Toda Aznar, nunca olvidó esos pequeños detalles y sus nueras fueron unas damas muy principales pero no unas reinas al completo.

Doña Boneta insistía: No le dé la señora tanta vuelta a la sesera..., en veinte o veinticinco días tendremos noticias de Pamplona... Don Laín partió dispuesto a dejarse la vida en ello...

¿Quién es este Laín, Boneta?

Es un paje del rey, hijo de doña Aragonta, la hija de don Aureolo Méndez... Arangonta y su marido detentan la honor de Ayuso, allá en la frontera con las tierras de Castilla... ¿Lo recuerdas, señora?

Sí, sí, recuerdo muy bien a don Aureolo... que tan pronto era vasallo mío como de Fernán González... Aunque terminó su vida sirviéndome bien; no me acuerdo dél con gusto... Era un hombre de aspecto muy fiero..., más que hombre parecía un oso... Me desagradaba mucho su rostro... Y la honor de Ayuso, ¿cómo les ha venido a éstos, Boneta, acaso se la di yo?

Se la entregó Sancho Garcés, tu marido, pues le ayudaron en la «suplantación».

¿Y no vienen por Pamplona cuando convocamos a los señores y obispos del reino? No los recuerdo.

Sí que van, pero como hay muchos señores no te puedes acordar de todos y se convoca el Consejo pocas veces.

¿Cómo puedes decir tal cosa, Boneta? Yo me acuerdo de todo..., bueno, de muchas cosas..., de más cosas que tú...

Sí, eso sí, señora...

Cordobesas y pamplonesas disfrutaban del frescor de la noche en el naranjal de palacio, bajo la luna llena. Wallada relataba la conquista de Córdoba por los musulmanes: «Mes de julio del año del Señor del 711 (en data cristiana)... Derrotado y muerto don Rodrigo, el último rey de los godos en la batalla del río Guadalete por nuestro caudillo Tariq..., llegó a Córdoba Mugueiz el Rumí, apóstata de la fe de Cristo, y cercó la ciudad con un gran ejército, tomando antes las aldeas vecinas.

El renegado tenía noticia por los cautivos que en Córdoba sólo quedaban hombres viejos o enfermos... Acampó ante las murallas y solicitó la rendición bajo las seguridades del Islam, pero los cordobeses se resistieron...

»Una oscura y fría noche, Mugueiz, sabedor de la debilidad del muro por la parte del río, cruzólo a nado con mil hombres de a caballo y otros mil en la grupa..., atravesándolo por la parte del molino de la Albufaifa, que es menos hondo... Los dos mil jinetes pasaron el muro y abrieron la puerta de Al Kantara por donde se adentró el resto del ejército... Los godos fueron muertos a espada sin distinguir entre sanos y enfermos, entre hombres y mujeres, y antes de clarear el día impuso el tributo del Islam...»

Años más tarde —continuaba la princesa—, en concreto en el 753, según la datación cristiana, se acabó con los gobernadores y se eligió a un jefe de la casa Omeya que andaba errante por Mauritania. Se llamaba Abd-ar-Rahmán I. Fue el primer emir independiente y en todo Al-Ándalus se dejó de prestar obediencia al califa Abu Beere, no obstante ser un hombre muy justo...».

La reina, pese a que Wallada era una narradora más bien mala, escuchó muy atenta: Mugueiz el Rumí había llevado a la práctica los planes que guardaba ella en la cabeza para conquistar la misma ciudad. Exactamente los mismos e, inclusive, los había mejorado, pues Toda no había tenido en cuenta la parte del río que, sin duda, era la primera a conquistar para quitarles a los habitadores la salida más cómoda. Habría de fijarse muy bien, cuando anduviera por allá.

Lambra se quejaba: ¿Otra vez había de contar a las señoras la rota de Carlomagno en Roncesvalles? Sus compañeras le contestaban que sí, que era la única vez en que estuvieron juntos los moros con los cristianos. La muchacha inició la narración:

«Se dice que don Carlomagno, el emperador, a instancias del rey moro de Zaragoza, que se comprometió a entregarle esa ciudad, partióse de Paderborn, fortaleza situada al Norte del reino de los francos, con un poderosísimo ejército: borgoñones, astracianos, septimanos, lombardos, bávaros, provenzales y otras gentes del Norte... E cuando llegó a Zaragoza, el moro no le abrió las puertas. El emperador le puso sitio, pero llegaron las malas noticias de Sajonia y se vio obligado a emprender la retirada, y se dice que se llevó el Pilar de la Virgen que se venera en aquesa ciudad y que lo perdió en la batalla posterior...».

Se dice tal, interrumpió Elvira, pero no es veraz... He tratado en León con peregrinos venidos de Zaragoza y me han asegurado que en aquesa ciudad se sigue adorando el Pilar que les dejó el Señor Santiago en su camino, y que siempre se adoró...

Muchos dicen, señora Elvira, insistió Alhambra, que los cristianos de Zaragoza, durante el asedio, sacaron el Pilar por un portillo y lo entregaron al emperador para su custodia...

Non entren las damas en disputa, atajó la reina.

Lambra continuó: «Los francos destruyeron las murallas de Pamplona, pese a que antes se les había entregado las llaves de la ciudad... Los que pudieron se juntaron en los montes de los Alpes Pirineos... Llegaron noticias de que los moros de Zaragoza salían tras el ejército franco a la busca de botín... E llegaron muy al Norte, tanto que se juntaron con los vascones de Pamplona y, todos unidos, atacaron de improviso la retaguardia del ejército imperial y en un paso estrecho, muy congosto, llamado de Roncesvalles (nosotras conocemos esos parajes), el ejército del emperador formaba largas filas y los moros y los cristianos lo esperaban emboscados... Se dio en aquel lugar una gran batalla, en la que murieron varios hombres de los llamados Pares de Francia: el conde Anselmo, don Eginardo y el más preciado de todos: Roldán, el duque de Bretaña...

»Doña Alda, la esposa de don Roldán, despachó de su lado a las trescientas damas de su compañía y lloró con desconsuelo hasta que se le formaron surcos en las mejillas, perdiendo su hermosura... Se dice que don Roldán viéndose herido de muerte, alzó los brazos al cielo diciendo: "Señor, te pido perdón por todos los pecados grandes y menudos que cometí desde el día en que nací hasta ahora en que me ves aquí, herido de muerte" y que, ante tan bella plegaria, bajaron del cielo los ángeles de Dios y se llevaron su alma... Que su cuerpo lo veló y enterró doña Alda...

»Pues desde la muerte de su sobrino, don Carlomagno perdió bríos y se hundió en la melancolía... Se dice que don Roldán figura en el santoral y que los ángeles que le acompañaron al Paraíso llevaron su espada: Durandal... lo que más quería. Algunos juglares que proceden de Francia, paran en Pamplona, y aseguran que todo lo antedicho es falso; que Rolando no murió en Roncesvalles... Que salió con el cuerpo ileso de la batalla, pero con el seso mermado y que anduvo por los Alpes Pirineos golpeando y haciendo brechas en las rocas, mesmamente como un poseso... Que no pudo asimilar la derrota y que fue incapaz de presentarse ante su tío, el emperador, y ante el príncipe Luis el Piadoso, y ante doña Alda... Que murió en los altos como un perro en una noche muy fría...».

Nuño Fernández se presentó de pronto en el naranjal. Habló a la reina al oído: Don García acaba de recibir carta de Pamplona, de su augusta esposa doña Teresa Alfonso, y ha comenzado a llorar con ardor.

¡Señor!, exclamó la reina, hizo señas a las damas para que continuaran la velada y salió disparada, seguida de doña Boneta.

La carta, informó don Nuño, la había traído un correo que no se había cruzado con Laín de Ayuso, pese a llevar la misma ruta. Después de leerla, don García se había iniciado en un lloro sin freno y no se le entendía nada de lo que hablaba...

Toda Aznar se presentó en los aposentos de su hijo, le dio una palmada en la espalda y ella misma le acercó un aguamanil y le secó las lágrimas. ¿Qué dice mi querida hija Teresa?, preguntó. El rey le tendió la carta y ella se apresuró a leer:

«Yo, Teresa Alfonso, reina de Navarra. A mi esposo don García, el rey. Amantísimo esposo: huelgo de que el soldán os haya honrado a vos, a la señora Toda, nuestra augusta madre, y a nuestro sobrino Sancho Ramírez, otrora rey de León. Debéis saber, mi señor don García, que os echo de menos, pues me encuentro sola en este castillo de Pamplona y que, en vuestra ausencia, no he querido hacer la gran corte que pretendí, por falta de ánimo. Diréos, señor rey, que vuestro hijo el infante Sancho, azuzado por la señora Andregoto, me mira mal, no sólo con el ojo que tiene desviado, sino también con el bueno, y yo he dolor pues amo al muchacho, como bien conocéis. Pero el joven Sancho no responde a mis llamados y sólo honra a su madre... ¿Acaso, señor, no soy yo la reina destos reinos con vos o sin vos? Pues en Pamplona no me quieren del mismo modo que cuando vos estáis presente, ni me enaltecen..., lo que tomo por agravio. Don Gómez Assuero también me relega y no me consulta nada. Le pregunto de las cosas del Estado y no me contesta o me trata como a necia. Ya comenté con vos en su día que don Gómez no sería un buen gobernador, pero no me escuchasteis... El palacio todo parece volcado en doña Andregoto de Aragonia y eso me duele, pues aunque no me hacen agravios de bulto, se me juntan unos con otros y sufro y doy en llorar amargas lágrimas. Lloro a menudo por vos, señor, que andáis lejos y en tierra infiel, y por mí misma que no he reposo por tanta inquina que veo en derredor. Debí partir con vos, mi señor... Escribidme de vuestra mano como hago yo y mandad recado a don Gómez para que honre a aquesta humilde mujer como vuestra esposa que es. Beso las manos de vuestra grandeza. Dada en Pamplona el día de San Miguel de septiembre del año de la era DCCCC^a LXL^a VI^a. *Ego, Teresa, regina*».

Podéis estar muy contento, hijo mío, se expresaba la reina. En Pamplona todo marcha bien en nuestra ausencia y las dos reinas no tienen otro quehacer que disputar por nimiedades de mujeres. Eso viene a decir que vuestro padre y yo os dejamos un reino seguro y que vuestro pueblo os ama, porque, sin duda, habéis sido un buen rey, y todos os echan en falta. La reina doña Teresa, la primera. Tal digo pues, su merced debería estar alegre y contento de recibir carta tan hermosa de un ser querido... Deja de llorar, García, hijo mío... Estás muy bien tratado y ensalzado por el soldán..., en Navarra el pueblo te ama y te espera mujer amante, una mujer bellísima que goza de perfecta salud... Eres rey..., el mayor rey de todos los reinos cristianos de aquesta parte de los montes Pirineos... Tienes dos hijos menores que se crían fuertes y sanos... Con tanta ventura non se puede llorar ansí... Que te lo han de demandar a la hora de tu muerte...

No lo puedo remediar, madre. Mi corazón sabe que doña Teresa adolece de grave enfermedad, aunque lo calle... Dejadme, señora, y ved de volver pronto a Pamplona... Dejadme, madre...

Como gustes, hijo, pero no des vueltas en tu cabeza a las desgracias futuras, piensa que la vida te sonríe y que en Pamplona los tuyos te quieren.

La reina Toda comentó con Boneta que, pese a que Teresa no mentaba en su carta enfermedad alguna, ella continuaría con la duda hasta el regreso o hasta tener la respuesta de Laín de Ayuso.

Corrió el rumor de que don Sancho tenía cosida la boca, que se iba en aguas sucias por arriba y por abajo, y cuando se dijo que había muerto hacía tres días y que ya hedía, la reina Toda, sobrecogida, llamó a Hasday a consulta.

El sabio judío se presentó ante la reina y explicó que sí, que don Sancho tenía cosida la boca, que se había ido por arriba y por abajo hasta el punto tal que llegó a temer por su vida, pero que no estaba muerto. No, señora. El rey de León había perdido treinta arrobas pamplonesas, a razón de dos arrobas y media diarias..., que ya podía decir que había perdido la obesidad deformante que padecía, pero que aún era gordo, aunque esperaba que en los veinte días que quedaban para cumplir el plazo establecido, perdería casi otro tanto de peso y quedaría un hombre fornido, algo grueso, pero no craso.

Que don Sancho había seguido un régimen alimenticio muy severo, sin comer sólido..., bebiendo agua de sal, de azahar, menta o toronjil, y cocimientos de verduras, bardana, cola de cerezo, diente de león, miel de enebro o arrope de saúco, todo ello en su justa medida... Vuestro nieto el rey sorbe por una pajita que le introducimos en la boca a cada comida y hace siete condumios al día...

Cuando la reina preguntó cómo había podido resistir su nieto ese infierno, Hasday le respondió que don Sancho había sido atado a la cama y tratado con sedativos y baños de vapor para sudar, y que se le habían aplicado masajes para que se le fuera tensando la piel... Naturalmente que don Sancho lo había pasado mal. Era un hombre que de no poder contener la gula se había encontrado en un ayuno casi completo, y con los primeros días a dieta entera. Durante ellos, lloró como un niño, golpeó a los ayudantes, a los criados, a los esclavos y al propio Hasday; maldijo su suerte y blasfemó contra vuestro Dios y el nuestro, que Dios le perdone...

Entonces ordené que se le atara a la cama y que se aplicaran sedantes. Y os asombraréis, señora: el rey, que no podía moverse apenas a lo largo del viaje, pronto se levantó del lecho con rapidez y se rebeló contra el tratamiento rompiendo todo en derredor y golpeando por doquiera...

La reina se enjugó las lágrimas y habló con voz cortada: Prosiga don Hasday. Hizo un gesto como para espantar el dolor y se sorbió la nariz. Las damas y los caballeros leoneses que estaban presentes, también lloraban. El sabio judío prosiguió:

Perdidas las quince primeras arrobas, hicimos caminar al rey: un cuarto de parasanga, media... Tuvimos que obligarle y que atarlo con cuerdas y que los esclavos tiraran dellas, pero no fue suficiente. Don Sancho persistía en su indolencia y hube de mandar que se le fabricara un andador a su medida, mesmamente como el de los niños de teta..., para que ansí moviera los miembros sin hacer él el esfuerzo..., y, hoy, camina una parasanga diaria...

¡Pobre Sancho!, la reina no podía contener las lágrimas. Las damas la acompañaban en la llantina e parecía que cada una quería llorar más que la otra. Toda se contagiaba dellas y lloraba más y más.

Don Hasday se interrumpió, embarazado. ¿Acaso había obrado mal? ¿Acaso no había conseguido adelgazar al rey gordo treinta arrobas de Pamplona? ¿Lo había hecho mal? En el tratamiento, el rey sólo había perdido dos muelas... ¿Eran cosas de mujeres de cabeza hueca? El sabio no sabía a qué atenerse y, confundido, daba vueltas a sus manos.

Toda imaginaba a su nieto corriendo por los pasillos del hospital, azuzado por los esclavos, lejos de parientes y servidores, solo en su amarga desgracia e no paraba de sollozar. A la par un contento muy grande la embargaba. ¡Sancho era prácticamente rey de León!, pero ella ¿por qué lloraba: por el rey o por el reino...? ¡Ah!, imaginaba a su nieto meneando sus carnes bofas a la carrera con la boca cosida y sin poder hablar, ni quejarse, ni gritar ante tamaño suplicio..., suplicio, sí, para un glotón. Luego, haciendo un esfuerzo preguntó al médico: ¿Se tornará gordo otra vez mi nieto?

Hasday negó con la cabeza y respondió: No, si es parco en el yantar y se mueve y no se abandona a la molicie...

Bien, continúe don Hasday con esos métodos tan expeditivos, ordenó la reina y le dio a besar su mano.

Apenas salió el judío, Toda juntó las manos y exclamó: ¡Don Sancho volverá a ser rey de León!, y elevó los ojos al cielo en acción de gracias.

¡Don Sancho ya toca el trono de León!, se congratuló Lambra.

Boneta abrazó a su señora y le dijo: Tu nieto será rey o quién sabe si emperador... No habremos viajado en balde hasta tan lejos.

Cuando ya las damas parecían más serenas, doña Elvira comentó entre sollozos: Debimos estar al lado de mi hermano, para enjugarle el sudor, mesmamente como santa Verónica estuvo con el señor Jesucristo camino del monte Calvario...

Doña Andregoto de don Galancián la interrumpió: No, prima, no; don Sancho ha estado aislado como debía. De lo contrario una de nosotras le hubiera llevado un dulce, otra un bocado y nunca hubiera sanado de la obesidad.

Por supuesto intervino doña Boneta de Jimeno Grande: Si don Sancho ha curado se debe al aislamiento... Además, todas nosotras hubiéramos sufrido harto de verlo ansí, mandado por los criados... en un andador o corriendo por los pasillos o como un enajenado o sudado o dormido por los brebajes.

Es ansí, Boneta, convino la reina, dio una palmadita cariñosa en la mejilla de su nieta y le dijo: Non llore más su merced que su hermano será rey..., que bien merecido tenemos que se resuelva este negocio a satisfacción.

¡Ah!, participó Adosinda, habrá que hacerle ropas nuevas al señor don Sancho..., las viejas le quedarían grandes. Y se acordó llamar a Munda de Aizgorri.

Aixa llamó a la puerta, anunciando a las princesas Wallada y Zulema, que venían radiantes de alegría. En el camino hacia el palacio de La Noria habían contratado una tribu de acróbatas que habían domado el elefante para regalo de las señoras de Navarra. Las damas pidieron información sobre el elefante. Adosinda comentó que, según saber, el «olifante» era un cuerno de caza. Zulema explicó que era un animal muy grande, tan alto como dos hombres y corpulento como quince, e invitó a salir a todas a la galería para contemplar el espectáculo.

Sacaron estrados a la terraza y se sentaron como en un palco. La vista del bicho las llenó de temor. Nunca por los reinos del Norte se había visto un monstruo tal, cuyo peso sería tres o cuatro veces superior al de un toro o, quizá, mucho más... Zulema decía que el animal se criaba en Ifriquiya, el país de los negros, más allá de la Mauritania... Que los amos de la fiera eran gentes de Tánger, que en el verano venían a Al-Ándalus para ganarse el sustento. Ellas ya habían visto elefantes en otras ocasiones, varias veces, cuando las fiestas de final del Ramadán.

Era un bicho imponente, comentaban las navarras, que si alzaba el apéndice llegaría sin esfuerzo a la terraza. Non se preocupen sus señorías, aclaraba Wallada, la fiera está domada.

De la tropa se decía que eran bereberes venidos a saltabancos, volatineros o domadores, porque era más fácil caminar de pueblo en pueblo que atravesar los desiertos. Componían la comitiva doce hombres y cuatro mujeres.

Al son de las flautas y de los tambores, el elefante avanzó por el jardín hasta situarse al pie de la galería, portando sobre el morrillo una bellísima joven, casi una niña, que lo dirigía con una vara. El animal, a indicación de su dueña, se inclinó ante las nobles damas. El hecho les hizo mucha gracia y provocó jocosos comentarios: hasta los elefantes se arrodillaban ante la reina Toda y las hijas del califa.

Los hombres de la tropa daban volteretas, uno tras otro, sobre el lomo del bicho que, en efecto, era manso y no fiero. Volteretas a cual más alta y arriesgada, e se encaramaban unos sobre otros haciendo torres y la exhibición era muy animada, pues parecía que en aquellos voltcos, los hombres habían de precipitarse al suelo y lastimarse. E anduvieron los hombres subidos unos sobre otros e anduvo el animal y aún troteó.

Las mujeres tenían el alma en un hilo y cuando llegó el espectáculo reina, todas se sobrecogieron con motivo. La domadora se tendió en el suelo y se quedó inmóvil. Bajaron todos los hombres del animal y éste emprendió veloz carrera pasando varias veces sobre ella sin rozarla. Las damas contenían la respiración. La joven podía ser aplastada por la bestia si ésta o aquélla hacían algún mal movimiento... El bicho a cada arranque corría más y una gran polvareda se levantaba en derredor de la niña que, cuando acabó su trabajo, se alzó blanca de polvo y, quizá, de temor, pero no dejó de hacerle unos arrumacos a la bestia que la tomó por la trompa y la encaramó a su cabeza. El animal chilló mostrando su contento y la domadora volvió a acariciarlo. Las damas nobles aplaudieron con calor y vieron a los hombres que hacían otro tanto en la otra parte de la galería y en el patio. Don García les arrojó una bolsa con dinero. Luego, se juntaron todos los navarros, hombres y mujeres, en el jardín, y comentaron las artes de los acróbatas y el valor de la muchacha. Estuvieron conversando hasta tarde, mezclados los nobles con los plebeyos.

Las damas acordaron visitar al día siguiente la plaza de la Paja y comprar telas para confeccionarle las ropas a don Sancho. Las princesas las acompañarían.

Después de comer, como habían proyectado, las damas de Navarra y las princesas moras se dirigieron a la plaza de la Paja, que era el mayor mercado de Córdoba. E, como otras veces, hubieron de descabalgar porque las carretas no cabían por las estrechas callejuelas. E toda una algarabía se hacía en su derredor, tanto que los guardianes se sentían impotentes para contener a los vecinos que querían hablarles. Eran las buenas gentes de Córdoba que las honraban.

La plaza albergaba una multitud vocinglera. Los comerciantes gritaban sus mercancías y la barbulla era muy grande. Tenderetes de ricas telas y otras modestas; alfombras, pieles, objetos de oro y plata; boticas; puestos de frutas, aguadores con sus cántaras... Andando un poco, la princesa Zulema informó que en un corrillo se estaba subastando una casa de la calle de las Carnicerías, e invitó a su hermana a pujar.

Wallada, ante tamaña multitud, ordenó a la guardia que les entorpecía el camino que se retirara y las esperase a la entrada de la calle de la Feria. El comandante de la escolta se negó a dejarlas solas, hizo retirar a los soldados y él mismo las acompañó. Y tan estrecho era el pasillo y a las señoras de Pamplona se les iban tanto los ojos detrás de las telas buenas, de las joyas y de todo lo que veían, que se podía decir que andaban sueltas y no en el grupo. E cada una se encandilaba ante un tenderete.

Doña Alhambra encomiaba la belleza de un aderezo de perlas, e doña Nunila la de un prendedor. Doña Adosinda contemplaba ensimismada a un grupo de cantores. Elvira Ramírez negociaba el precio de un libro grueso y regateaba con el librero, discutiendo en lengua romance con un alfaquí que se había prendado del libro. Doña Boneta le hacía señas, como diciendo: ningún libro puede valer mil dinares. La abadesa se acaloraba; lo había visto ella primero. El alfaquí le preguntaba si era dama de la reina Toda. Elvira no le prestaba atención. El librero dudaba, pues el musulmán le ofrecía un precio mayor, pero no podía desairar a una dama de la reina de Navarra que porfiaba tanto por un libro.

Toda Aznar, acompañada de las princesas, admiraba un grupo de titiriteros, que sin llegar al aparato de la tribu bereber, hacían volatines y daban saltos con gran destreza. Algo más lejos, un mago hacía aparecer y desaparecer un conejo blanco entre mucho humo. La reina miraba con mucha atención y no acertaba a comprender dónde el ejecutante escondía el animal, máxime cuando apostaba que no cabía en la arquilla que manejaba el virtuoso. Llamó a Boneta y la camarera quedó estupefacta. ¡Es magia, señora!, exclamó y achacó la maravilla al Demonio.

Pero con ello no terminó el asombro de las navarras. El mago dejó el conejo y tomó a una mujer, armó unos tablones a modo de arca, la encerró en ella y, ante el estupor de las pamplonesas, le clavó varias espadas curvadas, largas y afiladas, sin que brotara sangre y, a poco, la joven, que las cristianas daban por muerta, emergió, sonriendo, de la caja.

Un escalofrío recorrió a las damas de Navarra. ¡Vámonos, Boneta, que este mago maneja muy bien las artes de Satanás!

El espectáculo de las sombras era de otro tenor. Unos hombres, alumbrados por antorchas, se colocaban detrás de un gran lienzo y representaban animales con las manos y los pies: un perro, un ánade, una manada de grajos, e los imitaban en su voz. Zulema explicaba que eran sombras chinescas; un saber muy antiguo que procedía de la China, un país muy grande del lejano Oriente, más allá del Catay... La reina Toda no había oído hablar de la China. Zulema continuaba diciendo que era un país enorme y que estaba regido por emperadores desde mucho tiempo antes de la Hégira y del advenimiento de Jesucristo. Toda tomó buena nota: existían emperadores que ella desconocía. Pero, enseguida, acaparó su atención un grupo de funambulistas: unos hombres que caminaban sobre una cuerda tensada y alzada, como la altura de dos personas sobrepuestas, ayudados por una pértiga. Ora daban pasos cortos, ora corrían por la cuerda y, al parecer, mantenían el equilibrio manejando la pértiga a diestra o a siniestra. ¡Qué cosas, Boneta, amiga, qué cosas estamos viendo!, comentaba la reina.

En esto, echó en falta a sus otras damas. ¿Dó son mis damas, preguntó, que han de perderse entre tanto gentío? Vea la señora Zulema dó son mis damas y mi nieta, la abadesa..., rogó. Vea su merced que aquesto está lleno de rateros, sin duda, y de alcahuetas y hay una grita terrible y allá lejos creo adivinar un altercado y digo que en este mercado habrá gente buena y mala como en todos los lugares... No haya temor la señora Toya..., en el mercado hay agentes del orden que dispersan a los grupos y median en los alborotos. No tema nada, que en Córdoba hay un prefecto urbano, bajo las órdenes de Abu Nars, el eunuco que ya conoce su señoría e, en esta ciudad, se sabe todo de todos los pobladores y de los arrabaleros e, aunque parezca que pasamos inadvertidas, los agentes de Abu Nars nos vigilan..., por eso vuestras damas y nosotras mismas estamos seguras... Por otra parte, entienda la señora Toya que las mujeres musulmanas no salen de su casa, salvo los viernes a la mezquita y a visitar los cementerios... En consecuencia, los vecinos de Córdoba coligen que somos señoras principales, vamos, todos saben quiénes somos y ningún nacido osaría incomodar a las hijas del mayor señor del Islam ni a sus huéspedes... No haya temor su señoría que, aunque mi hermana y yo vayamos veladas, nos conocen.

¡Ven, señora, ven!, apremiaba Wallada, quiero enseñarte a Hasfa, la mejor adivina de Córdoba, ¡ven, es decidora de la buenaventura...!, ¡atina siempre, rara vez yerra!

Toda tuvo que ir, aunque pensara que no era el mejor momento; si era la mejor adivina de la ciudad, deberían consultarla acerca de don Sancho, que era quien tenía más labor para recuperar su reino; porque ella era tan vieja ya que no esperaba ni venturas ni desventuras.

La reina, pese a lo brava que era, se sobrecogió ante aquella sibila, vestida de colores chillones, destocada y con cabellos de bruja, y retrocedió un poco. Hasfa las conoció enseguida. A una seña de la princesa procuró almohadones a las señoras y tomó asiento también. Toda y Boneta no estaban ya para esos ejercicios de sentarse casi en el suelo, ay. Las visitantes se colocaron en torno a una mesa baja, la adivina levantó un tosco paño que cubría una bola de cristal, y dijo con voz nasal: En el nombre de Dios, el Clemente, el Misericordioso... Dejó un silencio, entornó los ojos y con lentitud se llevó sus esqueléticas manos a la cara. Pausadamente, la vieja levantaba las manos. Las damas la contemplaban con interés. A poco, siguió hablando. La princesa tradujo: «Mi bola me muestra un regreso sin penas y penas al regreso..., un lecho con una mujer doliente..., una escalera ascendente...».

La encantadora, para dar más impronta a lo que decía, hacía silencios. Fueron llegando las damas: Nunila, Lambra, Adosinda... A las navarras se les encogía el corazón ante aquella espantosa bruja y no atinaban a entender su lenguaje críptico. La sibila continuaba: «Veo las pústulas de la viruela».

Toda se sentía incómoda. Cuando ella consultaba con algún agorador, era sobre hechos determinados como cuando consultó con Garcí García para concretar la fecha de salida de Pamplona, pero no para conocer el futuro, que no lo quería saber... No era bueno ese futuro... La princesa dudaba al traducir y, sin duda, permutaba las palabras de la vieja. Y ella, Toda Aznar, no tenía ninguna querencia ni necesidad de conocer el porvenir que, fuera bueno o malo, vendría mesmamente. Por eso, alegó urgencia de orinar.

Con ayuda de Nunila se levantó del suelo y con ella todas las demás y buscaron unas letrinas. Una vez descargado el cuerpo, la reina no quiso volver con la sibila y todas sus camareras la apoyaron. Enseguida, mostraron su inquietud por lo escuchado y estaban muy rojas de tez, también por el calor que apretaba. Zulema llamó a un aguador que les ofreció agua de naranja amarga. A Toda se le juntó el amargor del futuro con la toronja. Las damas le hacían aire con sus velos.

Lambra, que se había retrasado, llegó contando cómo Wallada había tomado en sus manos una gruesa vara y apaleado a la encantadora con mucho ardor, a la par que le gritaba agriamente en árabe, claro, por lo que no la entendió. Adosinda aseveró que la adivina no había dicho nada bueno y todas las mujeres convinieron en ello.

Ya salían de la plaza en dirección a los carros, cuando un sahumador las roció de aromas, e aún pararon un poco para escuchar a un recitador... Y poco más para admirar a un encantador de serpientes. Un hombre, miserablemente vestido, aderezado con un extraño gorro, tocaba un flautín y de una cesta surgía una enorme serpiente, una cobra de anteojos (así la llamaban las princesas y rogaban a las damas que no se acercaran, pues escupía veneno), que se balanceaba como si bailara al son de la música... Un raro espectáculo.

De regreso a casa, comentaron con calor lo sucedido. Ellas desconocían la lengua árabe, pero la princesa había mentido. La princesa había mitigado las crudas palabras de la profetisa, y para Alhambra que, cuando la princesa les mentó el sol y la luna, recitaba alguna trova. Sí, sin lugar a dudas, les había ocultado algo, y cuando ya se iban, la bruja gritaba que se guardaran de las escaleras. Las subirían con tiento, naturalmente. Pero había dicho cosas muy a considerar, la frase de: «Veo un regreso sin penas y penas al regreso», quería decir cosas muy preocupantes... El viaje de vuelta sería bueno, pero la estadía en Pamplona había de ser desgraciada... Una epidemia de viruelas..., una mujer enferma... Tal vez, los temores de don García fueran verdaderos, aducía Lambra. Una pena que doña Andregoto no estuviera presente pues hablaba el árabe y las hubiera enterado de todo... Una lástima que la reina Toda la tuviera recluida con las monjas.

Les picaba la curiosidad, y cada una interpretaba las palabras de la encantadora a su manera. Las navarras no habían visto nunca que se pudiera adivinar en bola de cristal; los agüeros se realizaban en palma de mujer virgen o de niño, en espada, en cosa luciente o en agua clara... La catadura de la vieja no les ofrecía mucho respeto... Que eso no era adivinación sino magia... ¿Acaso Wallada no insistía en que la vieja veía el futuro en la bola de cristal como si estuviera sucediendo?

Boneta intervino diciendo que en la plaza de la Paja había demonios sueltos, y muchos..., pues la reina y ella habían visto un mago que clavaba varias espadas en una doncella y las dejaba atravesadas en la mujer, que no sangraba y que, luego, a una señal del nigromante, se levantaba sonriendo... con sonrisa propia del mismo Satanás... Que salieron de allí, asustadas, para caer en la adivinadora por empeño de la princesa.

Adosinda se felicitaba porque en Pamplona no hubiera tanta gente en la plaza de Santa María, tanta gente de aquélla: vendedores, narradores, recitadores, encantadores, agoreros, volatineros, equilibristas, rufianes, granujas y otras raleas.

Doña Elvira que venía en otro carro, ajena a los sucesos, se les unió en el patio del palacio de La Noria. Pronto entró en la conversación: ¡Imposible, dijo, que un nacido contemplara en una bola de cristal lo que había de ocurrir..., imposible!, y no le dio más trascendencia al asunto. Les enseñó el libro que había adquirido por la suma de mil dinares. ¡Mil dinares, qué barbaridad, abonar esa suma por un libro...! ¡Un libro, además, en griego...! ¡Qué desatino...! ¿Es que alguien en León conoce el griego?

Las damas de Pamplona tenían el día prieto: misa en la iglesia mozárabe de los Santos Mártires, recibir la pleitesía de los cristianos de Córdoba y las visitas al Hospital de locos y a al-Balluti, el juez supremo de la ciudad, pues Elvira estaba interesada en presenciar un juicio musulmán, para sacar de él provecho. Y, por último, el recorrido por el Baratillo de cosas usadas o Rastro.

No sé cómo hemos de llegar a todo, Boneta, se quejaba la reina, ni por qué hemos de dar gusto a las damas... Nunila y Lambra desean ver el Baratillo y Elvira al señor juez... Se me da que esta muchacha quiere llevarse Córdoba entera a León...

Y como tardaban tanto todas en peinarse, en acicalarse y en componerse, llegaron tarde a misa. En la ermita de los Santos Mártires, donde se veneraban las santas reliquias de Pelayo y otros, las esperaban tañendo ya las campanas. Pero se habían cruzado con un desfile de bodas con zambra, panderetas, flautas y dulzainas, y se quedaron un tiempo a verlo.

Precisamente, la noche anterior, Wallada les había hablado de las bodas musulmanas. De la novia que vivía la única semana importante de su vida, no queriendo darse cuenta de que salía de la tutela del padre para caer en la del esposo y de la suegra, que tenía prelación sobre la casada..., lo que solía ser mucho peor.

Habían presenciado, entre alegres músicas, el desfile de casa de la novia a la del novio en la semana de bodas. La novia, ataviada de joyas, propias o alquiladas (la princesa aseguraba que en la ciudad se alquilaban joyas por una semana), aderezada con ricas vestiduras y llevada en un palanquín... El novio abriendo la procesión, rodeado de su familia, amigos y deudos... Las chillonas músicas y el tintineo de las joyas de las mujeres, llenas de collares, brazaletes y ajorcas para los tobillos.

La novia descendió de las andas para besar las manos de la reina Toda y ésta la besó en la frente. Y, luego, que no llevaban nada que regalar a la afortunada esposa..., que sólo llevaban un carro de pan blanco para entregar a los enfermos del hospital... La novia que las tacharía de tacañas... Pero, en fin, fue muy animado...

E, cuando traspasaban la puerta de Al Kantara, se pararon a discutir: la imagen que estaba sobre el dintel ¿era una Virgen cristiana o una diosa pagana cuya desnudez hubiera sido cubierta con yeso...? Y, como siempre, unas defendían una cosa y otras la contraria. No la veo bien, señoras, decía la reina, pero para mí que es diosa y no Virgen. Otras veces que atravesaron la puerta no se habían fijado, pero era diosa. Las Vírgenes eran más menudas y de cara gordezuela e caídas de mofletes, como la imagen de santa María... Ése era un rostro compensado, es decir, humano, acercado a la realidad, no divino... Por eso era diosa..., estaba más cerca de los hombres que de Dios... Era diosa... Además, ¿qué podía hacer una Virgen en una ciudad musulmana...? Dieron por terminada la discusión. Habían de apresurarse.

Don Lulu mandaba azuzar a los caballos. A la puerta de la ermita encontraron a don Walid, a Recemundo y a otras muchas gentes. Walid excusó la presencia del obispo metropolitano que se hallaba de viaje en el puerto de Almería. Don Walid quiso presentarles al oficiante, Alí ben Tafsit, una autoridad entre los cristianos de Al-Ándalus. Una eminencia, autor de un Tratado de la Naturaleza Divina y de una Epístola contra Herejes (contra Elipando). Como la reina no había oído hablar de él, se negó a las presentaciones, instando a Walid a que comenzara el oficio.

Toda ocupó un sitial al lado del Evangelio y se sorprendió con la entrada de Alí ben Tafsit, tocado con la mitra de obispo y seguido de diecinueve concelebrantes. ¡Jesús, la iban a honrar con misa mayor, precisamente hoy, que llevaba tanta prisa!

Los capellanes se distribuyeron en torno al altar e no cabían, pues la iglesia era chica. Concluida la lectura del Evangelio, Alí se inició en el sermón. Hablaba en un latín fluido, sin utilizar los términos arcaizantes de otros mozárabes. Se le veía un hombre docto, aunque orgulloso pues tenía una voz bastante pedante. La reina lo seguía bien, pero se le hacía largo y, a ratos, no atendía. Don Alí dirimía una cuestión muy alta: un Dios en tres Personas. Toda, haciendo caso a los muchos clérigos que le habían asegurado que tal cuestión no era inteligible para la mente humana, nunca se había preguntado por la Santa Trinidad. Tal vez, el árabe la explicara bien, pero ella no tenía ya cabeza para tan alta disputa teológica.

De repente, Elvira abandonó su sitial al lado de la Epístola, buscó paso entre los clérigos, cruzó por delante del altar ante el estupor de todos los presentes, se dirigió, resuelta, al lugar de su abuela y le habló al oído: El señor obispo erraba en sus afirmaciones sobre la Santa Trinidad y se acercaba a las doctrinas de Félix y Elipando cuando aseguraba que Cristo no era Hijo natural de Dios, sino que fue redimido por el Bautismo y adoptado por Dios Padre, como cualquier otro hombre. Que el obispo erraba, cayendo en la herejía del adopcionismo, compuesta por Félix, obispo de Urgell, y seguida por

Elipando. Que era un sermón de hereje, no apto para buenos cristianos. Que la exposición del monje era contraria a los cánones de los concilios y que estaba condenada, porque quedó clara la naturaleza de las Tres Divinas Personas... Que el obispo no estaba contra Elipando, pese a lo que pudiera haber escrito, sino con él. E instaba a su abuela a que le mandara abjurar de su error o ajusticiar en la misma iglesia.

El obispo consideró la interrupción de Elvira como una desatención hacia él y, abandonando la cuestión teológica, se inició en un parlamento muy de su gusto. Furioso, entró al trapo contra el descaro de las mujeres que querían andar por sí solas, sin respeto a Dios ni a los lugares sagrados, queriendo ser como los hombres. Las tachó de cristianas insumisas y ensalzó la «sumisión» y el fervor de las mujeres musulmanas, a quienes no se les permitía entrar en las mezquitas, salvo a los lugares reservados para ellas..., mujeres devotas y pías que nunca osarían interrumpir a un obispo e pasar ante el altar en plena celebración... Féminas de pro que nunca molestarían al almuecín ni a los recitadores del Corán... E lanzaba torvas miradas a las damas de Navarra. Y se permitía vocear en la casa de Dios.

Elvira apretaba el brazo de su abuela, instándole a intervenir y a poner al obispo en su sitio. Le susurraba que era la reina de Navarra y ella la hija del emperador... Que juntas habían venido a la ermita de los Santos Mártires a venerar unas reliquias muy queridas, pero no a que un obispillo de tierra infiel les echara un rapapolvo. Que el obispo no era quién.

Toda llamó a Recemundo y le dijo: Termine el señor Recemundo con aquella plática inoportuna o saldremos yo y mis damas de aquesta iglesia aunque se tenga por desaire, y alzó la cabeza en un gesto soberano. Después convino con su nieta que a los clérigos parloteros había que atarles corto; que era muy de ellos, cuando se consideraban doctos, arrojar diatribas contra las mujeres y considerarlas la encarnación del Demonio... Le contó a su nieta, mientras Recemundo hablaba con el obispo, interrumpiendo de nuevo la santa misa, que ella se vio obligada una vez a decirle a Dulcino, abad de Leyre: Nos, señor abad, valemos tanto como vos. Y ansí lo consideraba, por ende no tenía por qué oír a un obispillo echar sapos por la boca contra las mujeres, máxime siendo hereje, como aseguraba Elvira que mencionaba a ese tal Elipando. Ya podía llamarle al orden el señor Recemundo... El clérigo, presuntamente herético, abrevió. Acabada la ceremonia quiso rendir pleitesía a la reina y borrar la pobre imagen que había dado. La llamó grandísima señora... Toda, a posta, evitó besarle el anillo y dirigirse a él. Salió con su nieta, con sus damas en derredor, seguida de Walid y Recemundo que deseaban desfacer el agravio y mediar entre la reina y el iracundo monje. Los dos hombres corrían tras ellas, gritando: ¡Las señoras han de orar ante las santas reliquias!

Volvieron a la iglesia. Con el enojo habían olvidado al niño santo. Se postraron y rezaron. Después, Recemundo abrió la arqueta que contenía los restos de Pelayo. En conjunto, poca cosa: la calavera y el fémur del santo. Ya era casi la hora tercia y las princesas las esperaban en el cruce de la calle de Aben Rumí con la de los Libreros.

¡Qué gentío a toda hora en la ciudad! ¡Que no se podía andar! Señora, ¿no hemos de desayunar?, preguntaba doña Adosinda. Adosinda, hija, no he aceptado el desayuno que nos ofrecía don Walid para no tratar con el obispo porque mi nieta me decía que era hereje... pero, si quiere su merced, tome un pan de los que traemos para los locos, y déme a mí un bocado... que no importa que nos vean comer por la calle... Aquí, lo hace todo el mundo, por eso hay tantos figones con carnes, pescados y buñuelos fritos... Y dense prisa sus mercedes para que las princesas no nos vean comer, que parece mal...

Elvira sugirió parar en la iglesia de San Esteban que quedaba al paso. Toda se negó a ello y le apuntó que viniera mañana con sus sorores, a quienes les vendría bien un paseo, porque las tiene su reverencia muy encerradas, dijo. Aquesa gente es la comitiva de las princesas...

Se saludaron a la manera musulmana, con tres besos y diciéndose: ¡Salam, señoras Zulema y Wallada, salam...! Las moras rieron. Y más que rieron cuando se enteraron de que la reina Toda llevaba al hospital una carreta de pan blanco. El Hospital de locos se asentaba en el rabal de Secunda, atravesarían la puerta de Al Kantara y el puente romano, e como habían de pasar muy cerca del Baratillo, ¿qué querían hacer las damas, entrar en el Rastro antes o después? Comerían en el hospital, ya habían mandado preparar las viandas.

Decidieron ir primero al Baratillo. El Rastro era un mercado con la animación y el barullo de todos, con la única diferencia que se vendían en él cosas usadas, algunas malas, otras muy valiosas.

Al entrar en el mercado, Zulema se descubrió con una grata sorpresa: ofreció un presente, un recuerdo della a cada una de las damas pamplonesas, sin que mirasen el precio, y se sacaba una bolsa repleta de la faltriquera y la hacía sonar. Quería que las señoras de Navarra se llevaran a su tierra un recuerdo: un aderezo, una fíbula, un collar, una tela de brocado, una seda de Constantinopla. A gusto de cada una sin reparar en el costo. En cuanto al ajuste de precio, lo haría ella con el vendedor, pues no era fijo y se podía rebajar.

Pasaban por los puestos de comidas y echaban la vista a las viandas: albondiguillas de carne, salchichas picantes, pescado frito, varillas con carne de hígado o queso; galletas; pan relleno de almendras o piñones... El vacío de estómago se dejaba notar... Bien, ¿iniciaban el recorrido?

En el Baratillo había de todo cuanto una mujer hubiera podido imaginar: muebles, telas, joyas, cántaros, ropas usadas, vajillas de plata, platos de filigrana, chales, potes para el perfume, alfombras, arcas, baúles de aparato, espadas, lanzas, adargas... Las navarras no disponían de suficientes ojos para ver tanta cosa. Cada una por su cuenta, habían pensado en tomar un regalo de poco precio, porque nunca podrían corresponder a la munificencia de Zulema. Al fin y al cabo, venían de un reino con una hacienda atrasada en el que no corría el dinero, y era molesto pedir moneda a Martín Francés, se quejaba la reina.

Pero la princesa insistía, e cuando Lambra se probaba un velo de cendal, ella le sostenía en la cabeza un aderezo de perlas y le aseguraba que la hacía más bella y que resaltaba su buen aire natural. Y la dama no sabía negarse... Cierto que había tanta cosa... que dudaba entre el aderezo o el broche de filigrana, que el joyero hacía muy antiguo, del tiempo de los romanos, o si quedarse con la arquilla de cedro para guardar sus joyas...

Elvira lo tenía muy claro, tomaría la cruz bizantina de oro, segura de que la habían de recibir en su convento como a los Reyes Magos. Una cruz de brazos iguales que había pertenecido al emperador Teodosio como aseguraba mil veces el vendedor poniendo por testigo a Alá y a Mahoma, su profeta.

La reina vacilaba entre una copa de oro y cabujones o la diadema de perlas, y le preguntaba a Boneta: ¿Qué le gustará más a mi nuera, doña Teresa?, algo he de llevarle deste viaje, ¿qué te parece a ti? Boneta se inclinó por la diadema. Y para ti, Boneta, ¿qué quieres para ti? Para ella no quería nada, pero aceptaría el regalo de la princesa y se lo entregaría a doña Berta, su ahijada y camarera de la reina, que quedó en Pamplona aquejada de dolor de muelas. Una diadema, tal vez. Está bien, Boneta, pero cógela diferente y más chica para que no le haga sombra a la de mi nuera, que ya conoces como es.

Adosinda escogería una piel de oso de las curtidas en Zaragoza para mandarse hacer una capa, con la que soportar mejor el invierno pamplonés, pues era mujer que acusaba mucho el frío y el calor, así se explicaba con la princesa Wallada. Elegiría algo que le reportara utilidad, pues carecía de hijas que la heredaran.

Nunila optó por un prendedor con una gran esmeralda para sujetarse la trenza, pese al riesgo que corría de que don Arias, el obispo de Pamplona, la recriminara en público, mismamente como hiciera don Abaniano, el fallecido preste de la expedición, que haya gloria. Y comentaba con Zulema: ¿No cree su merced que si tengo un cabello hermoso debo enseñarlo, no cree que ansí me será más fácil encontrar marido? La princesa asentía.

E ya estaban todas regaladas y contentas e no tenían palabras de agradecimiento para Zulema. Y se hubieran quedado más tiempo viendo y tocando tanta maravilla, pero habían de partir hacia el Hospital de locos.

El asilo de locos era un edificio señero con verjas en las ventanas, rodeado de un gran jardín cerrado y celado por guardianes armados. Recogía a locos peligrosos. Lo había mandado construir Achab, una favorita del emir Al Hakam, con sus dineros, con ello se consiguió sacar a los locos de las calles y las casas. Una idea excelente, pues allí encerrados no incomodaban... E todavía se mantenía con las rentas que dejara la soldana.

Sí, aclaraba Wallada, las mujeres de los emires y de su padre, el califa, habían tenido a honor, de siempre, hacer obras pías o encomiables. Maryam, su madre, había fundado un hospital de leprosos; Azahara había dejado su fortuna para la redención de cautivos y ante la escasez dellos, para levantar Medina Azahara, que tuvo su nombre... E ya no sólo las sultanas, sino las mujeres nobles entraban en hacer el bien y socorrer a los necesitados. Ellas mismas, junto con su tía Habba, ya fallecida, erigieron un hospital de pobres que recogía a los mendigos, por eso había pocos en Córdoba y los que andaban sueltos por la medina eran burladores de la guardia urbana. La sociedad noble de Córdoba estaba de acuerdo en que no se podía juntar la riqueza con la pobreza, y relegaba a los miserables en las casas de amparo, dándoles cama y comida. Nuestro padre dice, señoras, que es mejor dar y tenerles lejos y encerrados que no dar y tenerles cerca, comparando su miseria con el fasto de la corte, que deste modo se propician las algaras callejeras y los levantamientos, enfatizaba la princesa.

En la explanada del jardín, las recibieron con banda y música. Una compañía de flautistas interpretaba una canción de tono chillón, a las que eran tan dados los ismaelitas. Las damas hicieron locos a los músicos de la banda, pero los menos perturbados de todos, puesto que eran capaces de echar al viento sonidos armoniosos. Doña Elvira defendía que la música servía a las fieras de terapia, como ella misma había podido comprobar cuando el emir de Tánger le regaló a don Ramiro, su padre, dos leones, macho y hembra, que dejaban de rugir y abandonaban el brío ante los sones de la música; otrosí sucedería con los locos. Zulema abundaba en la tesis de la abadesa: en el hospital había músicas noche y día, e cuando algún demente se enfuriaba se hacían sonar los tambores: pon, pon, porrón... E hacía ademán de tocar el tambor.

La real comitiva discurría entre una hilera de internos, ataviados con chilabas a rayas azules y verdes portando pequeñas albendas. Cuando las damas descendieron de los carruajes una gran grita se elevó hasta el cielo. Era la bienvenida. Farah ben Haz, regente del hospital, acudía presurosa a saludar a sus patronas y a las señoras de Navarra. Se quedaron perplejas ante aquella mujer inmensamente gorda, tanto como don Sancho, que se arrodillaba y alzaba con prontitud y no pudieron dejar de comparar su presteza con la indolencia del rey de León. La reina Toda le hizo entrega de la carreta de pan blanco que traían para los locos, y los gritos de los dementes se incrementaron de tal forma que los cuerdos no se podían entender.

Las nobles señoras, precedidas de Farah, seguidas de unos hombres que cargaban en sacos el pan que habían traído las navarras, atravesaron varias galerías y pasillos, y fueron invitadas a entrar en la sala de los que hablaban para sí mismos. Y si griterío había afuera, mayor dentro. Se diría que se habían desatado las Furias. Las mujeres repartían el pan. Los locos se agolpaban unos contra otros disputándose las hogazas. A Elvira le parecieron hambrientos no obstante ser mediodía, hora en que en Al-Ándalus se comía alguna cosa. Pero aún le extrañó más que en aquella sala estuvieran juntos hombres con mujeres, siendo que en la morería era mucho más acusada la separación de sexos que en la cristiandad; y no le pareció ni medio bien que sobre aquellas alfombras que hacían el papel de camas yacieran hombres y mujeres todos revueltos.

Para Elvira que los reclusos estaban mal alimentados o que les llamaba la atención la indumentaria de las cristianas, el caso es que los perturbados las acorralaban contra la pared y querían tocarles la cara y otras partes del cuerpo que no son de mentar, y les echaban encima el aliento. En principio, las damas se ofuscaron, pero viendo a Farah y los guardianes que repartían golpes sin mirar a quien caían, se defendieron como pudieron. Elvira repartió varias puñadas. E no valía que Farah tratara de imponer su potente voz, ni que los amenazara con arrojarlos a las piscinas, ni que los guardias golpearan con varas. Se diría que los locos estaban ansiosos de pan o de mujer, porque todos querían tocarlas y arrancarles los vestidos. A Lambra le quebraron el jubón. Nunila lloraba contra la puerta, acobardada, rodeada de dementes que atacaban todos por igual. La guardia repartía golpes tan a lo ciego que a doña Boneta le alcanzaron en el hombro, de refilón, gracias a Dios, pero la dama se asustó y lanzó un gemido que quedó apagado en el griterío. Hasta la reina Toda parecía menguada de carácter ante aquel tropel disparatado, cuando asonaron las músicas y la turba se fue calmando.

A doña Boneta le saldría un gran moretón; la reina se lo restregó con la mano. Las princesas amonestaban severamente a Farah y a sus auxiliares. Wallada gritaba descompuesta, cegada por la ira, sin atender réplica... Zulema amenazaba con una vara a la regente del hospital. Las dos nobles se dirigieron a la reina y le pidieron excusas. Toda Aznar, como estaban muy acaloradas, quiso quitar yerro al asunto y solicitó continuar la visita. Ordenó a sus camareras que se situaran detrás de ella y nunca avanzaran más que ella; en cuanto al pan, dispuso, con la aquiescencia de todas, que lo distribuyera la rectora del lugar.

Siguieron la visita prácticamente acordonadas por una fuerte escolta, armada de fuertes varas y látigos. Se quedaron en la puerta de la sala de los andadores. Los locos se limitaban a dar vueltas en círculo a una enorme habitación en completo silencio. Zulema, ya más serena, explicaba que los internados caminaban diariamente varias parasangas; que eran los mejores habitadores del hospital porque no armaban bullicio. Doña Elvira disintió, alegando que los encerrados se habían soliviantado a la vista del pan..., que de no haber pan, cada uno hubiera continuado su plática y no hubieran reparado en ellas; que otro tanto hubiera ocurrido con los andadores; que en ese hospital la gente estaba mal comida. Una mirada de su abuela la hizo tornar al silencio.

Las hijas del califa se sintieron incómodas. Zulema reconoció con humildad que la situación se les había escapado de las manos, e instó a su hermana para que pidiera a Farah cuenta minuciosa de las raciones que se repartían en el albergue. Porque, tal vez, añadió, Farah se quedara para sí los dineros que entregaban ella y sus hermanas, y con las rentas del pósito de la tía Habba.

Wallada le respondió con acritud: rodarían cabezas, y añadió que no era de razón que se presentaran en el hospital con el pan de la reina Toda y que lo distribuyeran, un pan por demente, y que éstos no se conformaran con la ración y quisieran más, ni que los vigilantes no las custodiaran, ni que fueran arrinconadas, pues ese hecho demostraba que los locos podían apoderarse de la casa en cuanto quisieran y aun de Córdoba entera, a despecho de la autoridad, que sólo pretendía hacerles el bien.

En esto, los dementes de la sala de los andadores, que se habían limitado a caminar en círculo, emprendieron la carrera. E daban una vuelta y otra e, como parecía que había de hundirse el piso e sustos ya habían tenido, salieron presto.

Ante la sala de los aulladores pasaron de largo. No, más griterío, no. Aquellos desgraciados causaban mal al oído. Igual que Farah que las seguía llorando y se abroncaba suplicando que no entraran en aquella sala, pues ensordecía.

Ninguna de las pamplonesas tenía interés en ver u oír más de lo que habían visto u oído o sufrido en la carne, pues a punto estuvieron de violentarlas. Pero en presencia de las princesas no podían hablar del miedo que les embargaba el ánimo, ni de la mala ventura del día de hoy, que tanto prometiera por la mañana cuando fueron tan regaladas en el Baratillo. Cada una se decía que debieron visitar el Hospital de leprosos o el de pobres, pero nunca el de locos. Tanto perturbado junto, imitando todos a uno... porque el movimiento de la sala de los que hablaban para sí, lo había iniciado un hombre alto y enjuto de pelo cano, que quiso tocar a Lambra, el mismo que le rasgó el jubón, si bien para entonces ya apretaban todos y las relegaban hacia la pared. La reina hizo seña a Boneta y a Adosinda; no era el lugar de esos comentarios.

Caminaban con el susto en el cuerpo hacia la sala de los inclinados. Andaban de mala gana, precedidas de la reina y las princesas moras. Ahora, verían hombres torcidos, ¿no habían visto bastante?, se quejaba Elvira. Y, en efecto, en la habitación, hombres y mujeres adoptaban las posturas más inverosímiles, todas ellas contra natura: algunos doblados por la cintura, otros con la cabeza colgante a diestra o siniestra, los menos acuclillados; los más cabeza abajo, enseñando las bragas...Wallada, ante la cara de disgusto de las navarras, dio por terminada la visita.

Sentadas a comer, hicieron poco aprecio a los manjares. Moras y cristianas tenían un nudo en la garganta e no podían tragar. A doña Boneta se le amorataba el brazo y le dolía. La reina estaba disgustada consigo misma: ¿cómo se había quedado quieta y no había puesto orden en la algara de los locos?, ¿se volvía irremediablemente vieja y ya no sabía responder a las situaciones adversas? Se había quedado pasmada ante la imagen de su cuñado el corregente y de don Dulcinio, el abad, al frente de la alocada hueste... ¡Ah, que se le había quedado fija aquella estampa! ¡Que tenía el pensamiento ocupado en el cuñado y el abad y no había visto violentar a Lambra ni golpear a Boneta! ¿Era la vejez irreparable...? ¡Ah, no!

A los postres, las princesas volvieron a disculparse con la reina. Ésta no aceptó los descargos, nada había ocurrido, dijo, que ensombreciera un día soleado en aquella ciudad de Córdoba y en tan grata compañía. Salvo el moretón de Boneta y el jubón de Lambra que sería remendado, poco había que lamentar. Que no se quedaran cuitadas las señoras, suplicó. Luego, con el asentimiento de todas las damas presentes, decidió posponer a la mañana siguiente la visita al juez supremo de Córdoba.

Terminaron de desayunar. Adosinda, que remendaba el jubón de Alhambra sentada en la galería, escuchó voces en el patio y, curiosa, se asomó a ver quién era. Wallada urgía a dos esclavas que sostenían una gran bandeja con un bulto alto. Se acercó a la puerta de las habitaciones y alzó su gritona voz: ¡Señora Boneta, está aquí doña Wallada e creo que trae un pastel! La camarera mayor penetró en el oratorio, y con voz queda, anunció a su señora y a su nieta la presencia de la noble mora.

No se habían incorporado todavía las dos orantes, cuando Wallada ben Abd-ar-Rahmán irrumpió en la capilla con los ojos llenos de furia. Al apercibirse de que se encontraba en lugar sagrado retrocedió unos pasos y mandó a sus esclavas que depositaran la bandeja en una mesa y las hizo retirar. Las navarras la contemplaban suspensas y muy divertidas esperando una sorpresa. La dama mora hizo una venia a la reina, destapó lo que traía con gesto imperioso, a la par que exclamaba: ¡Ansí hacemos las cosas en Córdoba, señora Toda...! Y, ¡sálvenos el Criador!, ¡en la bandeja traía la cabeza de Farah, la regente del Hospital de locos!

Las pamplonesas no pudieron reprimir un gesto de asco y volvieron el rostro. Doña Elvira cayó desmayada. Las señoras acudieron en su auxilio; unas le hacían aire, otras le daban cachetes en las mejillas. Y estaban atendiendo a la abadesa que no tornaba en sí, cuando Boneta volvió la cabeza y, ¡ah!, la pequeña Sanchica tiraba de los cabellos de la ajusticiada. La camarera le dio un pescozón. La niña salió corriendo a refugiarse en Aixa, la esclava mora. Boneta se apresuró a cubrir la cabeza de la infortunada Farah con el velo que traía. Y ya se despertaba doña Elvira y había tanta confusión, pues todas hablaban a la vez, que no se entendían. La madre abadesa tornó al desmayo.

Toda Aznar comenzó a preocuparse: su nieta no quería regresar a aquel mundo loco en que vivían. Aixa humedecía los labios de la leonesa con agua de rosas. La religiosa, entre consciente e inconsciente, ensoñaba que se encontraba en la corte del rey Herodes Antipas y que Wallada era la perversa Herodías que traía la cabeza de san Juan Bautista en bandeja de plata, y no quería abrir los ojos para no ver tanta iniquidad y un escalofrío la recorría toda al recordar la cabeza desgajada de la mora. Por otra parte, Adosinda movía su testa, pensando para sí misma: en mala hora llega esta mujer..., acabamos de desayunar...

Wallada presumía que tampoco esta vez había acertado con sus huéspedes... No atinaba casi nunca, y era pena, porque ella siempre llevaba la mejor intención de agasajarlas y honrarlas. Hasta muy entrada la madrugada, se había ocupado de interrogar y de ordenar que le dieran tormento a Farah ben Haz, que en el potro se había confesado ladrona, y no le mandó cortar una mano, ni dos. Dispuso que le cortaran la cabeza, arriesgándose a que la familia de la fallecida la demandara ante al-Balluti, el juez supremo, porque Farah era mujer libre. Había corrido riesgos, pasando una noche en vela. A la amanecida se ocupó de que se cumpliera su sentencia y, luego, con sus esclavas, había querido componer y hermosear la cabeza de la muerta para presentarla a las señoras de Navarra y que ellas se holgaran ante la pronta ejecución de aquella ladrona, cuya avaricia las había puesto en compromiso. Y, sin embargo, se encuentra con que vuelven la cabeza, aterradas, y la monja, que ha muy pocos redaños, se desmaya, y no sólo eso sino que no le prestan la menor atención, y mucho menos loan su proceder. La princesa pensaba, apenada, en las dos culturas y los modos de vida diferentes entre moros y cristianos, pese a que ocuparan un mismo solar que había sido de los romanos y los godos todo unido...

Recuperada la abadesa, la reina calmó su inquietud y aclaró ante la hija del soldán: Mi nieta sufre horror a la sangre. Cuando lo supe también me extrañó que no hubiera visto ahorcados, empalados, apaleados o muertos a espada, como cualquiera de nosotras, y que se impresionara tanto. Después la felicitó por su rapidez en el obrar, y ya se acercó a Aixa para ordenarle que retirara la cabeza y que la enterrara.

Hablaron de cosas fútiles y, habiendo llegado Zulema, partieron a visitar al juez.

Atravesaron los jardines de Al Musafa y la rambla del Guadalquivir, pasaron bajo el arco de la puerta de Al Kantara, recorrieron de Sur a Norte el muro de la mezquita Mayor; la calle de los Libreros, la de los Monederos Judíos, dejaron a la diestra la plaza de la Paja y avistaron a Asbagh al-Balluti, asentado en un banco, apoyado a la pared, en la alquibla de la mezquita de Abu Uthmán. El juez supremo de la ciudad tenía delante un saco donde recogía sus papeles y pergaminos. Escribía de su propia mano. Las mujeres se acercaron en silencio, sin aparato, como si fueran unas vecinas más. Enseguida fueron puestas al corriente por la concurrencia: el juez acababa de imponer la pena de ochenta azotes a un borracho.

Al-Balluti, sin reparar en señoras tan principales, terminó de escribir, guardó sus papeles y se dispuso a impartir justicia en nombre del soldán.

Él mismo llamó a los litigantes. El demandante: Isa ben Amir. La demandada: Hamida ben Pérez. Tal vez una mujer cristiana, comentaban las damas entre sí, pues tenía la piel muy blanca y se llamaba Pérez.

Wallada traducía: Isa ben Amir exponía ante el juez que había comprado a Hamida en el mercado de esclavas del muelle de Rasif, pues él, alcanzada una cierta prosperidad económica, aspiró a poseer una esclava ingeniosa y bella, que fuera o que vistiera como las cristianas y que hablara el romance, para distinguirse con sus amigos. Y que, en efecto, tras personarse varios días seguidos en el mercado y considerar la adquisición de varias mujeres, optó por Hamida pagando por ella la escandalosa suma de tres mil dinares de oro. El mercader le aseguró que la acababa de comprar en la frontera superior, que era una de las mujeres llamadas sabias, pues hablaba latín, romance, sabía de letras y componía poemas. Que con ella Isa podría ofrecer alegres y cultas veladas en su casa y sobresalir entre sus amigos y, si lo deseaba, casarse con ella, pues era viuda, muy bella y prieta de carnes. Isa vació su bolsa en la compra de la esclava. Le dio habitación en su casa, la vistió con telas de oro y plata, mejor incluso que sus propias mujeres; le suministró papel, tinta y cálamo, y no la visitó en la cama. Pero pronto, Hamida no estuvo contenta con el amo, ni con la casa, ni con las mujeres, ni con las otras esclavas y, cuando Isa le dio a conocer su propósito de maridar con ella y hacerla su cuarta esposa, la esclava le rechazó y, es más, le espetó a la cara que era mujer libre y sacó papeles que avalaban su franquicia, riéndose de él y llamándolo fatuo y cretino comerciante. En fin, que se había dejado engañar por un mercader y una viuda deshonesta, por eso se presentaba ante al-Balluti a pedir justicia y acusaba a la esclava de complicidad con el mercader, y de haberle engañado y robado tres mil dinares de oro, buena parte de los ahorros de su vida.

Hamida lo contaba de otra manera: siendo muy niña había sido robada de su casa de Germania, llevada a Al-Ándalus y vendida como esclava a Jalifa, la «abadesa» de un burdel en Sevilla. Jalifa la envió a la escuela y, luego, le proporcionó un buen maestro para que la iniciara en las letras y en las artes, y ella aprovechó las enseñanzas y gustó del estudio. Apenas fue mujer, Jalifa la entregó a un capitán del soldán, que la adquirió abonando una fuerte suma. Pero como era bella y hermosa, y demostraba mucha arte en los cantares, en las trovas y en las danzas, el militar se encaprichó con ella y al morir, muy joven, en su testamento le concedió la libertad y una renta. Y mostraba los papeles al juez y los señalaba con vehemencia.

Al-Balluti escribía. La esclava continuaba: era mujer libre, vecina de Córdoba, con casa propia en la calle de los Armeros, y no había querido desposarse con Isa ben Amir porque le apestaba el aliento. Añadía que a la subasta había llegado no sabía cómo, si dormida por alguna yerba o por el vino que, sin duda, la obligaron a ingerir el taimado mercader o su raptor, fuera quien fuera, pues no recordaba nada. Sí que tenía señal de un fuerte golpe en la testa. La demandada se arrancó el velo, inclinó la cabeza, se derramaron sus rubios cabellos e indicó con el dedo al juez el lugar del testarazo. Al-Balluti lo observó minuciosamente. Le había quedado un hendido.

Para las cristianas, que estaban muy interesadas en el relato, que Hamida mentía. Ésta prosiguió: después del rapto, estuvo varios meses en una habitación encerrada, noche y día, con un maestro que la hacía estudiar y recordar lo olvidado en casa del capitán hasta que, sin su consentimiento, fue vendida al comerciante. A una pregunta del juez, Hamida respondió: Sí, señor, a la muerte del capitán me vine a Córdoba y abrí casa en la calle de los Armeros, viviendo en recato, como si guardara luto...

Lambra y Nunila tenían los ojos arrasados de lágrimas. Para Boneta y Adosinda que la demandada estaba confabulada con el mercader de esclavas y que llevaba parte de los tres mil dinares. Las princesas estaban con ellas. Afirmaban que en la venta de esclavos había engaños y engañados. A la reina Toda le parecían creíbles y hacederas las dos historias tan diversas. Ella sometería a las dos partes a la prueba caldaria y que juzgara Dios. Elvira Ramírez se quejaba de que les hubiera tocado presenciar un juicio de tan poca monta; de juzgar ella condenaría a la mujer por malandrina, amén de puta, pues era muy sospechosa..., ¿a qué, aquellos labios tan carmesíes...?, seguro que les sacaba la color con palo de raíz de nogal o se aplicaba ungüentos.

El juez supremo consultó el Alcorán y su respuesta no se hizo esperar. Se aclaró la voz y dirigiéndose a Hamida se expresó ansí: «El capitán te concedió carta de franquicia, sabiendo que en ti había bien. Te dio parte de la riqueza de Dios, el único Señor. No seré yo quien te la quite. Ve libre, mujer».

Azora 24, aleya 33, confirmó Zulema a Elvira. ¿E ansí conocen sus mercedes el Alcorán?, preguntó ésta. Ansí, desde el basmala hasta el final, contestó la mora sin darle importancia.

El juez supremo de Córdoba guardó sus papeles en el saco y advertido de la presencia de las damas las saludó con ceremonia. Departió con ellas de banalidades, las mujeres rehuyeron efectuar cualquier comentario de la sentencia, pese a que, como se demostró después, la mayoría no estaba de acuerdo con ella.

Llegadas a La Noria, las damas entraron en controversia. No se trataba de juzgar la sentencia del juez que, a fin de cuentas, se había pronunciado según el Libro; en el coloquio se debatía la justicia de la Ley:

—¿El comerciante no había sido vilmente engañado por el mercader y su compinche? —preguntaba Elvira.

—¿Era justo que el comerciante fuera despedido sin la devolución del dinero o, al menos, alguna compensación? —interrogaba Boneta.

—¿En esa Ley del Profeta se desamparaba al hombre de buena fe? —inquiría Alhambra.

—Desde que el Profeta recibiera la revelación —sentenciaba Wallada—, los hábitos del mundo habían cambiado... Conociéndose, como era público, los abusos y engaños que se sucedían en la venta de esclavos, porque el Profeta dijera lo repetido por el juez, ¿no se podía cambiar una Ley tan vieja...?

—No hable tan abiertamente mi hermana —la contrariaba Zulema—, y recuerde lo que está escrito y gusta de repetir nuestro padre: «cualquiera que hable del Alcorán, utilizando únicamente su razón, aunque acierte, yerra».

—¡Albricias, hermana —le respondía Wallada—, creo oír a mi padre por tu boca!...

Toda Aznar se retiró, pero concedió licencia para que sus damas continuaran la velada. Las jóvenes siguieron hablando animadamente. Lambra quiso contar la verdadera historia de Bernardo del Carpio, pero doña Elvira seguía empeñada en dirimir con las princesas moras la justicia o no de la Ley, e intentó varias veces introducir el tema hasta que Lambra la llevó a un aparte y le dijo que no hablara más de ello, pues las princesas se encorajinaban entre sí.

Te digo, Boneta, que no es buen día, que veo los gallinazos rondando la almunia.

Nada tema la reina que los buitres vuelan hacia la diestra, mesmamente como cuando salimos de Pamplona.

Non sé, hija, andaba yo con tanta prisa de pasar bajo la puerta de la Ribera que no me fijé... En los agüeros confié plenamente en Garcí García, el catador, que lo dijo bien en general.

Para mí no fue buen catador, recuerda los lobos del camino, la rebelión del arlesiano, la travesía del puente Largo, y las muertes y los espantos que sufrimos.

Sí, estoy contigo, fue un mal viaje, pues a lo que dices hay que añadir los amores que se suscitaron en los débiles corazones de mis descendientes y la locura que parecía extenderse a todos... ¿Qué quieres, Nunila, hija?

Don Hasday, señora, pide licencia...

¡Ah, don Hasday, que pase presto!

El médico judío traía cara de albricias. Don Sancho estaba curado, había dado orden de sacarlo del hospital y aposentarlo en el ala noble del palacio, junto a los otros navarros.

E ¿ha quedado mi nieto sin carnes, señor Hasday?

Sí, señora, don Sancho ha adelgazado setenta arrobas de Pamplona, quedando a la mitad, algo menos, del peso que traía. Ya no sufre somnolencia, ni dolores en rodillas ni caderas, ni dificultad alguna para respirar... Podrá hacer la vida de todos y, siendo parco en el yantar y no abandonándose a la comodidad, vivir muchos años...

Yo no sé cómo podré agradeceros que os entregara a un hombre gordo y me lo volváis flaco... ¿Aseguráis que se encuentra bien de salud habiendo perdido tanta carne?

Sí, señora, incluso ha yacido con mujer.

¡Válgame el Criador!, la reina hizo un gesto con la mano, os agradezco vuestra franqueza, señor...

Don Sancho está perfectamente. Ágil de cuerpo como nunca imaginara, despierto de ánimo, contento, en fin. En este último mes, ha tratado y hablado mucho con nosotros.

Se interesaba por las costumbres moras y judías e, además, ha comenzado a estudiar la lengua árabe y ha gustado de vestir como un musulmán... Mi misión, noble señora, ha terminado... Me ha sido muy grato tratar con vos, señora, espejo de todas las virtudes..., y la aplicación deste tratamiento me ha sido muy útil para mi saber y entender... Escribiré un tratado, si mi Dios, Yavé, lo tiene a bien...

Gracias, don Hasday, nunca podré pagaros... Pero, si alguna vez ocurre algo aquí en Córdoba que no sea de vuestro agrado y queréis abandonarla, venid a Pamplona, yo os atenderé como si fuerais un hijo...

Me considero altamente pagado de servir a tan alta señora...

La reina le dio a besar las manos. El judío se arrodilló y tocó el suelo con la frente. Y cuando salió exclamó: ¡Un gran hombre este Hasday! Piensen las damas en un regalo. Le haremos un buen regalo... Y vos, Boneta, hablad con Martín Francés, quiero saber de cuántos dinares podemos disponer... Y, ahora, abríguense sus señorías con los mantos que vamos a visitar a don Sancho y sean avisadas de que en cuatro o cinco días saldremos para Pamplona...

—¡Qué gallardo!

—¡Es un galán!

—¡Ah, qué porte!

—¡Ahora es un rey verdadero!

—¡Se lo han de disputar las damas nobles de León!

—Has buen galardón, señora Toda...

—Ha un parecido con su abuelo...

—De Córdoba a León caerán los muros de las ciudades, mesmamente como si fueran las murallas de Jericó...

—Hijas mías, nunca creí que las palabras de don Hasday fueran tan verdaderas, ni que don Sancho se tornara flaco...

—A algunas destas señoras les hubiera ido bien entrar en la misma cura...

—¡No seas impertinente, niña...!

—Su merced no acepta una burla...

Don Sancho, desde la galería, saludaba con la mano a las damas de Navarra. La pérdida de setenta arrobas se dejaba notar. Era un hombre recio, de anchos hombros, pero no gordo. Era mesmamente un rey con aquellas ropas chapadas que le habían dado los moros y que las prefería a las de Munda de Aizgorri.

Sí, ahora, perdidas las deformaciones, se le apreciaba un fuerte parecido con doña Urraca, la emperatriz, y hasta con doña Elvira... ¿Quizá el corte de cara? ¿Los ojos? No, doña Elvira era más de don Ramiro... Pero los hermanos tenían un algo en común... Para Boneta la parte de los ojos y la frente despejada... Para Adosinda el corte de cara...

Don Sancho bajó presuroso, con paso seguro y marcial, se reunió con su abuela y se inclinó tanto, tanto, que las damas comentarían después que estaba mostrando su agilidad. Besó las manos de su abuela y ésta le abrazó y le besó mil veces las mejillas, mientras le saltaban las lágrimas. Las pamplonesas iniciaron a coro una llantina, a las que últimamente estaban tan dadas. Elvira besó a su hermano en la cara y las damas en la mano. No podían hablar, un gran contento les embargaba a todos.

El rey García y sus caballeros, los hombres y las mujeres de la expedición, los soldados, los sirvientes se juntaron todos y felicitaron y se inclinaron ante el futuro rey de León.

Aixa se presentó con otras esclavas, llevando cántaras de vino y bandejas con frutas. Había gran fiesta en el palacio de La Noria. Cuando hubieron bebido ya todos abundantemente, don Sancho pidió silencio, se acercó a don García y a su abuela, los tomó de las manos y gritó: ¡Nadie hará nunca tanto por mí! ¡Viva el rey, viva la reina!

Don Sancho, a más de delgado, era otro hombre muy distinto, hablaba con todos, nobles y plebeyos, sin distinciones, y tenía palabras de agradecimiento y a todos les prometía galardón: cuando fuera rey de León, cuando ocupara otra vez el trono que había sido de su padre y de su hermano, enviaría a Pamplona un cofre lleno de oro para que se lo repartiera la diputación de navarros que lo había acompañado y servido... A quien no podría pagarles, sería a su tío y a su abuela, pero siempre los llevaría en su corazón y su espada sería la primera en acudir a su llamado...

Doña Andregoto de don Galancián alzó la voz: La primera espada que sirve a los reyes de Navarra, señor, es la mía, la vuestra será la segunda...

Don Sancho se quedó parado ante las inconvenientes palabras de la castellana. Lo notaron todos.

Toda rompió el silencio: ¡Mi hijo y yo apreciamos por igual las espadas de uno y otro... y necesitaremos las espadas de todos los presentes para ensanchar Navarra!

Los hombres desenvainaron y alzaron las espadas al cielo dando vivas a los reyes y al reino. E parecía que cada hombre y cada mujer del pueblo quisiera lanzar su ovación más estentórea.

Doña Toda se lamentaba con Boneta: Mi nieto está bello de cuerpo, pero de seso continúa tan botarate como antes... ¿No crees que debió encararse con Andregoto...? Plegue a Dios que la historia, que ya no podrá llamarle el Gordo, no le llame en adelante el Bobo... Menos mal, Boneta, que estará Elvira con él...

A la caída del sol, cuando Toda se retiraba con sus damas y parientes a cenar, Aura de Larumbe, la que era puta sabida, le cortó el paso, suplicándole un momento de atención y le cuchicheó algo al oído. La reina le dio una palmada en el brazo, le sonrió y le dio su mano a besar. Acudía sonriente hacia sus acompañantes que, al momento, le solicitaron información. La reina se hizo rogar un poco y luego informó: Non se lo van a creer las señoras, Aura de Larumbe me ha pedido permiso para quedarse en Córdoba y maridarse con un rico mercader... Se lo he dado de grado, porque sin ella nada se pierde en Pamplona, al revés, se gana; y porque es mujer libre, y le he deseado parabienes... Las camareras asintieron.

Después de cenar, la reina Toda llamó a don Lulu y le ordenó que comunicara a su sobrino, don Abd-ar-Rahmán, su ruego de que recibiera cuanto antes a su nieto Sancho para firmar el tratado, pues era su deseo partir hacia Navarra en cuatro o cinco días, siete a lo sumo, aunque le pillara la Navidad y el Año Nuevo en el camino.

Terminaron el día hablando de Aura de Larumbe.

—Yo non sé cómo Aura ha podido tratar con un rico mercader si los soldados y los sirvientes han estado todo el tiempo confinados en este palacio para evitar alborotos.

—A este tipo de mujeres no las detienen los altos muros.

—El mercader desconocerá que es puta sabida.

—Sí, los sarracenos también aprecian la honra de cada cual.

—Sí, pero Aura es culiprieta y eso prima sobre muchas cosas.

—¿Qué cosas, señoras?

—Non son asuntos que interesen a las niñas, Nunila...

—Ya no soy una niña, señora Adosinda, yo valgo lo mismo que las otras camareras de la reina de más edad.

—¡Ah, no, querida, has de ver muchas cosas!

—E ¿por qué no me las explican sus mercedes antes de verlas o sufrirlas en propia carne? Desa manera estaría avisada...

—¡Nunila, no seas sandia!, los pecados de Aura no son de tu interés ni del nuestro.

—La maldad, Nunila, no puede ser sabida ni contemplada por las buenas gentes, ni con buenos ni con malos ojos.

—La maldad y el vicio hay que ignorarlos, porque atraen... Otra cosa es que se oiga: Aura es puta sabida, Enneco López es manco, y se pregunte por ello o se atienda la razón... Esto es curiosidad, lo que hasta cierto punto es bueno, pero pretender indagar y conocer más allá es morbo y pecado.

—No hay que saber vidas ajenas, Nunila.

—Yo oigo a las comadres de Pamplona.

—Tú no eres una comadre, tú eres una dama de la reina que, como cada una de nosotras, debe reprimir la curiosidad malsana... Debes aprender de nosotras que, aunque nos gustaría saber más de Aura y de la coyunda de Mimo con Gaudiosa, sabemos acallarnos precisamente por no entrar en los dimes y diretes de las comadres de Pamplona.

—Sí, señora, quieres decir que hay cosas de señoras y cosas de comadres.

—¿Do es mi sobrina doña Andregoto? —preguntó la reina.

Doña Boneta se apresuró a contestarle:

—Señora, desde que la enviaste siete días con las sorores de León, parece que gusta de su compañía. Está rezando con ellas.

—No le vendrán mal las oraciones.

—Ansí se empieza para entrar en religión.

—¿Qué quieres decir, Boneta, qué sabes?

—Nada, pero he observado que tu sobrina está más callada y menos activa.

—Yo siempre he defendido que un exceso de oración no es bueno, aunque muchos clérigos doctos sostengan lo contrario... ¿Estará perdiendo seso doña Andregoto?

—Non sé, señora, non sé... Te digo lo que pienso.

—Vamos a la cama, hijas, que es tarde ya...

Abd-ar-Rahmán III, sabedor de los deseos de la reina de Navarra, a la mañana temprano se presentó en el palacio de La Noria sin apenas escolta, cancelando una reunión con sus ministros, para servir a la señora.

Rey y reina departieron largamente reunidos en el cenador. El mayor señor del Islam rogó mil veces a su tía que retrasara su vuelta hasta la llegada de la primavera y, ante la negativa de ésta, la instó a tomar la vía de Zaragoza y ya de Zaragoza a Pamplona, que era la mejor.

Toda Aznar le explicó sus prisas, si acaso podían llamarse ansí pues hacía casi seis meses que salieran de Pamplona: el reino estaba solo; su hijo el rey no se recuperaba de la melancolía; su nuera doña Teresa Alfonso estaba enferma; y ella era vieja y había de prepararse para bien morir... Después, le agradeció su acogida, el sencillo trato que le había deparado y cuánto penaba de que no se hubieran tratado antes, pues podían haber hecho amistad de largo... Cierto que cuando nos conocimos en Calahorra, aunque tú eras mozo y yo inexperta en las cosas del gobierno, ya nos entendimos, pero aquello no duró..., comentó la reina y pasó a encomiarle a sus hijas... Wallada y Zulema que eran ya como unas hijas para ella... Las había de echar de menos, pues la habían llevado y traído tanto y regalado sobremanera...

Toda examinó con su sobrino los términos del tratado: diez castillos en el Duero y el pacto mutuo de no agresión en las fronteras de Navarra a León. La reina aceptó que las fortalezas se entregaran apenas comenzada la próxima primavera, aunque todavía los conquistadores no tuvieran entrada franca en la ciudad regia o la estuvieran sitiando. Lo primero, dijo, es cumplir el tratado, luego entrar en León...

Abd-ar-Rahmn III le ofreció un ejército de tres mil arqueros, dos mil lanceros de a caballo y dos escuadrones de negros, al mando del general Ben Tumlus. Y le hizo ver la necesidad de conquistar primero la ciudad de Zamora para asegurar el flanco izquierdo y no tener enemigos a la espalda antes de adentrarse en el llano de León.

La reina asintió: sí, asegurarían Zamora, que era una ciudad chica, aunque fortificada, y ya continuarían hacia la capital. Ella mandaría orden de alerta a todos sus castillos de La Rioja en previsión de una retirada. Que él hiciera otro tanto con los gobernadores de Toledo y Guadalajara para que acudieran presto, si menester fuera. Aunque no habría lugar, pues el ejército que proporcionaba don Abd-ar-Rahmán resultaría imponente (y lo imaginaba con las banderas desplegadas y las corazas de los hombres refulgiendo al sol) y Ordoño IV huiría... Además, el general Ben Tumlus era hombre muy bragado y experto, y don Galid, su lugarteniente, un valeroso soldado. Por otra parte, su nieta Elvira, que había de estar en todo, era una mujer muy entera, en algunos aspectos, de mayor valía que su hermano... Y ya se ocuparía ella de aconsejar a don Sancho...

Sí, respecto a la firma del tratado, mañana a la mañana acudirían don Sancho y don García, con unos pocos hombres, a Medina Azahara y firmarían lo convenido sin alharacas ni fiestas... Le serviría de gozo que don García fuera el testigo principal... Ella, mientras tanto, visitaría las sepulturas de la reina Íñiga y de Muzna, la vascona, y daría por terminada su estancia oficial en Córdoba y en tres días, una vez preparados los caballos y cargados los carros, se partiría hacia Pamplona con toda su gente, que hora era. En Toledo se desdoblaría la expedición... Unos a León, otros a Zaragoza... Y ya en mi castillo, me dispondré a bien morir, señor sobrino, que es tiempo, pues voy a cumplir los ochenta y tres en enero.

Tales asuntos convinieron y pasaron a hablar de otras cosas. El califa se holgó de la buena amistad que habían hecho sus hijas, Wallada y Zulema, con las señoras de Navarra, y excusó a sus otras hijas, Alina y Fátima, que no las habían atendido del mismo modo. Dijo que estaban bien casadas y no salían de sus casas, que atendían a sus maridos e hijos. La reina, que algo imaginaba, escuchó de labios de su sobrino que Wallada y Zulema estaban malmaridadas y que si no habían sido repudiadas por sus respectivos cónyuges, se debía a que eran hijas suyas y los maridos no se atrevían a dar tal paso. Los esposos llevaban razón, sus hijas eran parlanchinas, sabidillas, puntillosas, respondonas y rebeldes..., osaban caminar por las calles sin velo... y se encaraban con sus maridos en público a la menor ocasión... Ninguna dellas hacía vida marital con su esposo... Y todo lo dicho no resultaba grato a un musulmán... Él, naturalmente, las quería y las aceptaba como eran porque llevaban su propia sangre, pero comprendía que los venidos de fuera quisieran mujeres sumisas. Lo que no entendía es que los dos maridos las dejaran vivir bajo su mismo techo, sin repudiarlas, pese a ser quienes eran, máxime no teniendo hijos de ellas.

El gobierno de sus casas tampoco las llamaba. Ellas hubieran preferido ser hombres para imponer su voz en las disputas de los alfaquíes... A él mismo le llevaban la contraria.

Alina y Fátima eran unas esposas y madres ejemplares, llenas de otras prendas. También conocían el Alcorán de memoria y eran capaces de hablar de igual a igual con cualquiera de los sabios de Córdoba, o con Al Hakam, incluso. Con Al Hakam, su heredero, estaba preocupado, pues como gustaba leer en exceso y no aceptaba que le leyeran los esclavos, perdía vista y los médicos no encontraban remedio para aquella enfermedad tan nefasta para un califa que no vería lo que sucedería a su alrededor. Había consultado con Ziyad, el sirio, y con Hasday, que le habían prestado muchos otros servicios, pero ése no... No obstante, Al Hakam merecía sucederle y ansí sería si era voluntad de Alá... Al Hakam era culto, sabio, parco en los placeres, recto, sosegado en el carácter; justo y ecuánime; brillante y decidor o callado y circunspecto, según procedía... Era su hijo mayor y, por otra parte, no era amante de la guerra. Y eso, en un rey, lo reputó por virtud.

Sus otros hijos, Abd-al-Aziz, Abu Allá, Al Asbagh, Al Marwan, Al Mundhir, Abd-al-Jabbar y, sobre todo, Sulaymán eran vanos y orgullosos, dados a los vicios y a los placeres de la mesa, al vino, a las mujeres del común... Sulaymán sufría una enfermedad en las partes pudendas, como les sucediera a Al Mundhir y Al Asbagh en otro tiempo... Una enfermedad muy larga que, al parecer, se llevó a la tumba a mi hijo Alí Hasif, que descanse en paz... Vos, señora tía, como mujer que sois, no habréis oído hablar deste mal, que es de bubones que se expanden por el cuerpo todo y de mucha fiebre... He errado con mis hijos, salvo con Al Hakam. Embarcado siempre en tantas guerras, los descuidé y les di en demasía...

No es eso sólo, señor sobrino, depende de la catadura que cada hijo traiga por sí, y de lo que recibiera de su madre y de sus antepasados. Los hijos, aun siendo del mismo padre y de la misma madre salen muy diferentes, cuánto más con vuestras costumbres que tenéis tantas mujeres y tantas sangres mezcladas. Yo con mis hijos tuve suerte. Don García, el único varón, es parco, justo, recto, brillante en el decir y el mejor jugador de tablas del reino entero... Eso sí, tiene la cólera presta, ama la guerra, y está pronto a intervenir en cualquier disputa aunque no vaya con él, o a blandir y medir su espada ante cualquier nimiedad... Como vos, dejando el trono a don Al Hakam, yo moriré tranquila dejando el reino en sus manos...

También tuve cuatro hijas, hoy todas muertas, Oneca, Urraca, Sancha y Velasquita... Las gentes del reino las llamaban las cuatro flores de Navarra, y lo fueron... A todas las casé bien, pero me hubiera gustado tenerlas a mi lado...

La reina suspiró. Bien, señor sobrino, iré a Medina a despedirme de vos, el día anterior a la partida...

No, señora, vendré yo y te traeré algo que te gustará...

Yo, mira, Abd-ar-Rahmán, aquí no tengo nada más que lo que llevo puesto, pero en cuanto regrese a Pamplona veré de devolverte tu Alcorán, aunque le tengo cariño...

Se despidieron en el patio. Cuando las angarillas del sultán se perdieron a la vista, Toda Aznar urgió a sus damas: ¡Apriesa, apriesa, hemos de escribir una carta!

¿Otra carta, señora...?

Sí, Adosinda, una carta a don Gómez Assuero...

Toda Aznar envió carta al gobernador con instrucciones: el infante Sancho Abarca con el más bravo capitán que haya en toda Navarra y mil soldados de a caballo debían partir, de inmediato, hacia el llano de León para juntarse con don Sancho el Gordo y el ejército sarraceno para auxiliarlos, si fuera menester... Deste modo, el joven Sancho se bregaría en lides y, en su día, sería un buen rey...

Aixa, la esclava mora, pidió licencia. Venía llorosa. ¿Qué ocurre, Aixa? La mora hablaba con rodeos. Las navarras, tras escuchar su parlamento y no entenderlo, le ordenaron que hablara claro. La esclava, por fin, atinó a decir que don Lulu había echado en falta dos escupideras de oro en las habitaciones de los reyes y pensaba en algún navarro... Ella, naturalmente, conociendo a tan grandes señores, no creía que hubiera navarros ladrones, pero que la habían obligado a presentarle esa queja a la reina.

Toda le contestó: ¡No seas necia, Aixa, los hombres de Navarra roban y cometen los mismos pecados que los de otros pueblos...! Y mandó llamar a Ebla de Lizarra, la cocinera.

Cuando llegó, le encomendó el asunto. Ebla revisaría los talegos y zurrones de todos los hombres y mujeres de la expedición, y le traería el ladrón antes de la puesta del sol. En cuanto a los nobles, tenía plena confianza en ellos, salvo en don Rodrigo, el preste, que era un desconocido, y envió a Adosinda a llamarlo, pues quería confesión, y le ordenó a su camarera que le examinara el equipaje, mientras ella ocupaba al clérigo. Llamó a su nieta Elvira y la despachó enseguida para que hiciera otro tanto con los baúles de sus monjas.

La niña salió enojada: las mujeres al entrar en religión hacían voto de pobreza..., sus sorores eran incapaces de afanar cosa alguna.

Doña Adosinda regresó pronto: el preste no guardaba nada. Doña Elvira también: sus monjas se habían ofendido. A Dios no se le servía con escupideras de oro. Sus baúles no contenían otra cosa que los hábitos y los breviarios.

A poco, volvió Ebla de Lizarra rebosante de contento, trayendo las escupideras. Las había encontrado en el arca de Gaudiosa de Onsella, pero no era ella la ladrona sino Mimo Ordóñez, su hombre, que se las había regalado, diciéndole que las había comprado con una paga de don García, el rey, por un servicio que le hiciera... Yo, señora Toda, caté enseguida dónde estarían los objetos robados; revisé primero el talego de Assona de Hériz e luego el de Gaudiosa, porque ya se sabe que de las coyundas sin bendecir no sale nada bueno..., y allí lo encontré... Don Nuño Fernández trae presos entrambos.

Me has servido bien, Ebla. Que non se diga que ningún navarro ha agriado la hospitalidad del califa. ¡Que entren y que venga don Lulu!

Mimo Ordóñez entraba arrastrado por los soldados de don Nuño. Gaudiosa detrás alborotando. La reina, muy seria, los observó durante largo rato. Se dirigió a don Lulu y le preguntó en alta voz: ¿Cómo se trata a los ladrones en Córdoba, señor Lulu?

El chambelán le respondió que la primera vez que eran cogidos se les cortaba la mano izquierda; a la segunda, la derecha, y a la tercera la cabeza.

La reina gritó a los presentes que ningún hombre de la expedición mancillaría el honor de Navarra y ordenó que cortaran la mano al soldado y que a Gaudiosa le dieran cincuenta azotes...

¿Aquí mismo, señora, en vuestra habitación...?, preguntó don Nuño.

¡Sí, aquí mismo, Nuño, y con don Lulu de testigo!

Doña Boneta se acercó a la reina: Señora, habremos de limpiar la sangre..., que non se diga que dejamos sangre navarra.

Non se dirá tal, Boneta. Mimo Ordóñez limpiará su sangre con la mano que le quede... Non se hablará mal de los navarros... ¡Procede, Nuño!

García y Sancho, reyes de la Hispania cristiana, partieron muy de mañana camino de Medina Azahara para firmar el tratado que tornaría a Sancho a su reino.

Siguiendo los deseos de Toda Aznar no habría audiencia pública ante los dignatarios de la corte. El califa los recibió en sus habitaciones privadas sin aparato alguno y en un ambiente cordial; sencillamente acompañado de Al Hakam, su heredero, y de Chaafar y Abu Nars, sus dos principales ministros.

Fue el propio príncipe heredero quien leyó los términos del tratado. Don Sancho, avisado por su abuela, prestaba mucha atención. El pacto, le había insistido Toda, sólo debe incluir los diez castillos de la línea del Duero (mejor si no figuran los nombres de las fortalezas, pues siempre las podrás trocar), y los buenos propósitos en las fronteras, jurando que cada rey conservará las suyas sin entrar en las tierras del vecino reino.

Al Hakam leyó primero en árabe, luego en romance. Don Sancho se mostró conforme con lo escuchado y firmó sin dilación; Don Abd-ar-Rahmán hizo otro tanto, y se abrazaron todos.

Al Hakam se felicitaba porque los tres reinos más poderosos de la Península hubieran firmado un compromiso llamado a sobrevivir a los tres reyes, lo que traería decenios y hasta siglos de paz.

Chaafar mostraba su alegría asegurando que se había llegado a un hermanamiento de los reyes que con el tiempo se extendería a los pueblos, que llegarían a ser uno... Un gran pueblo con tres religiones.

Don Sancho evidenciaba su alegría... Tornaría a León con un poderoso ejército y se sentaría en el trono de su padre, el emperador... Haría matar a don Ordoño y con él a los traidores y no descansaría hasta ver su reino limpio de felones... Tal vez, se nombrara también emperador y recibiría el vasallaje de su tío García que no parecía muy contento en este acto... No, no, seguiría las consejas de su abuela, sería un buen rey y no tomaría venganza...

Don García permanecía ajeno a lo que se trataba. Se decía que bastante había hecho con acompañar a aquel gordo y molesto sobrino y con seguir a su anciana madre hasta la capital de Al-Ándalus para un asunto que ni le iba ni le venía, que nada tenía que ganar, en un viaje que parecía inacabable y harto pesado... Y se representaba la llegada a Pamplona y el recibimiento que le depararía doña Teresa, y tenía prisa de holgar con ella.

Don Abd-ar-Rahmán hablaba del fin de siglos de lucha y del inicio de una nueva etapa de prosperidad para los pueblos de Hispania, avalada por la amistad de los tres reyes. Su firma, la de Sancho, la presencia de García y los deseos de Toda Aznar estaban recogidos en un documento que todos se disponían a guardar para siempre jamás.

Abu Nars comentaba con Chaafar que nunca en Al-Ándalus se habían juntado tantos señores.

El califa entregó a don Sancho el texto del tratado escrito a dos lenguas y él guardó el suyo en una preciosa arqueta de marfil.

Se dio por terminada la reunión. El califa acompañaría a los señores cristianos al palacio de La Noria para saludar a la reina Toda. Todos juntos tomaron el camino del río. Los moros traían un carro con un bulto arriba. Un bulto muy grande y muy tapado.

Mientras tanto, las señoras de Navarra, guiadas y custodiadas por don Lulu, visitaban en el Alcázar las tumbas de la reina Íñiga y de Muzna, la vascona, y las llenaban de flores.

Toda no pudo dejar de llorar. Rememoraba a su buena madrastra, la reina Íñiga. Muerto ya su padre Aznar Sánchez, en las vísperas del viaje que, contra su voluntad, la llevaría a Córdoba para maridarse con el emir Abd Allá, obedeciendo a don Fortún el Tuerto, entrególe la arquilla con las reliquias de santa Emebunda, tan queridas de una y otra, y hoy en el fondo de un río... Y lloraba por doña Íñiga y por la santa... ¡Ah, que una pena muy grande le llenaba el corazón!

Doña Boneta la consolaba: ¡Ea, ea, señora Toda!, y le rogaba que dejara sitio a don Rodrigo, el preste, que iba a rezar los responsos.

Al terminar, la reina quiso que doña Muzna, la vascona, escuchara desde el lugar que ocupara en el cielo oraciones cristianas y ordenó al clérigo que le celebrara una misa de requiem. Y comenzaron los problemas. Don Rodrigo, que era un mozalbete, se negó a la celebración, alegando que doña Muzna, aunque cristiana de nacimiento, al morir era mora de religión y, en consecuencia, apóstata. A la reina se le hinchaba la vena del cuello. Doña Andregoto abofeteó al clérigo sin pedir permiso y le puso la daga en la garganta. Las damas mostraron su indignación. Doña Boneta se lamentaba de la actitud del joven preste, tan poco dado a complacer a la reina. Y doña Elvira urgía a don Rodrigo a recitar las oraciones, amenazándolo con llevarlo ante el obispo de Córdoba.

El capellán se vio tan cogido entre tantas mujeres enojadas, que rezó la misa. La reina no quiso abundar en el asunto ni imponerle ningún castigo para no entrar en pleitos con ninguna autoridad eclesiástica, pero le dijo que no asistiría a su misa, salvo los domingos, y lo envió por delante al palacio de La Noria. La visita al cementerio y el incidente con el preste le habían alterado los nervios. Tenía mala gana en el estómago. En realidad, observaba que las contrariedades le hacían mayor mella conforme avanzaba en edad. ¡Ayer el robo de las escupideras, hoy el incidente del preste!... ¡Ella también tenía prisa de volver a Pamplona!

Pero al regresar a palacio, tuvo que guardarse la mala gana. En el patio la esperaban el califa y los reyes. Se apercibió enseguida de la presencia del carro con el gran bulto y sintió curiosidad.

Saludó a los señores, éstos le informaron ampliamente de la firma del tratado y sus términos. Toda se complugo de que los moros no hubieran intentado añadir nada nuevo, y pasó a contarles su visita al cementerio. El califa interrogó a don Lulu: ¿Cómo encontrándose en el Alcázar, el chambelán no había pedido licencia para entrar y enseñar el Tesoro a tan nobles damas? Don Lulu no supo contestar. La reina llamó la atención del soldán: Estaba muy cuidado el cementerio; había querido rendir tributo a la reina Íñiga y a Muzna, dos mujeres de pro...

El califa, haciendo un guiño amable, la interrumpió: Señora tía, te he traído un regalo. Me placen los regalos, señor sobrino, contestó la reina. Abd-ar-Rahmán III se dirigió al carro y, ante la expectación de los pamploneses, él mismo retiró el paño que cubría el gran bulto y apareció un jinete esculpido en bronce. Un bello jinete pero ¿qué significaba el caballero? Porque don Abd-ar-Rahmán no era ni don Al Hakam tampoco, a más, los moros no representaban el cuerpo humano...

Doña Lambra susurraba al oído de la reina que debía de ser Nerón, el emperador de Roma. Toda negaba con la cabeza. Nerón no, Nerón no era regalo para ella, fue un hombre abominable.

El califa de Córdoba alzó la voz y terminaron los murmullos. Con gran regocijo aclaró el misterio: la estatua representaba a Sancho Garcés, el hacedor de Navarra, el marido de la señora Toda, el padre y el abuelo de los reyes presentes. Dijo que lo había mandado esculpir en Siria, al maestro Levi Romano, un renegado, que había tomado por modelo la estatua ecuestre del emperador Antonino... Por eso la estatua, que se ajustaba al modelo del césar, era menor que el tamaño natural... Pretendía que Sancho Garcés, el mejor rey de Pamplona, tuviera una estatua como las de los antiguos emperadores, pues aunque el rey de Navarra había sido su mayor enemigo, se lo merecía y él con ese gesto demostraba que habían acabado los odios y los rencores entre ambas naciones... Que fuera la estatua portadora de la voz del pueblo de Córdoba..., que llevara una paz imperecedera...

Los oyentes prorrumpieron en aplausos. ¡Un bello gesto de Abd-ar-Rahmán! La reina se acercó a su sobrino y quiso besarle las manos, pero aquél se lo impidió. Otro tanto quisieron hacer los reyes.

Reinó un gran contento en el palacio de La Noria. El pueblo de Pamplona desfiló ante la estatua de su antiguo rey. Sólo Munio Fernández, el despensero y el hombre más viejo de la expedición, se atrevía a decir en voz queda que aquel hombre no era el rey de Navarra, que acaso sería el emperador Antonino. Sancho Garcés era un hombre fornido, de rostro fiero, pero nunca aquel afeminado... Don Sancho tenía el rostro fiero, no podía traerlo o llevarlo de otra manera a las batallas contra moros...

Doña Toda alabó la estatua, agradeció el regalo, se apresuró a decir que, llegados a Pamplona, la instalarían en la plaza de Santa María, a mayor gloria de Sancho Garcés y de don Abd-ar-Rahmán e, incluso, comentó que tenía gran parecido con su marido.

El califa se quedó a comer y departió con los reyes animosamente. Acabados los postres, la reina, acompañada de Boneta, se dirigió a la letrina. Le urgía ir a la letrina. Esto de comer en mesa baja, Boneta, la postura en los almohadones, y el recordar los viejos tiempos y tanto hablar de Sancho Garcés, me ha movido el vientre. En cuanto a la estatua, ¿qué te parece?... Es de agradecer que la hayan traído de Oriente, pero para mí no es don Sancho, señora, es otro... Sí, lo mismo creo yo... La llevaremos a Pamplona, pero no la pondremos en la plaza de Santa María... No me gustaría que tomaran a mi marido por este otro...

Llevaban tanto equipaje que decidieron enviar a don Nuño Fernández a la plaza de la Paja a comprar dos baúles grandes, pero como doña Boneta recordó que estaba pendiente el regalo para don Hasday, y como doña Elvira tenía que mirar un último libro, pues se le hacía caro y dudaba, salieron todas en la última visita a la ciudad.

Don Sancho las acompañaría también. Insistieron al rey García y fueron todos.

Mejor adquirir los baúles en el Baratillo, resultarían a mejor precio. No, en el Baratillo no, jamás meterían el brial de plata y oro de la reina Toda en un baúl usado, y a saber por quién.

En la plaza de la Paja encontraron el bullicio acostumbrado y al príncipe Al Hakam, precisamente en un puesto de libros. Y como el príncipe musulmán y la princesa leonesa se paraban tanto tiempo y lo miraban todo, hasta los libros más escondidos, se dividieron en dos grupos, pues había que comprar los baúles y el regalo de Hasday.

En el deambular por los tenderetes, doña Toda instruía a don Sancho: Deberás entrar en el reino con mucho tiento..., perdonar a los que te traicionaron y repartir mercedes por igual, para que ninguno de los señores principales se sienta agraviado y todos queden contentos. Ya sabes que campea la envidia y que prima en todas partes. A los que te sirvan dales más honores... Y Elvira que te busque esposa. Cásate con la hija de algún magnate que traiga buena dote, y procura que sea buena cristiana y que emplee su tiempo en obras pías, y que le guste disponer en palacio, pues, ansí, se entretendrá y se le harán las horas más cortas... Cuida de no agraviar a nadie ansí de primeras; si tienes que soportar algún desaire, callas con él, pues lo primero que habrás de hacerte perdonar es asentarse en el trono de tu hermano con el aval de los moros, que son nuestros enemigos por excelencia. Mi sobrino el califa va a poner a tu disposición un buen general y un ejército considerable, pero non tengas priesa por entrar en la capital; cuando entres, ten ya seguidores asegurados para que encuentres apoyo, porque estar en un trono solo, ha de ser malo y poco duradero... No celebres tragantonas en palacio... No te des a los placeres del comer ni a los vicios del bajo vientre... No te ayuntes con mujeres del común... Trata con la gente del pueblo e interésate por la marcha de las cosechas, y si viene el hambre remédialo con el dinero de tus arcas... Que para que haya rey, es preciso que haya pueblo...

Reparte la justicia por ti mismo, no lo dejes en manos de otro... No dejes de lado a los obispos ni a los abades, y muéstrate piadoso, aunque te cueste trabajo... En cuanto al yantar, ya sabes, come poco y muchas veces al día, y camina y cabalga largo rato para no ponerte mollar... Escríbeme de tu mano para lo que necesites... Considera que en Pamplona estaré ansiosa de saber de ti, pues algo tendré que ver en tu entronización. No te fíes de los aduladores ni de las gentes en general, que lo que puedan decirte a ti, ya se lo dijeron a Ordoño... En cuanto a Fernán González, no ignoras que es taimado y fementido; tanto puede estar incondicional a tu lado como en tu contra... ofrécele alguna villa: Palencia o, incluso, Carrión, y vendrá contigo. No obstante, sabe que llevas ventaja sobre él: el conde es viejo ya y morirá antes que tú... En las tierras de Rioja no te metas, que son de tu tío... Si hicieras tal y yo vivo, seré la primera en ponerme al mando de mis tropas para arrebatártelas, y, si he muerto, te las demandaré desde el Cielo... E non creas que son palabras hueras, tal te digo por la memoria de Sancho Garcés, mi marido... Me duele hablarte ansí, hijo, pero es preciso... Yo soy clara y no quiero llamarte a engaño... Si en un momento dado, estás en disposición de ensanchar tu reino, hazlo por el sur desposeyendo tierra a los sarracenos, e no temas por no cumplir tu palabra... Los juramentos de los reyes son como el agua al correr y están supeditados a las nuevas necesidades y a lo que pueda venir... Yo sabes que soy tu abuela y que te quiero porque amaba mucho a tu madre. Contigo no es lo mismo que con Ordoño, que aunque fue hijo de Enneca, a quien yo amaba tanto como a Urraca, no eres jorobado y grueso ya no lo eres... Mira, Sancho, me sentó muy mal que en León se culpara a la sangre de los Arista cuando Enneca parió aquel monstruo; la deformidad venía de la familia de don Alfonso, te lo digo yo...

La reina hacía un aparte con Sancho, mientras Al Hakam y Elvira no dejaban de mirar libros, repasaban un montón y cuando acababan pedían más. La reina estaba muy metida en la plática con su nieto, tanto es ansí que no escuchó una estruendosa carcajada a sus espaldas, ni vio venir a Hasfa, la hechicera que la hizo temblar en su encuentro anterior.

Cuando volvió la cara imitando a sus nietos y al príncipe musulmán, la encantadora gritaba en romance a la cara de don Sancho: ¡Guárdate de las manzanas!

Se quedaron suspensos. Hasfa giró hacia Elvira y echando espuma por la boca, le espetó para la estupefacción de todos: ¡Tú serás reina muy pronto...! Y arrojó al suelo una ceniza que traía en las manos, manchándoles las vestes a los cristianos.

Al reparar en Al Hakam, la mora cambió de voz y se inclinó zalamera, diciendo: ¡Tú serás el señor del mundo...! Y desapareció riendo sonoramente como había venido. El espanto se reflejaba en los rostros de hombres y mujeres.

El príncipe rompió el silencio y explicó que Hasfa había sido una magnífica astróloga profesional, pero que se había vuelto loca... Que de predecir con acierto había pasado a hablar en lenguaje críptico, las más de las veces inconexo, y a no explicar lo que arroja por su boca entre salivas y espumas... Su nueva situación la desautorizaba para el ejercicio de la astrología... Él, en tiempos, la había consultado, pero ya no. Y volvió a los libros.

La reina contempló a sus nietos. Sancho parecía un pasmarote. Elvira estaba muy roja de cara y no atendía a don Al Hakam, mismamente como si tuviera el pensamiento ocupado en otra cosa. Cierto, pensó Toda Aznar, ella también se hubiera quedado suspensa, si una adivina, aunque estuviera loca, le hubiera predicho que había de ser reina en breve tiempo, aunque le sonara a falso, a locura. Le habría embargado el ánimo, hecho ilusión y servido para divagar el pensamiento y echar a volar la imaginación.

Boneta y Adosinda venían corriendo. Quitándose la palabra de la boca, expusieron a la reina que don García, puesto al habla con un boticario judío, había descubierto las extraordinarias propiedades de una piedra llamada «xaranch», que, al parecer, detenía la sangre que manaba de las heridas de hierro o punzantes. Que el rey estaba dispuesto a llenar con ella los dos baúles y comprar otros... pues decía que regalaría una de aquellas piedras milagrosas a cada uno de los fuegos censados en Pamplona. Y le aseguraban que era verdad, que doña Andregoto se había cortado con la daga en la palma de la mano, y que el boticario le había aplicado la piedra y había cortado la sangre... Y la instaban a que fuera deprisa a conocer el feliz descubrimiento.

Si era ansí, era un feliz descubrimiento, sí. Comprarían más baúles, muchos sacos y volverían cargados de aquella piedra que, en efecto, había parado la sangre de la señora Andregoto... E repartirían sacos en Pamplona y por el reino todo...

En el mercado de la plaza de la Paja, los boticarios no tenían tanta piedra como los navarros hubieran querido llevarse. El príncipe Al Hakam adquirió para ellos la que había y se comprometió a remitirles dos carros repletos.

A recomendación del príncipe, a Hasday le compraron un libro muy bello, de tapas de hueso labrado. Muy contentos volvieron los navarros con la piedra milagrosa.

Desayúnense bien las señoras que tenemos un largo viaje y revisen todo, que lo que dejemos será difícil de tornar... Nunila, no dejes a la niña meter la mano en el cuenco de la leche, regáñala, Nunila... ¡Lambra, quieres dejar de mirarte en el espejo y ayudar a Boneta!

¡Señora, hay tanta cosa que non se pueden cerrar los baúles!

Llamen las señoras a los hombres y que lo hagan ellos... ¡No, no, Elvira, mis baúles están llenos, no puedo llevarte nada...! ¡Las sacras, Boneta, los calvarios...! ¿Cómo van a llevar las damas los perfumes que no se rompan? ¿Ese cristal que ha enviado don Chaafar, Adosinda, dices que mide dos varas...? Elvira, niña, mete tus cosas en talegos y ponlas en el carro del cristal que va solo... ¿Qué quieres, Andregoto, hija? ¿Que espera el rey? ¡Dile que espere...! Boneta, ¿dó has puesto los odres con el agua de mar? Me haría flaco servicio que se quedaran aquí... ¡Nunila, se te ha caído la cinta del pelo...! Adosinda, ¡ve a ver si Martín Francés me tiene preparada la bolsa de los dineros que daré una gratificación a los servidores...! Pero, Aixa, ¡no dejes que la niña te arranque el velo, la mimas demasiado...! ¡Chiss, chiss, bonita, Sanchica, bonita...! ¡Boneta, ven a atarme más fuerte el jubón...! ¡Qué haces, Nunila, qué haces, eso en el otro baúl, allí las vestes ricas, aquí las de trapillo...! ¿Vienes, Boneta...? ¡Alhambra, recoge en un cestillo las galletas y las tortitas del desayuno, nos vendrán bien...! Boneta, ¿vienes...? ¡No, Nunila, quiero unas calzas más gruesas, si están ya en el baúl, búscalas...! ¿Tú, Aixa, sabrías atarme el jubón?

Déjeme su merced...

¡Más, me gusta muy prieto, hija...!, mira, Aixa, quiero decirte una cosa... Aunque tu señora, doña Wallada, te me diera como esclava, yo, si tú estás conforme, te concedería de grado la libertad, porque en este tiempo me has servido bien, y entiendo que eres mora y que te has criado en Al-Ándalus, y que como eres una mujer mayor, no sería bueno que tuvieras que trasladarte a una ciudad que te resultará extraña y acomodarte a otras gentes de costumbres muy diferentes a las que has vivido... Pero no quiero insistirte..., quiero que hagas tu gusto: si deseas venirte a Pamplona, hazlo, ya sabes que yo y mis damas te apreciamos; si quieres volverte con tu señora, lo haces; si quieres que te demos carta de franquicia, me lo dices... Lo que no puedo darte, hija, son dineros, porque no los tengo... ¿Dime?

Aixa lloraba. Les había tomado cariño a las señoras, mucho cariño... Las hubiera seguido al fin del mundo... pero, como muy bien decía la reina Toya, era vieja ya y estaba acostumbrada al vivir de los musulmanes... Haciendo uso de la generosidad de la reina, volvería con la señora Wallada, pero como mujer libre... Sí, que la reina le mandara escribir una carta de franquicia... ¡Ah, otra cosa, señora Toya, espejo de bondades!

¿Qué, Aixa...? ¡Deja de llorar!...

Señora..., he tomado mucho apego a la pequeña Sancha... Quiero a la niña como una madre y ella a mí... No tengo hijos... ¿Acaso la señora Toya me la quiera vender?

No, no, Aixa, no puedo... La niña, más que mía, es de mis damas... Si tanto cariño le tienes, vente a Pamplona...

Se oyeron ladridos. Urco y Carón, los dos alanos de la reina que habían estado atados en la parte trasera de la casa de la servidumbre, entraron como una tromba en las habitaciones de su ama y se le echaron a los hombros. Toda Aznar se tambaleó y los acarició: ¡quietos, quietos...! ¡Tente, Urco, tente...! Dime, Aixa, ¿qué quieres?

Me quedaré en Córdoba, señora, mande su merced que me escriban una carta...

¡Adosinda, una carta!

¡Una carta, ahora, señora... Los reyes esperan en el patio!...

Quiero darle a Aixa la libertad, haz algo similar a lo que hicimos para los caballeros de Urgell... No me preguntes, si no sabes, dile a doña Andregoto y ¡déjame...! Boneta, ¡don Nuño está en la puerta, hazle entrar!...

¡Señora Toda!, don García pregunta qué facen las mujeres... El patio está lleno de gente principal: los hijos y las hijas del califa, el prefecto de la guardia, Abu Nars; al-Balluti, el juez supremo; don Walid, el obispo; don Recemundo... y todos traen frutas, flores y ramos de arrayán... Y don García está molesto porque tiene que atenderlos él solo y no tiene ánimos... Don Sancho no quiere bajar hasta el último momento, pues dice que lo mirarán todos como a un resucitado, y le da apuro...

Ya voy, Nuño... ¡Espera, Nuño... Boneta, aquí tienes un hombre para cerrar los baúles...! Adosinda, ¿do es el ceñidor de la reina Amaya...? ¡Atavíense las damas con las joyas que les regalara la princesa Zulema, que está aquí...! Boneta, ¡voy bajando!

¡No, señora, no vayas sola!

¡No temas que llevo puesto el ceñidor!

Adosinda, ¡ocúpate tú de todo!

¡Ay, Boneta, siempre me lo dejas a mí!

¡La señora se va!

Doña Boneta alcanzó a la reina: ¡Señora, no bajes tan apriesa las escaleras!

¡Calla, Boneta, no me regañes ahora que está ahí afuera lo mejor de Córdoba!

En aquel momento el califa descendía de su palafrén. Los príncipes, las princesas, la nobleza del reino, los ministros, las autoridades mozárabes, todos esperaban a la reina de Navarra con ramos de arrayán. A su paso, le arrojaban pétalos de flores, de tal forma que el suelo se convertía en una inmensa alfombra. Toda Aznar inclinaba la cabeza a un lado y a otro. Los notables le hacían paso a ella, a sus damas y a los baúles...

¿Nos despedimos ya, señor sobrino, señoras princesas...? Lo he de sentir...

¡No, no, señora tía... Todos los aquí presentes te acompañamos hasta el rabal de Ben Ismail... Allí te diremos adiós...

Toda Aznar subió a un carro guarnido de oro y plata, con el soldán y los dos reyes cristianos. Los seguían a caballo los hijos del califa; las hijas, las damas de Navarra, los notables... El ejército estaba en formación a las puertas de la almunia... Nunca en Córdoba se había visto otro tal...

Los mozárabes comentaban entre ellos que a las embajadas de los emperadores de Germania y Constantinopla no se las había tratado ansí. Nunca imaginaron a tantos reyes cristianos y al moro unidos en la amistad.

Acomodados los reyes, con los perros Urco y Carón que no consintieron en separarse de su dueña, la comitiva emprendió el camino. Iniciaba la marcha una escuadra de negros. Al vislumbrar la carroza real en la puerta de La Noria se cuadraron cinco mil hombres con gran estruendo de armas. La reina, que iba sentada junto a su nieto Sancho, se los señaló. Ben Tumlus, el comandante de la expedición, presentó sus respetos.

Toda encomió a su sobrino la grandeza, disposición y arrojo de los regimientos que hacían honores. Cuando rebasaron los batallones, fue el pueblo de Córdoba quien cubrió el camino hasta el rabal de Ben Ismail.

Músicas, vítores, aplausos... A la reina le venían las lágrimas... Dejaba con pena aquella ciudad y sus habitantes, principales y menudos...

La emoción embargaba los cuatro regios corazones. Apenas hablaban. Toda acariciaba a sus perros, que le apoyaban su cabeza en el halda... ¡Jesús, Urco, Carón, no incomodéis al sultán!

Pero al califa no le molestaban, al contrario, se deleitaba en aquel cariño que los alanos mostraban a su dueña. Aquella mujer brava como ninguna, tan entera siempre y maternal para todos..., tan amiga de sus amigos...

Abd-ar-Rahmán y la reina, de tanto en tanto, cruzaban la mirada y, viéndose el uno al otro, cada uno pensaba para sí, como zorro viejo, que hasta parecía que la devoción, apego o inclinación que se demostraban pudiera ser verdadera, y cada uno se decía que había momentos en que lo era... Ellos eran dos espíritus poco comunes que habían amigado pese a tener y defender intereses contrarios... Los dos sabían que la amistad no habría de ser duradera; que Toda Aznar nunca olvidaría la destrucción y el saqueo de Pamplona. Que otrosí le sucediera al califa con la batalla de Alhándega, donde perdió su Alcorán... Ambos eran conscientes de que el tratado obedecía a intereses particulares, pero, a momentos, se les hacía la amistad verdadera porque cada uno habría de sentir la ausencia del contrario... Juntos hubieran realizado cosas muy grandes, pero les separaban muchas otras...

La reina se santiguó ante la imagen de la Virgen diosa de la puerta de Al Kantara y al pasar delante de las iglesias de Santa Magdalena y San Pablo. El pueblo de Córdoba no cesaba de aclamar a la regia comitiva y arrojaba flores. A Toda se le hacía como la entrada triunfal del Señor Jesucristo en Jerusalén y hacía votos para que la expedición terminara del modo convenido y deseado.

Si Dios quisiera, ella volvería al frente de todos los ejércitos de la cristiandad... Si Dios le diera salud, una vez que Sancho estuviera asentado en el trono... ella remitiría cartas a todos los reyes y condes de los países cristianos y los conduciría a Córdoba... Toda sería la persona más adecuada para mandar en la expedición, porque ni García ni Sancho lo eran, además conocía el camino y había examinado la ciudad y sopesado la fábrica de la muralla... Acaso le disputara el mando don Otón, emperador de Germania, aunque no era fácil, pues se decía que andaba muy ocupado en las guerras de Italia...

Al final del rabal de Ben Ismail, los reyes bajaron de los carros y se acomodaron en unos entoldados. La reina se sentó en un almohadón junto a su sobrino y los reyes y, ansí, se inició el besamanos. Los reyes recibieron pleitesía, saludos, parabienes y buenos deseos de todos los acompañantes, que eran muchos.

Toda Aznar tuvo palabras de agradecimiento. A la representación mozárabe la alentó a persistir en la fe cristiana e hizo que don García les entregara unos dineros. Después del ceremonial, a las princesas las besó en la cara y las abrazó. Abd-ar-Rahmán III fue el último en despedirla, se inclinó hasta tocar el suelo, le besó las manos y se las tuvo cogidas un tiempo mientras andaba ya el carro de las damas de Navarra. Toda Aznar, sin mirar atrás, pidió un pañuelo a doña Boneta para secarse las lágrimas.

Ya iban, otra vez, todas prietas en el carro.

Camino de Pamplona

Hicieron buen camino. En Toledo pararon tres jornadas y adquirieron cuatro ataúdes emplomados para trasladar a Pamplona a los muertos del puente Largo del Jarama. Pamploneses y leoneses se separaron entre muchas lágrimas. En Chatal Huyud bebieron malas aguas, e reposaron cuatro jornadas.

Los reyes García y Toda entraron en Pamplona a dos días saliente el mes de enero, precisamente el día del cumpleaños de la reina. En la expedición, ida y vuelta, emplearon seis meses y cinco días.

Epílogo

Año de la era de 996 (Día de la Epifanía)
Don Sancho el Gordo y el general Ben Tumlus pernoctan en Toledo en su camino hacia León. Conducen un gran ejército con las banderas desplegadas.

Marzo
Conquista de Zamora y de los llanos de León y de Galicia. Con don Sancho se encuentran los más poderosos condes gallegos: Gundisalvo Sánchez, Rodrigo Velázquez, Ramiro González, Laín Díaz, y los obispos: Florio de Oviedo, Gándulo de Samos y Rosendo de Burgos.

Abril
El general Ben Tumlus reclama a don Sancho la entrega de los diez castillos de la línea del Duero, dispuesto a ocuparlos. Don Sancho recibe una tercera carta de su abuela en la que le indica que demore lo más posible la entrega de las fortalezas.

Mayo
Sancho Abarca, heredero del trono de Navarra, apresa al conde de Castilla, Fernán González, en una escaramuza en los bosques de Ayala. El joven príncipe desoye las pretensiones del califa de Córdoba que solicita la entrega de los diez castillos y del conde preso. Sancho Abarca lo deja cautivo en el monasterio de San Andrés de Cirueña, bajo la custodia del abad Velasco, y sigue camino a León.

Junio
La ciudad regia se resiste. Don Sancho y los árabes le ponen sitio. Don Sancho llama a parlamentar a los próceres de la Curia. Se observa un gran movimiento muros adentro de la ciudad. Las monjas del monasterio de San Salvador enarbolan en la torre alta del Alcázar la enseña de don Sancho.

Julio (Día del señor Santiago)
Don Ordoño IV el Malo sale de noche por un portillo de la muralla leonesa para refugiarse en Asturias, acompañado de dos caballeros.

Agosto (Día de los Santos Ángeles)
Don Sancho es coronado rey en la iglesia de San Juan Bautista, asentándose en el trono que fuera de su padre y de su hermano. Los ejércitos de León, Córdoba y Navarra desfilan por las calles de la ciudad, vitoreados por la multitud. Sancho Abarca y Ben Tumlus son homenajeados por el rey y los señores principales. Doña Elvira Ramírez, después de la coronación, se retira a su convento.

Septiembre
Don Sancho el Gordo se desposa con doña Blanca, hija de Goto Fernández, conde de Monzón.

Octubre, 16
Quiso Dios que muriese Al Nasir. Al día siguiente es jurado califa de Córdoba su hijo Al Hakam. El general Ben Tumlus se vuelve a Al-Ándalus.

Noviembre
Se conoce en Pamplona la preñez de Blanca Guttier, esposa de Sancho el Gordo.

Año de la era de 997 (Primavera)
Las tropas del califa Al Hakam conquistan San Esteban de Gormaz, Simancas, Coca, Coruña del Conde, Zamora... Nace Ramiro III de León.

Julio
Ordoño IV el Jorobado se presenta en Córdoba a demandar la ayuda del califa para derrocar a su primo don Sancho.

Octubre, 15
Tota, regina, obiit

* * *

En este entretanto y conforme llegaban a Pamplona noticias de la guerra, Toda Aznar mantuvo una intensísima actividad diplomática. Escribió de su propia mano o de mano de sus camareras multitud de cartas. Dellas leo y transcribo sólo parte, pues están muy borradas:

A don Sancho, rey de León, mi nieto:
«Demore su merced la entrega de los castillos; si se ve obligado conceda uno, acaso dos, pero de la parte de Zamora, nunca de la parte que viene a La Rioja...».

«Sea su merced parco en el yantar, que ya sabe... En cuanto a lo de buscaros esposa, consulte su señoría con su hermana Elvira que es muy sesuda...»

«¿Qué prisa le ha entrado a su merced por maridar? Yo aprobaré ese matrimonio con doña Blanca Guttier, cuando lo avale vuestra hermana y mi nieta, Elvira...»

«Si no hay otro modo, pacte su señoría con el Jorobado, pero no se fíe de él que, aunque le jure fidelidad, Ordoño es de los que traicionan siempre...»

«Mejor sería que don Ordoño saliera muerto de León y no vivo y con dos caballeros, mismamente como salisteis vos...»

«Despache su merced al general Ben Tumlus lo antes que pueda...»

«... En cuanto a vuestra esposa, ved de preñarla pronto para asegurar el reino...»

«No descuide su merced la frontera de Galicia que los condes de aquesos lugares siempre han sido levantiscos...»

«¿Cómo no ha de ir su señoría a postrarse ante el señor Santiago e hacer la ofrenda del reino? E llévese a su hermana Elvira... E envíeme una pequeña reliquia de santo tan principal..., no podéis olvidar que por vos perdí a santa Emebunda...»

«A ese obispo, dale largas, otro tanto como hiciste con el moro, que lo hiciste bien...»

«No olvide su señoría de enviar carta de pésame al nuevo califa por la muerte de su padre...»

«Sí, me parece bien que abras un mercado en León, yo pienso hacer otro tanto en Pamplona...»

«¿Por qué has llamado a tu hijo Ramiro en vez de García en memoria de mi hijo a quien le debes el reino? Mal hecho, siempre serás deudor de don García...»

«Me ha complacido que doña Blanca haya parido bien y que el niño sea varón...»

«No se fíe mi señor nieto de todas las gentes que le adulan, que son las mismas que juraron a don Ordoño. Vea bien de quién se rodea para el gobierno...»

«No me irrites, Sancho, no me irrites. No pienses en emular a don Ramiro. Olvida eso de llevar una algara hasta Lisboa. Acude a lo que tengas en derredor. Asiéntate bien en el trono. Haz jurar heredero a tu hijo. No seas ruin en las mercedes. Sé generoso y no relegues a los obispos ni a los abades, sobre todo de los monasterios que fundó madre...»

«¿Por qué no vas a la guerra contra el moro ahora que se diz que don Al Hakam ha conquistado San Esteban de Gormaz? Ve a defender la frontera en vez de pensar en el saqueo de Lisboa...»

«Si tu hermana Elvira quiere levantar un hospital, patrocínaselo tú que eres el rey, y le debes mucho...»

«Me place que hayas nombrado conde a don Alonso, pero al otro ¿por qué no? ¿No te acompañó a Pamplona y Córdoba y te sirvió fielmente? No lo alcanzo a comprender... Entiende que no debes distinguir a la hora de otorgar mercedes...»

«Para que un caballo derribara a su merced y estuviera en peligro de muerte, no anduvimos de Norte a Sur y viceversa... Mande su merced sacrificar a ese animal...»

«No me contradiga su merced, reúna a la Curia Regia y déles razón de la presencia de don Ordoño en Córdoba...»

«No estoy bien, amado nieto, llevo el vientre hinchado y como una quemazón dentro dél. Boneta dice...»

A doña Andregoto de don Galán, castellana de Nájera, mi muy amada sobrina:
«Véngase su merced presto a Pamplona que le tengo un marido e no ose contestarme como otras veces que no vale para la cama. A éste no lo conoce... Se trata de don Odilón, segundo hijo del conde de Tolosa, un guapo mozo...».

«Si su merced no hace caso a mis llamados, le enviaré a mis soldados que la traerán cargada de hierros...»

«¿Qué es ese rumor que he oído de que quieres profesar en un convento? ¡No entrarás sin mi permiso!...»

«¡Qué necia eres, Andregoto!, si no te he enviado una tropa para que te traiga presa es por la memoria de doña Mayor, mi prima más querida, pero no me faltan ganas. ¡Es la última vez que te amenazo: no te atrevas a entrar en las tierras del conde de Castilla aunque lo tengamos preso en San Andrés!...»

«¿Cómo puedes variar tanto de pensamiento, ora quieres entrar en un convento, ora conquistar Burgos? Me sofoco por tu culpa y a mi edad no es bueno...»

«No estoy bien de salud... Me dan punzadas en el vientre... ¡Ven a verme morir!...»

A mi muy cara y amada nieta doña Elvira Ramírez, abadesa del monasterio de San Salvador de León:
«Vigile su reverencia a su hermano que en la medida que haga bien la entrada en León y la posesión del trono se le considerará después...».

«Insista su señoría a su hermano para que demore el cumplimiento del tratado, que tiempo habrá...»

«Me disgusta que haya escrito su merced sin mi permiso al califa de Córdoba, demandándole las reliquias del santo niño Pelayo, porque yo tengo dispuesto cómo conseguirlas para su señoría. Cierto que no creo que mi sobrino os preste mucha atención...».

«¿Otro convento quiere fundar su reverencia?, ¿pues no tiene uno con la capilla sin terminar?...»

«No, no puedo enviarte dineros. No los tengo. La expedición a Córdoba y la guerra de Sancho me cuestan mucho. Estoy empeñada con todas las aljamas de mi reino...»

«Me dice su merced en la suya que ha profesado en su convento una viuda rica de inmensa fortuna, ¡albricias, hija, emplea bien los dineros!...»

«¿Te gusta esa Blanca Guttier? Si te place a ti a mí también, pero mírala bien, que sea necia...»

«¿Por qué no has de acompañar a don Sancho a Compostela? ¿Acaso te llevas mal con el obispo? Te ordeno que vayas con él...»

«Era lo natural que fueras la madrina del pequeño don Ramiro... Háblame dél, dime si tiene el rostro despierto, si es gordo o flaco... Le he mandado una cuna con adornos [...] creo que me moriré pronto...»

A don Al Tuchibbi, gobernador de Zaragoza:
«Mucho os agradezco, señor, la acogida que nos dispensasteis a nos y a nuestro hijo el rey García...».

A al-Bambrón, gobernador de Valencia:
«Mucho me plugo, señor, vuestra invitación para que mi hijo el rey y yo visitáramos esa ciudad... Lamento deciros que soy vieja ya y que aqueste viaje a Córdoba me ha...».

A mis nietas, doña Gaudiosa, doña Flora y doña Ortiga, condesas de Pallars:
«He hecho un viaje a Córdoba y sacado dél mucho fruto: mi nieto Sancho, curado ya de su gordura, es rey de León, y he visto mucho territorio y tengo grandes planes. No olvidéis de remitir carta de albricias a vuestro primo, poniéndoos bajo su protección. Quiero hablaros de mi propósito de juntar en Navarra a todos los descendientes de Sancho Garcés y míos...».

«A don Sancho, llamado Abarca, príncipe heredero del trono de Navarra, mi nieto:
«Ahora que es nuestro no des suelta al conde Fernán González, pues tiene por merecido todo lo que le ocurra, por gallote, ya habrás oído de cómo traicionó a don Sancho por don Ordoño. Déjalo con don Velasco, el abad, y pártete para León que harás falta allí...».

A don Fernán González, conde de Castilla:
«Señor, intervendré a vuestro favor ante mi nieto don Sancho Abarca y procuraré vuestra inmediata libertad, si lo acompañáis a la ciudad de León y rendís homenaje al rey Sancho, mi otro nieto...».

A doña Lupa Sánchez, condesa de Bigorra, mi hijastra:
«Para las fiebres, ya sean de terciana o cuartana, bebe cada noche al acostarte una tisana de jaramago blanco, conocida comúnmente como pan y quesillo...».

A don Al Hakam, califa de Córdoba, Padre de los Creyentes y mayor señor del Islam:
«Dios os conceda larga vida, señor. Una vida larga y provechosa como la que otorgó a vuestro padre, hoy tan llorado en todos los reinos de Hispania y por mí misma, que he de agradecerle mucho bien, pues me hizo mucho honor...».

A don Galindo, conde de Aragonia, mi buen yerno:
«Quiero que en mi nombre entienda su merced en el pleito que tienen los abades de San Pedro de Siresa y San Victorián por las tierras de Gabardún o Gabardí en el Alto Pirineo...».

A Emenon, conde de Poitiers:
«Te remito un perro que un servidor tuyo asegura que te pertenece y que se ha venido hasta Pamplona, corriendo el criado tras él. Y non sé, se dijo que el perro andaba suelto por las Casas del Obispo, pero tu paje dice que es tuyo...».

A Gaucerón, abad del monasterio de San Salvador de Leyre, mi vasallo:
«No entiendo, señor abad, por qué recibo carta quejosa de vos. El día en que se celebró el cumpleaños de mi hijo el rey, estuviste sentado entre la reina Teresa y el conde de Haro, con prelación a los abades de San Millán de la Cogolla y San Pedro de Usún, como siempre...».

A doña Matrona, abadesa del monasterio de Santa María de Foncanault, mi amiga:
«Tal vez sea ésta la última carta que de mí recibas, pues no me encuentro bien de salud. Tengo el vientre duro y es como si me clavaran cuchillos, además evacuo con mayores dificultades... No estoy todavía muy enferma porque voy y vengo y subo y bajo como siempre y, salvo las punzadas que me aquejan y el miedo que me atenaza, hago vida corriente... Pero non sé, aquesto del miedo es nuevo...».

* * *

Sepan todos cuantos esta carta vieren y entendieren que *ego, Tota Aznar, humilisima omnium servorum Dei, ultima et olim regina,* mujer que fui de Sancho Garcés, que reina con Cristo en el Cielo, vengo a dar testamento y digo:

Es mi deseo postrero que mi cuerpo, una vez muerto, no vaya en procesión a parte alguna, ni emprenda viaje nenguno, porque en vida anduve muchos caminos. Y otrosí, ordeno ser enterrada en el altar mayor de la iglesia de Santa María de Pamplona, en el lado por donde sale el sol, vestida con mi brial de plata y oro y con las joyas falsas traídas de Alemania para la antigua reina Nunila.

Y otrosí, dispongo y dono todo mi haber deste modo:

A mi hijo, don García Sánchez, el rey, le entrego mis heredades de peña de Echauri, Muez, Salinas de Oro y las de Santesteban del Solano, que me dejó mi padre, con sus juros, censos y comandas. E asimesmo, el castillo de Leoz, que me ganare yo, con sus juros y el acueducto de los antiguos. Ítem, la almunia de Beni Hayyad, en la Burunda, y las haciendas de Bardos y Salvatierra, lindantes con las del conde Vela. Ítem, las rentas de las aljamas de Tafalla, Hériz, Isuerre, Urriés, Luesia y Carcastillo, que fueron de mi esposo y mías.

A mi nuera, doña Teresa Alfonso, reina de Navarra, el ceñidor mágico de doña Amaya, muy valioso contra venenos, para que sea donataria de buena suerte y supere su enfermedad; y mis joyas verdaderas, que son mías personales.

A mi nieto don Sancho, rey de León, en otro tiempo llamado el Gordo, mi caballo con su arnés de plata, ahora que lo puede montar sin sonrojo. Y mi bendición.

A doña Elvira, mi nieta, abadesa del monasterio de San Salvador de León, el Alcorán que ganare a don Abd-ar-Rahmán, el califa, para que lo cambie con él. Y mi cariño.

A mis nietas de Pallars, doña Gaudiosa, doña Flora y doña Ortiga, cincuenta onzas de aljófar para que se las repartan por igual, y mi retablillo, la copa de cabujones y el palabrero de plata.

A mi sobrina nieta, doña Andregoto de don Galancián, mi velo con aplicaciones de oro y mi espada de gala, para que los lleve en mi recuerdo.

A doña Boneta de Jimeno Grande, mi amiga y camarera mayor, mi cruz de azófar y mi bacinilla de evacuar, para que los use en mi memoria. Y mi afecto.

A mis fieles damas, doña Adosinda de Esparza y doña Nunila de Igal, mis vestidos y mis mantos, para que se los arreglen y los luzcan. Y mi agradecimiento.

A don Nuño Fernández, alférez deste reino, que tan grandes servicios me prestó, mis dos alanos, Urco y Carón, para que los cuidare como si se tratare de mí, con la manda de que se sirva darles doble ración de comida, cada un año, el día de mi aniversario.

A doña Lambra de Sisamón, mi camarera, la resma de papel que trajimos de Córdoba y mi cálamo de plata, para que escriba la vida de Sancho Garcés y la mía a su entender, o la mande escribir. E para que cumpla el mandado o lo mande cumplir, le dexo en tenencia la renta de la ciudad de Olite y sus aldeas. E non venga rey detrás y se la quite mientras no se haya escrito la historia de mi marido y mía.

A don Arias, el obispo de Pamplona, el cristal de dos varas de largo que me obsequiaron en Córdoba, para su habitación privada.

A Teudano, abad del monasterio de Irache, la sacra de marfil y plata que me regaló mi hija Oneca, para que la guarde por mí.

A la iglesia de Santa María de Pamplona, la arqueta de marfil que me donó mi sobrino, don Abd-ar-Rahmán III, y mi capa de brocado para que le confeccionen un manto a la Santa Virgen Madre de Dios, y el rubí verdadero que heredé de don Fortuño el Tuerto, para que la Mayor Señora lo lleve en un tocado. Ítem, mi calvario de plata.

A los monasterios de San Salvador de Leyre, San Esteban de Deyo, Santa Cristina de Somport y San Millán de la Cogolla, todos mis bienes que anden por sí solos o arrastrados: los caballos andalusíes y no, las mulas, las cabras, las ovejas, los corderos y las vacas con sus crías, y asimesmo las carretas. Ítem, mis copas de oro y plata y los brocados que bordé en mi juventud, para que cubran las santas reliquias que posean.

A los capítulos de los cenobios de San Pedro de Usún, San Andrián de Sasabe, San Victorián, San Pedro de Siresa y a las monjas de Santa Alodia y Santa Nunila de Nájera, doble ración de pan, queso y vino, en el día de mi aniversario para siempre jamás. Con el mandado de que eleven por mi alma una oración en común.

E confirmo a los que recibieron algo de mí en sus lugares para que dispongan de sus rentas y honores, mientras no las necesitare mi hijo don García o mi nieto Sancho Garcés, el segundo deste nombre, porque esté el reino en peligro.

Et ansí, dexo otros dineros para que cada un año del día de mi muerte, se celebren en todas las iglesias deste reino, *pro salvatio anima mea*, mil misas a perpetuidad. Y otrosí, cien misas por el alma de mi marido, de mis hijas, de mis padres y de todos los reyes antiguos de Pamplona.

Et mando y ordeno que con los dineros que entregué a don Rabí ben Simeón de Tafalla, después de mis funerales, se dé de comer a los vecinos de Pamplona, que tanto me honraron, hasta la hartura: cordero, queso, vino, pan blanco y pescados en salmuera. Y, asimismo, a las mujeres. E ítem más, dexo un cordero por cada fuego que hubiere en la ciudad.

Et sepan todos que he gustado de dar y he dado *et*, agora, entrego mi alma a Dios Todopoderoso para que haga lo que le plugiere con ella, y para que la recoja y la guarde por los siglos de los siglos. Y me encomiendo a su Madre, Santa María, a los santos Santiago y Miguel, a las santas Alodia y Nunila, y hago la señal de la cruz. Bendita sea la Santa Trinidad.

Et sepan todos que no hay guerra que non se pueda ganar, ni reino que no se pueda extender, ni gloria perdurable. *Facta carta in Pampilone ultimo die februari era* DCCCCª LXLª VIIª *rex García regnans in Navarrae, propia manu roboro et confirmo. Ego Tota olim regina (signum). Sunt testes*: Boneta de Jimeno Grande *(signum) et* Adosinda de Esparza *(signum)*. Enneco de Aux *scripsit (signum)*.

* * *

Doña Lambra de Sisamón, confirmada en la tenencia del castillo de Olite por el rey García, partió de Pamplona con la resma de papel, legado de la reina Toda, y lágrimas en los ojos. ¡Adiós, Boneta, Adosinda, Nunila...! ¡Adiós, señora Toda, la mejor mujer de Navarra!

Toda Aznar falleció al caer rodando por la escalerilla de la torre alta del castillo, quedando con el cerebro desparramado, precisamente ella, que había tenido la cabeza tan bien puesta... Un fatal accidente... Una desgraciada caída... ¡Una reina como no habrá otra!

¡Ay, Dios! Alhambra de Sisamón, sobrina del conde Vela y camarera de la reina, inicia una nueva vida. Según la cláusula testamentaria de su señora, va a convertirse en castellana de Olite, y por la estipulación del rey en señora casada, pues para hacerse cargo de la honor conferida debe desposarse con don Nuño Fernández, no más tarde de dos meses.

Debe maridar con Nuño Fernández a quien no ama y gobernar una tierra sin saber hacerlo... Porque Lambra sabía coser, bordar, cantar, preparar las hierbas de la reina, vestirla, acomodarle el lecho, presentarle la comida o la bacinilla..., en fin, servir a su señora, pero no disponer sobre las vidas de los hombres y las mujeres de Olite, aunque lo hiciera en nombre del rey. Dejaría la faena en manos de don Nuño, claro, y ella escribiría la historia de Sancho Garcés y Toda Aznar, para cumplir la encomienda.

Se casó con don Nuño, que la honró y dirigió su hacienda con tanta justeza y tesón como ardor pusiera en la conducción de los reales ejércitos. Parió dos hijos varones, el mayor con más esfuerzo y dolor, y vivió sin amor... Sin aquel sentimiento que la embargaba, sin aquella desazón que se apoderaba de su corazón apenas pensara o viera a don Lope Díaz, que tan mala muerte encontrara en los desiertos del Duero.

Muchas veces, tomó el cálamo de plata y escribió así: «Era 943. Sancho Garcés se levanta en Pamplona contra el rey don Fortuño el Tuerto. Fue devotísimo de la fe de Cristo, piadoso entre los fieles, compasivo con los oprimidos. En todas sus gestas sobresalió como el mejor. Campeón contra los ismaelitas, llevó el estrago sobre las tierras de los sarracenos. Él mismo tomó de la parte de Cantabria, y los castillos que hay de Nájera a Tudela. Poseyó toda la tierra de Deyo con sus fortalezas. Sometió a su autoridad la ciudad de Pamplona y asimismo tomó el territorio de Aragón con sus castillos. Luego, una vez expulsados los réprobos, emigró deste siglo el año vigésimo de su reinado, en la era 963. Fue sepultado en el pórtico de San Esteban de Deyo. Reina con Cristo en el Cielo...».

Y seguía: «Fue el fundador del Reino de Pamplona. Venía de la familia Jimena que, poco a poco, fue creciendo junto a los Arista. Esta familia era originaria de Bachkunza. Hubo don Sancho de purgar y asentar la «suplantación» luchando contra el gobernador moro de Tudela, Tarazona y Deyo (que representaba a los Banu Casi de Zaragoza), llamado Lope ben Muhammad, aliado de Al Tawill de Huesca. Lope dominaba desde Deyo todo el sur de Navarra y desde allí preparaba sus sangrientas ofensivas contra Pamplona, pero murió en la lucha...».

O bien: «El destronamiento de don Fortún lo vieron algunos con malos ojos, pero no así Toda Aznar, aunque la muerte trajera más muertes...».

¡No, no, no!, gritaba Alhambra en su desesperación. Le salía mal, decía poca cosa. No ensalzaba a don Sancho ni a doña Toda. No atinaba con los escritos. Nada de lo que redactaba le parecía suficiente. Muchas veces, tomó el cálamo de plata para manchar o garabatear el papel... O le venían las lágrimas, porque se le representaba la imagen de su señora con la cabeza destrozada al pie de la escalera de caracol, o don Lope Díaz, recién operado y con el brazo suelto, y no podía escribir...

Tenía muy cerca tantos pesares... Desde el fallecimiento de don Lope Díaz, entonó alguna canción para distraer a la reina mientras vivió, pero luego no. La doncella alegre se tornó dueña triste y ni sus hijos la sacaron de aquel desconsuelo que llevaba en el pecho. Además, al parir al segundo de sus vástagos, que iban muy seguidos, enfermó de fiebres puerperales y se quedó muy floja y sin ganas de la vida. Y, apenas sanó, le vinieron vómitos, otro hijo, se dijo, pero no, se contagió de viruelas.

Al sufrir la primera eclosión de viruela, Alhambra de Sisamón, señora de Olite y sus lugares, rogó a su marido que enviara un mensajero a Hasday ben Shaprut a Córdoba, para que éste le remitiera el remedio contra la enfermedad, puesto que él u otro médico habían sanado de la citada dolencia a varios hombres principales. Pero no llegaría a tiempo el mensajero, no... Las manchas y los bubones rezumantes se le llevaban la vida. Se le habían asentado en las ingles, la garganta y el cuerpo todo. Para ella que también tenía posesionada la garganta, pues hablaba con dificultad y algo se le agrandaba en ese lugar y no podía tragar alimentación alguna, tan sólo líquidos y con mucho dolor. De improviso, se le presentaban sudores, el corazón le latía apresurado y la fiebre le iba y le venía...

¡Ay, que dejaba dos niños de teta y el mandado de la reina Toda sin cumplir! ¡Ay, que alguien le trajera el Breviario para repasar sus pecados! ¡Que le queda poco tiempo!

—Ocúpate tú, Nuño, marido, del mandamiento que me hizo la señora Toda y que no puedo cumplir, pues muero joven...

—Yo no sé escribir, esposa mía, no sé escribir... Soy un hombre de milicia... Pero no me dejes, señora, no me dejes...

—Ay, Nuño, se me va la vida... Me apena que, por mi culpa, puedas perder la honor de Olite, marido... Cuídate de nuestros hijos y cuando te vuelvas a casar, mira con quién, mira que los quiera bien...

—No digas tales cosas, Lambra, mi corazón se irá contigo...

—No, marido, no, y no llores que puede entrar alguien y sorprenderte en esta guisa y no estaría bien mirado e irían con contarellas a don García, ya sabes que en este reino y en otros sólo podemos llorar las mujeres...

—Señora, quiero morir contigo...

—No, Nuño, no... Te dejo dos niños de teta que, Dios mediante, serán hombres... Te has portado bien conmigo, Nuño, y te lo agradezco pero, ahora, hazme un último servicio, reúne todos mis papeles que están en el arca grande y envíaselos a doña Elvira Ramírez, que es muy sesuda, y mándale decir que no pude con la encomienda de su abuela porque me sorprendió la muerte... Dile que en estos dos años escasos, desde que soy castellana, lo he intentado muchas veces..., que ella misma lo verá por las anotaciones que reciba... Y por si se pierde todo, cuando seas viejo, cuéntales la historia de los reyes a nuestros hijos y que ellos hagan otro tal con los suyos y con los hijos de sus hijos... Tal vez, marido, algún descendiente mío encuentre mejor disposición que yo en estas cosas del historiar... E no olvides de devolver al rey García la carta que me entregó con la honor. Dile que no lo supe hacer y se lo torno... Y, cuando vayas a Pamplona, no dejes de visitar a Boneta, a Adosinda y a Nunila..., llévales mi recuerdo... E, ahora, vete, que las viruelas son muy contagiosas..., y haz llamar al preste que quiero confesar y comulgar... Dime que harás lo que te pido...

—Lo haré, señora, lo haré todo, pero no sé si doña Elvira podrá resolver en tu negocio, pues hace poco que ha muerto envenenado el rey don Sancho, y se diz que ella es reina regente en representación del hijo menor del difunto soberano...

—¡Qué, Nuño, qué oigo...!, ¡don Sancho envenenado como predijera la adivina de Córdoba...! e ¿cómo ha sido?...

—Mesmamente como dijera la vidente. Don Sancho fue envenenado al comer una manzana que le diera uno de sus condes...

—¡Dios Criador!, en verdad te digo que para reinar tan poco tiempo no valió la pena tanta expedición... Me fatigo, Nuño, me fatigo... No te cuides de mí... Preséntate en Pamplona para servir al rey..., quizá doña Elvira necesite tu ayuda..., llévale tú mismo mis papeles... que yo me voy presto al otro mundo con las viruelas... Lo único que me llevo, Nuño, las viruelas...

✝

Al muy alto, muy excelente, muy magnífico y virtuoso señor don Fernando, rey de las Españas y de las islas de la mar, mi señor:

Diréos, señor, que la ciudad de Olite fue fundada por el rey Suintila en los lejanos tiempos de los godos para sostener el empuje de los vascos del Norte, y que en el año 960 fue conferida en honor a doña Alhambra de Sisamón, mi antepasada, por la reina Toda Aznar, según cláusula testamentaria que confirmó su hijo, el rey García Sánchez I, y desde entonces perteneció a mi familia, y ahora es mía por derecho, aunque me la arrebatara en parte el rey Juan de Labrit a su llegada a Pamplona, pues me dejó sin las rentas de la ciudad, aunque me mantuviera las de las aldeas y lugares y el castillo.

Quería la reina Toda, Alteza, y ansí lo dejó escrito, que doña Lambra de Sisamón, mujer sabia y dada a la trova, escribiera una memoria della y de su esposo Sancho Garcés I, glorioso rey deste reino, para conocimiento de las generaciones posteriores y gloria dellos. Y ansí lo dejó dicho en testamento.

Pero quiso Dios llevarse temprano a doña Alhambra por unas viruelas, y la señora no pudo hacerlo, si bien, antes de contraer tan penosa enfermedad, se puso a ello y se ocupó de escribir a obispos, a abades, a los señores del reino, y a sus compañeras, las damas de la reina, para que le enviaran noticias y recuerdos y cosas que se oyeran de rey y reina e, incluso, preguntó a los vecinos de Pamplona y de otras villas y lugares, y tomó nota dello...

Pero como no pudo cumplir, pues murió joven, y su esposo, don Nuño Fernández, era hombre de armas y no sabía escribir, se echó mano de la otra parte del mandado de la señora Toda, y se pasó de boca a boca de padres a hijos, con la intención de que alguno de los descendientes fuera amigo de la pluma y escribiera la memoria de tan egregios señores.

Don Nuño Fernández guardó las cartas y anotaciones de su esposa en un arca grande y sellada, que siempre ocupó lugar de honor en la sala noble de nuestro castillo. Precisamente, sobre la misma mesa donde comieran tantos reyes de Navarra o donde se ajustara la dote de la princesa doña Blanca, que había de casar con vuestro padre, el rey don Juan, que en paz descanse.

Desde antiguo, bajo la dirección de mi familia, corrieron buenos tiempos para la ciudad de Olite y sus aldeas. Sus habitantes gozaron siempre de Fuero. Los reyes de Navarra levantaron una casa que con el tiempo se convirtió en palacio, y Olite en capital del reino. Mis antepasados siempre anduvieron de la mano de los reyes verdaderos y los sirvieron.

Don Alano de Olite, mi abuelo, fiel vasallo de doña Blanca y hombre recto, quiso que se cumpliera el embarullado testamento de su señora, aunque no se ajustara a razón. Yo le escuché decir de su boca: «La fidelidad a un rey es la mayor de las razones». Por eso, Altísimo señor, don Alano y mi padre, don Tello, estuvieron con vuestro padre, el rey don Juan, y con los agramonteses en las luchas civiles que asolaron el reino.

Don Tello, mi padre, murió de un sofoco el mesmo día en que juraron los Fueros don Juan de Labrit y doña Catalina, los cuales a mi madre y a mí nos recortaron la honor, quitándonos las rentas de la ciudad, como dije arriba, e nombrando un gobernador francés.

Yo, Gaudelia Téllez de Sisamón, ante el agravio, acudí al castillo de Pamplona con el testamento de la antigua reina Toda Aznar, y me presenté ante doña Catalina, que hizo venir a sus letrados e dieron lectura a la testación. Diciéndome, señor, que fallaba, pues en quinientos años no se había dado cumplimiento al mandado de la reina Toda.

Doña Catalina me dejó con la honor recortada y antepuso a mí su gobernador, y me encomendó el cumplimiento de la manda, asegurándome que me tornaría las rentas de Olite, contra la entrega del memorial y que lo daría a la imprenta de Arnaldo Guillén de Brocar, a mayor gloria de Toda Aznar y de Sancho Garcés I, su marido.

Me vi, pues, Alto señor, en la necesidad de abrir el arca de doña Lambra y de tomar cálamo y papel para recuperar el señorío, que era mío. Y me puse a ello, señor.

Mi madre me contó lo que oyera. Platiqué con clérigos doctos que revisaron los viejos cartularios de iglesias y monasterios, y me trajeron noticias de los antiguos reyes... Y hablé con gentes de toda condición. Y donde no llegó la memoria, ni el recuerdo, ni los diplomas, lo suplí yo.

La reina doña Catalina Labrit se interesó a menudo por lo que yo escribía y me llamó varias veces a Pamplona, y se holgó con mi memorial. La señora Catalina hacía mi historia tan disparatada como las que venían de Francia hablando de don Lanzarote o de don Amadís de Gaula... Pero no era ansí, señor don Fernando, no era ansí. Mi narración, aunque escrita en lenguaje llano y adornada y personificada en individuos, reales o no, respondió siempre a las noticias y a los cronicones que tenía de los abades o de la propia doña Alhambra, o de mi madre que relataba el viaje de los tres reyes a Córdoba con mucho detalle, puesto que en él habían estado presentes los primeros señores de la casa de Olite. Y esto era, precisamente, lo que se contaba de padres a hijos en nuestra familia.

Empleé ocho años en el mandado, y cuando ya tenía el libro acabado y estaba lista para presentarme en la corte de Pamplona y entregárselo a la reina Catalina, demandándole el cumplimiento de su promesa y la devolución de lo mío, recibo carta suya, señor, diciéndome: «Júntese su merced con nosotros en Lumbier, porque volvemos a Francia». Y, a poco, otra carta de vuestro lugarteniente, don Fadrique de Toledo: «Véngase su merced a jurar al rey Fernando».

Y yo voy y os juro, señor, por la memoria de vuestro padre, el rey don Juan, al que estuvo afecta mi casa; os juro la primera, señor, como representante de la casa condal más antigua de Navarra... Y presto me presento ante don Fadrique con el testamento de doña Toda y la memoria que escribí della, y me dice el duque que no puede entender en este pleito y me manda a vos, señor, y ansí lo hago para que se me torne lo mío.

Y nuestro Señor Dios, vuestra persona guarde y acrezca. Dada en Pamplona a 12 de julio de 1513. Gaudelia Téllez de Sisamón, condesa de Olite y sus lugares *(signum)*.

Verdades y mentiras de *El viaje de la reina*

El hecho del viaje
Numerosos historiadores cristianos y musulmanes se hacen eco del viaje de la reina Toda Aznar a Córdoba en el año vulgar de 959 o 960. Todos coinciden en que la reina solicitó de su sobrino el califa Abd-ar-Rahmán III el envío de un médico que adelgazara en Pamplona a su nieto, al rey destronado de León, a Sancho I el Craso, precisamente derrocado a causa de su deformante obesidad, y en que el mayor señor del Islam le remitió al sabio judío Hasday ben Shaprut con la manda de que se llegaran los reyes cristianos a la capital de Al-Ándalus a rendirle vasallaje, y con la promesa de que el rey Gordo sería tratado de su enfermedad, como sucedió, con éxito además.

La ruta
El camino que siguen las diputaciones mora y pamplonesa en la novela, posiblemente coincida en parte con la realidad. Entendemos que la expedición tomaría la ruta más señalada en vez de adentrarse en las tierras despobladas del Duero, es decir, el camino romano de Pamplona a Zaragoza, pasando por Medinaceli y Toledo, donde se incorporaría a la transitada vía de la Plata.

Las ciudades
Lo que se cuenta de Pamplona es imaginario.
    La descripción de Córdoba y de Medina Azahara se ajusta a las descripciones de las crónicas. Ambas eran ciudades popu-

losas sólo comparables a algunas de Oriente, y muy ensalzadas por poetas e historiadores.

La vida cotidiana y los actos de corte que hemos narrado también son auténticos. Es de notar la pobreza existente en los reinos cristianos, donde las gentes viven en una economía de guerra soportando las razzias musulmanas todas las primaveras, y la abundancia de riqueza que se observa en Al-Ándalus, máxime durante el dilatado reinado de Abd-ar-Rahmán III, que terminó con las luchas internas en el Emirato, se proclamó califa y supo administrar la paz en sus tierras.

Los cristianos
Son verdaderos los personajes de reyes y reinas, infantes e infantas y algunos condes, obispos, abades y abadesas. El resto, las damas de la reina Toda, los alféreces, la gente de tropa y las criadas, son inventados, aunque hemos tratado de crear tipos ajustados a la realidad social relatada. Y no dudamos que las auténticas camareras de la reina Toda fueron parecidas, porque semejante reina no podía tener otras damas. Doña Andregoto de don Galancián y doña Gaudelia Téllez de Sisamón también son fabulación, y es pena.

Los moros
Al contrario que los cristianos, los personajes musulmanes son todos verdaderos, hombres y mujeres, principales y menudos, incluso las autoridades mozárabes de Córdoba, de ellos ha dejado cumplida razón la abundante historiografía árabe que ha llegado hasta nosotros.

Curiosidades
Del almajaneque no hay noticia en los libros de Historia, de los papeles de doña Lambra y del memorial de doña Gaudelia tampoco.

Esta 2ª edición de
EL VIAJE DE LA REINA
se acabó de imprimir
en los talleres de Romanyà Valls
el día 10 de junio, de 1997